Johann Wilhelm Appell

Werther und seine Zeit

Zur Goethe - Literatur

Johann Wilhelm Appell

Werther und seine Zeit
Zur Goethe - Literatur

ISBN/EAN: 9783741124549

Hergestellt in Europa, USA, Kanada, Australien, Japan

Cover: Foto ©Andreas Hilbeck / pixelio.de

Manufactured and distributed by brebook publishing software
(www.brebook.com)

Johann Wilhelm Appell

Werther und seine Zeit

Werther und seine Zeit.

Zur Goethe-Litteratur.

Von

Johann Wilhelm Appell.

Vierte, verbesserte und vermehrte Auflage.

Oldenburg, 1896.

Schulzesche Hof-Buchhandlung und Hof-Buchdruckerei.

(A. Schwartz.)

Noch einmal wagst du, vielbeweinter Schatten,
Hervor dich an des Tages Licht.
          Goethe, An Werther (1824).

Inhalt.

I.

II.

III.

V

Aus dem Vorwort zur ersten Auflage.

In den folgenden Blättern suche man keine Zergliederung, keine „Ausdeutung" des „Werther", wie jene zahlreichen Schriften über einzelne Goethe'schen Dichtungen sie gewöhnlich bieten: es soll hier blos eine Darstellung der Aufnahme und der tiefgreifenden, aber bisweilen auch recht komischen Wirkungen des wunderbaren Buches gegeben werden — litterargeschichtliche Andeutungen, Anekdoten und Aktenstücke zur näheren Charakteristik der Werther-Zeit, nebst bibliographischen Angaben, welche unter Anderem für die Verbreitung des Werther im Auslande, namentlich unter den Franzosen, Engländern und Italienern, die vollständigsten Beweise liefern. Da der Verfasser aus sehr zerstreuten, zum Theil ganz vergessenen Quellen geschöpft hat, so werden wohl selbst die geschworenen Goethekenner manches Neue darunter finden. Einem weiteren Leserkreise aber hofft er nicht allein anschaulich gemacht zu haben, welches ungeheure Aufsehen und welche heiße Theilnahme der Werther einst erregte, sondern auch, wie hoch sich der junge Goethe, in der Kraft seines Genius, über seine Zeitgenossen emporgehoben hatte.

*

Die erste Auflage dieses Büchleins ist schon 1855 (als der Verfasser noch in Frankfurt am Main lebte) zu Leipzig bei Wilhelm Engelmann an's Licht getreten, und hat eine günstige Aufnahme gefunden. In einer zweiten Auflage (Leipzig, Verlag von Wilhelm Engelmann, 1865) erschien dasselbe umgearbeitet, sowie mit Zusätzen vermehrt; ebenso in einer dritten Auflage (Oldenburg, 1882. Schulze'sche Hof-Buchhandlung). Und auch für die vorliegende Ausgabe letzter Hand ist es wieder durchweg verbessert und durch neue Mittheilungen ergänzt worden.

Wandsworth Common, London, im Dezember 1895.

I.

Deutschland ahmte mich nach, und Frankreich
mochte mich lesen.
England! freundlichst empfingst du den zerrütteten Gast.
Epigramme aus Venedig.

In seiner hochgelegenen Stube des väterlichen Hauses auf dem Großen Hirschgraben zu Frankfurt am Main hatte der vierundzwanzigjährige Doktor Goethe sein „Büchlein“: Die Leiden des jungen Werthers, binnen vier bis fünf Wochen, im Februar und März 1774, niedergeschrieben, — „ziemlich unbewußt, einem Nachtwandler ähnlich“, sagt er in „Dichtung und Wahrheit“; — und sechs Monate darauf, in der Michaelis-Messe, erschien dasselbe zu Leipzig bei dem Buchhändler Weygand. [1] Dieser kleine Roman des schon allgemein als ein echtes Originalgenie gefeierten Dichters des „Götz von Berlichingen“ sollte, wie jedermann weiß, sehr bald im ganzen deutschen Reiche sprichwörtlich berühmt werden, in der Folge durch das gebildete Europa seinen Weg machen. Und wenn wir auch mit dem armen Werther zu schwärmen längst verlernt haben,

1*

so fühlen wir uns doch heute noch von dem seelen=
vollen „Büchlein“ hingerissen, und können diese Dar=
stellung nicht genug bewundern, worin sich nach den
Worten des Litterarhistorikers Gervinus, „Kunst und
Natur, Dichtung und Wahrheit, Excentricität und geistige
Gesundheit, Sentimentalität und Naivetät, Bewegung
und Ruhe“ so innig verschmelzen. Gewiß wird dieses
Goethe'sche Jugenderzeugniß, die Frucht eigener tiefer
Herzenserfahrungen, [2] noch lange Zeit nicht unter jene
einst begierig verschlungenen Werke gerechnet werden,
denen der spätere Leser nur ein kühles litterar= und
kulturgeschichtliches Interesse abgewinnt.

Allein, was Werther für das Geschlecht der sieb=
ziger Jahre des achtzehnten Jahrhunderts gewesen ist,
davon haben wir gegenwärtig kaum mehr eine hin=
reichende Vorstellung. Selten hat eine Dichtung der=
artige elektrische Wirkungen hervorgerufen. Der hannö=
versche Kabinetsrath August Wilhelm Rehberg, im
Uebrigen keineswegs unbedingter Goethe=Verehrer, be=
merkt in seiner 1835 veröffentlichten Schrift „Goethe
und sein Jahrhundert“: „Werther ist in der That ein
bewundernswerthes Werk. So wie es ist, voll=
kommen . . . Die erste Erscheinung macht, der bei=
spiellosen Wirkung wegen, eine Epoche in der Ge=
schichte der Deutschen, — nicht der Litteratur, sondern
der Denkart und Sitten“. Rehberg war siebzehn
Jahre alt, als Werther herauskam. Er erzählt bei
einer anderen Gelegenheit, in einem Schreiben an
Ludwig Tieck, vier Wochen lang habe er sich in
Thränen gebadet, die er indeß nicht über die Liebe

und über das Schicksal Werther's vergossen habe, sondern in der Zerknirschung des Herzens, im demüthigenden Bewußtsein, daß er nicht so dächte, nicht so sein könne, wie dieser da. [3] Und von dem zu seiner Zeit weitberühmten Schweizer Johann Georg Zimmermann, dem Königl. Großbritannischen Leib= medikus in Hannover und Verfasser der Betrachtungen über die Einsamkeit, hören wir, der erste Theil des Buches, daß ihm tausend und aber tausendmal Em= pfundenes aussprach, habe ihn, einen Mann von sechsundvierzig Jahren, so sehr erschüttert, daß er vierzehn Tage verstreichen ließ, bevor er sich an den zweiten Theil wagte. [4] — „Gestern Abend erst hab ich Werthers Leiden gelesen. Du bist mir diese Nacht im Traum erschienen, und ich habe — mein Weib hats gehört — in deinen Armen überlaut geschluchzt." So schrieb der Dichter der „Lenore" an den Werther= Dichter, in einer erstaunlichen Epistel vom 6. Februar 1775. Friedrich Leopold Stolberg schrieb an Voß: „Werther! Werther! Werther! o welch ein Büchlein. So hat noch kein Roman mein Herz gerührt! Der Göthe ist ein gar zu braver Mann, ich hätte ihn so gern mitten im Lesen umarmen mögen!" Goethe durfte dem jungen Kestner'schen Ehepaar zurufen (in seinem Briefe vom 21. November 1774): „O ihr Ungläubigen! Ihr Kleingläubigen! Könntet ihr den tausendsten Theil fühlen, was Werther tausend Herzen ist, ihr würdet die Unkosten nicht berechnen, die ihr dazu hergebt!" Selten hat aber auch eine Dichtung so tief in die Stimmung der Mitlebenden eingegriffen.

Es war eine dunkel erregte Zeit, in der Werther ent=
stand, die Periode einer moralischen Gährung, die
man nicht mit Unrecht als einen nothwendigen Proceß
für die „deutsche Gemüthsbefreiung" bezeichnet hat.
Ueberspannte Gefühlsamkeit und wühlende Stark=
geisterei wirkten gegen den Druck der Unnatur, der
erstarrten und kleinlichen Formen des damaligen
Lebens; unter der Jugend verbreitete sich ein Hang
zur Schwermuth, der schon seit Mitte der sechziger
Jahre sozusagen in der Luft gelegen, und eine gegen
alles Konventionelle sich empörende Gesinnung. „Alles
ist gut, wie es aus den Händen des Urhebers der
Dinge hervorgeht, alles entartet unter den Händen
des Menschen", mit diesem Anfangssatze des Émile
hatte der „Apostel des Grams", [5] der unglückliche
Jean Jacques Rousseau, den mißzufriedenen und über=
schwänglichen Zeitgenossen gewissermaßen eine Losung
gegeben; und der Eindruck, den sein halb wahres
Evangelium von der Rückkehr zur Natur und seine
Deklamationen gegen die gesellschaftlichen Verhältnisse
auch diesseit des Rheins hinterließen, war jedenfalls
ein sehr bedeutender. Eine geistige Gemeinde war in
Rousseau's Namen „weit und breit ausgesäet", [6] hier
ganz zu schweigen von den Einwirkungen des Eng=
länders Edward Young, des klagenden Dichters der
„Nachtgedanken", Yorick = Sterne's, des empfindsamen
Humoristen, [7] und einiger anderen britischen Autoren,
sowie unseres fast angebeteten Klopstock und seiner
poetischen Jünger. Wir können uns nicht leicht in
diese Zeit zurückversetzen; ihr Denken und Em=

pfinden ist uns fremd geworden, und die Ueber=
reiztheit des Gefühls, wie sie sich damals so vielfach
äußerte, muß heutzutage Verwunderung erregen. [8]
Goethe hatte aber das Herz dieser Zeit getroffen: der
bald in weicher Sehnsucht, bald in kraftgenialischem
Ungestüm hervorbrechende Drang des strebenden
jüngeren Geschlechts, der Drang nach Ursprünglichkeit
und Natur, gegenüber einer dumpf veralteten, steif
verbildeten Welt, hatte im Werther seinen tiefsten und
vollkommensten Ausdruck erhalten.

Diese Bedeutung des unvergleichlichen Seelenge=
mäldes scheint uns übrigens doch nicht immer im
vollen Sinne gewürdigt zu werden. Denn, wenn jetzt
von demselben die Rede ist, so legt man wohl etwas
zu viel Gewicht auf seine Entstehungsgeschichte; das
Herzensverhältniß des jugendlichen Dichters zu jener
anmuthreichen blauäugigen Amtmannstochter in Wetz=
lar wird zunächst erörtert; und dabei vergißt man
mitunter, daß es vor allem der Durchbruch des sub=
jektiven Gefühls und das Wallen und Wehen des
neuen Geistes in dieser Dichtung war, wodurch unsere
Vorfahren so sehr bewegt wurden.

Friedrich Wilhelm Riemer berichtet im ersten Bande
seiner Mittheilungen über Goethe (S. 306 fg.) Fol
gendes aus seines Herrn und Meisters alten Tagen:
„Obgleich Goethe von seinen Werken überhaupt sehr
bescheiden, ja zu bescheiden dachte, und sich auch schrift=
lich darüber so ausdrückt, so scheint doch das, worauf

er das meiste Gewicht legte, — nächst dem Fauſt — nur der Werther geweſen zu ſein. „„Wer mit zweiundzwanzig Jahren (?) den Werther ſchrieb““ — hörte ich ihn öfters ſagen, wenn er zu verſtehen geben wollte, daß er „„eben doch keine Katze ſey““, daß es was heißen wolle, in ſolchen Jahren ein ſolches Buch zu ſchreiben und dabei doch achtzig Jahre und dar= über alt zu werden. Freilich war die Erſcheinung deſſelben ſo neu und impoſant, daß man gleich ex ungue leonem errathen konnte. Daher erweckte es denn auch ſogleich Nachahmer und Gegner, erwarb ihm ſelbſt bei den Ausländern Aufmerkſamkeit, Achtung und Intereſſe, dergeſtalt daß ein Weltkaiſer es an den egyptiſchen Pyramiden las, zehn Jahre ſpäter mit dem Autor ſich darüber beſprach, und einer von den königlichen Brüdern es nachahmte.‟ [9]

In wahrhaft überraſchender Weiſe finden wir bei näherem Zuſehen beſtätigt, was Riemer hier über die Aufnahme des Buches von Seiten der Ausländer andeutet. Werther, dieſe Offenbarung des deutſchen Gemüthes, iſt ſicherlich eins der deutſcheſten Werke in unſerer geſammten poetiſchen National=Litteratur; zu= gleich aber iſt er unter allen Goethe’ſchen Dichtungen am meiſten in die Fremde gedrungen. Nachdem Goethe im Jahre 1786 perſönlich über die Grenzen Deutſchlands hinausgekommen, iſt es, wie wir aus der „Italieniſchen Reiſe“ wiſſen, ſein Werther, der ihm allenthalben begegnet. „Das iſt nun ein Unglück, was mich bis nach Indien verfolgen würde,“ ruft er einmal aus. Er kann ſelbſt in Rom den erzürnten

Manen des unglücklichen Jünglings nicht entgehen. Ebenso will in Neapel bald ein junger Marchese Berio den Werther = Dichter doch auch kennen lernen, bald kann sich ein etwas wunderlicher Engländer nicht enthalten, ihm bei einem flüchtigen Zusammentreffen, noch zwischen Thür und Angel, geschwind seine schmeichelhafte Meinung über das Buch in's Angesicht zu sagen. Und zu Palermo erkundigt sich im Hause des Vicekönigs ein Malteser = Ritter, der früher in Deutschland gewesen, bei unserem reisenden Dichter nach einem Manne, von welchem er ihm sagt: „Ich habe seinen Namen vergessen; genug aber, es ist der Verfasser des Werther."

Eine lange Reihe von Uebersetzungen des Werther läßt sich anführen. Nicht blos in's Französische und Englische ist er übertragen worden, sondern auch in's Italienische, Spanische und Portugiesische, in's Holländische, Dänische, Schwedische, Russische, Polni= sche, Magyarische und Neugriechische, und zum Theil folgten diese Uebersetzungen ziemlich bald nach der Urschrift. Wobei die internationalen litterarischen Verhältnisse jener Zeit mit in Anschlag zu bringen sind. Dazumal erschien ja Deutschland den Fremden in litterarischer Beziehung noch beinahe wie ein kimmerisches Land, und gar selten bemühten sie sich um die Kenntniß unserer als rauh und schwerfällig verrufenen Sprache. In England hatten von anderen deutschen Dichterwerken nur die Klopstock'sche Messiade und der Geßner'sche „Tod Abels", diese sogenannten heiligen Gedichte, Eingang gefunden, hauptsächlich um

ihrer „heiligen" Stoffe willen. Und wie wenig
wußten unsere gallischen Nachbarn von einer Litte=
ratur des neueren Deutschlands, bevor ihnen durch
Madame de Staël's Buch De l'Allemagne ein neues
Licht über uns aufgegangen war! Goethe selbst wurde
lange Zeit bei den Franzosen wie bei den Engländern
schlechthin als der Verfasser des Werther genannt;
denn es mußten auch nach dem Erscheinen seines
„Faust" Jahrzehnde verstreichen, bis man dieses
Wunder der neueren Poesie in ausländischen Kreisen
etwas näher beachtete. „C'est à la narration d'un
événement tragique qui s'est passé sous ses yeux,
c'est au récit de la mort du jeune Werther, que
Goëthe, aussi bon poëte que bon romancier, doit
sa fortune et sa réputation," heißt es zum Beispiel
in einem 1821 erschienenen populären Wegweiser durch
die Roman = Litteratur von dem pariser Buchhändler
Alexandre Nicolas Pigoreau: Petite Bibliographie
biographico-romancière, ou Dictionnaire des Ro-
manciers (S. 206). [10] Als im Jahre 1799 Walter
Scott, damals noch ein unbekannter junger Advokat
zu Edinburg, seine Uebersetzung des „Götz von
Berlichingen" veröffentlichte, schrieb er in der Vorrede
(S. XII): „The following drama was written by
the elegant Author of the Sorrows of Werter."

Goethe hat in seinem selbstbeschaulichen Alter ein=
mal darauf hingewiesen, daß seine Werke jenseit der
Vogesen nur späten Eingang finden konnten. „Sie
standen sehr weit von der französischen Art und Weise
ab," sagt er, „und ich war mir dessen wohl bewußt."

Werther's Leiden dagegen wurden nicht lange nach
ihrem Erscheinen in französischem Gewande eingeführt,
und die Wirkung „war groß wie überall, denn das
allgemein Menschliche drang durch." In den Jahren
1776 und 77 waren drei französische Uebersetzungen
an's Licht getreten. Die erste derselben: Les Souffrances du jeune Werther, traduit de l'original
Allemand par le B. S. d. S., ist aber freilich in
Erlangen gedruckt und von einem Deutschen abgefaßt,
Karl Siegmund von Seckendorf, einem oft genannten
Mitgliede des weimarischen Hofkreises; sie muß über=
dies als eine hölzerne und erbärmliche Arbeit bezeich=
net werden. Die zweite Uebersetzung: Werther,
traduit de l'Allemand, 1776 zu Mastricht erschienen,
lieferte George Deyverdun aus Lausanne (1735—89),
ein Freund des berühmten englischen Geschichtschrei-
bers Gibbon. Dieser französische Schweizer hatte
als Prinzenhofmeister beim Markgrafen von Branden=
burg = Schwedt eine Zeit lang in Nord = Deutschland
gelebt, und war durch eine unglückliche Liebe von
dort weggetrieben worden, weshalb er besonderen Be=
ruf zum Uebertragen der deutschen Herzensgeschichte
in sich verspürte. In seiner etwas überschwänglichen
Vorrede sagt er: „L'Ouvrage dont je présente la
traduction au Public, a eu le plus grand succès,
et a causé une fermentation générale. On a
répandu des larmes, on a écrit, on a imité, on a
parodié, on a disserté, on a prêché même. La
célébrité de cet Ouvrage, l'impression que sa lecture a faite sur moi, les secours que m'offroient

les circonstances, m'ont engagé à hasarder une entreprise difficile. Malgré ces raisons, je l'aurois peut-être même regardée encore comme trop au-dessus de mes forces, si des motifs particuliers ne m'avoient décidé, si je n'avois éprouvé . . . Le Traducteur de Werther devoit avoir un coeur sensible." Jedenfalls hat Deyverdun das Seinige gethan, der Kraft und Schönheit des Urbildes nahe=zukommen, seine Uebersetzung, obgleich nicht immer ganz getreu, zeichnet sich dennoch unter diesen frühe=sten vortheilhaft aus. Indessen scheint die dritte Uebersetzung: Les Passions du jeune Werther (à Manheim et Paris, 1777), welche den Namen Aubry an der Stirne trägt, aber wohl von dem deutschen Grafen Woldemar Friedrich von Schmettau herrührt, in Frankreich vorzugsweise bekannt geworden zu sein, wie sie auch noch später viele neue Auflagen erlebte.

In England erschien die erste Uebersetzung 1779 zu London bei Dodsley, dem bekannten Buchhändler von Pall=Mall, unter dem Titel: The Sorrows of Werter: a German Story. Der ungenannte Ueber=setzer war Daniel Malthus (1730—99), der Vater des vielgenannten Nationalökonomen, von dem auch bei Dodsley Paul et Virginie in englischem Kleide, unter dem Titel: Paul and Mary, herauskam. Seine Uebersetzung entspricht aber dem Original keineswegs. Denn nicht allein hat er für gut gefunden, einige Aeußerungen des Helden zu unterdrücken, die, religiöse Dinge berührend, seinen steif = kirchlichen Landsleuten ein Aergerniß bereiten konnten, sondern dieser ganze

englische Werther ist nach einer französischen Ueber=
setzung wiedergegeben. Ein Beweis mehr, wie selten
die Kenntniß des Deutschen damals noch in England
anzutreffen war. Uebrigens muß Goethe, dem diese
häufig wiedergedruckte Uebersetzung in die Hände ge=
kommen war, ihre Mängel nicht bemerkt haben; er
schreibt unter'm 24. Juni 1783 an seine Frau von
Stein: „Hier liebe Lotte endlich den Werther und die
Lotte, die auf Dich vorgespukt hat. Das Englische
gefällt mir gar wohl, was ich gelesen habe ist herz
lich, verständig und geschmackvoll übertragen. Wenn
es aus dem Deutschen übersetzt wäre, könnte ich noch
mehr daraus lernen. Mir wars gar anmuthig, meine
Gedanken in der Sprache meiner Lehrer zu lesen."
Der Name des Dichters steht nicht auf dem Titelblatt
dieser Uebertragung; allein in dem Vorworte heißt es,
dieses Gemälde eines in England nur zu oft vor=
kommenden zerrütteten Seelenzustandes sei von der
Meisterhand des „Mr. Goethe", Doktor der Rechte
und Verfasser einiger vielgeschätzten dramatischen
Stücke.

Im Jahre 1786 erhielt die englische Lesewelt eine
neue, doch klägliche Uebersetzung unseres Romans, die
sich als unmittelbar nach dem Deutschen gefertigt an=
kündigte: Werter and Charlotte, a German Story;
eine Uebersetzung, die noch besonders verunstaltet ist
durch alberne moralisirende Fußnoten und verschiedene
Zugaben in Versen und in Prosa. Eine andere
Uebersetzung, durch einen deutschen Sprachlehrer in
London besorgt, folgte im Jahre 1801: The Sor-

rows of Werter, translated from the German of Baron Göethe, by William Render, D. D. Der Ueberſetzer, der außerdem noch Schiller's „Räuber", „Don Carlos" und „Maria Stuart", ſowie das Kotzebue'ſche Schauſpiel „Graf Benjowsky" in's Engliſche übertragen hat, nennt in der Vorrede den „Baron Goethe" ſeinen Freund. Er will ſogar auch mit Werther, oder vielmehr mit dem jungen Jeruſalem, mit Lotte Buff, und ihren Angehörigen in Wetzlar bekannt geweſen ſein. Noch wenige Tage vor Werther's Ende — ſo erzählt er — habe er mit dieſem im „Rothen Hauſe", einem ehemals wohlbekannten Gaſthoſe, zu Frankfurt am Main gefrühſtückt und ſich über den Selbſtmord mit ihm unterredet; und die erdichtete Frühſtücks-Unterhaltung, die er zum Beſten gibt, klingt wunderlich genug. Seiner Ueber= tragung liegt die 1787 bei Göſchen erſchienene neue Bearbeitung des Originals zu Grunde. Man ſehe aber, welche Freiheit ſich der gute Sprachmeiſter mit dem Goethe'ſchen Text erlaubt. Die Worte: „Die Lippen und Augen Werther's glühten an Lottens Arme", ſind zum Beiſpiel wiedergegeben:

> „The ardent eyes and lips of Werter were directed to her alabaster arm, so finely turned, that statuaries vied to catch the grace it gave."

Die Schlußworte lauten:

> „He was followed to the grave by the old Bailiff and his two sons, who sincerely regretted the loss of so faithful and valuable a friend."

Ebenſo finden wir durch den Werther veranlaßte engliſche Gedichte, und zwar von der hochempfind=

samen, weinerlichen Art, — nicht etwa Spottverse im Ton der komischen Ballade, die ein belletristischer Matador des Zeitalters der Königin Viktoria, W. M. Thackeray, gemacht hat: [11]

> Werther had a love for Charlotte
> Such as words could never utter;
> Would you know how first he met her?
> She was cutting bread and butter.

Ein neunzehnjähriger Dichterling, Edward Taylor, aus Noon in der irischen Grafschaft Tipperary, veröffentlichte 1784 ein dreiundzwanzig Seiten langes Klagegedicht: Werter to Charlotte; 1787 erschien ein Seitenstück dazu: Charlotte to Werter, von Anne Francis; und in demselben Jahre eine andere Jammerdichtung von Lady Eglinton Wallace, Schwester der Herzogin von Gordon und Verfasserin längst vergessener Komödien: The Ghost of Werter. Von einer Amelia Pickering wurden dreizehn Heroiden zusammengeschweißt (Werter to *** ***; Werter to Charlotte; Werter to Albert etc.) und 1788 herausgegeben unter dem Titel: The Sorrows of Werter, a Poem; von Mrs. Sarah Farrell wurde 1792 eine fünfundzwanzig Seiten lange Elegie zu Tage gefördert: Charlotte; or, a Sequel to the Sorrows of Werter. Endlich stößt uns noch ein oftmals wiederholtes Gedicht auf: Werter to Charlotte (A little before his death), welches anhebt:

> O Charlotte! Charlotte! all-accomplish'd maid.
> To whom my heart its homage long has paid.

und worin Werther unter Anderem betheuert:

I Love, but Covet not, good Albert's wife,
Nor would destroy, my friend, thy peace for life.

Man hat bei uns den Werther und die Lotte in Kupfer gestochen und auf Fächer und Porcellantassen, Kaffee- und Theekännchen gemalt; [12] in London wurde aber schon während der achtziger Jahre eine ganze Reihe von Kupferstichen herausgegeben, die wenigstens von dem Antheil zeugen, den Werther's Liebe und Tod bei den englischen Liebhabern empfindsamer Romane einst erregten; und noch heute entdeckt man mitunter in den Schaufenstern von londoner Kupferstichhändlern und Büchertrödlern diese meistens rothgedruckten, etwas süßlichen Werther-Scenen, in punktirter Manier. So erschien 1780: Der Besuch bei dem Pfarrer von St. (Charlotte and Werter's Visit to the Vicar of S.), nach William Miller gestochen von William Sedgwick (1786 auf's neue veröffentlicht); 1782: Werther's und Lottens erste Begegnung (The First Interview of Werter and Charlotte), nach Henry William Bunbury gestochen von Francesco Bartolozzi; 1783: Werther in Betrachtung über Lottens Trauring versunken (Werter contemplating on Charlotte's Wedding ring), von Henry Kingsbury. Aus demselben Jahre stammt auch: Charlotte an Werther's Grab (Charlotte at the Tomb of Werter), nach eigener Komposition gestochen von John Raphael Smith. Ferner wurde 1783 ein Blatt, nach H. W. Bunbury gestochen von Bartolozzi, herausgegeben, welches Charlotte im Freien sitzend zeigt, umspielt von ihren kleinen Geschwistern, einem Knaben, auf einer Kindertrompete blasend, und zwei Mädchen. Dieses Blatt hat die Inschrift: Charlotte. „The Shade of my Mother hovers round me, when in a still evening I sit in the midst of her Children" &c. Aus dem Jahre 1784 finden wir: Albert, Charlotte and Werter, nach James Northcote von Charles Knight gestochen; und aus demselben Jahre von denselben Künstlern: Werther's letzte Zusammenkunft mit Lotte (The Last Interview of Werter and Charlotte). Die letztere Scene ist gleichfalls, jedoch in einer etwas verzerrten Weise, dargestellt auf einem Blatte ohne Jahresangabe, nach G. R. Ryley gestochen von J. C. Aychmayer (The Last Interview between Charlotte and Werter). Im Jahre 1785 erschien eine Ansicht von Wahlheim, mit des Schulmeisters Tochter und ihren Kindern, gezeichnet von Werther (A View of Walheim with the Schoolmaster's Daughter and her Children, drawn by Werter), gestochen nach W. Miller von W. Sedgwick. James Birchall zu London veröffentlichte auch 1785 zwei Kupferstiche, mit dem Titel: Sorrows of Werter, von dem nur allzu beliebten Bartolozzi gestochen nach unserem Landsmanne J. H. Ramberg, der einen guten Theil seines Lebens in England verbrachte: Lotte am Klavier; — Lotte überreicht Werther's Diener die Pistolen. [13]

Als ein moralisches Seitenstück zum Werther gibt sich der folgende äußerst schwache und abgeschmackte

Roman in Briefen, von einem ungenannten Eng=
länder:

Eleanora: from the Sorrows of Werter. A Tale.
London: Printed for G. G. J. and J. Robinson, Pater-
Noster Row. 1785. 2 vols. Vol. I: IV und 147 S.
Vol. II: 168 S. in 8.

Dieser Roman knüpft sich an jene wenigen Worte in
Werther's erstem Briefe: „Die arme Leonore! Und
doch war ich unschuldig! Konnt' ich dafür, daß,
während die eigensinnigen Reize ihrer Schwester mir
eine angenehme Unterhaltung verschafften, daß eine
Leidenschaft in dem armen Herzen sich bildete?" Die
unglücklich liebende Eleonora soll eine Art weiblichen
Werther vorstellen. Sie ist aber ein Frauenzimmer von
religiösen Grundsätzen; ganz unfähig, einen Selbstmord
zu verüben, beschließt sie für Werther's, des geliebten
unbesonnenen Mannes, arme Seele täglich zu beten.

Ein anderes Machwerk von unbekannter männ=
licher oder weiblicher Hand war auf jene Romanleser=
oder =leserinnen berechnet, die noch etwas Umständ=
licheres über die liebe Lotte zu wissen begehrten:

The Letters of Charlotte, during her connexion with Werter. London: printed for T.
Cadell, in the Strand. 1786. 2 vols. X und 159 S.,
und 170 S. in 8. Mit einer Vorrede, worin der Werther=
Dichter als Vertheidiger des Selbstmords im religiös=
moralischen Tone abgekanzelt wird.

Lottens Briefe, welche diese Aermste an ihre Busen=
freundin Karoline vor und nach dem Tode Werther's

geschrieben haben soll — dreiundsechzig an der Zahl — werden hier dem verehrungswürdigen Publikum vorgelegt: was Werther seinem Wilhelm berichtet, das wird nochmals in der flauesten Manier aufgetischt. Die anglisirte Lotte verfehlt zum Beispiel nicht, ihrer Vertrauten von dem Balle zu melden, der so verhängnißvoll für unseren Helden werden sollte. Sie hat bei dieser Gelegenheit einen Herrn Namens Werther kennen gelernt, hat mit ihm den dritten Contretanz getanzt, und sagt, daß er ein vortrefflicher Tänzer sei. „Du weißt," fügt sie hinzu, „nichts macht mir mehr Vergnügen, als ein guter Tanz, ich mag daher wohl lebhafter als gewöhnlich geworden sein; denn mitten im Tanzen rief mir unsere Freundin Mathilde Selstadt in einem bedeutungsvollen Tone den Namen Albert zu. Dieser Name erregte Werther's Neugier. Er fragte mich so dringend, daß ich nicht umhin konnte, ihm zu sagen, in welchem Verhältniß ich zu Albert stehe. Ich habe nicht die Einbildung, zu glauben, daß meine Antwort besondern Eindruck auf Werther machen konnte; allein von diesem Augenblick an war er fortwährend zerstreut." Sodann berichtet sie ihrer Freundin von jener bekannten Gewitterscene, und setzt ihrer Beschreibung die Krone auf mit der Exklamation: „O Klopstock! wer außer Dir könnte eine solche Scene malen!" . . . „Mein Auge füllte sich mit Thränen . . . Werther sagte: „Wie verschwindet der Glanz unseres Balles vor diesem Anblick!"

Zu einer sehr trübseligen Nebengeschichte hat die Erscheinung des Unglücklichen im grünen Rocke dienen

müssen, der früher Schreiber bei Lottens Vater ge=
wesen und aus Liebe zu ihr wahnsinnig geworden
ist. Lotte selbst begegnet hier einmal dem armen
Heinrich bei einer einsamen Mondscheinpromenade.
„Als ich meine Augen nach dem Gebirg hin wandte,"
schreibt sie, „gewahrte ich einen Menschen, der sich
rasch mir näherte. Sein Kopf war unbedeckt, in der
Hand hielt er einen verdorrten Unkrautstengel. Der
Mond schien ihm in's Angesicht: ich sah, es war der
arme Heinrich, den seine Leidenschaft für mich um den
Verstand gebracht hat. Er kam mit solcher Eile auf
mich zu, daß ich ihm unmöglich ausweichen konnte ...
Der Unglückselige! ich hatte keine Ursache, mich zu
ängstigen; er erkannte mich nicht. Aber er sah mich
mit starren Augen an und fragte, wo seine Lotte sei.
„Sie ist nicht zu Hause", erwiederte ich. „Das weiß
ich", sagte er, „ich habe überall auf diesen Höhen
mich nach ihr umgesehen; sie ist nicht da ... Sie
war bei mir in der letzten Nacht; da zeigte ich ihr
den Mond, und spielte ihr auf dieser Flöte vor." Lotte
unterhält nun ihre Karoline mit der Geschichte des
Irrsinnigen, von dem wir erfahren, daß Petrarca
sein Lieblingsdichter war und daß er selbst Verse auf
sie gemacht hatte, welche ihrem Vater in die Hände
fielen, worauf er ohne Weiteres fortgeschickt wurde.
Auch Heinrichs Ende wird uns erzählt. Bei seinem
unseligen Umherwandern kommt er eines Tages in ein
benachbartes Dorf, das von einem ansteckenden Fieber
heimgesucht ist, und wird von der Seuche ergriffen.
Als seine Kräfte mehr und mehr schwinden, kehrt sein

Verstand wieder zurück. Er spricht von Lotte, er fragt nach ihrer Mutter, die ihn immer mit Güte behandelt hatte. Man sagt ihm, die Letztere wäre todt, und er weint wie ein Kind. „Aber Lotte“, ruft er, „Lotte lebt doch?“ Seine arme unbesonnene Mutter antwortet ihm, daß Lotte mit Albert ver= heirathet sei. Da hört sein Weinen und Stöhnen plötzlich auf: mit einem wilden Blick, die gefalteten Hände aufhebend, sinkt er in die Arme seiner Mutter und verscheidet. Von ihrem Fenster aus sieht Lotte durch Zufall den traurigen Zug, der ihren beklagens= werthen Anbeter zu Grabe geleitet, und sie ruft ihm die Worte nach:

> Death ends thy woe.
> And the kind grave shuts up the mournful scene.

Diese tugendsamen Frauenzimmer=Briefe sind 1787 zweimal in's Französische übertragen worden, durch einen in Paris lebenden Engländer, Arkwright, sowie durch J. J. A. David de Saint=George:

Lettres de Charlotte à Caroline, son amie, pendant sa liaison avec Werter: Traduites de l'Anglois. A Paris, chez Hardouin & Gattey, Libraires, au Palais - Royal. 1787. in 8. Première Partie: 148 S. (Avertissement du traducteur. S. 3—11; Préface de l'éditeur anglois. S. 15—23). Seconde Partie: 136 S.

Lettres de Charlotte, pendant sa liaison avec Werther. Traduites de l'Anglais, par M. D. D. S. G. Avec un Extrait d'Eléonore, autre ouvrage Anglais, contenant les pre- mières aventures de Werther. A Londres, 1787. in 8. Première Partie: XII und 79 S. Se- conde Partie: 96 S.

Eine schwedische Ueberſetzung der Briefe von Char=
lotte an Karoline erſchien 1794:

> Lottas bref till en vän under sin bekant-
> skap med Werther. Öfversättning. 2 delen.
> Stockholm, 1794. in 12.

Im Deutſchen haben wir gleichfalls zwei Ueberſetzungen
dieſes Fabrikats. Die erſte derſelben beſorgte Schiller's
Schwager, der Hofrath und Bibliothekar zu Meiningen,
Wilhelm Friedrich Hermann Reinwald:

> Lottens Briefe an eine Freundin während ihrer
> Bekanntſchaft mit Werthern. Zwey Theile. Aus
> dem Engliſchen überſetzt. Berlin und Stettin bey
> Friedrich Nicolai, 1788. 5 unpaginirte Blätter („Vorbe=
> richt des Ueberſetzers“) und 160 S. in 8. Mit einem
> Titelkupfer von E. Henne: Lotte und der arme Heinrich.

Die zweite Ueberſetzung wurde noch im Jahr 1825
dem „leſenden Publikum“ übergeben:

> Lottens Geständniſſe, in Briefen, an eine ver=
> traute Freundin, vor und nach Werthers Tode,
> geſchrieben. Aus dem Engliſchen nach der fünf=
> ten amerikaniſchen Ausgabe (von Ludwig Gall über=
> ſetzt). Mit Lottens höchſt ähnlichem Bildniſſe, nach einem
> Familien=Gemälde, und einem Fac simile ihrer Hand=
> ſchrift, aus einem Erinnerungsbuche. Trier, 1825. Bei
> F. A. Gall. XIV und 241 S. in 16.

Auch auf der engliſchen Bühne machten Werther
und Lotte ihre Erſcheinung, in einem zuerſt 1786 ge=
druckten Trauerſpiel von Frederick Reynolds (1765—
1841), einem ungemein fruchtbaren Schauſpieldichter,
der vierzig Jahre hindurch für das londoner Covent=

Garden Theater gearbeitet und gegen hundert Stücke verfertigt hat:

> Werter; a Tragedy, in three Acts: as performed at the Theatres-Royal, Covent-Garden, Bath, Bristol, and Dublin. By F. Reynolds, Esq. Improbe amor! quid non mortalia pectora cogis? Virgil. A new edition. London: printed by A. Strahan, Printers-Street; for T. N. Longman and O. Rees, Paternoster-Row. 1802. 56 S. in 8.

Dieses Stück ist ein dürftig zusammenhängendes und zugleich ungeheuerliches Machwerk; es herrscht darin ein erschrecklich banales Pathos. Schon in der ersten Scene betheuert Werther seiner Geliebten: „Sag' mir, daß Trug in Deinem Lächeln lauert, sag' mir, Verderben wohnt in Deinem Auge, sag' mir, Ansteckung hängt auf Deiner Zunge, doch werd' ich lieben, werde glücklich sein. Doch heißest Du mich, Deine Nähe meiden — der Tod hat keine Schrecken, die Hölle keine Qualen, gleich den meinen!" [14] Dabei wirft sich der Unselige fast in jeder Scene, worin er auftritt, halb vernichtet zu Boden oder auf ein Kissen, oder er sinkt in die Arme seines vertrauten Dieners, mit Namen Leuthrop, welcher Letztere durch die Leiden seines Herrn so gewaltig gerührt wird, daß er, um sie zu lindern, gern barfuß durch die weite Welt laufen würde. Charlotte ist nicht minder überspannt in ihrem Gefühle für den Helden. Sein Ende findet Werther nicht durch Pulver und Blei, sondern durch Gift. Sterbend läßt er sich noch zu Charlotte hinschleppen, und

äußert Todesangst, Reue und Verzweiflung wegen
seiner That, durch die er sich wider den Himmel
auflehnte. Charlotte aber bricht schließlich über seiner
Leiche in hellen Wahnsinn aus.

Reynolds hat übrigens sein Werther = Drama als
junger Anfänger geschrieben. Er war damals bis
über die Ohren verliebt in die ungefähr siebzehn=
jährige schöne Miß Eliza Proctor, die jüngste Schwester
der Gräfin Effingham. In den 1826 veröffentlichten
Erinnerungen aus seinem Leben erzählt er dies, und
beschreibt auch in launiger Weise, wie er das Trauer=
spiel der angebeteten Eliza und der Gräfin in ihrem
Hause in Great George = Street vorliest. Der Earl
von Effingham, gerade heimkehrend aus dem Parla=
ment, tritt in's Zimmer, als die Vorlesung schon im
Gange ist. Nachdem er ein Weilchen zugehört, reißt
ihm jedoch die Geduld über dieses „verfluchte“ Trauer=
spiel; mit gewaltiger Stimme unterbricht er den be=
troffenen Dichterjüngling und stellt ihn der gerührten
jungen Dame nicht blos als einen Narren, sondern
als einen deutschen Narren hin. („Eliza, Fred
is a fool, a German fool!“ — The Life and
Times of Frederick Reynolds. Written by
himself. I. 293.)

Daß 1809 sogar eine Harlekinade, Werter ge=
nannt, im Königlichen Cirkus zu London aufgeführt
wurde, ersehen wir aus den Brau'schen Nordischen
Miscellen, Nr. 23, vom 8. Juni 1809 (Extrablatt,
S. 458).

Mit den dem Werther zu Grunde liegenden That=
sachen befaßt sich eine noch im Jahre 1821 veröffent=
lichte Schrift:

Letters from Wetzlar, written in 1817, deve-
loping the authentic particulars on which
the Sorrows of Werter are founded. . . . By
Major James Bell, East York Militia. Printed for Rodwell and Martin, London. 1821. VII
und 66 S. in 8. Mit einem Schattenriß Goethe's im
Alter von dreiundzwanzig Jahren.

Der Verfasser dieser Briefe hat nicht etwa bloß einige
halb wahre Anekdoten aufgerafft, wie sie den neu=
gierigen Fremden von freundlichen Gastwirthen oder
Lohnbedienten gewöhnlich erzählt werden; er verlebte
mehre Monate in Wetzlar, lernte daselbst noch drei
wackere Brüder der Lotte Buff kennen, und war so=
mit in Stand gesetzt, über wetzlarer Geschichten und
ehemalige Verhältnisse, die in den Roman hinein=
spielen, einen Bericht zu liefern.

Manchen unserer Landsleute, die in Italien ge=
lebt haben, muß wohl bekannt sein, daß man Werther's
dramatisirte Geschichte noch vor nicht langer Zeit auf
den italienischen Volkstheatern sehen konnte. Schon
im Herbst 1804 hatte Kotzebue zu Rom der Auf=
führung einer Komödie Carlotta e Werter beige=
wohnt, über deren Inhalt er ausführlich berichtet in
seinen „Erinnerungen von einer Reise aus Liefland
nach Rom und Neapel" (Thl. I. 211—215). Im Jahre
1805 wurde die Werther = Komödie auf einer Volks=
bühne innerhalb des weltberühmten römischen Amphi=

theaters zu Verona unter freiem Himmel gespielt, also auf klassischem Boden. Ludwig Tieck verweilte damals auf seiner Romfahrt in Verona, und in seinen „Reisegedichten eines Kranken" hat er uns mit blühender Laune geschildert, wie ein zahlreiches buntes Publikum, eine Versammlung von großen Kindern, durch besagtes Stück gar mächtig hingerissen und entzückt wird, bis ein plötzlicher Gewitterregenguß den Helden mitten im leidenschaftlichen Monolog unterbricht:

Werther und Charlotte wird gespielt. —
Wie neugierig strömt das Volk
Das Lieblingsstück zu sehn,
Wie ungeduldig sucht jeder Platz
Den Liebling als Werther zu vernehmen.

   Die kleine Bude
Steht ohne Vorhang,
Das volle Sonnenlicht scheint hinein.
Unten der gemeine Mann,
In zweien Logen die Vornehmen und Kranken.
Wie sonderbar
Strecken sich die großen runden weiten Stufen
Der Steinzirkel aus.
Ein Sechstheil nur des großen Amphitheaters
Ist eingehegt,
Um auch von dort zu schaun.
Hieher ziehn die Frauen und Mägdlein,
Mit Schmuck angethan,
In farbig seidenen Kleidern,
Sie nehmen lachend die hohen Sitze ein,
Und spannen über sich bunte Sonnenschirme.
Wie ein Tulpenbeet glänzt die Versammlung.
Wie leuchtende Edelsteine
Bewegen sich die Farben im wechselnden Schimmer.

 Alles ist aufmerksam,
Und wie das Leiden der Dichtung steigt,
Erröthen die staunenden Hörer gerührt.
Carlotta piange! ruft Werther
Im süßesten Schmerze melodischen Lauts,
Und alle Hände, Fächer, Tücher, Beine, Stöcke
Erregen das lauteste Getümmel freudigen Beifalls,
Und tausend Thränen fließen.

 Glückseliger Dichter,
Der du nur die schwache Feder
In den Wohllaut der süßesten Sprache
Nachlässig tauchen darfst!
Wozu noch Bilder, Gedanken, Gefühle,
Wenn dein Mutterton
Schon für dich dichtet und die Herzen bewegt?

(Kleines Theater in der Arena. Gedichte von L. Tieck, Dresden, 1823, Thl. III. 120—123.)

Tieck und Kotzebue scheinen beide dasselbe Stück gesehen zu haben, und aus des Letzteren Bericht geht zudem hervor, daß es kein anderes war, als die dramatische Verarbeitung unseres Romans, welche von einem ziemlich beliebten italienischen Komödienschreiber herrührt, dem Advokaten Antonio Simone Sografi aus Padua (1760—1825):

> Verter Commedia di cinque Atti in Prosa. 47 S. (in den Commedie di A. Simone Sografi Avvocato. Milano Per Giovanni Silvestri 1831. in 8.)

Sografi hat sich nicht geringe Freiheiten mit dem Urbilde herausgenommen: er hat ein sogenanntes rührendes Lustspiel in nüchterner und sentimental geschwätziger Manier geliefert, wie seine Landsleute gegen Ende des vorigen Jahrhunderts deren eine Anzahl erhielten. Eine weitläufige Intrigue ist hier mit Werther's Liebe verknüpft. Da ist ein lüsterner Bö[s]ewicht, Signor Giorgio, der schon ältliche Hofmeister bei Lottens Kindern, der seiner keuschen Principalin Liebesanträge macht und, mit furchtbarer Entrüstung von ihr abgewiesen, sie bei ihrem etwas plumpen Ehegemahl schändlich verläumdet. Was den Titelhelden selbst betrifft, so mischt er sich zwar eine Flasche Wein mit Gift, läßt diese aber doch vor der Hand noch ruhig stehen, und bringt sich auch nachher nicht um's Leben, sondern hüllt sich in seine Tugend, von Lotte fliehend, nachdem er sie und Albert zum Abschied gebeten, „einige Tropfen freundschaftlicher Zähren in das Unglück des armen Werther zu gießen." Alberto sagt bei dieser Gelegenheit: „Sieh, wie Werther da steht! Wie wird es mit ihm werden?" Worauf Carlotta ihrerseits bemerkt: „Er ist ein Ehrenmann. Der Himmel verläßt die gefühlvollen Herzen nicht, welche die Tugend zur Führerin wählen. Davon haben wir Beispiele. Der Himmel wird ihm beistehen."

Wie sich schon aus dem Obigen schließen läßt, sind es kläglich platte modern-italienische Charaktere, die uns Sografi vorführt, und obwohl er die Sache ganz gewiß auf Rührung anlegte, bleibt die Wirkung doch eine rein komische. In eine weit andere Region versetzt uns dagegen der berühmte und einflußreiche, jenseit der Alpen als ein klassisches Werk betrachtete Roman: Letzte Briefe des Jacopo Ortis. In diesem „italienischen Werther" hat der leidenschaftliche Dichter Ugo Foscolo (1778—1827) sein düsteres Jugendfeuer, seinen ganzen patriotischen Zorn und Schmerz, vermischt mit seinen Liebesklagen, ausgeströmt. „Jacopo Ortis" enthüllt uns, wie Werther, die Leiden eines jungen Selbstmörders in seinen Geständnissen an einen Freund, und ähnlich wie Werther, gründet er sich auf wirkliche Erlebnisse. Der Held trägt aber allerdings nicht die Züge seines deutschen Vorgängers. Er ist ein heißblütiger junger Venetianer, voll republikanischer Gesinnung und Vaterlandswuth (furore di patria), dessen Name nach dem Friedensschluß von Campo Formio (1797) auf der Liste der Geächteten steht. Bittere Enttäuschung und Verzweiflung über das Schicksal seiner Heimath haben sein Herz schon unterwühlt, als die Leidenschaft zu Teresa, die aus Familienrücksichten an einen begüterten Mann versagt ist, noch hinzutritt. Teresas Vermählung treibt ihn endlich zur Ausführung des Selbstmords, und nachdem er den letzten Abschied von seiner Mutter und seinem Freunde Lorenzo Alderani genommen und noch einmal die Gegend durchschweift hat, die ihm durch die Erinnerungen an seine Liebe theuer ist, stößt er sich zu nächtlicher Stunde einen Dolch in die Brust. An einsamer ungeweihter Stätte, wie er gewünscht, auf einem Pinienhügel wird er begraben. Von Teresa erfahren wir nur, daß sie in den nächsten Tagen nach der Katastrophe, unter den Klagen der Ihrigen, in todtenähnlichem Schweigen hinlebt.

Durch Kraft und Gluth der Darstellung zeichnet sich das Jugendwerk des italienischen Dichters in hohem Grade unter den neueren Romanen aus. Die Liebe tritt übrigens hier vor dem Vaterlande bisweilen in den Hintergrund. „Die Hinopferung unseres Vaterlandes ist geschehen! Alles ist verloren, und das Leben, wird es uns noch vergönnt, bleibt uns nur, unser Elend, unsere Schmach zu beweinen." So beginnt gleich der erste Brief, „von den Euganeischen Hügeln, den 11. Oktober 1797." Besonders merkwürdig sind die Ausfälle gegen den von Foscolo zugleich bewunderten und gehaßten Bonaparte, der als sieggekrönter junger Feldherr der französischen Republik die Republik Venedig an die Oesterreicher verkauft und verrathen hatte. Schon wegen dieser kühnen politischen Stellen, die auch ein Verbot des Buches herbeiführten, mußte Ortis bei seinem Erscheinen das größte Aufsehen erregen. Er wurde in vielen Ausgaben verbreitet und in's Deutsche, Französische und Englische übersetzt. Ebenso hat man auf einigen kleinen italienischen Bühnen ein Drama: Jacopo Ortis, zur Aufführung gebracht, freilich aber mit einer Zuthat von Ereignissen, wovon Foscolo nichts wußte. — Die früheste Ausgabe des Romans wurde 1799 zu Bologna gedruckt, unter dem Titel: Wahre Geschichten zweier unglücklich Liebenden, oder letzte Briefe des Jacopo Ortis (Vera istoria di due amanti infelici, ossia Ultime Lettere di Jacopo Ortis); sie ist jedoch entstellt und von fremder Hand ergänzt, und erst 1802 trat eine echte Ausgabe an's Licht. Unser

patriotischer Geschichtschreiber Heinrich Luden in Jena
hat 1807 die erste Verdeutschung des Ortis geliefert.
Eine zweite Uebersetzung, nach der vollständigen Ausgabe von 1814, rührt von dem züricher Philologen
und Kritiker Johann Kaspar von Orelli her; derselben sind die „bibliographischen Zusätze" der genannten Edition ebenfalls beigegeben, darunter eine
ausführliche Vergleichung zwischen Werther und Ortis.
Spätere deutsche Uebersetzer waren Friedrich Lautsch
und Adolf Seubert. Von der französischen Uebertragung, die der Vicomte Alexandre de Senonnes besorgte, erschien 1820 eine Ausgabe unter dem Titel:
Amour et Suicide, ou le Werther de Venise.

Man hat die Annahme hingestellt, Jacopo Ortis
könne durch Jemand geschrieben sein, der Werther
niemals gelesen habe. Der Einfluß des Werther auf
seine Gestaltung läßt sich indeß nachweisen; auch wird
im litterarischen Anhang der Ausgabe von 1814 dieser
Einfluß zugestanden. Es heißt dort nämlich, Ortis
habe zwar in einer anderen, weniger einheitlichen
Form bereits vorgelegen, ehe Foscolo eine Uebersetzung des Goethe'schen Romans in die Hände gekommen sei, nach dem Lesen des letzteren habe er dagegen eine Umarbeitung unternommen, wobei er sich
an das deutsche Vorbild gehalten. Demungeachtet ist
aber Ortis nichts weniger als eine bloße Kopie des
Werther, sondern seinem Geiste nach ein entschiedenes
Original. Nur darf man ihn nicht „an künstlerischer
Harmonie und Schönheit der Darstellung" dem
Goethe'schen Werke gleichstellen wollen, und es muß

uns befremden, wenn deutsche Beurtheiler einen Augen=
blick daran zweifeln können, daß sich im Werther
der künstlerische Genius eines höheren Meisters offen=
bart. [15]

Die wärmste und anhaltendste Theilnahme hat
Werther übrigens doch in Frankreich, sowie in der
französischen Schweiz gefunden, wo schon Rousseau's
vielbewunderter Leidenschaftsroman, die 1761 erschienene
Neue Heloise, in demselben Geist gewirkt hatte, wo
man für dieses sogenannte intime Genre besonders
empfänglich war. Bei seiner Anwesenheit zu Genf
im November 1779 fällt dies dem Dichter selbst auf.
Er schreibt von dort aus an Frau von Stein: „Daß
man bei den Franzosen auch von meinem Werther
bezaubert ist, hätt' ich mir nicht vermuthet. Man
macht mir viel Complimente und ich versichere da=
gegen, daß es mir unerwartet ist, man fragt mich,
ob ich nicht mehr dergleichen schriebe, und ich sage:
Gott möge mich behüten, daß ich nicht je wieder in
den Fall komme, einen zu schreiben und schreiben zu
können. Indeß gibt mir dieses Echo aus der Ferne
doch einiges Interesse mehr an meinen Sachen, viel=
leicht bin ich künftig fleißiger, verpasse nicht wie bis=
her die guten Stunden."

Außer den obenangeführten frühesten Uebersetzungen
traten auch bald französische Nachbildungen in die
Welt. So schon 1775 ein Theaterstück, das übrigens
einen Schweizer zum Verfasser hat, wahrscheinlich den
litterarisch vielseitig thätigen Johann Rudolf Sinner
(1730—87), Bibliothekar in Bern:

Les Malheurs de L'Amour, Drame. Berne Chez
B. L. Walthard 1775. 61 S. in klein 8. Mit Kupfer=
titel und zwei Vignetten von B. A. Dunker.

Werther hat in diesem dreiaktigen Stückchen den
Namen Manstein erhalten, Albert heißt Melling,
Charlotte ist die Tochter eines Barons von Waldeck,
und als Vertrauter kommt noch der Pfarrer des Ortes
hinzu. Dieser Letztere erscheint nach Mitternacht, und
bringt die traurige Nachricht, daß sich Manstein er=
schossen hat, nebst seinem zurückgelassenen Briefe. Bei
der verhängnißvollen letzten Zusammenkunft Manstein's
mit der geliebten jungen Frau wird nicht aus Ossian's
Klagegesängen vorgelesen, sondern aus dem ehedem
vielgeschätzten Roman der Madame de Tencin Mémoires
du Comte de Comminge. Die Frankfurter gelehr=
ten Anzeigen vom 7. November 1775 berichten über
das Stück: „Der Stoff dieses kleinen, sauber ge=
druckten und mit niedlichen Vignetten gezierten Drama
ist aus den Leiden Werthers gezogen, und für den
Geschmack beyder Nationen nicht übel bearbeitet. Die
handelnden Personen sind Deutsche, und der Schau=
platz ist in Deutschland. Wir halten es für das beste
dramatische Stück von denen, die durch die Leiden
Werthers entstanden sind, und können uns nicht ent=
brechen, bey dieser Gelegenheit allen Nachahmern und
Ausdehnern dieser Geschichte mit dem Curé am Ende
des Trauerspiels zuzurufen: Allons Messieurs!
cachons à l'univers ce triste événement, et adorons
les voies de la Providence!"

Ferner erschien 1778 eine andere dramatische Wertheriade:

> Werther, ou le Délire de l'amour. Drame en
> 3 actes et en prose, tiré en partie de l'Allemand
> par de La Rivière. La Haye, Isaac Van Cleef,
> 1778. 66 S. in 8.

Im Jahre 1786 kam zu Neuschatel ein „neuer Werther" heraus:

> Le Nouveau Werther, imité de l'Allemand.
> A Neuchatel, de l'Impr. de Jean-Pierre Convert.
> Et se trouve chez Jérémie Witel. Editeur. 1786.
> XIV und 279 S. in 8. (S. 275—279: Observations
> du Traducteur.)

Eigentlich nur ein Wiederabdruck der Deyverdun'schen Uebersetzung; jedoch sind darin am Anfang manche Stellen weggeblieben, dazu hat man den Schauplatz nach Neuschatel und der Umgegend verlegt, und Lotte heißt hier Lucie, während Albert in einen Monsieur Dupasquir verwandelt ist. — Im Jahre 1791 erschien zu Paris ein in's Weibliche übersetzter Werther, von Pierre Perrin aus Verdun, der verschiedene Auflagen erlebte; ein fader Briefroman, worin Werther's Schicksal auf eine siebzehnjährige weichgeschaffene Heldin, Mademoiselle Werthérie, übertragen ist, allerdings aber mit dem Unterschied, daß diese sich mit Opium vergiftet. Der verheirathete Mann, welchen diese junge Schwärmerin liebt, heißt Hertzberg.

> Werthérie. A Paris, Chez Louis, rue Saint-Severin,
> No. 29. 1791. 2 Bändchen in 18. Tome premier:
> 3 Bl. und 261 S. Tome second: 262 S. Mit zwei

Titelkupfern. Die Widmung „A Madame de Pompery“ ist unterzeichnet: Pierre Perrin. Das Titelkupfer des zweiten Bändchens stellt das Grabmal der Heldin dar, mit der Inschrift: Werthérie, Belle, vertueuse et trop sensible, est morte âgée de 17 ans: c'est L'AMOUR qui l'a tuée. Passant, lis, pleure et tremble.

Im Jahre 1792 brachte das Italienische Theater zu Paris Werther's Geschichte im Operettengewand, unter dem Titel:

Werther et Charlotte, Comédie en un acte, mêlée d'ariettes. Paris, Cailleau, 1792. in 8.

Die Handlung war „wie in dem Roman“; allein ein tragisches Ende wäre auf dieser komischen Bühne nicht zulässig gewesen, der Ausgang wurde daher ein anderer. Werther will sich erschießen. Man hört den Schuß. Lotte, die ein Unheil befürchtet, sinkt in Ohnmacht. Indem aber Albert dem Unglücklichen zu Hilfe eilen will, kommt Werther's alter Diener mit der Meldung herein, daß er so glücklich gewesen sei, den Schuß ab= zuwenden, und daß sein Herr noch lebe. Dieser er= scheint denn auch gleich darauf in eigener Person, mit ganz heilen Gliedmaßen, macht Entschuldigungen wegen seines Beginnens und verspricht, seiner Liebe zu entsagen. Das Stückchen war abge= faßt von dem pariser Komödienschreiber Jean Elie Bedene Dejaure (1761—99). Des albernen Aus= gangs ungeachtet, war ihm viel Beifall zu Theil ge= worden, welchen es, nach einem zeitgenössischen Bericht, „vorzüglich der interessanten Abschiedsscene zwischen Werther und Lotte“ verdankte. Vor allem hatte aber wohl die Musik zu diesem Erfolg beigetragen; dieselbe ist von dem geschätzten Komponisten der Lodoiska und anderer nun vergessenen Opern, Rudolf Kreutzer (geb. 1767 zu Versailles von deutschen Aeltern, gest. 1831 zu Genf). — In einem späteren französischen Werther=Drama (von B. C. Gournay?) schießt sich der Held auf dem Theater in die Brust und stirbt im Beisein Charlottens und Alberts und seines Freundes Wilhelm. Das Stück führt den Titel:

> Werther, Drame en cinq actes, en prose. A Paris, Chez Bélin, libraire, rue Saint-Jacques. No. 22. An XI (1802). 90 S. in 8.

Es bleibt uns hier ferner ein Roman von Auguste Lambert zu erwähnen:

> Praxède. par César-Auguste (A. Lambert). Sur les écrits du coeur la raison doit se taire. D'Arnaud. Première Partie. — Seconde Partie. A Paris, Chez Léopold Collin. 1807. 219 und 195 S. in 18.

Der berliner Schriftsteller Saul Ascher (1767—1822) lieferte eine Verdeutschung desselben — beiläufig bemerkt derselbe philosophische Doktor Ascher im grauen Leibrock, den Heine in seiner „Harzreise" als schauer=erregendes Traumgespenst einführt:

> Praxede oder der französische Werther. Übersetzt von Saul Ascher. Berlin, bei Duncker und Humblot. 1809. XVI und 301 S. in 8.

Eine gespreizte und ziemlich unnatürliche Liebes=jammergeschichte. Dieselbe endet zwar ohne einen Pistolenschuß, jedoch höchst kläglich. Die Heldin heißt

Agathe, und ist natürlich ein Engel, und mehr als
Engel. Sie wird dem Helden in der Landwohnung
seines Vaters als Gattin eines abwesenden bejahrten
Freundes, des Herrn von Versac, vorgestellt. Praxede
geräth bei dieser Begegnung sogleich in Feuer und
Flamme. „Was habe ich gesehen?“ schreibt er im
ersten Briefe seinem Freunde Karl. „Wo bin ich?
. . . Verwirrung herrscht in meinem Herzen . . . Ja,
Karl, ich liebe, und nun bin ich der unglücklichste
Mensch. Ich bin nicht mehr, oder vielmehr ich be=
ginne mein Dasein, um zu leiden. Mein Freund,
verliebe dich doch nie, wenn du es möglich machen
kannst; es stiftet viel Unheil . . . Ich habe sie ge=
sehen und ward besiegt. Aber, stelle dir mein Gefühl
vor, als ich meinen Vater sie Madame nennen
hörte.“ Agathe ist aber in Wahrheit noch unvermählt.
Sie ist nicht die Gemahlin, sondern die Tochter jenes
Herrn von Versac, und die beiden etwas sonderbaren
Alten haben den Engel eigentlich unserem Praxede
zur Lebensgefährtin bestimmt. Die ganze Komödie
ist nur ersonnen, damit er sich ihr nähere, ohne zu
wissen, daß sie ihm zugedacht ist, und damit er selbst
den Geist und das Herz seiner künftigen Gattin bilde.
Denn Praxede gibt Agathe auf seines Vaters Wunsch
auch Lektionen im Zeichnen und im Italienischen, in
der Geschichte und Botanik. Daraus erwächst nun
aber großer Jammer. Agathe wird zuletzt aus Angst,
ihr Geliebter möge Hand an sich gelegt haben, von
einem hitzigen Fieber befallen und stirbt nach vielen
Leiden. Praxede überlebt sie nur zwölf Stunden,

und ein gemeinsames Grab nimmt die Unglücklichen auf. Dies der Inhalt des in Briefen geschriebenen Romans, dessen Verwandtschaft mit dem Goethe'schen Urbilde sich deutlich verräth. Von anderen Romanen, welche öfters als Gegenstücke zum Werther oder als Nachbildungen desselben betrachtet werden, wie z. B. die 1804 erschienene Valérie, ou Lettres de Gustave de Linard à Ernest de G . . . . ., der einst vielberufenen „Aposteldame" Juliane von Krüdener, oder gar Benjamin Constant's Adolphe, anecdote trouvée dans les papiers d'un inconnu (1816), muß hier ganz abgesehen werden; denn solche Vergleichungen würden uns viel zu weit führen. Läßt es sich doch überhaupt kaum sagen, inwiefern eine Dichtung gleich Werther auf so manche Erzeugnisse einer späteren Epoche eingewirkt hat und diese mit ihr zusammenhängen! Das Jugendwerk von Charles Nodier (1780—1844) Le Peintre de Saltzbourg, Journal des émotions d'un coeur souffrant (1803), ist allerdings eine Wertheriade; es wird von dem Verfasser selbst als „postiche du roman allemand" bezeichnet. Wir können aber seinen düsteren Helden, den Maler Charles Münster, unmöglich als echten Geistesbruder unseres Werther ansehen. Der leicht exaltirte Nodier war in seinen bewegten jungen Tagen, da ihn die Häscher des Ersten Konsuls verfolgten, ganz erfüllt von Werther, er trug ihn beständig mit sich herum, der Wertherismus war bei ihm, wie Emile Montégut sagt, eine wahre Religion. In seinem schon 1802 herausgegebenen kleinen Roman Les Proscrits erzählt

der unglückliche Flüchtling, er habe, als er das Ge=
birg durchirrte, den Werther, den Freund, der ihm
geblieben, auf seinem Herzen bewahrt, er habe das
abgegriffene Buch mit seinen Thränen benetzt, bald
seine Augen darauf geheftet, bald seine glühenden
Lippen darauf gepreßt; er habe Werther laut gelesen,
und mit ihm seine Einsamkeit belebt. Man muß ge=
stehen, dieser Werther=Kultus hat etwas Fieberhaftes.
Uebrigens ist nicht zu vergessen, daß die Enttäuschungen,
die Schrecken seiner Zeit — die Zeit der Revolution
und der Konsularregierung — die Seele des leiden=
schaftlichen jungen Franzosen noch besonders erschüttert
haben. [16]

Der 1804 erschienene und durch Sainte = Beuve
1833 wiedererweckte Obermann, von Etienne Pierre
de Senancour (1770—1846), wird gleichfalls mit
Werther zusammen genannt. Obermann ist eine Art
von weltschmerzlichem Roman in Briefen. Karl Ma=
ger scheint uns das Wahre zu treffen, indem er über
ihn sagt: „Wenn dieses Buch auf eine ganze Klasse
von Lesern einen so bedeutenden Einfluß gehabt hat
und noch hat, so liegt dies in dem Umstande, daß
Obermann in der That ein Typus ist. Werther
stellt die Leidenschaft dar, die sich in ihrem Strome
gehemmt fühlt, sie kämpft gegen die Dinge ... Ober=
mann ist der Mensch, der wohl Sinn und Gefühl
für Großes hat, aber dabei auch das Bewußtsein von
der Unzulänglichkeit seines Talentes, seines Geistes.
Obermann sagt: Wozu wollen? ich bringe doch nichts
zu Stande! Man kann Obermann in keiner Weise

mit Goethe'schen und Byron'schen Gestalten vergleichen. Auch von Nodier's Maler von Salzburg, ebenfalls ein Typus einer Art der am Anfange unseres Jahrhunderts herrschenden Melancholie, ist er specifisch verschieden . . . Obermann hat mehr psychologisches als ästhetisches Interesse". (Geschichte der französischen National = Litteratur neuerer und neuester Zeit. II. 1. 181 fg.)

Nachdem der Wertherschwindel in Deutschland eine Sage geworden und schon längst die Gestalt des Helden vom öffentlichen Markte wieder verschwunden war, erregte noch die ungeheure Heiterkeit der Pariser eine auf dem Théâtre des Variétés im Boulevard Montmartre oft gegebene Parodie des deutschen Romans, worin der sehr beliebte Komiker Charles Potier als Werther glänzte. Georges Labiche, ein Beamter im Ministerium des Innern, der unter dem Namen Georges Duval Komödien anfertigte, und Edmond Rochefort waren die Verfasser dieses Stückchens, welches den Titel führt:

> Werther, ou les Égarements d'un coeur sensible. Drame historique en un acte, mêlé de couplets, par M. M. Georges Duval et Rochefort, représenté pour la première fois à Paris sur le Théâtre des Variétés le 29. Septembre 1817. Paris, J. N. Barba. 1817. 34 S. in 8.

Wir finden hier unseren Helden in einem Dorfe nahe bei München, und Albert ist daselbst Gastwirth „zum Großen Hirschen", der „zu Fuß und zu Pferde logirt". Natürlich erschießt sich Werther in dieser

leichten Gesangsposse ebensowenig, als in der älteren
Komödie von Dejaure. Er macht aber allerdings
seine Anstalten zum Selbstmord, und um sich in die
gehörige Stimmung zu versetzen, trinkt er sich in der
Stille einen Haarbeutel an. Zuletzt führt ihn sein
Freund Volmar, trotz aller seiner Gegenreden und
feierlichen verliebten Klagen, in einer Kutsche mit Gewalt aus der Nähe der angebeteten Lolotte hinweg.
Die ganze Posse ist in der That viel zu kindisch
harmlos, als daß sich behaupten ließe, die von Ausländern beschriebene deutsche Sentimentalität solle durch
sie förmlich verspottet werden; jedoch mag man es für
einen kleinen lächerlichen Hieb auf das Deutschthum
ansehen, daß darin ein Fritz, Werther's Diener, auftritt, welcher zur Vermehrung der Heiterkeit stets ya
anstatt oui sagt.

Im Sommer 1846 wurde der berühmte Schatten
auf dem pariser Vaudeville-Theater noch einmal her-
vorbeschworen. Man spielte daselbst eine ganz neue
Wertheriade, ein Melodrama, das der bekannte Ro-
man- und Schauspieldichter Emile Souvestre in Gemeinschaft mit Eugène Bourgeois verfaßt hatte:

Charlotte et Werther. Drame en trois Actes;
    précédé de: La Fin d'un Roman, Prologue;
    par Émile Souvestre et M. Eugéne Bour-
    geois. Représenté pour la première fois, à Paris.
    sur le Théâtre du Vaudeville. le 25 Juillet 1846.
    12 doppelspaltige S. in 4. Mit einem Holzschnitt.
    (Théâtre contemporain illustré, livr. 565. Paris,
    Michel Lévy frères, 1864)
    Zuerst: Paris, Lévy frères, 1846. in 12.

Der Schauplatz des Vorspiels: „Das Ende eines Romans", ist nach Offenbach am Main verlegt. Goethe erscheint in eigener Person. Er verweilt in diesem damals noch halb ländlichen Aufenthalte mit Werther, Charlotte und Albert, und hat, als Herzens= kenner und stiller Beobachter seiner Freunde, seinen Roman bereits geschrieben, indem er den unglücklichen Ausgang erdichtete. Die Handschrift ist auch schon einem frankfurter Buchhändler zugeschickt worden, der ihn nun aufsucht, um mit ihm über das Verlagsrecht zu unterhandeln. Inzwischen sind aber Goethe doch Ge= wissenszweifel wegen der Veröffentlichung des Romans aufgestiegen. Er wünscht, denselben zu unterdrücken; der unternehmende frankfurter Verleger, der ihm zu= letzt das nie erhörte Angebot von sechshundert Dukaten macht, muß daher unverrichteter Sache abziehen. Hierauf ist der Dichter so unbedacht, dem Werther sein Manuskript, welches dessen eigene Geschichte ent= hält, zu übergeben. Dieser liest nur den letzten Brief Werther's an Lotte. Er sagt sich, daß Goethe ihm den einzigen Ausweg gezeigt hat. Nach einer kurzen Scene mit Charlotte und Albert stürmt er die Treppe hinauf, in seine Stube, und bald nachher knallt ein Schuß. Er hat sich jedoch nur angeschossen. Albert versichert Charlotte, daß Werther diesmal nicht sterben werde, indem er, wie in der bekannten Parodie unseres alten berliner Nicolai, zugleich ihrer Hand förmlich entsagt. In dem nun folgenden Drama ist Werther schon zwei Jahre mit Charlotte verheirathet. Er ist aber nach wie vor ein unzufriedener Träumer.

Bald findet sich's, daß eine neue Liebe sein Herz ge=
fangen hält: Helene, die junge und schöne und
schwärmerische Tochter eines alten Herrn Majors.
Die Arme ahnet nicht, daß der, wie es scheint, un=
menschlich liebenswürdige Werther ein verheiratheter
Mann ist; sie hat sich ihm hingegeben, sie hofft, ihr
Vater werde in die Verbindung mit dem Geliebten
einwilligen, obgleich dieser sie schon einem Freunde
des Albert bestimmt hat. Da zerreißt der Schleier
bei der ersten Begegnung mit Charlotte. Nach einigem
Widerstreben willigt Helene in eine Flucht mit Werther;
jedoch werden Werther's Absichten entdeckt. Helene
will sich vergiften. Aber schon ist ihr die verrathene
Charlotte in diesem Entschluß zuvorgekommen; sie
stürzt todt hin zu Werther's Füßen, nachdem sie ihm
noch mit brechender Stimme zugerufen: „Sei glück=
lich . . . Denke nicht mehr an mich . . . Werther . . .
ein letzter Kuß! Adieu!" Helene wird nebst ihrem
Vater durch den verständigen Albert von dieser Jammer=
scene hinweggeführt. Und auf die Frage des ver=
zweifelnden Werther, was ihm denn nun bleibe, ant=
wortet Albert, auf die Leiche hindeutend, sehr tief=
sinnig: „le souvenir!" Damit fällt der Vorhang. —
Karl Rosenkranz berichtet gleichfalls über dieses Drama
in seinem Buche „Goethe und seine Werke" (S. 10 fg.
der zweiten Auflage). Er sagt, es sei ein Zugstück des
Vaudeville=Theaters gewesen, und die Franzosen hätten
die krassesten Sentimentalitäten darin beifälligst beklatscht.

Aber auch eine ernstere Theilnahme an der in
unserem Roman lebenden Gedankenwelt ist noch im

neunzehnten Jahrhundert jenseit des Rheins wahr=
zunehmen. Von neueren französischen Autoren wird
des Werther mit Vorliebe gedacht, und bis in die
zwanziger Jahre sind Einflüsse desselben auf die
jüngeren Geister in Frankreich bemerklich. „En 1820
on n'était que désespéré avec Werther, René ou
le Giaour", sagt einmal George Sand im ersten
Theile ihres Romans Jeanne. Lamartine zeigt uns
in dem 1849 erschienenen überempfindsamen Raphaël,
pages de la vingtième année seinen Helden mit
Werther's Leiden in der Hand. Zugleich spricht es
sehr für die Gunst, worin Goethe's Jugendwerk bei
den Franzosen fortwährend steht, daß verschiedene
neue französische Uebersetzungen erschienen. So eine
höchst treffliche von dem socialistischen Schriftsteller
und einstmaligen Saint = Simonisten Pierre Leroux
(1798—1871). Diese Uebersetzung ist mit liebevoller
Sorgfalt ausgearbeitet, und hat das Verdienst einer
seltenen Treue. „Als ich vor Jahren Deutsch lernte",
bemerkt Leroux, „war ich überrascht durch die Klar=
heit des Stils dieses Werther, der mich in meiner
Jugend so stark gerührt hatte. Jeden Satz übertrug
ich wörtlich, und fand, daß sich dabei ein sehr richtiges
Französisch herausstellte. Goethe's Sprache ist, auch
wo sie sehr poetisch, ebenso klar wie die Voltaire's."
Die Leroux'sche Uebersetzung kam zuerst 1829 in Druck
und erlebte nicht wenige Auflagen; 1845 wurde sie
in prächtiger Ausstattung herausgegeben, mit zehn
Radirungen von Tony Johannot, wovon einige zu
den geistreichsten Blättern des bekannten Illustrators

gehören. Diese Prachtausgabe wurde auch mit einer warmen Vorrede von George Sand begleitet, sowie mit Considérations sur Werther, et en général sur la poésie de notre époque, aus der Feder des Uebersetzers. Wer Pierre Leroux einigermaßen kennt, wird die Auffassung, die in seinen Betrachtungen über Werther herrscht, nicht schwer errathen: sie athmen jenen humanen und gefühlsamen Radikalismus einer nun ziemlich vergessenen Schule des jungen Frankreich der dreißiger Jahre. Der französische Socialist geht von einer Bemerkung der Madame de Staël aus, daß Goethe in diesem Roman ohne gleichen („sans égal et sans pareil") ein Gemälde der geistigen Krankheit des Zeitalters gegeben habe, [17] und bespricht hierauf die moderne Weltschmerz-Dichtung, als deren Vorläufer und Originaltypus Werther angesehen wird. Dabei kommen allerdings etwas befremdliche und schiefe Vorstellungen zu Tag. Leroux vergißt nicht, mit besonderer Betonung an den Einfluß zu erinnern, den Rousseau auf Goethe ausgeübt haben mußte. Er behauptet sogar, daß die Geistesentwickelung unseres Dichters Frankreich ebensowohl angehöre als Deutsch-land („le développement de Goethe appartient à la France comme à l'Allemagne"); Goethe, sagt er, habe sich in Wahrheit zwischen Frankreich und Deutsch-land, an beiden Theil nehmend, gebildet („Goethe s'est formé entre la France et l'Allemagne, parti-cipant des deux"), und noch zweimal wird es von ihm wiederholt, Goethe sei zwischen Frankreich und Deutschland erzogen. Woraus man sieht, daß Pierre

Leroux bei seinen Humanitätsträumen doch keineswegs von nationalen Vorurtheilen frei war. In der Vorrede ist George Sand voll der höchsten Anerkennung für ihren Freund, den Uebersetzer, voll Bewunderung für den deutschen Dichter. Sie nennt den Werther ein Buch, das man in zwei Stunden liest, und das einen Eindruck für das ganze Leben hinterläßt. — In einer 1855 erschienenen Uebersetzung von Louis Enault, welcher dieser Schriftsteller eine ansprechende Einleitung beigegeben, begegnen wir Werther als Bestandtheil einer französischen Eisenbahn-Bibliothek; 1865 hat der Komödienschreiber Narcisse Fournier eine neue Uebersetzung geliefert; und Madame Bachellery beschenkte das französische Publikum 1886 mit einer anderen, die sich in einem sehr zierlichen Kleide einführte, mit einer Vorrede von Paul Stapfer und sieben brillanten Radirungen von Adolphe Lalauze. Man erinnere sich ferner, wie die Briefe Goethe's an Kestner und Lotte mit Theilnahme von französischen Litteraten aufgenommen wurden. L. Poley, ein früherer Attaché der preußischen Gesandschaft zu Paris, hat sie vollständig übertragen, und eine Reihe von Mittheilungen, von Armand Baschet, Henri Blaze de Bury, Sainte-Beuve, Emile Montégut und Anderen, ist durch die Veröffentlichung dieser Zeugnisse des wetzlarischen Verhältnisses hervorgerufen worden. Montégut sagt in seinem Aufsatze Types modernes en littérature, den die Revue des deux mondes von 1855 zuerst brachte: „Ich habe den Werther oft gelesen, und niemals, ohne tief von ihm ergriffen

worden zu sein. Ich habe ihn in einem Alter ge=
lesen, wo man sich von Allem hinreißen läßt, ohne
noch etwas erfahren zu haben. Ich habe ihn in
einem Alter gelesen, wo man schon zu vieles durch=
gefühlt hat, um leicht ergriffen zu werden, und immer
hat der Held im blauen Frack dieselbe Anziehungs=
kraft auf mich geübt. Ich habe für viele Gedicht=
und Romanhelden geschwärmt, die nun aus meinem
Geiste wie weggelöscht sind; ich kann heute gestehen,
daß ich der betrogene Narr vieler poetischen Erfin=
dungen gewesen bin; ganz anders aber verhält es sich
mit Werther, und jedesmal, wenn ich die Erzählung
von seinem beklagenswerthen Geschick wieder vornehme,
fühle ich meine Sympathie für ihn von neuem er=
wachen .... Werther ist unter den poetischen Ge=
stalten neuerer Zeit diejenige, die ich am meisten liebe;
sie ist nicht die großartigste, aber die rührendste."

Vor Kurzem erlebten wir auch noch eine musika
lische Verherrlichung Werther's durch den französi=
schen Komponisten Jules Emile Frédéric Massenet
(geb. 1842) in der Oper: Werther, drame lyrique
en quatre acts et cinq tableaux, d'après Goethe,
par MM. Edouard Blau, Paul Milliet et Georges
Hartmann, musique de J. Massenet. Der Text
dieser Oper schließt sich Goethe an. Das Werk war
schon 1886 vollendet und gedruckt, kam jedoch erst
sechs Jahre später zur Aufführung. Im wiener
Opernhause wurde es am 17. Februar 1892 zum
erstenmal gegeben, und zwar mit glänzendem Erfolg;
dann zu Paris, ebenfalls unter dem lebhaftesten An=

theil der Zuhörer, den 16. Januar 1893 im Théâtre de l' Opéra comique; zu New-York erschien es im Frühling 1894, und am 11. Juni desselben Jahres zu London im Convent-Garden Theater.

Daß Napoleon eine französische Uebersetzung unseres Romans in seiner kleinen Feld-Bibliothek mit sich führte, als er 1798 nach dem Lande der Pyramiden zog, ist aus einer Liste in Bourrienne's Denkwürdigkeiten (Mémoires de M. de Bourrienne sur Napoléon &c., I. chap. XIII) bekannt geworden. Wolfgang Menzel behauptet in einer früheren Ausgabe seiner „Geschichte der Deutschen" (Stuttgart, 1834. S. 667), Napoleon habe in müßigen Stunden während des egyptischen Feldzugs den „bekannten sentimentalen Roman Goethe's" gelesen, und aus dessen weiter Verbreitung in Teutschland mit Recht geschlossen, daß eine Nation, die solche jämmerliche Bücher lieben und bewundern könne, durchaus weibisch und kindisch müsse geworden sein. Es ist dies rein aus der Luft gegriffen, aber bei dem Goethe-Verächter Menzel allerdings nicht sehr befremdlich. Wie der vielgewaltige Eroberer während der Versammlung zu Erfurt, bei dem Morgenempfang am 2. Oktober 1808, das Gespräch mit Goethe auf den Werther lenkte, wissen wir aus des Letzteren eigenem Bericht. Er versicherte, den Roman siebenmal gelesen zu haben. Er fand jedoch eine Vermischung der Motive des gekränkten Ehrgeizes und der leidenschaftlichen Liebe daran auszusetzen, und bezeichnete eine gewisse Stelle — wahrscheinlich jenes Zwischenwort an den Leser,

welches sich in den alten Werther=Ausgaben vor dem
Briefe vom 20. December 1772 findet, übrigens schon
in der 1787 erschienenen neuen Bearbeitung beseitigt
war. „Das", sagte Napoleon, „ist nicht naturgemäß
und schwächt bei dem Leser die Vorstellung von dem
übermächtigen Einfluß, den die Liebe auf Werther
gehabt hat. Warum haben Sie das gethan?" [15]
— „Er hatte ihn (Werther) studirt wie ein Kriminal=
richter seine Akten", bemerkte Goethe in späterer Zeit
zu dem getreuen Eckermann, „und in diesem Sinne
sprach er auch mit mir darüber."

Mit Recht konnte also der Dichter in seinen Ve=
netianischen Epigrammen anführen, daß Frankreich
und England freundlich den zerrütteten Gast empfin=
gen, und wenn es dort weiter heißt, daß

sogar der Chinese

malet, mit ängstlicher Hand, Werthern und Lotten auf Glas,

so ist das nicht etwa eine zu kühne Behauptung, viel=
mehr beruhen diese Verse auf einem wahren Umstand,
welchen ein Herr von Leonhardi dem Rektor Karl
Heinrich Jördens in Lauban, zur Benutzung für sein
Lexikon deutscher Dichter und Prosaisten mittheilte:
„Im Jahre 1799 befand ich mich in Holstein. Es
war eben ein Kauffahrer aus Ostindien nahe bei
Glückstadt angekommen, und ich gieng, dieses Schiff
von vorzüglicher Größe zu besehen. In des Kapitäns
Kajüte fand ich mehrere chinesische Gemälde, Werthers
Leiden vorstellend. Es verdiente dieß wohl in Ihrem
Lexikon bemerkt zu werden, da Herr von Göthe wohl

der einzige Deutsche ist, dem eine solche Ehre wider=
fuhr" (Vorrede zum dritten Bande von Jördens'
Lexikon, S. XXX). Uebrigens ist es wohl selbst=
verständlich, daß die betriebsamen Söhne des himm=
lischen Reiches diese Gemälde nach europäischen Mustern
für ihre europäischen Kunden anfertigten, wie sie ja
im neunzehnten Jahrhundert selbst die Figuren des
Doktor Eisele und Baron Beisele aus den münchener
„Fliegenden Blätter" fleißig nachgepinselt haben. Ein
kunstübender Chinese, von dem Werther und Lotte
gemalt wurden, hatte also höchst wahrscheinlich von
solchen Geschöpfen des fernen barbarischen Westens
nicht das mindeste gewußt. Als eine seltsame That=
sache wollen wir indeß hier erwähnen, daß in unseren
Tagen Werther's Leiden bei den von europäischer
Kultur beleckten Japanesen importirt worden sind.
Professor Mori, ein Japanese, der in Berlin studirte,
wagte sich an die Uebersetzung in seine weiche und
wohlklingende Muttersprache. Diese, wie uns dünkt,
unnöthige Uebersetzung erschien 1894, noch vor dem
Ausbruch des Krieges der Japanesen gegen China.

Dreizehn Jahre nach dem Erscheinen des Werther,
im November 1787, während seiner glücklichen Tage
in Rom, erhielt Goethe aus weiter Ferne ein merk=
würdiges Danksagungsschreiben. Ein ungenannter
junger Ausländer brachte ihm die Versicherung ent=
gegen, daß das Buch sein Herz zur Rechtschaffen=
heit und Tugend zurückgeführt habe — ein eigenthüm=
licher Abstich gegen die Anklagen und Vorwürfe der
deutschen Zeitgenossen. Der Brief ist in der „Ita=

lienischen Reise" abgedruckt. Es heißt darin: „Monsieur, je ne suis pas étonné que vous ayez de mauvais lecteurs; tant de gens aiment mieux parler que sentir, mais il faut les plaindre et se féliciter de ne pas leur ressembler. — Oui, Monsieur, je vous dois la meilleure action de ma vie, par conséquent la racine de plusieurs autres et pour moi votre livre est bon. .... Soyez satisfait, Monsieur, d'avoir pu à 300 lieues de votre demeure ramener le coeur d'un jeune homme à l'honnêteté et à la vertu, toute une famille va être tranquille et mon coeur jouit d'une bonne action."

Noch 1809 oder 1810 langte in Weimar ein Packet an von Isle de France (die Insel Mauritius), mit der französischen Aufschrift: An den Verfasser der Leiden des jungen Werther in Ingolstadt. Das Postpäckchen enthielt eine französische Nachbildung des Romans und war ziemlich lang in der Irre umhergelaufen, da es mit Protest als inconnu à Ingolstadt abgewiesen worden, es hätte vielleicht den ganzen Rückweg wieder antreten müssen, wenn nicht endlich irgendwo ein Postmeister sich auf des Dichters Namen und ein anderer auf dessen Wohnort besonnen hätte. Goethe hing nachher das mit allen möglichen Postzeichen dekorirte Kouvert wie ein Quodlibet unter Glas und Rahmen eine Zeit lang in seinem Besuchzimmer auf. Riemer, welcher diese Anekdote im zweiten Bande seiner Mittheilungen (S. 616) erzählt, macht das in dem Packet befindliche Buch nicht weiter namhaft. Im Jahre 1803 war aber auf Isle de

France eine französische Wertheriade gedruckt worden: Sydner, ou les Dangers de l'imagination. Barthélemi Huet de Froberville (1761—1835), gebürtig aus Romorantin im Loir- und Cher - Departement, als französischer Offizier nach der fernen Kolonie verschlagen, hatte diesen Roman verfaßt, und mag ihn wohl Goethe zugeschickt haben. (Vgl. Luden's Kleine Aufsätze, I. 98, und über Huet de Froberville Biographie universelle, nouvelle édition, XX. 106.)

Wunderliche Kundgebungen von den Sympathien der Ausländer für den „vielbeweinten Schatten" hat man gleichfalls in Wetzlar und dessen ländlicher Nachbarschaft erlebt, dem Schauplatz unseres Romans, welcher durch ihn fast nicht weniger berühmt geworden ist, als Clarens und die Felsen von Meillerie am lemanischen See, „die der ewig einsame Rousseau mit empfindenden Wesen bevölkerte." Verfehlt doch auch nicht John Murray's Handbook for Travellers on the Continent, das früher unentbehrliche „rothe Buch" der reisenden Engländer, auf die Werther-Erinnerungen in Wetzlar gebührend hinzuweisen. „Wetzlar — heißt es in dem Theile über Nord-Deutschland — derives some celebrity from being the scene of Goethe's romance, ‚The Sorrows of Werther,' founded on events which actually occurred here. The hero was a Legation's Secretary, named Jerusalem; he is buried in the churchyard outside the Waldbach Gate. In front of that gate is Charlotte's Fountain, and the house of her father, whose name was Amtmann Buff. Near the fountain is the ‚Wertherlinde‘, under which Goethe often sat. The author has described, under the name of Walheim, the village of Garbenheim, 2 m. distant.“ Reliquien=süchtige Engländer pilgerten zu einem Erdhaufen, den man in einem Wirthshausgarten am Ende des Dorfes Garbenheim, nahe der Straße, unter hohen Buchen und Eichen aufgeworfen, und den der Herr Wirth für Werther's Grab auszugeben pflegte. In Lewald's „Europa“ von 1839 hat Paul Wigand, der durch seine historischen Forschungen bekannte ehemalige Stadt=gerichts=Direktor zu Wetzlar, anziehende Mittheilungen über die Tradition von Goethe=Werther veröffentlicht, worin er sagt, dieser Wirth, dem das sogenannte Werther=Grab manchen Gulden einbrachte, habe ihm verschiedene Geschichtchen von empfindsamen und leicht=gläubigen Fremden erzählt. Unter anderen folgendes: Im vorigen Jahre kamen vier junge Touristen aus Albion mit einem deutschen Begleiter. Sie verglichen Garten und Haus mit einem mitgebrachten Bildchen und ließen sich alsdann, überzeugt von der Richtigkeit des Platzes, zu dem Grabhügel führen. Schweigend und feierlich umgingen sie ihn, und forderten fünf Flaschen Wein mit fünf Gläsern. Unter begeisterten, den Manen Werther's geweihten Trinksprüchen wurden die Gläser geleert, der Rest der Flaschen wurde auf das Grab gegossen. Sie zogen blanke Dolche hervor, stellten sich im Kreise um den Hügel, und einer hielt eine Rede, wovon der Wirth freilich nichts vermelden konnte; er lachte aber herzlich, und bedauerte zugleich den närrischen Einfall, den guten Wein da auszugießen, den sie doch wenigstens hätten sollen stehen lassen, daß ein anderer durstiger Mensch ihn hätte trinken können. Jene Fünf besuchten auch die Kirche und den Lindenplatz, und hinterließen durch großmüthige Geschenke ein freundliches Andenken. Beinahe wäre es indeß noch im Garten zu einem Handel gekommen; denn als nachher beim ruhigen Gespräch die Frage aufgeworfen wurde, was sich wohl in dem Grabe befinden möge, äußerte ein anwesender Bergmann, er wolle nächstens einmal auf dieser Stelle schürfen, und werde dann sehen, was sich noch vorfände. Sogleich zogen die Fremden ihre Dolche, und geriethen über eine solche Barbarei dermaßen in Zorn, daß der Bergmann es für gerathen hielt, sich schleunig zu entfernen. Unter diesem fraglichen Grashügel befindet sich aber in Wahrheit gar nichts; denn der junge Jerusalem, der vermeinte wirkliche Werther, war keineswegs hier beerdigt worden, sondern zu Wetzlar an der Friedhofmauer, obschon ehemals eine Sage ging, in der Nacht hätten ihn seine Freunde ausgegraben und ihm an seinem Lieblingsort eine Ruhestätte gegeben. Ein früherer Besitzer des Gartens, ein Prokurator des Reichsgerichts, hatte den Hügel errichtet und zum Andenken Werther-Jerusalem's eine Urne darauf gesetzt. Im Jahr 1813 ließ jedoch, bei einem Durchmarsch russischen Kriegsvolks, ein General von S. diese Gedächtnißurne wegnehmen und nach St. Petersburg senden. — An einen wetzlarer Freund

Wigand's gelangte einmal aus Ungarn ein Schreiben mit der Bitte, einige Zweige oder Blüthen vom Grabe Werther's dorthin zu schicken.

Schon in den siebziger Jahren wallfahrteten übrigens deutsche empfindsame Seelen an Jerusalem's Grab zu Wetzlar. Im Frühling 1776 wurde zur Mitternachtsstunde eine förmliche Procession auf den Gottesacker veranstaltet, um dem „unglücklichen Opfer des Selbstgefühls und der Liebe" eine Ehre anzu=thun. Herren und Frauen, Fremde sowohl als Wetzlarer, vereinigten sich an einem festgesetzten Abend zu dieser Feier, und es waren nicht etwa „junge Laffen", Altersgenossen Jerusalem's, und schwär=merische liebesieche Mädchen, sondern wohlgesetzte Männer, Kammergerichts-Assessoren und Damen von Stande. Jeder Theilnehmer trug ein brennendes Wachslicht, jeder war schwarz gekleidet. Als der Zug auf dem Friedhofe angekommen war, schloß man einen Kreis um das Grab und sang: „Ausgelitten hast Du, ausgerungen" ꝛc. Nach Beendigung des Liedes trat ein Redner auf und widmete dem Unglücklichen einen Sermon, wobei er sagte, daß der Selbstmord aus Liebe, wenn auch nicht zu rechtfertigen, doch hier zu entschuldigen gewesen sei. Dann wurden Blüm=chen auf das Grab gestreut, und die Versammelten wanderten in die Stadt zurück. Dieser nächtliche Grabbesuch wurde nach einigen Tagen wiederholt; da aber die Stadtobrigkeit es ziemlich deutlich merken ließ, daß sie im abermaligen Wiederholungsfall thät=lich einschreiten würde, so unterblieb die Fortsetzung.

(Vgl. die Rheinischen Provinzial = Blätter von 1839, Nr. 16, sowie die Selbstbiographie des Magisters Friedrich Christian Laukhard, Halle, 1792. I. 141 fg.)

Was überhaupt die damaligen deutschen Lands= leute näher angeht, so war an verschiedenen Orten wenigstens Werther's Name auch bis zu jenen Klassen gedrungen, wo man Bücher der Art sonst nicht zu kennen pflegt, sondern nur mit dem gröberen Abfall der Litteratur den etwaigen Lesetrieb befriedigt. Ob Herr Werther wirklich, mit erbärmlicher Geberde,

merkwürdig für die Menschenkinder,
halb Heiliger, halb armer Sünder,

in Wirthsstuben aufhing, wie Goethe in dem Gedichte „Celebrität" meinte, das wissen wir freilich nicht zu sagen; jedenfalls wurde aber 1776 ein Bänkelsänger= Lied in bester Form zum Verkauf ausgeboten, und zwar unter folgendem Titel:

Eine entsetzliche

Mordgeschichte von dem jungen Werther,

wie

sich derselbe den 21. December durch einen Pistolenschuß eigen= mächtig ums Leben gebracht. Allen jungen Leuten zur Warnung in ein Lied gebracht, auch den Alten fast nutzlich zu lesen.

Im Thon: Hört zu ihr lieben Christen 2c.

Das Stück kostet 2 Kreutzer; ist ja nur ein geringes Geld. Ohne Ort und Jahr. (Bei den Eichenbergischen Erben das ist J. K. Deinet zu Frankfurt am Main gedruckt). 14 S. in 8. Oefters wiedergedruckt. Auch unter dem Titel: **Mordgeschichte des jungen Werthers. Romanze.** v. O. 1776. in 8.

Der Verfasser dieser Travestie war Heinrich Gott=
fried von Bretschneider, der am 6. März 1739 zu
Gera im Voigtland das Licht erblickte und am 1. No=
vember 1810 auf dem Schlosse seines Freundes, des
böhmischen Grafen Wrtby, zu Krzimitz bei Pilsen
starb. [19] Bretschneider, ein vielumgetriebener, viel=
seitiger Mann, hat mancherlei mehr oder weniger
triviale Satiren geschrieben. Diese Knittelverse aber
hatte er, damals zu Usingen im Nassauischen lebend,
für einen wirklichen Bänkelsänger aufgesetzt, der ihn
um eine Mordgeschichte gebeten. Ein Freund, der
kurbrandenburgische Legationssekretär Ganz in Wetzlar,
hatte diesen wandernden Rhapsoden zum Spaß an
ihn geschickt; der Mann hieß Martin König und war
aus dem Dorfe Niederweisel in der Wetterau. Und
so wurde denn das Lied wohl auch unter den be=
gleitenden Tönen des Leierkastens, zum warnenden
Exempel für die liebe Christenheit, abgesungen, wie
eine echte und wahrhafte Mordgeschichte. Wir lassen
es hier folgen. Der Leser wird zugeben, daß diese
„niedrigkomische Romanze" nicht übel gelungene
Strophen enthält. Eine Strophe, die sich auf eine
populäre Stelle in Werther's Briefe vom 16. Juni 1771
bezieht und die Ekel erregen kann, haben wir weggelassen.

Hört zu, ihr Junggesellen!
Und ihr, Jungfräulein zart!
Damit ihr nicht zur Höllen
Aus lauter Liebe fahrt.

Die Liebe, traute Kinder!
Bringt hier auf dieser Welt

Den Heil'gen wie den Sünder
Um Leben, Gut und Geld.

Ich sing' euch von dem Mörder,
Der sich selbst hat entleibt,
Er hies: der junge Werther,
Wie Doktor Göthe schreibt.

So witzig, so verständig,
So zärtlich als wie er,
Im Lieben so beständig
War noch kein Sekretair.

Ein Pfeil vom Liebesgotte
Fuhr ihm durchs Herz geschwind.
Ein Mädgen, sie hies Lotte,
War eines Amtmanns Kind.

Die stand als Vice-Mutter
Geschwistern treulich vor,
Und schmierte Brod mit Butter
Dem Fritz und Theodor,

Dem Liesgen und dem Kätgen —
So traf sie Werther an,
Und liebte gleich das Mädgen,
Als wär's ihm angethan.

Wie in der Kinder Mitte
Sie da mit munterm Scherz
Die Butterrahmen schnitte —
Da raubt' sie ihm das Herz.

Fuhr aus, mit ihr zu tanzen
Wohl eine ganze Nacht,
Schnitt Mennets der Franzen
Und walzte, daß es kracht'.

Sein Freund kam angestochen,
Blies ihm ins Ohr hinein:
Das Mädgen ist versprochen
Und wird den Albert frey'n.

Da wollt' er fast vergehen,
Spart' weder Wunsch noch Fluch,
Wie alles schön zu sehen
In Doktor Göthe's Buch.

Kühn gieng er, zu verspotten
Geschick und seinen Herrn,
Fast täglich nun zu Lotten,
Und Lotte sah ihn gern.

Er bracht' den lieben Kindern
Lebkuchen, Marcipan;
Doch alles konnt's nicht hindern,
Der Albert wurd' ihr Mann.

Des Werthers Angstgewinsel
Ob diesem schlimmen Streich
Mahlt Doktor Göthes Pinsel
Und keiner thut's ihm gleich.

Doch wollt' er noch nicht wanken,
Und stets bey Lotten seyn,
Dem Albert macht's Gedanken,
Ihm träumte von Geweyh'n.

Herr Albert schaute bitter
Auf die Frau Albertin —
Da bat sie ihren Ritter:
„Schlag' mich dir aus dem Sinn.

„Geh' fort, zieh' in die Fremde,
Es giebt der Mädgen mehr —"
Er schwur beym letzten Hemde
Daß sie die einz'ge wär'.

Als Albert einst verreiste,
Sprach Lotte: „Bleib von mir!"
Doch Werther flog ganz dreiste
In Alberts Haus zu ihr.

Da schickte sie nach Frauen,
Und leider keine kam, —
Nun hört mit Furcht und Grauen
Welch Ende Alles nahm.

Der Werther las der Lotte
Aus einem Buche lang
Was einst ein alter Schotte
Vor tausend Jahren sang.

Es war gar herzbeweglich,
Er fiel auf seine Knie
Und Lottens Auge kläglich
Belohnt ihm seine Müh'.

Sie strich mit ihrer Nase
Vorbey an Werthers Mund,
Sprang auf als wie ein Hase
Und heulte wie ein Hund.

Lief in die nahe Kammer,
Verriegelte die Thür
Und rief mit großem Jammer:
„Ach, Werther geh' von mir!"

Der Arme mußte weichen. —
Alberten, dem's verdroß,
Konnt's Lotte nicht verschweigen,
Da war der Teufel los.

Kein Werther konnt' sie schützen,
Der suchte Trost und Muth
Auf hoher Felsen Spitzen
Und kam um seinen Hut.

Zuletzt lies er Pistolen
Im Fall es nöthig wär'
Vom Schwager Albert holen,
Und Lotte gab sie her.

Weil's Albert so wollt' haben,
Nahm sie sie von der Wand,
Und gab sie selbst dem Knaben
Mit Zittern in die Hand.

Nun konnt' er sich mit Ehre
Nicht aus dem Handel ziehn,
Ach Lotte! die Gewehre,
Warum gabst du sie hin?

Alberten recht zum Possen
Und Lotten zum Verdruß,
Fand man ihn früh erschossen —
Im Haupte stack der Schuß.

Es lag, und das war's Beste,
Auf seinem Tisch ein Buch,
Gelb war des Todten Weste
Und blau sein Rock von Tuch.

Als man ihn hingetragen
Zur Ruh bis jenen Tag,
Begleitet' ihn kein Kragen
Und auch kein Ueberschlag.

Man grub ihn nicht in Tempel,
Man brannte ihm kein Licht —
Mensch, nimm dir ein Exempel
An dieser Mordgeschicht'!

Bretschneider schreibt selbst in einem Briefe vom
8. Januar 1776 an seinen litterarischen Patron
Nicolai, er habe sich durch die „abenteuerliche Ge=

legenheit" verführen lassen, die Leiden Werther's
schlecht genug zu travestiren. Der Bänkelsänger, dem
er die Mordgeschichte gemacht, werde sie aber ganz
gewiß auf der künftigen Frankfurter Messe öffentlich
absingen, wenigstens bis es ihm verboten werde; denn
er wisse nichts von Goethe und Werther. „Das
Ding", fügt er hinzu, „mag so schlecht seyn als es
will, so gefällt mir doch der Spaß wegen des Ab-
singens". [20]

In einem löschpapiernen Seitenstücke zu dieser
Mordgeschichte sind Nicolai's Leiden und Freuden
des Werther, auf die wir noch näher zu sprechen
kommen, in zum Theil pöbelhaft rohe und alberne
Knittelverse gebracht worden:

> Eine trostreiche und wunderbare Historia, be-
> tittult: Die Leiden und Freuden Werthers des
> Mannes; zur Erbauung der lieben Christen-
> heit in Reime gebracht, und fast lieblich zu lesen
> und zu singen. Im Thon: Ich Mädchen bin aus
> Schwaben: oder auch in eigner Melodey. Ge-
> druckt allhier in diesem Jahr, Da all's über'n
> arm'n Werther herwar. o. O. und J. (Frankfurt
> am Main, 1776.) 16 S. in 8.

In Berlin erschien Werther in späteren Jahren für's
Volk, oder vielmehr für den berliner Jan = Hagel
bearbeitet:

> Die Leiden des jungen Werther. Eine bekannte
> wahre Geschichte. Hierin sämmtliche Arien,
> welche von Albert, Lotte und Werthern wäh-
> rend der traurigen Begebenheit gedichtet wor-

den sind. Frankfurt und Berlin, Oberwasserstraße No. 10.,
bei Trowitzsch u. Sohn. v. J. 52 S. in 8.

Dasselbe. — Zu bekommen bei dem Buchdrucker Ernst
Littfas in Berlin, Adlerstraße No. 6. v. J. 52 S. in 8.
Auf dem Titel ein Holzschnitt, Werther auf ein Grabmal
gestützt und die Flöte blasend.

Dieses Volksbuch beginnt in einem verzweifelt trocke-
nen Tone:

„Der junge Werther aus Braunschweig war ein schöner
liebenswürdiger Mann, der ein nicht unbeträchtliches
Vermögen besaß, und seine Schul- und Universitätsjahre
dazu benutzt hatte, sich solche Kenntnisse zu erwerben,
wodurch er einmal ein ehrenvolles Amt hätte erlangen
können. Sein Vater war ein angesehener Mann, er hatte
vornehme Verwandte und durch diese konnte er bald ein
angenehmes Loos in der bürgerlichen Gesellschaft hoffen.

Nicht lange nach seinem Abgange von der Universität
wurde er auch, durch die Konnexionen seiner Verwandten
und Freunde, als Legations-Sekretair angestellt, und
ging nach einer ansehnlichen Residenz, um sich dort für
einen künftigen größern Dienst auszubilden. Man hatte
ihn vorzüglich zu diesem Posten gewählt, weil er groß
und schlank gewachsen war, sehr viel einnehmendes
besaß, hauptsächlich den Damen gefiel und also durch
sie hinter manches kommen konnte, was man sonst nicht
so leicht erfährt, denn eine hübsche Frau schlägt einem
hübschen jungen Manne, wenn er nur die rechten Augenblicke benutzt, so leicht nichts ab.

Werther kam an dem Orte seiner Bestimmung an,
richtete sich recht gut ein, wurde in alle Gesellschaften
in der Stadt eingeführt, zu allen Bällen, Piquenicks,
Conzerten und Theegesellschaften eingeladen, besuchte
das Theater, die Kaffeehäuser und andre öffentliche
Orte und war überall gern gesehen.

Unter andern machte er auch die Bekanntschaft eines
Amtmanns Namens S . .“

Nach dieser Einleitung folgen die äußeren Momente der Geschichte, die beinahe immer mit Goethe's Worten erzählt, doch oft in einer verwundersamen und komischen Weise aneinandergereiht sind. Neu ist indessen das Ende. Bald nach der Beerdigung des Werther trennen sich Albert und Lotte. Albert sagt seiner Frau, die er noch immer herzlich liebt, ein ewiges Lebewohl; er zieht in den Krieg gegen die Türken, und niemals hört man wieder etwas von ihm. Lotte geht in ein benachbartes Kloster. Täglich wallfahrtet sie aus ihrer Zelle zu dem Grabe Werther's. Und nach einem halben Jahre wird die „gute Unglückliche" von den Nonnen mausetodt auf dem Grabstein ihres „treuen Werther's" gefunden, gerade so wie der edle Jüngling Siegwart auf dem Grabe seiner geliebten Marianne. Unter den schönen Liedern, welche den betheiligten Personen in den Mund gelegt werden, finden wir auch eins der Lotte, worin sie in Bezug auf ihren „lieben, guten Werther" jämmerlich klagt:

> Ach! hätt' ich dich nie, dich nie gesehen,
> Meine Ruh' wär' nicht in Gram verkehrt,
> Meine Leiden wären nie geschehen,
> Gott! hast du denn dies von mir begehrt?

Auch macht Albert ein Gedicht: „Albert bei Werthers Grabe", welches anhebt:

> Schatten sei zufrieden, wenn ich weine, —
> Mancher Eh'mann weinte dir wohl nicht,
> Höre zu, was hier am Grabessteine
> Der durch dich gekränkte Albert spricht:
> Ausgelitten hast du, ausgerungen!

> Aber ich, ich Armer! leide hier;
> Lottchens Seele haft du mir entzwungen,
> Ruf sie, Werther! ruf sie doch zu dir.

Der Schluß dieses Gedichtes lautet:

> Wenn wir dort einander wiedersehen,
> Wo man nicht mehr eifersüchtig ist,
> Armer Werther! da laß ich's geschehen,
> Daß dich Lottchen mehr als zehnmal küßt.
> Wenn man aber, wie in unsern Hütten,
> Sich ein Weib so sehr zu Herzen nimmt,
> O! so werd ich den Erlöser bitten,
> Daß er mich wo anders hin bestimmt.

Dieser Werther für's Volk wurde später nochmals mit einigen „der Zeit angemessenen" Veränderungen herausgegeben, unter dem Titel:

> Die Leiden Werthers. Eine wahre Geschichte. Nebst den zur Geschichte gehörigen Liedern. Berlin, in der Zürngibl'schen Buchdruckerei. 40 S. in 8. Mit einem Holzschnitt, Lotte, wie sie Werther's Grabmal bekränzt.

Dazu wird eine weitere Ausgabe angeführt:

> Die Leiden des jungen Werthers. Eine wahrhafte Geschichte, untermischt mit den beliebtesten, auf diese traurige Begebenheit Bezug habenden Arien. Berlin 1806. 56 S. in 8.

Den Wienern mußte die „bekannte Geschichte Werther's und Lottens" sogar zu einer Volkslustbarkeit in ihrem lieben grünen Prater dienen: sie bekamen dort 1781, nach einer Mittheilung Nicolai's in seiner Reisebeschreibung, ein großes Feuerwerk zu sehen, welches man auf dem Ansagezettel als „Werther's

Zusammenkunft mit Lottchen im Elysium" ankündigte, und in dem folgende Abtheilungen erschienen: „Werthers fröhliche Täge; Werthers getrennte Vereinigung; Werthers Zusammenkunft mit Lottchen bey seiner Ruhestatt; Werthers und Lottchens Aufenthalt in Ge= fühlden des Elysiums."

Aus der nämlichen Quelle erfahren wir, daß zu Linz im Mai 1781 durch die deutsche Schauspieler= gesellschaft, unter Direktion des Herrn J. Heinrich Bulla, ein neues, großes tragisches Ballet von Herrn Schmalögger gegeben wurde, genannt: „Der junge Werther", mit eigenst dazu komponirter Musik von Herrn Kapellmeister Teller. Das Ballet hatte drei Aufzüge; die Personen waren: „Albert, Lottens Ge= mahl, — Lotte — Werther — Wilhelm — Vater der Lotte — Bedienter des Werthers — Werthers Geist." Die Handlung fing in Alberts Garten an und endigte nach Mitternacht in Alberts Zimmer. „Der arme Werther", sagt Nicolai, „wie viel Leiden werden ihm nicht noch immer angethan! Hier muß er aus der Welt heraus tanzen, und in jener Welt muß in einer besondern Person sein Geist wiederum tanzen." (Beschreibung einer Reise durch Deutsch= land 2c., II. 528 und IV. 623.)

Und unter den Possen im wiener Volkston, die vom Leopoldstädter Theater zu Anfang unseres Jahr= hunderts gebracht wurden, hat es ebenfalls nicht an einer Wertheriade gefehlt. Dieselbe liegt uns ge= druckt vor:

Werthers Leiden. Eine lokale Posse mit Gesang
in einem Aufzuge. Vom Verfasser des Zwirnhändlers
in Oberösterreich. Die Musik ist vom Herrn Ignaz
Schuster. Für das k. k. privil. Theater in der Leopold=
stadt. Wien 1807. Auf Kosten und im Verlag bey
Johann Baptist Wallishausser. 16 S. in 8.

In dieser Werther=Posse offenbart sich denn gar herr=
lich die altwienerische sogenannte Gemüthlichkeit, eine
gewisse naive Dummlichkeit und selbstvergnügte Roh=
heit, die man immerhin zu Zeiten belachen kann.
Herr, oder vielmehr „Mussi“ Werther ist ein heißver=
liebter Kupferschmied aus der niederösterreichischen
Stadt Krems, der den „Sigiswart“ und die „Geo=
graphie der Selbstmörder“ mit gebührender Andacht
gelesen hat; Lotte ist ein „Madel“ aus dem wiener
Volk, die in den Wirthshäusern das „Hackbrettel“
schlägt und dazu mit gen Himmel verdrehten Augen
singt; sie trägt ein weißes Kleid mit Rosaschleifen, hat
indessen schier vierzig Sommer erlebt. Albert, Lottens
„versprochener Bräutigam“, ist Vorsteher der Lampen=
anzünder. Als Werther sich gezwungen sieht, seiner
Lotterl zu entsagen, springt er verzweifelnd in den
Donaukanal; durch einen großen schwarzen Pudel, der
gerade seine Schwimmlektion nimmt, wird er aber
glücklich wieder aus den Fluthen herausgezogen und
im „waschelnassen“ Zustande seiner Lotte apportirt;
wobei ein Chor der Pudelliebhaber singt:

> Viktoria! Viktoria!
> Seht nur den schwarzen Pudel da!
> Er hat den Herrn schön apportirt,
> Und ihm sein Leben nun salvirt.

Hierauf tritt Albert dem Werther seine begehrte Braut ab, denn er will im Ehestand „halt nicht gern ein’ stillen Compagnon haben"; und die Schlußmoral des „pudelnärrischen" Stückes lautet:

> Laufet nicht in d’Donau h'nein,
> Und kühlt die Lieb mit Guldenwein!

Zu erwähnen ist hier auch, daß die deutsche Lese=welt, noch bevor die oben besprochenen Geständnisse Lottens in England herauskamen, mit einem derartigen Seitenstücke beschenkt worden war. Es sind dies:

> Die Leiden der Jungen Wertherinn. Eisenach, in der Griesbachischen Buchhandlung, 1775. 112. S. in 8. Mit einer Titel=Vignette, die sterbende Lotte.

Von August Kornelius Stockmann (geb. 1751 zu Schweickartshain bei Waldheim, gest. 1821), später Professor der Rechte in Leipzig, demselben, der noch am 4. März 1802, ein halbes Jahrhundert nach dem Reichsfreiherrn von Schönaich, dem Dichter von Gott=sched's Gnaden, von der leipziger philosophischen Fa=kultät feierlich zum Kaiserlichen Poeten gekrönt wurde. In einer unerträglich faden und abgerissenen Manier ist hier versucht, Lottens Zustände und Leiden zu entwickeln, von ihrer ersten Bekanntschaft mit dem Helden bis zu dem Augenblick, wo sie, bald nach Werther's Ende, von dieser Welt scheidet. Wir wollen nur anführen, wie dieser traurige Moment geschildert wird. Abends gegen fünf Uhr läßt die Sterbende noch einmal ihren Albert rufen.

Die Sprache hatte sie fast schon gänzlich verlassen. „Leb wohl, Albert — der Himmel — segne Dich — bis an Dein — Ende — bis auf unser Wiedersehn" — sagte sie stockend.

Das waren ihre letzten Worte.

Ihr Vater trat nicht lange darnach im Begleit ihrer beyden ältesten Brüder ins Zimmer. Mit Winken und gebrochenen Blicken nimmt sie von ihnen Abschied — und ihre Seele entschwebt in die Lüfte!

. . . .

„Sie ist mein! Du bist mein! ja, Lotte auf ewig!" — Dies war unstreitig der Gruß, welchen die Wertherische Seele der Kommenden, dafern Jene Dieser bey ihrer Ankunft ansichtig worden ist, entgegen gejauchzt haben wird!

„Sie ist mein! Du bist mein! ja, Lotte auf ewig!"

A. K. Stockmann ist übrigens auch der Dichter des 1779 erschienenen Liedes „Der Gottesacker" („Wie sie so sanft ruh'n, alle die Seligen" 2c.), in Musik gesetzt von dem Pastor Friedrich Burchhard Beneken, und so oft gesungen auf unseren Friedhöfen, und er hat sich jedenfalls durch dieses Lied ein besseres Andenken bei der Nachwelt gestiftet, als durch seine „Leiden der jungen Wertherinn".

Deutsche Bearbeitungen des Werther für die Bühne blieben nicht aus. Im Jahre 1776 traten an's Licht:

Die Leiden des Jungen Werthers, ein Trauerspiel in drey Aufzügen, fürs deutsche Theater. ganz aus dem Original gezogen. Frankfurt am Mayn, bey Joh. Gottlieb Garbe. 1776. 62 S. in klein 8. Mit in Kupfer gestochenem Titel.

Dieser dramatisirte Werther, der auch wirklich zur Aufführung kam, war durch das französische, in Bern gedruckte Stück (siehe S. 32 fg.) veranlaßt worden. „Da bracht' man mir", berichtet der Bearbeiter in seiner Vorrede, „ein Ding, Drama genannt: les malheurs de l'Amour, sagte mir, Werthers Geschichte liege dabey zum Grunde. Werthers Geschichte in einem französischen Trauerspiel! da erschrikt man schon! Als ich's aber gelesen hatte — bei Gott! sagt' ich, Werthers Leiden sollen auf's deutsche Theater, ehe das französische Ding übersezt wird." Er nahm nun in diesem patriotischen Eifer seinen Werther frisch zur Hand und stückelte den Dialog so viel als möglich mit Goethe's eigenen Worten zusammen. Schon gleich in der ersten Scene seiner Bearbeitung tritt aber der Held mit einem Sackpuffer auf, den er mehrmals, zum Sterben entschlossen, hervorzieht. Endlich erschießt er sich Punkt zwölf Uhr Nachts, und zwar auf der Bühne, nachdem er sich noch durch seinen Bedienten Karl ein Brod und einen „Schoppen Wein" hat holen lassen. Sein Freund Wilhelm schläft unter demselben Dache, und gedenkt am nächsten Morgen mit ihm davonzureisen. Aufgeschreckt durch den Schuß, stürzt dieser „gute Kerl" in Nachtmütze und Schlafrock herbei und wischt Werther das Blut mit dem Schlafrocke aus dem Gesicht. Allein es ist zu spät! Das Stück schließt mit seinem Ausruf: „Ach Gott, er ist tod! — Ach! die schrekliche Leidenschaft! Armer Werther!" — Dem Personen-Verzeichnisse dieses naiven Trauerspiels sind auch Kostüm-Anweisungen beigefügt. Werther hat in seinem bekannten Anzug, nachlässig frisirt zu erscheinen; Lotte „im

Negligschee, mit Poschen, sauber und ordentlich, aber nicht kostbar, sondern alltäglich gekleidet"; Albert „nicht jung, sondern wie ein ernsthafter Mann gekleidet, ein Rock mit Taschen, schmal bordirt, in Reisekleidern."

Neben dieser Bearbeitung wurde aber doch noch eine andere „freie" Ueberseßung desselben französischen Stückes zu Tage gefördert, in welcher Werther Ernest heißt und als ein Graf erscheint, der seine Reise nach Italien gemacht hat:

> Ernest, oder die unglücklichen Folgen der Liebe; Ein Drama in drei Aufzügen. In einer freien Ueberseßung aus dem Französischen nach den Leiden des jungen Werthers gearbeitet. Berlin, 1776. Bey Christian Friedrich Himburg. 61 S. in 8.

Im Almanach der deutschen Musen auf das Jahr 1777, S. 81, finden wir folgende Bemerkung darüber: „Der Franzose hatte Ursache, den ausländischen Stoff zu benuzen; aber, daß der Deutsche wieder den Franzosen benuzt, ist eben so, als wenn jemand des Chabannes Nachahmung der Minna von Barnhelm überseßte." [21]

Ein Herr Willer, der in preußischen Diensten, als Auditeur beim Schwarzischen Regiment, zu Neiße stand und später in Breslau sich aufhielt, lieferte:

> Werther. Ein bürgerliches Trauerspiel in Prosa und drey Akten. Frankfurt und Leipzig (Breslau), 1778. VIII und 160 S. in 8. Auf dem Titel das Motto: Illic est, cuicunque rapax mors venit amanti Et gerit insigni myrthea serta coma. Tibvllvs.

Mit einem Widmungsgedichte an den preußischen diri-
girenden Minister in Schlesien Karl Georg Heinrich von
Hoym, der folgendermaßen angesungen wird:

O Hoym! des Mitleids Thräne versage nicht
Dem Staub des Jünglings, der seiner Liebe Schmerz
Nicht trug — Du weinst? — o! schönre Thränen
Weinte nicht Lottens Aug am Grabe Werthers.

Das Stück wurde in den letzten siebziger Jahren von
einigen Schauspielertruppen an's Licht der Lampen
gebracht. So auch zu Wetzlar von der Dobler'schen
Gesellschaft. Die Kinder des Buff'schen Hauses konnten daher ihre Schwester Lotte, sowie ihr Familien-
haupt (als Amtmann Rosenthal, „der im deutschen
Hause wohnt") auf den Brettern erscheinen sehen, und
zwar in nicht schmeichelhaftem Konterfei, namentlich
was den biderben alten Amtmann betrifft. Ueber-
haupt hat dieser Willer, obgleich er in der Vorrede
seine Verehrung „Raphael = Göthe's" geflissentlich an
den Tag legt, die Goethe'schen Charaktere noch weit
ärger verfratzt, als der Verfasser des obenangeführten
Trauerspiels. Der Held ist unter den Händen dieses
poetischen Regiments-Auditeurs ganz unausstehlich geworden; die Ausbrüche seiner Leidenschaft sind mitunter sehr plump und roh, und können dem heutigen
Leser eine Vorstellung geben von dem gemeinen Tone,
der zu jener Zeit in den Beamtenkreisen noch anzutreffen war. Werther sagt einmal von seiner Tante:
er wolle ihr einen Proceß an den Hals werfen, und
sie solle alles, mehr als sie schuldig sei, „ausspeyen",
und da sie's nicht leiden könne, wenn geflucht werde,

wolle er ihr „die Ohren so voll fluchen —". Und
gleich darauf: „Sie mag die lumpigen Paar Gold=
stücke ins Henkers Nahmen behalten — fressen, oder
fricassiren — Ich reise — und brauche ihre Moneten
nicht." Besonders anstößig sind aber die Aeußerun=
gen der Eifersucht, zu denen er sich dem glücklichen
Bräutigam Albert gegenüber hinreißen läßt.

Außerdem ist ein Drama zu nennen:

> Masuren oder der junge Werther. Ein Trauer=
> spiel aus dem Illyrischen. Frankfurth und Leipzig,
> 1775. 158 S. in 8. S. 3—6, „Vorerinnerung des
> Uebersetzers", unterzeichnet: Friedrich Bertram, aus
> Siebenbürgen.

Der Verfasser dieses wunderlich krausen und eigent=
lich halb verrückten Stückes war August Friedrich
(Siegfried) von Goué, geb. am 2. August 1743 zu
Hildesheim, gest. am 26. Februar 1789 zu Burg=
steinfurt, wo er seit 1779 beim Grafen von Bentheim=
Steinfurt die Würden eines Hofrichters, Hofkavaliers
und zugleich eines Hauptmanns bei den hochgräflichen
Haustruppen bekleidete. Als braunschweigischer Ge=
sandschafts=Sekretär hatte Goué mit Goethe zusammen
in Wetzlar gelebt; im zwölften Buche von „Dichtung
und Wahrheit" wird seiner als eines schwer zu ent=
ziffernden und schwer zu beschreibenden Mannes ge=
dacht, dem es nicht an Talenten mancher Art gefehlt
habe. Ein seltsamer Kauz, der „sich auf nichts
Ernsthaftes appliciren wollte", gefiel er sich in possen=
haftem Geheimnißkram und Ordensspielerei und ergab
sich zuletzt dem „alltäglichen Trunke". Der ehrliche

Kestner nennt ihn ein großes Genie; ein anderer Zeit=
genosse, der Reichskammergerichts=Assessor J. D. von
Ditfurth, bezeichnet ihn als einen zwar ingeniösen
Kopf, aber dabei erzdissolut, auf nichts als Spaß,
Thorheit und windige Projekte ausgehend. [22] So
leitete er jene Rittertafelrunde im ehemaligen Gasthofe
„Zum Kronprinzen", zu dessen Mitgliedern auch der
junge Jerusalem gehörte, welcher eben den Namen
Masuren führte, während Goethe Götz, der Redliche,
der gothaische Dichter Gotter der Ritter Fayel, Goué
selbst der edle Ritter Coucy hieß und Andere als
Bomirsky, der Streitbare, St. Amand, der Eigen=
sinnige, St. Eustach, der Vorsichtige, Windsey, Wuni=
bald u. s. w. ihre Rollen spielten. Uebrigens hatte
sich Goué auch sonst als dramatischer Dichter versucht.
Es erschienen von ihm 1771 in der wetzlarer Buch=
handlung von G. E. Winkler: „Der Einsiedler und
Dido; zwey Duodramata", welche Blankenburg in
seinen litterarischen Zusätzen zu Sulzer's Theorie der
schönen Künste (III. 602) als die ältesten deutschen
Stücke dieser Gattung aufführt: ferner in demselben
Jahre zwei Trauerspiele, „Donna Diana" und „Iwa=
nette und Stormond", und in der Folge Anderes mehr.

In der Einleitung zu „Masuren" wird gesagt,
dieses Stück sei aus einer illyrischen Handschrift über=
setzt, und der Uebersetzer habe erst später ausgefunden,
daß es eine auffallende Aehnlichkeit mit „Werther's
Leiden" zeige. Einige Stellen hat Goué wörtlich aus
dem Roman entlehnt. Die Geschichte spielt aber auf
wildfremdem Boden, in Warschau, und die uns wohl=

bekannten Perſonen erſcheinen in fremdartiger Ver=
kleidung: Maſuren Werther, ein „feiner Menſch“, iſt
Sekretär eines abgeſchmackten Geſandten aus der Krim,
Lotte hat den Namen Franciska erhalten, aus Albert
iſt ein Kron = Referendarius geworden. Dabei ſind
noch manche wirkliche Züge des wetzlarer Treibens
eingeflochten, die dem ſeltſamen Stücke ganz beſonderes
Intereſſe verleihen. Wir finden darin auch den „er=
habenen“ Ritterorden Abends im Gaſthof ſchmauſend
und zechend und werden in den ebenſo franken als
anſpielungsreichen Unterhaltungston der Tafelgenoſſen
eingeweiht; ja, Goethe ſelbſt wird unter ſeinem Ritter=
namen Götz redend eingeführt. Der Ritter Reinald
ſingt einmal ein galantes franzöſiſches Liedchen. Götz
ſagt zu ihm: „Biſt ein teutſcher Ritter, und ſing'ſt
fremde Lieder!“ Der Ritter Fayel fragt den Götz:
„Wie weit ſeyd Ihr mit dem Denkmal, daß Ihr
eurem Ahnherrn ſtiften woll't?“ Worauf dieſer die
denkwürdige Antwort gibt: „Man rückt ſo allgemach
fort. Denk', es ſoll ein Stück werden, das Meiſter
und Geſellen auf's Maul ſchlägt.“ In der Schluß=
ſcene liegt Maſuren, die Stirn verbunden, noch röchelnd,
auf dem Bette. Einige der jungen Ritter ſtehen um
ihn her. Götz ergreift das Wort: „Da liegt nun der
beſte Jung'! ein Opfer der Leidenſchaften, und der
Verfolgungen der Bosheit! und ſtürbe verkannt, wenn
man nicht für ihn ſorgte; er, den die ganze Diener=
ſchaft manches teutſchen Fürſten nicht erſetzt.“ Gleich
darauf tritt aber der unliebe krimiſche Geſandte in's
Zimmer und kühlt noch ſein Müthchen an dem

Sterbenden, indem er ausruft: „Ha! ha! ha! ha! Hab' ich's nicht lang gesagt, daß die Sache kein gutes Ende nehmen würde. Da wollen die jungen Leute sich über die alten hinaussetzen. Schau'n wir nun die Folgen." Auch dieser Zug scheint sich der Wirklichkeit anzunähern; denn in der Berichtigung der Geschichte Werther's (siehe weiter unten) ist die Rede von gewissen Philistern, die am Sterbelager Jerusalem's, ohne Scheu vor der Nähe des Todes, ihre unzeitigen Lehren gaben und „über die Feigheit, die sie vor dem Selbstmord sichert, eine mächtige Zufriedenheit fühlten". In dem Drama erhält übrigens die Excellenz vom Ritter Reinald, nach beliebter Kraftmanier, eine derbe Maulschelle für solche herzlosen Reden und wird von den Rittern Götz und St. Amand zur Thür hinausgeworfen.

Wir dürfen endlich einige herzbrechende Reimereien aus den siebziger Jahren nicht vergessen. Große Popularität hat darunter ein Nachruf der Lotte an Werther erlangt, welcher seltsamerweise Johann Heinrich Merck von dem Herausgeber seines Briefwechsels, Karl Wagner in Darmstadt, zugeschrieben worden ist. (Briefe an Merck ꝛc., erste Sammlung, S. XXXIV.) Dieses in Musik gesetzte Klagegedicht rührt jedoch von dem ausbachischen Regierungs-Rath Karl Ernst Freiherr von Reitzenstein her. Schubart, der es in seiner Deutschen Chronik vom 12. Junius 1775 nachdruckte, nennt es ein „Cypressensträuschen auf Werther's Grab"; und die Wiener Real-Zeitung meinte, dieses Gedicht werde „Alle rühren, die kein

Herz von Pantoffelholz haben und Verehrer von
Werther sind." Es lautet:

Lotte bey Werthers Grabe.

Ausgelitten hast du — ausgerungen
Armer Jüngling, deinen Todesstreit;
Abgeblutet die Beleidigungen,
Und gebüßt für deine Zärtlichkeit!
O warum — O! daß ich dir gefallen!
Hätte nie mein Auge dich erblickt,
Hätte nimmer von den Mädchen allen
Das verlobte Mädchen dich entzückt!
Jede Freude, meiner Seelen Friede
Ist dahin, auch ohne Wiederkehr!
Ruh und Glücke sind von mir geschieden,
Und mein Albert liebt mich nun nicht mehr.
Einsam weil' ich auf der Rasenstelle,
Wo uns oft der späte Mond belauscht,
Jammernd irr' ich an der Silberquelle,
Die uns lieblich Wonne zugerauscht;
Bis zum Lager, wo ich träum' und leide,
Aengsten Schrecken meine Phantasie!
Blutig wandelst du im Sterbekleide
Mit den Waffen, die ich selbst dir lieh.
Dann erwach ich bebend — und ersticke
Noch den Seufzer, der mir schon entrann,
Bis ich weg von Alberts finstern Blicke
Mich zu deinem Grabe stehlen kann.
Heilige, mit frommen kalten Herzen,
Gehn vorüber und — verdammen dich:
Ich allein, ich fühle deine Schmerzen,
Theures Opfer, und beweine dich!
Werde weinen noch am lezten Tage,
Wenn der Richter unsre Tage (Thaten?) wiegt,

Und nun offen auf der furchtbarn Wage
Deine Schuld und deine Liebe liegt:
Dann, wo Lotte jenen süßen Trieben
Gern begegnet, die sie hier verwarf,
Vor den Engeln Ihren Werther lieben
Und Ihr Albert nicht mehr zürnen darf:
Dann, o! dräng' ich zu des Thrones Stufen
Mich an meines Alberts Seite zu,
Rufen wird Er selbst, versöhnet rufen:
Ich vergeb' Ihm: O, verschone du!
Und der Richter wird Verschonung winken;
Ruh' empfängst du nach der langen Pein,
Und in einer Myrten-Laube trinken
Wir die Seligkeit des Himmels ein.

Die hochschwülstige Sentimentalität in diesen Klagen der Lotte war ohne Zweifel so recht nach dem Geschmack eines zahlreichen Publikums. Schlosser berichtet in der Geschichte des achtzehnten Jahrhunderts (IV. 157), er habe dieses Lied selbst am äußersten Ende Deutschlands, am Strande der Nordsee und an der Weser, in seinem Knabenalter aus allen Kehlen seiner damals zwar noch sehr derben, aber doch schwärmerischen Landsmänninnen erschallen hören. Heinrich Heine hat noch in seiner „Harzreise" einem empfindsamen wandernden Schneidergesellen daraus die Worte: „Einsam wein' ich" 2c., in den Mund gelegt. — Das Gedicht erschien, so wie es hier steht, in Wieland's Teutschem Merkur vom Jahr 1775, Juni=Heft, S. 139 fg. Zwei Monate darauf brachte der Merkur im August=Heft, S. 97 fg., eine im selben Ton gehaltene Erwiederung, mit der Unterschrift: „Von einem Ungenannten", einen Geisterruf

Werther's an Lotte. Der Verfasser dieser Verse war Georg Ernst von Rüling aus Hannover (1748—1807), später Oberappellationsgerichts-Rath in Celle; er hat dieselben auch noch in seinen gesetzten Jahren unter seinen „Gedichten" (Lemgo, 1787), S. 80 fg., wieder erscheinen lassen. Wir theilen dieses Gedicht hier gleichfalls nach dem Merkur mit:

Werther an Lotten.

Weine nicht! — es ist der Sieg erkämpfet,
Dieser Sieg, errungen durch ein Grab,
Und das innre Toben ist gedämpfet,
Das mein Schöpfer meinem Herzen gab.
Weine nicht! — ich habe sie gefunden,
Diese Ruhe, nach dem langen Streit,
Und geheilet hat der Tod die Wunden,
Und geleitet mich zur Seeligkeit.
Ja, der Richter hat in seiner Rechten
Schon gewogen Liebe mit Vergehn;
Und da rief die Stimme des Gerechten
Mir Verschonung, auf der Liebe flehn!
Sanfter Friede hebe deine Seele
Aus der Last des Kummers, die dich drückt —
Ach! wie viele Thränen, die ich zähle,
Hast du nicht gen Himmel schon geschickt!
Trockne diese Thränen! — Hör' im Glanze
Der Verklärung meiner Liebe Ruf,
Und erblicke mich im Myrtenkranze,
Den der Himmel unverwelklich schuf.
Jener Nebel, der vor Menschenblicken
In dem dunkeln Erdenthale hängt,
Sinket hier, wo ewiges Entzücken

Seelger Zukunft meine Blicke lenkt;
Und die Blumen, die ich in die Quelle
Meines trüben Baches einstens warf,
Samml' ich hier aus seiner Silberwelle,
Nun da ich dich ewig lieben darf.
Ueberall umschweb' ich deine Spuren,
Und mein Hauch berührt in Westen dich,
Auf dem Mondstrahl zittr' ich durch die Fluren,
Und in jedem Veilchen pflückst du mich; —
Und mein Geist folgt deinen frommen Schritten
An das Grab, wohin dein Schmerz dich führt;
Wo dein Jüngling endlich ausgelitten,
Und sein Staub einst auferstehen wird!

Ein anderes Lied: Albert an Lottchen, hat
Alfred Nicolovius in seine Sammlung „Ueber Goethe,
litterarische und artistische Nachrichten", S. 66 fg., auf=
genommen. Der brave Albert spricht hier zu Lotte:

Trage standhaft alle deine Leiden,
Liebste Lotte! und sey unverzagt,
Wenn das Schicksal dir die größten Freuden
Dieses Lebens so wie mir versagt.
Sieh, auch hier in diesem edlen Herzen,
Das von einer schnöden Welt nichts weiß,
Wohnet Schwermuth, wohnen Gram und Schmerzen
Und die größte Unzufriedenheit.

Ach! ich suche Trost und finde keinen,
Nicht im Hain und auf der grünen Flur;
Ach! vergebens sieht und hört mein Weinen
Der allweise Schöpfer der Natur.
O! warum, warum muß ich alleine,
Wie ein Sünder tief gebeuget gehn,
Und auf dieser ganzen Erde keine
Einz'ge Freude für mich blühen sehn?

Du, mein Kind, du bist der Quell der Thränen,
Die mein Auge oft im Stillen weint;
All' mein Kummer, all' mein banges Sehnen,
Beste Lotte, liegt bei dir vereint.
Viele böse, wenig gute Tage
Sind mein Loos, seit ich geworden bin;
Doch jetzt schleicht kein Tag ohn' Gram und Plage
Für mich Unglückseligsten dahin.

Der leipziger Almanach der deutschen Musen auf das Jahr 1777 enthält ein mit „R" unterzeichnetes, schwülstiges Gedicht: Klagen unglücklicher Liebe, bey Werthers Grabe im Mondschein (S. 215 fg.), worüber ein Recensent in den Frankfurter gelehrten Anzeigen bemerkt, es zeichne sich „von den gewöhnlichen Ausflüssen des Wertherfiebers vortheilhaft aus." In diesem Gedichte finden wir die einst vielbekannten Verse:

Hier am Grabe füllt mich heilger Schauer,
Izt noch trauert die Natur um dich —
Rosen pflanzt' ich an der Kirchhoffmauer,
Selbst die Rosen, ach! sie blühen nicht.

II.

Hast du an liebender Brust das Kind der
        Empfindung gepfleget,
Einen Wechselbalg nur gibt dir der Leser
        zurück.
Aus den Tabulae votivae im
Schiller'schen Musen-Almanach für
        das Jahr 1797.

Groß und weitverbreitet, wie wir gesehen, war die Theilnahme der Mitwelt an unserer Dichtung; und selbst die Clarissa des hochgefeierten britischen „Sittenlehrers“ Samuel Richardson und die Neue Heloise des Bürgers von Genf haben kein größeres Furore bei den sehr empfänglichen Lesern des achtzehnten Jahrhunderts gemacht, als Werther, geschweige denn irgend ein deutscher Roman vor oder nach ihm. Es wurde aber dem Dichter in den vollen Becher des Ruhmes doch mancher bittere Tropfen Wermuth geträufelt. In welcher unerquicklichen Weise äußerten sich nicht vielfach die Folgen dieses „so warmen Produkts“! Man las nicht allein die rührenden Briefe des „armen Jungen“ mit zitternden Pulsen in einsamen, melancholischen Gartenlauben, oder vielleicht auch beim Thee, gleich der Heldin der Kotzebue'schen Posse „Kleopatra“, welche sagt:

Ich trinke grünen Thee, und les' in Werthers Leiden,

sondern das „Werther = Fieber" wurde beinahe eine
Art geistiger Influenza; und wenn sich die damaligen
jungen Herren auch nicht eben eine Kugel durch den
Kopf jagten, auf daß ihre Schönen sie als Nachfolger
Werther's beweinen möchten, so versuchten sie es doch,
den Helden in anderen Stücken nachzuahmen, und
manche trugen zum wenigsten einen unbordirten
Werther=Frack, — wie übrigens Goethe, nach Knebel's
Bericht, selbst noch einen getragen hatte, als er im
November 1775 an den weimarischen Hof kam. [23]

Wer zu früherer Zeit in der trauernden Musen=
stadt an der Ilm das kleine schmucklose Arbeitszimmer
unseres Dichters besucht hat, erinnert sich vielleicht
der alten Original=Handschrift der „Römischen Elegien",
welche als Reliquie dort aufbewahrt wurde. In dieser
Handschrift, die der weimarische Bibliotheksekretär
Friedrich Theodor Kräuter, einst Goethe's Amanuensis,
vor den Flammen rettete, finden sich manche bei der
Vorbereitung zum Druck geänderte oder ausgemerzte
Stellen. Darunter auch folgende Distichen, die zur
zweiten Elegie gehörten: [24]

> Ach, wie hab' ich so oft die thörichten Blätter verwünschet,
> Die mein jugendlich Leid unter die Menschen gebracht,
> Und wenn Werther mein Bruder gewesen, ich hätt' ihn
> erschlagen,
> Kaum verfolgte mich so rächend sein trauriger Geist.

Nicht befremden kann uns dieser Stoßseufzer, gedenken
wir der Verfolgungen, die Goethe um Werther's und
Lottens willen auszustehen hatte, der verkehrten und
bisweilen nur zu trüben Wirkungen seines „Büchleins".

Denn sollte es einen Dichter nicht verstimmen, wenn er seine eigenen Geisteskinder in verzerrten Gestalten vor sich aufsteigen sieht, die ihn als lästige und gewissermaßen Verantwortung heischende Gespenster umschwirren!

Goethe berichtet uns selbst von den Misverständnissen, die ihn belästigten. Die meisten Leser nahmen — was uns keineswegs überraschen kann — das Werk nicht als solches hin, als eine dichterische Schöpfung, sondern es wurde wie eine Begebenheit betrachtet, und es spähten und forschten die Neugierigen, was nun eigentlich an der Geschichte wahr sei. Allerdings hatte aber der Verfasser auch viel Oertliches und Persönliches in seine Dichtung gemischt, worauf sich mit Fingern zeigen ließ, und der Spürsucht somit manche Anreizung gegeben.

Um zuerst von dem Schauplatz zu reden, so erkennen wir in jenen Naturscenen, die uns durch ihre reine und innige Wahrheit so eigenthümlich anziehen, überall die Gegend von Wetzlar, der alten Lahnstadt. Da war noch der Garten auf einem der Hügel, die mit der schönsten Mannigfaltigkeit sich kreuzen und die lieblichsten Thäler bilden. Da war auch noch bis vor kurzem der rieselnde Brunnen in der kühl schauerlichen Felsengrotte vor dem Wildbacher Thor, an den sich Werther so gebannt fühlte, wie in dem alten Volksbuch die schöne Melusina mit ihren Schwestern an den Durstbrunnen. Da hätte er auf der kleinen Mauer geruht, und dem jungen Dienstmädchen geholfen, seinen Wasserzuber auf den Kopf zu setzen.

Noch holten die Mädchen aus der Stadt hier das Wasser. Man hieß den Brunnen auch den „Werther-Brunnen", und er wurde oft an schönen Sommertagen von Fremden besucht, und gemalt und in Kupfer gestochen, sowie später selbstverständlich photographirt. (Im September 1876 ist dieser Brunnen in Folge des Bergwerk=Betriebs plötzlich versiegt, und an eine Wiederkehr des Wassers ist nach dem Urtheil Sachverständiger schwerlich zu denken.) Neben dem Brunnen vorbei führt ein enger, durch Felsen sich windender Weg zu der Höhe des Lahnberges, an dessen Fuß nordöstlich, etwa eine halbe Stunde von Wetzlar, das Dörfchen Garbenheim mit seinen röthlichen, verwitterten Dächern lagert, das geliebte Wahlheim des Werther. Hier sieht man den kleinen Platz vor der ländlichen Kirche, der ringsum von Bauernhäusern und Höfen eingeschlossen ist, den Platz, wovon Werther schreibt: „So vertraulich, so heimlich hab' ich nicht leicht ein Plätzchen gefunden, und dahin laff' ich mein Tischchen aus dem Wirths= hause bringen und meinen Stuhl, trinke meinen Kaffee da, und lese meinen Homer." Die alte ehrwürdige Dorflinde aber, die Zeugin der vergangenen Tage, deren ausgebreitete Aeste einst Goethe=Werther be= schatteten, ist nun schon lange gestürzt.

Am 28. August 1849, Goethe's hundertjährigem Geburtstage, an dem ungeachtet der damaligen drücken= den politischen Verhältnisse fast jede deutsche Stadt ihr Goethe=Fest feierte, wurde auf diesem „Werther= platz" in Garbenheim gleichfalls eine öffentliche Feier begangen. Man enthüllte im Beisein vieler Zuschauer aus Wetzlar und der Umgegend ein kleines einfaches Denkmal, das zu Ehren Goethe's errichtet worden, und umpflanzte es mit drei jungen schlanken Linden. Dieses Denkmal, eine Pyramide aus weißem Marmor, trägt die Inschrift:

Ruheplatz des Dichters
Goethe
zu seinem Andenken
frisch bepflanzt
bei der Jubelfeier
am 28. August 1849.

Bis zum Jahre 1834 lebte auch noch in einem der kleinsten Häuser des Dörfchens eine ortseingeborene steinalte Wittwe, die sowohl dem jungen Goethe als dem jungen Jerusalem oftmals ihren hölzernen Stuhl unter das Schattendach der Linde herausgeholt hatte. Sie war die „junge Frau" im neunten Briefe, die Tochter des garbenheimer Schulmeisters Däumer, und hat ihr Leben bis zu neunzig Jahren hinaufgebracht. Sie hatte zwölf Kinder; ihr Mann war ein Küfer, mit Namen Bamberger. Die „alte Bambergerin" soll sich etwas darauf zu gut gethan haben, daß sie „die Frau in dem Buch" war. Häufig gingen die Fremden zu ihr hin — wie denn auch der Engländer James Bell in seinen Briefen aus Wetzlar ihrer erwähnt — und ließen sich den geschnörkelten hölzernen Stuhl und ein angebliches Trinkglas des Dichters zeigen. Sie vermachte besagtes Glas ihrer Tochter, der Wertherstuhl dagegen wurde ihrem Sohne

Johannes, der sich in Braunschweig als ehrsamer Schneidermeister niedergelassen und beweibt hatte, auf dessen Bitte überschickt. Denn dieser Johannes, wird berichtet, hatte als Knabe den gegen Kinder besonders freundlichen Herrn Jerusalem oder Werther selbst gekannt, und war auch noch zu ihm in die Stadt gekommen, als er auf dem Todesbett lag, und hatte unter strömenden Thränen seine Hand ergriffen. Er schätzte den alten Stuhl als ein werthes Familienstück und bot seinem jüngeren Bruder, der denselben eigentlich mit dem väterlichen Häuschen geerbt hatte, ein Gegengeschenk dafür an.

Nicht minder deutlich, als die Ortsschilderungen, waren die Beziehungen auf lebende Personen. Jedermann in Wetzlar erkannte die Lotte, die Tochter des verwittweten kindergesegneten Deutsch = Ordens = Amtmanns Heinrich Adam Buff, nebst ihrem glücklichen Gatten, dem Archiv=Sekretär Johann Christian Kestner. Die jungen Eheleute lebten in Kestner's Vaterstadt Hannover. Kestner war von 1767 bis 1773 Sekretär der kurhannöverschen Gesandtschaft zur Kammergerichts=Visitation, „von wegen dem Herzogthum Bremen", gewesen. Er hatte den um acht Jahre jüngeren Doktor Goethe eines Nachmittags im Wirthshaus= garten zu Garbenheim kennen gelernt, da der „sehr merkwürdige Mensch", unter einem Baum im Grase auf dem Rücken liegend, sich in feuriger Rede ergoß, und ihm „recht wohl war." Sein Lottchen aber war mit dem lebhaften Frankfurter, der bei Kindern und Frauen gut angeschrieben, fast ganz in derselben Weise

zusammengetroffen, wie Werther's erste Begegnung
mit Lotte erzählt wird. Und wie vertraut der Um=
gang mit ihm wurde, das wissen wir besonders aus
den 1854 von den Kestner'schen Erben veröffentlichten
Briefen, welche uns dieses ebenso warme als zarte
Verhältniß enthüllen, dieses Verhältniß, wo der
„Wanderer" mit uneigennütziger Liebe und „ohne
sterblichen Neid daneben stand."

Ebenso war es in die Augen fallend, daß ein
Theil unseres Werther auf der Geschichte Jerusalem's
beruht. Zwei Jahre vor dem Erscheinen des Romans,
in der Nacht vom 29. auf den 30. Oktober 1772,
hatte sich dieser zur Spekulation und Schwermuth
geneigte junge Mann eine Kugel durch den Kopf
geschossen. [25] / Sein Selbstmord hatte in jener wind=
stillen Zeit außerordentliches Aufsehen erregt. Jeru=
salem war der einzige Sohn eines hochangesehenen
und noch dazu geistlichen Vaters, des Vice=Präsidenten
des wolfenbütteler Konsistoriums und Verfassers der
„Betrachtungen über die vornehmsten Wahrheiten der
Religion". Ueberdies schrieb man es auch einer hoff=
nungslosen Liebe zu, daß er sich den Tod gegeben.
Eine schöne junge Frau aus Mannheim war der
Gegenstand dieser unseligen Leidenschaft. Es war
dies die Frau Elisabeth Herdt, die Gattin eines kur=
pfälzischen Legationssekretärs und Tochter des Bild=
hauers Paul Egell, die nachher noch bis zu einem
Alter von einundsiebzig Jahren in ihrer Vaterstadt
gelebt hat. Sie war eine Erscheinung von regel=
mäßiger Schönheit, und hatte einen „etwas römischen"

Schnitt des Gesichts und lichtbraune Augen, mit einem ernsten, fast strengen Blick. Jerusalem's Gefühle zu erwiedern, kam ihr nicht in den Sinn: und an seinem letzten Morgen soll dieser einen Brief des Ehemanns empfangen haben, worin seine ferneren Besuche verbeten wurden. — Ein blonder blauäugiger Norddeutscher, mit einem mehr runden als länglichen Gesicht und weichen ruhigen Zügen — so wird Jerusalem in „Dichtung und Wahrheit" geschildert. Er war am 21. März 1747 zu Wolfenbüttel geboren, und studirte gleichzeitig mit Goethe und Eschenburg in Leipzig, daher Goethe nach seinem „gräßlichen Scheiden" an Kestner schreiben konnte: „seit sieben Jahren kenn ich die Gestalt." Mit Eschenburg hatte er Freundschaft geschlossen, Goethe aber sich nicht genähert; aus einem Briefe von ihm an den Ersteren geht hervor, daß er sich wenig aus dem künftigen Dichter machte. „Er war — heißt es über Goethe in dieser Herzensergießung Jerusalem's, vom 18. Juli 1772 — zu unserer Zeit in Leipzig und ein Geck, jetzt ist er noch außerdem ein Frankfurter Zeitungs-Schreiber (an den gelehrten Anzeigen). Vielleicht erinnern Sie sich seiner noch." Nach Wetzlar war Jerusalem im September 1771 gekommen, als Sekretär des herzoglich braunschweigischen Subdelegatus, früheren Professors zu Helmstädt, Johann Jakob von Höfler, eines Dienstchefs, mit dem er auf einem verdrießlichen Fuß lebte. Mehr und mehr entzog er sich hier der menschlichen Gesellschaft und allen Zerstreuungen, und machte oft meilenweite einsame Wan-

derungen im Mondschein, „und hing da seinem Ver=
druß und seiner Liebe ohne Hoffnung nach". Goethe,
vom Spaziergang zurückkehrend, begegnete ihm bis=
weilen, wenn er hinaus in's Freie schweifte. „Der
arme Junge!" sagte Goethe dann, „er ist verliebt."
Er ahnte damals nicht, daß dieser einsame Mond=
scheinwanderer noch durch ihn selbst so berühmt
werden sollte!

Schlosser sagt in seiner Geschichte des achtzehnten
Jahrhunderts auffallenderweise, Jerusalem sei ein
„leerer eitler Bursche" gewesen. Doch wußte Lessing,
der in Wolfenbüttel ein Jahr lang mit ihm täglich
verkehrt hatte, ihn sehr zu schätzen; eine Reihe von
Abhandlungen aus Jerusalem's Nachlaß führte er in
die Welt ein, und in seiner Vorrede umwand er,
nach Herder's blumigem Ausdruck, dessen Urne mit
„immergrünenden Sprossen eines schönen philosophi=
schen Laubes". Das Buch erschien zu Braunschweig,
unter dem Titel:

Philosophische Aufsätze von Karl Wilhelm Jeru=
salem: herausgegeben von Gotthold Ephraim
Lessing. Braunschweig, in der Buchhandlung des Fürstl.
Waisenhauses. 1776. 116 S. in klein 8.

Es enthält folgende einzelne Abhandlungen:

I. Daß die Sprache dem ersten Menschen durch Wunder
nicht mitgetheilt seyn kann. — II. Ueber die Natur und
den Ursprung der allgemeinen und abstracten Begriffe.
— III. Ueber die Freyheit. — IV. Ueber die Mendels=
sohnsche Theorie vom sinnlichen Vergnügen. — V. Ueber
die vermischten Empfindungen.

Höchst ehrenvoll ist das Zeugniß, welches der Vorredner Lessing für Jerusalem ablegt:

„Der Verfasser dieser Aufsätze war der einzige Sohn des würdigen Mannes, den alle, welchen die Religion eine Angelegenheit ist, so verehren und lieben. Seine Laufbahn war kurz; sein Lauf schnell. Doch lange leben, ist nicht viel leben. Und wenn viel denken allein, viel leben ist: so war seiner Jahre nur für uns zu wenig ... Der junge Mann, als er hier in Wolfenbüttel sein bürgerliches Leben antrat, schenkte mir seine Freundschaft. Ich genoß sie nicht viel über Jahr und Tag; aber gleichwohl wüßte ich nicht, daß ich einen Menschen in Jahr und Tag lieber gewonnen hätte, als ihn. Und dazu lernte ich ihn eigentlich nur von Einer Seite kennen. Allerdings zwar war das gleich diejenige Seite, von der sich, meines Bedünkens, so viel auf alle übrige schliessen läßt ... Es war die Neigung zu deutlicher Erkenntniß; das Talent, die Wahrheit bis in ihre letzte Schlupfwinkel zu verfolgen. Es war der Geist der kalten Betrachtung. Aber ein warmer Geist, und so viel schätzbarer; der sich nicht abschrecken ließ, wenn ihm die Wahrheit auf seinen Verfolgungen öfters entwischte; nicht an ihrer Mittheilbarkeit verzweifelte, weil sie sich in Abwege vor ihm verlor, wohin er schlechterdings ihr nicht folgen konnte ... Wie empfindbar, wie warm, wie thätig, sich dieser junge Grübler auch wirklich erhielt, wie ganz ein Mensch er unter den Menschen war: das wissen seine übrigen Freunde noch besser, als ich. Ich glaube ihnen alles, was sie davon sagen ... Aber warum wollen einige von ihnen mir nicht glauben? daß dieser feurige Geist nicht immer sprüete und loderte, sondern unter ruhiger und lauer Asche auch wieder Nahrung an sich zog; daß dieses immer beschäfftigte Herz nicht zum Nachtheil seiner höhern Kräfte beschäfftiget war; und daß diesen Kopf eben so wenig Licht ohne Wärme, als Wärme ohne Licht befriedigten."

Wie G. E. Guhrauer in seiner Fortsetzung der
Danzel'schen Lessing=Biographie (II. 2. S. 97) her=
vorhebt, wäre Lessing sogar hauptsächlich gegen den
Werther verstimmt gewesen, weil er darin eine ihm
anstößige Darstellung seines unglücklichen jungen
Freundes erblickt habe. Diese Ansicht stützt sich auf
einen Brief von Christian Felix Weiße an den philo=
sophischen Schriftsteller Garve, vom 4. März 1775,
wo Ersterer über Lessing's Aeußerungen bei dessen
kurzem Aufenthalte in Leipzig Bericht abstattet.
„Vermuthlich haben Sie schon gehört", schreibt Weiße,
„daß Lessing acht Tage bei uns gewesen ist, und auf
seiner Rückreise von Berlin und Dresden wieder zu
uns kommen wird .... Höchst aufgebracht war er
gegen die Leiden des jungen Werthers und behauptete,
der Charakter des jungen Jerusalems wäre ganz ver=
fehlet: er sei niemals der empfindsame Narr, sondern
ein wahrer, nachdenkender Philosoph gewesen. Er
selbst besäße einige sehr scharfsinnige Abhandlungen
von ihm, die er über die Unsterblichkeit der Seele,
die Bestimmung des Menschen u. s. w. bei Gelegen=
heit des Phädon von Moses aufgesetzt, und die er
(Lessing) nächstens mit einer Vorrede herausgeben
wolle; er habe deswegen bereits am (sic) Vater (den
Abt Jerusalem) geschrieben und dazu die Erlaubniß
erhalten, doch soll noch kein Mensch etwas davon
wissen. Kurz ich merke, er wird ihm einmal jählings
wie Klotzen auf den Nacken springen; doch da es
Göthen auch nicht an Hörnern fehlt, so wird er sich
wohl wehren." Guhrauer meint nun, Lessing habe

diesmal der Theilnahme des Freundes das unbefangene ästhetische Interesse nachgesetzt, und daher auch Jerusalem's philosophische Aufsätze herausgegeben, weniger um ihres Werthes willen (er vermißte selbst die völlige Reife an ihnen), als um dem Schatten des Unglücklichen vor der Welt Gerechtigkeit zu verschaffen. Die Herausgabe der Jerusalem'schen Aufsätze, erklärt er, ist Lessing's wahrer Protest gegen den Verfasser von Werther's Leiden, auch ohne daß es offen ausgesprochen, ohne daß Goethe's und Werther's mit einem Worte gedacht wäre. Jede Zeile, jedes Wort von Lessing sage dem Leser: dies kann der Schwächling nicht sein, welchen ihr dort beweint.

Oeffentlich hat sich Lessing, dessen Geist damals schon mehr auf andere „Materien" gerichtet war, nie über unseren Roman geäußert. Aber er dachte einmal daran, dem Werther ein Stück: Werther, der Bessere, entgegenzusetzen; ein Inhaltsabriß der ersten Scene ist unter seinen dramatischen Entwürfen und Plänen erhalten, läßt jedoch nicht leicht errathen, was er mit diesem Stücke eigentlich wollte. Außerdem haben wir von ihm nur jene hingeworfenen Worte in einem Briefe an Eschenburg, vom 26. Oktober 1774: „Haben Sie tausend Dank für das Vergnügen, welches Sie mir durch Mittheilung des Göthischen Romans gemacht haben. Ich schicke ihn noch einen Tag früher zurück, damit auch andere dieses Vergnügen je eher je lieber genießen können. Wenn aber ein so warmes Produkt nicht mehr Unheil als Gutes stiften soll: meynen Sie nicht, daß es noch eine andre Art

Schlußrede [26] haben müßte? Ein Paar Winke hinter=
her, wie Werther zu einem so abentheuerlichen Charakter
gekommen: wie ein andrer Jüngling, dem die Natur
eine ähnliche Anlage gegeben, sich dafür zu bewahren
habe. Denn ein solcher dürfte die poetische Schönheit
leicht für die moralische nehmen, und glauben, daß
der gut gewesen seyn müsse, der unsre Theilnehmung
so stark beschäftiget. Und das war er doch wahrlich
nicht; ja, wenn unsers J * * * s Geist völlig in dieser
Lage gewesen wäre, so müßte ich ihn fast — ver=
achten. Glauben Sie wohl, daß je ein römischer
oder griechischer Jüngling sich so, und darum, das
Leben genommen? Gewiß nicht. Die wußten sich
vor der Schwärmerey der Liebe ganz anders zu
sichern; und zu Sokrates Zeiten würde man eine
solche „Ueberwältigung vom Liebesgott", welche „etwas
wider die Natur zu unternehmen" antreibt, nur kaum
einem Mädelchen verziehen haben. Solche kleingroße,
verächtlich schätzbare Originale hervorzubringen, war
nur der christlichen Erziehung vorbehalten, die ein
körperliches Bedürfniß so schön in eine geistige Voll=
kommenheit zu verwandeln weiß. Also, lieber Göthe,
noch ein Kapitelchen zum Schlusse; und je cynischer,
je besser!" Von diesem Ausspruch über Werther
kann aber doch sicher nicht die äußerliche Erklärung
gelten: Lessing wäre im Hinblick auf den jungen
Jerusalem dazu gekommen, von dem er ein ganz
anderes, edleres und männlicheres Bild in der Seele
bewahrt habe; und wir halten uns viel lieber an
das, was Gervinus hierüber sagt. Lessing's Vorschlag,

dem Werther aufzuhelfen, lautet das Diktum unseres Litterarhistorikers, muß man freilich unter seine Paradoxen rechnen, „sein Widerwille davor ist aber so himmelweit verschieden von der Angst der Moralisten, und greift so tief in die Gründe unserer falschen Liebhaberei an der Liebessentimentalität hinab, daß nichts darüber geht". Uebrigens erzählte auch später Nicolai in seiner Entgegnung auf die Xenien (Anhang zu Friedrich Schillers Musen-Almanach für das Jahr 1797, S. 160 fg.), es seien noch verschiedene von Lessing's Freunden am Leben, welche wüßten, „wie nahe er daran war, Wertherische Briefe herauszugeben, zumal, da ihm die Vorstellung des Charakters des unglücklichen Jünglings, den man als das Original des jungen Werthers ansah, nahe am Herzen lag. Es würde darin nicht bloß eine genaue Zergliederung dieses Romans, und vielleicht anderer Schriften Göthens zu finden gewesen seyn; sondern auch besonders des jungen Verfassers Dünkel, der aus seinem Betragen gegen Wieland und Andere ziemlich am Tage lag, in Lessings bekannter Manier, sehr hell ans Licht gebracht worden seyn." Nicolai selbst will seinen Freund Lessing von diesem Schritte abgehalten und somit verhindert haben, daß in Lessing's Werken Goethe als ein Gegenstück zu Klotz erscheine. Das alles ist aber keineswegs buchstäblich zu nehmen.

Auch Gotter, der ein paar Jahre als gothaischer Legationssekretär in Wetzlar verlebte, hatte den jungen Mann gekannt, und die traurige Todeskunde, die ihn

ſehr erſchütterte, gab Anlaß zu jener einſt vielge=
ſchätzten, als „Meiſterſtück der lehrenden Poeſie" be=
zeichneten Epiſtel: Ueber die Starkgeiſterey
(zuerſt 1773 im Juli = Heft des Teutſchen Merkur,
S. 3—38, erſchienen), worin es mit Bezug auf Jeru=
ſalem heißt:

Auf! eile, Jüngling, in des Oelbergs Schatten,
Eh deiner Feinde Zahl ſich häuft,
Eh deinen Geiſt Fühlloſigkeit ergreift,
Und Muth und Kraft in dir ermatten,
Eh die Verzweiflung — Ach! welch' Angedenken faßt
Beym Schopfe mich, wirft mich an eine Klippe,
Daß das Gebein mir kracht, und meine Wang' erblaßt?
Nein! der geliebte Nam' entſchlüpfe nie der Lippe,
Sey heilig meinem Schmerz; in dunkler Einſamkeit,
Sey von dem Pöbel unentweiht!
Er hat die Ruhe nun, die er geſucht, gefunden —
Eh die Verzweiflung, die in ihrer Opfer Wunden
Gift, ſtatt des Balſams, gießt, bei zeugenloſer Nacht
Den Dolch Dir reicht, und in der ſchrecklichſten der Stunden
Dich ohne Rettung elend macht.

Nun waren aber die näheren Umſtände von Je=
ruſalem's Ende genau im Werther beibehalten. Von
Keſtner, der am Morgen nach der Schreckensthat in
Jeruſalem's Wohnung geeilt war und ihn noch vor
ſeinem Verſcheiden geſehen hatte, waren alle Einzel=
heiten getreulich aufgezeichnet und unſerem Dichter
auf deſſen Wunſch mitgetheilt worden. Seine Auf=
zeichnung, vom 2. November 1772, iſt noch vorhanden
und in „Goethe und Werther", S. 86—99, abge=
druckt. Goethe hatte ſie am 20. Januar 1773 zurück=

geschickt. Eine Abschrift ließ er der Frau Sophie la Roche zukommen. „Sie (die „umständliche authentische Nachricht") hat mich so oft innig gerührt als ich sie las, und das gewissenhaffte Detail der Erzählung nimmt ganz hin", schrieb er dabei an diese „liebe Mama". Es sind einige Stellen aus diesen Blättern von Kestner's Hand wörtlich in den Roman übergegangen. Selbst die dumpf nachtönenden Schlußworte: „Kein Geistlicher hat ihn begleitet", finden sich da bereits; daß „Emilia Galotti", das in jenen Tagen ganz neue Trauerspiel, auf dem Pulte aufgeschlagen lag, ist gleichfalls ein wahrer Umstand. War doch auch das Zettelchen, wodurch Werther Alberts Pistolen zu einer vorhabenden Reise erbittet, von dem armen Jerusalem an Kestner geschrieben worden, und das nach dem Tode des Unglücklichen aus dem Papierkorb gerettete Original wird noch heute unter den Kestner'schen Papieren aufbewahrt.

Der berühmte einfache blaue Frack mit Messingknöpfen, die ledergelbe Weste und Beinkleider (buff waistcoat and breeches), nebst Stiefeln mit braunen Stulpen, die ganze, eigentlich aus England eingeführte „Werther'sche Montirung" war dieses schwermüthigen Sonderlings wirkliche Tracht. Werther erschießt sich in dieser Tracht, und in seinem letzten Briefe sagt er: „in diesen Kleidern, Lotte, will ich begraben seyn; Du hast sie berührt, geheiligt." Jerusalem erschoß sich gleichfalls in derselben: „er war in völliger Kleidung, gestiefelt, im blauen Rock mit gelber Weste", heißt es in Kestner's Bericht. Und was

Werther schreibt von der adeligen Assemblée bei dem Grafen von C . . ., die ihn nöthigte, sich aus ihrer Mitte zu entfernen, das hat sich mit Jerusalem bald nach seiner Ankunft in Wetzlar zugetragen, im Hause des Kammergerichts-Präsidenten Grafen von Bassen= heim, als die Frau Gräfin gerade ihren illüstren Donnerstagszirkel hatte. Kestner gedenkt dieses un= angenehmen Auftritts, und auch der Berichtiger der Geschichte Werther's (siehe weiter unten) verbürgt uns denselben, obgleich er sagt, der Vorfall habe unter Umständen stattgefunden, von welchen die Schilderung abweiche, und die hämische Freude der Neider und das Bedauern der Freunde habe Jerusalem wohl nicht so stark gefühlt, als Werther, da er wenig in öffent= liche Gesellschaften gekommen sei. Es herrschte dazu= mal am Sitze des Reichs-Kammergerichts, wo die un= sterblichen deutschen Processe schwebten, wo es an Assessoren, Prokuratoren, Advokaten, Notarien nicht fehlte, ein höchst steifer, rangsüchtiger Ton, scharfe Schranken trennten die verschiedenen Klassen der Societät, und die Adeligen, besonders die gnädigen Frauen und Fräuleins, blähten sich mit ahnenbewuß= tem Hochmuth. Wurde von ihnen ein Ball veran= staltet, so pflegten sie dies mit folgenden Worten an= zuzeigen: Den und den ist in dem Hause des und des Herrn öffentlicher Ball, woran jeder adelige Herr und jedes adelige Frauenzimmer theilnehmen können. Nicolai läßt daher auch im dritten Theile seines „Sebaldus Nothanker" der aus bürgerlichem Blut entsprossenen gnädigen Frau von Hohenauf zu

Wetzlar, „wo man auf das Recht des Heil. Röm. Reichs und auf das Recht alter Ahnen zu halten weiß", in den Assembléen einige Kränkungen widerfahren. Wir dürfen uns also nicht zu sehr darüber verwundern, daß die stiftsfähigen Gäste des Grafen von Bassenheim es unter ihrer Würde hielten, mit einem bürgerlichen Sekretarius in Gesellschaft zu bleiben. Natürlich war es aber auch bei dem aufstrebenden Geiste der Zeit, daß auf die mit nicht geringer Bitterkeit geschilderte Scene im Werther doppeltes Gewicht gelegt wurde, und daß man den Zorn gegen die Adelsvorurtheile begierig herauslas.

Jerusalem blieb einmal der Held des Romans, wie Demoiselle Buffin die Heldin. „Diese Verwechslung von Dichtung und Wahrheit", sagt Paul Wigand, „lebt heute noch wie damals in und außerhalb Wetzlar. Jeder Fremde fragt nach Werthers's Grab; empfindsame Damen lassen sich auf das kleine Zimmer führen, wo Jerusalem durch den Pistolenschuß seinem Leben ein Ende machte. Man läßt sich das Haus zeigen, wo die Lotte gewohnt; man erkundigt sich nach näheren Umständen, und die Einwohner Wetzlars, indem sie Inhalt und Idee des Romans überspringen, geben so viel sie können, Aufschlüsse über das Wahre der alten Geschichte, und vergessen die Schwierigkeit, dieselbe mit der Dichtung in Uebereinstimmung zu bringen, die doch eigentlich Veranlassung jener Forschungen ist."

So konnte ein Herr von Breitenbach (ein geborener Wetterauer, kurhannöverscher Lieutenant von der Garde und damals auf Werb=Kommando in Wetzlar stehend) einen eigenen Schlüssel zum Werther liefern:

> Berichtigung der Geschichte des jungen Wer=
> thers. Frankfurt und Leipzig 1775. 16 S. in 8.

Ein Beginnen, daß er mit folgenden Worten zu recht= fertigen suchte: „Unter den Büchern, welche in der jüngsten Leipziger Meße zum Vorschein kamen, haben die Leiden des jungen Werthers vorzüglich die Auf= merksamkeit des Publikums erregt. Der seit einigen Jahren berühmt gewordene Name des Verfaßers, der rührende Vorwurf, der naive und körnichte Ausdruk, und die Jugend der nicht zu verkennenden Geschichte; alles dieses hat sich vereint, diesen würklich schäzbaren Briefen den vollkommensten Beifall zu verschaffen, ehe noch die Kritik in das Mittel treten konnte . . . Es würde eine höhere Gattung des Unsinns verrathen, wenn man in einem Werk dieser Art die vollkomm'ne historische Richtigkeit verlangen wollte; da aber gleich= wohl ein Theil der Leser, den insonderheit die Ge= schichte intereßirt, von solcher näher belehrt zu werden wünscht; so hat man, ihrer gerechten Forderung ein Gnüge zu leisten, nachfolgende Bemerkungen nicht weiter zurükhalten wollen."

Weiter werden wir nun belehrt, die in dem Roman geschilderten Vorfälle hätten sich ohne Ausnahme in Wetzlar und nahe bei Wetzlar zugetragen, sie seien bis auf einige veränderte Umstände so erfolgt wie man sie lese. Der Brunnen, der gleich im Anfang beschrieben werde, liege hart am Wildbacher Thor, welches den Namen von ihm führe. Der Amtmann S . . ., oder vielmehr der Amtmann B . . s, wohne nicht außerhalb der Stadt, sondern im Deutschen Hause zu Wetzlar, seine Familie wäre aber noch zahlreicher, als der Verfasser angibt, und Charlotte die zweite, nicht die älteste Tochter dieses rechtschaffenen Mannes. Schon in ihrem fünfzehnten Jahre wäre sie mit dem Gesandschafts = Sekretär Ke . . r versprochen gewesen, der sie, nachdem er Archiv=Sekretär zu Hannover geworden, jedoch erst nach dem Tode des jungen Werther's, geheirathet habe. Dieser Mann habe einen sehr guten bürgerlichen Charakter, gründliche Wissenschaften, und bekümmere sich wenig um den jetzigen Weltlauf. Er und Werther hätten wohl keine andere Verbindung, als den gemeinschaftlichen Beruf gehabt. „Der Sekretair Ke . . r,“ sagt der Berichtiger u. A., „ist demnach derjenige, der unter dem Namen Albert vorkommt; welchen er doch zulezt mit dem Geheimen Sekretair He . . t theilet. Man würde aber dem guten Ke . . r Unrecht thun, wenn man ihn blos nach dieser Schilderung beurtheilte.“ Dann heißt es sogar: „Ob der Verfaßer das alles für Charlotten, und sie wieder für ihn so vieles gefühl't, als das Werk zu verrathen scheinet, ist mir unbekannt. Es scheint auch unwahrscheinlich, und ich hoffe nicht, daß Ke . . r hierüber unruhig ist.“ Aus solchen gedruckten Klatschmittheilungen läßt sich denn leicht schließen, daß Albert=Kestner Manches infolge unserer Dichtung zu leiden hatte, und wir müssen es daher wohl erklärlich finden, wenn er sich anfangs gegen den „Herrn Autor", der ihn und sein Lottchen in aller Leute Mund brachte, gekränkt und verstimmt zeigte.

In einem Briefe an seinen Jugendfreund, den Holsteiner August von Hennings, vom 24. Januar 1775, spricht sich Kestner auch über diese Berichtigung aus: „Nun ist noch ein ungebetener Ausleger hinzugekommen, in der sogenannten Berichtigung_ꝛc. Es ist wohl kein boshafter Ausleger, und manches dient zur Verhinderung irriger Vorstellung. Aber was soll es? Muß denn das Publikum alles so haarklein wissen. Man sollte wunder glauben, was das Publikum für ein ehrwürdiges Ding wäre, dem man ja von Allem recht genauen Bericht abstatten müßte. Ich kenne den Verfasser nicht. Er muß aber genaue Nachricht haben; wiewohl er sich in einigen Stücken irrt. Ich bin mit Lottchen nicht vorher versprochen gewesen. Und was er damit sagen will: ich bekümmerte mich um den Weltlauf nicht, verstehe ich nicht."

Vielfach bemühte man sich ähnlicher Weise „im schwäzzenden Publikum, das eine Heerd Schwein ist," — wie Goethe an Kestner schrieb — die Beziehungen auszudeuten, und ein Gewirr von Sagen hatte sich bald um den Werther gebildet. Noch 1839 hat sich in den „Rheinischen Provinzial=Blättern" (Nr. 39 und 40) ein Ungenannter aus Wetzlar gewaltig darüber ereifert, daß man es bezweifeln wollte, Jerusalem sei durch eine Liebe zu der versagten Lotte Buff in den Tod getrieben worden. In allen Familien=

kreisen seiner Vaterstadt wäre ja früher Jerusalem's Geschichte ganz bestimmt und mit allen Umständen erzählt worden, und nie anders, als auf diese Art. Und als die verheirathete Lotte viele Jahre später zum Besuch nach Wetzlar gekommen, da hätten alle schlichten Bürgersleute, die weder von Goethe noch von Werther's Leiden etwas mußten, die geachtete Landsmännin mit zutraulicher Freundlichkeit begrüßt und in ihr die Buff's Tochter erkannt, über die sich der Jerusalem erschossen. Goethe dagegen hat, nach diesem wetzlarischen Ungenannten, in gar keinem solchen Verhältniß zu Lotte gestanden, wie er in „Dichtung und Wahrheit" schildert, er hat lediglich, „bei seinem so hohen Grade von Eitelkeit und Selbstgefälligkeit", die Sache so dargestellt, „um nicht nur den Ruf des Verfassers, sondern auch des Helden des berühmtesten aller Romane mit in die Gruft zu nehmen!" — Auf Weg und Steg wurde auch der Dichter persönlich mit Ausholungen nach dem wirklichen Herrn Werther, der wirklichen Lotte gequält. „Dergleichen peinliche Forschungen", erzählt er, „hoffte ich in einiger Zeit loszuwerden; allein sie begleiteten mich durch's ganze Leben. Ich suchte mich davor auf Reisen durch's Incognito zu retten, aber auch dieses Hülfsmittel wurde mir unversehens vereitelt, und so war der Verfasser jenes Werkleins, wenn er ja etwas Unrechtes und Schädliches gethan, dafür genugsam, ja übermäßig durch solche unausweichliche Zudringlichkeiten bestraft. Auf diese Weise bedrängt, ward er nur allzusehr gewahr, daß Autoren und Publikum durch eine ungeheure Kluft getrennt sind, wovon sie, zu ihrem Glück, beiderseits keinen Begriff haben." Ueberdies klagt er in einem jener unruhig hingeworfenen, warmen Jugendbriefe an „Gustgen" Stolberg, der vom 6. März 1775 herrührt, nachdem er dieser theilnehmenden Seele versprochen, er wolle ihr nächstens ein Drama in der Handschrift schicken: „Ich mag das nicht drucken lassen denn ich will, wenn Gott will künftig meine . . . Kinder in ein Eckelgen begraben oder etabliren; ohne es dem Publiko auf die Nase zu hängen. Ich bin das ausgraben und seziren meines armen Werthers so satt. Wo ich in eine Stube trete, sind ich das Berliner 2c. Hundezeug (Nicolai's Freuden Werthers 2c.), der eine schilt drauf, der andre lobts, der dritte sagt es geht doch an, und so hezt mich einer wie der andere."

Nach Riemer's Mittheilung, kam noch der berühmte Tragöde Talma bei seinem Besuch in den ersten Oktobertagen des Jahres 1808 dem Dichter mit der queren Frage, ob Werther nicht eine wahre Geschichte sei. Goethe gab ihm darauf zur Antwort: von den betheiligten Personen habe sich der eine gerettet, um die Geschichte erzählen zu können, man wüßte sonst nichts von ihr.

Es mögen hier übrigens noch ein paar Worte über jene Rose von Wetzlar eine Stelle finden, mit welcher der beim Reichskammergericht practicirende junge Goethe während des Sommers 1772 seinen „Herzensproceß" im idyllisch schönen Lahnthal erlebte. Bei der Entstehung seiner dichterischen Komposition

schwebten ihm wohl zugleich andere weibliche Gestalten
vor, obschon Lotte Buff eine blauäugige Blondine
war, verlieh er sogar seiner Heldin die „schwärzesten
Augen", die wundervollen Augen der jungen Frau
Maximiliane oder „Max" La Roche=Brentano. Allein
er hat doch die Hauptzüge dieser wetzlarer Lotte treu
im Werther gemalt; und war er auch fern davon,
sich ihr gegenüber Werther'scher Verzweiflung hinzu=
geben, so fühlte er sich doch mit goldenen Fesseln um=
schlungen, sodaß er nicht ohne Schmerzen sich losriß.
Die „liebe", die „goldne" Lotte, geboren am 13. Ja=
nuar 1753, hatte noch nicht ihr zwanzigstes Lebens=
jahr erreicht, als Goethe sie zum erstenmal sah: es
war am Abend des 9. Juni 1772. acht Tage nach
Pfingsten, auf der Fahrt zu einem ländlichen Ball
auf dem Jagdhause in Volpertshausen, einem Wald=
dorfe, anderthalb Stunden von Wetzlar entfernt. [27]
Er fand sich sogleich von ihr angezogen. „Sie war,"
wie Kestner schreibt, „in ganz ungekünsteltem Putz.
Er bemerkte bey ihr Gefühl für das Schöne der
Natur und einen ungezwungenen Witz, mehr Laune,
als Witz. Er wußte nicht, daß sie nicht mehr frey
war . . . Er war den Tag ausgelassen lustig (dieses
ist er manchmal, dagegen zur andern Zeit melancholisch),
Lottchen eroberte ihn ganz, um desto mehr, da sie
sich keine Mühe darum gab, sondern sich nur dem
Vergnügen überließ. Andern Tags konnte es nicht
fehlen, daß Goethe sich nach Lottchens Befinden auf
den Ball erkundigte . . . nun lernte er sie auch erst
von der Seite, wo sie ihre Stärke hat, von der häus=

lichen Seite kennen." In „Dichtung und Wahrheit" schildert Goethe selber Lotte als eine reine gesunde Natur, frohsinnig und unbefangen, eines jener Mäd=chen, die geschaffen sind, ein allgemeines Gefallen zu erregen, mit einer „leicht aufgebauten, nett gebildeten Gestalt". Außerdem wird uns in der obenerwähnten Berichtigung der Geschichte Werthers ein förmliches Signalement von Lottens Persönlichkeit mitgetheilt; es heißt dort nämlich, sie wäre „schlank, blond, mit blauen Augen, naiv, und sonst liebenswürdig."

Doch die wirklichen Züge der berühmtgewordenen Amtmannstochter brachte uns eine von der Kestner'=schen Familie besorgte Lithographie, die in verschiedenen Nachstichen erschienen ist, und dieses Porträt entspricht so ziemlich dem Bilde, welches man sich beim Lesen des Werther von der Heldin macht. Ein ungemein liebliches und dabei ächtdeutsches Gesicht, das noch durch die altmodisch aufgesteckten puderbereisten Haare eigenthümlichen Reiz erhält; aus den von schönge=zeichneten Brauen umsäumten Augen blickt eine offene Seele voll gelassener Heiterkeit, Kestner konnte wohl von seiner Verlobten sagen: „ihr Blick ist wie ein heiterer Frühlingsmorgen." Und so können wir auch die Worte des Werther auf sie anwenden: „So viel Einfalt bei so viel Verstand, so viele Güte bei so viel Festigkeit, und die Ruhe der Seele bei dem wahren Leben und der Thätigkeit." Zum stillen Familien=glück, zu einer treuen Hüterin des Herdfeuers, einer zärtlichen Gattin und Mutter war diese wirkliche Lotte geschaffen, gleich der Lotte Werthers: die verzehrende

Flamme der Leidenschaft hat in ihrem Herzen niemals geherrscht.

„Liebe Lotte, nach viel Zeit wollen wir uns wieder= sehn", so schrieb Goethe, als er im April 1773 den Trauring schickte, den er bei einem frankfurter Gold= schmied für sie hatte anfertigen lassen. Dieses Wort sollte in Erfüllung gehen. Erst nach vierundvierzig Jahren, im Oktober 1816, sah er sie wieder, als die „Hofräthin Kestner" ihre an den Kammer=Rath Ridel verheirathete Schwester Amalie in Weimar besuchte, und da war sie eine grauhaarige, fast vierundsechzig= jährige Wittwe und Mutter von zwölf Kindern, er selbst ein ruhmbelasteter alter Herr, nahe den Siebzigen. Die alte Jugendfreundin war nicht sehr angenehm berührt von diesem Wiedersehen des großen Mannes, „oder vielmehr von dieser neuen Bekanntschaft", doch that Goethe, wie sie sich äußerte, „nach seiner steifen Art, alles mögliche" um verbindlich gegen sie zu sein. Ihren Tod erlebte er noch. Denn Lotte starb in Hannover — in dem Hause auf der Großen Aegidien= Straße, Nr. 4, das jetzt durch eine Gedenktafel be= zeichnet ist, — nach Vollendung ihres fünfundsiebzigsten Jahres, am 16. Januar 1828, also vier Jahre vor Goethe, während der wackere Kestner, zuletzt hannöver= scher Vice = Archivar, Amts=, Land= und Lehnsfiskal, bereits am 24. Mai 1800 auf einer Dienstreise in Celle hingeschieden war. Ein gewisses Selbstgefühl, daß man in ihr die berühmte Werther's Lotte zu erblicken habe, mag übrigens der würdigen Frau zeitlebens ge= blieben sein. Und wer sollte dies nicht natürlich finden?

Ein Gegenstück zu dem obenerwähnten und heute allbekannten Porträt der Lotte in ihrer Jugendblüthe bildet eine vor uns liegende Photographie, die wir ihrem Erstgeborenen verdanken, dem 1867 in seinem vierundneunzigsten Lebensjahr entschlafenen hannöverschen Archiv-Rath Georg Kestner. Diese Photographie ist nach einem Gemälde aus dem Jahr 1820 aufgenommen, und zeigt die eingefallenen Züge der Greisin. Die Zeit hat ihre tiefen Spuren in dieses Gesicht gegraben: es ist aber ein feines altes Gesicht, und die Augen haben noch immer einen gewinnenden Ausdruck.

Wie Goethe an seinem Lebensabend jener glücklich-unglücklichen wetzlarer Zeit gern gedachte, bestätigt auch ein von Wigand mitgetheilter Zug. Der Wirth von Garbenheim berichtete demselben: Wie er 1822 als Rekrut zur Garde nach Berlin marschirte und in Weimar Rast machte, wurde er auf der Straße von einem seiner Kameraden: „Wetzlarer"! angerufen. Bald darauf kam ein Bedienter herbei und begehrte zu wissen, ob er aus Wetzlar gebürtig sei, oder diesen Namen führe. Auf die Bejahung des Ersteren lud ihn der Diener ein, mit zu seinem Herrn zu gehen. Es war Goethe. Er hatte im Fenster den Ruf gehört, und erkundigte sich gar freundlich, ob der Rekrut die Buff'sche Familie kenne und wie es ihr gehe. Er fragte ebenfalls nach verschiedenen anderen Personen, ließ sich von Garbenheim erzählen und forschte, ob die Wirthin Koch noch am Leben sei; diese war aber längst todt. Auch von der alten Linde und vom Wildbacher Brunnen, dem Werther-Brunnen, sprach

er, und endlich verabschiedete er den angehenden Sol=
daten, nachdem er ihm zwei harte Thaler geschenkt und
ihn zu Mittag hatte bewirthen lassen, auf's Wohl=
wollendste.

Kommen wir indeß auf die Verfolgungen zurück,
welche sich an des Dichters Fersen hefteten.

Was die empfindsamen Hypochondristen insbeson=
dere betrifft, so erblickten sie nun im Verfasser des
Werther ihren Patron und Führer, und er hatte
briefliche und persönliche Heimsuchungen von ihnen zu
erdulden. Er selbst, dem es gegeben war, die schmerz=
lich drängenden Gefühle in einem dichterischen Gusse
auszuströmen, hatte seine inneren Zustände gewisser=
maßen von sich abgelöst und in ein Bild verwandelt;
er hatte sich durch die Darstellung der Krankheit auch
von ihr befreit, und wie „nach einer Generalbeichte"
fühlte er sich erleichtert und wieder zu neuem Leben
berechtigt, — indem er zugleich die deutsche Litteratur
als eine Tafel ansah, „auf die man mit Lust viel
Gutes zu malen hoffte." Und jetzt mußte er die
große Unbequemlichkeit erleiden, daß schwärmerische
und verstimmte Seelen sich ihm anhingen. Zwei
merkwürdige Episteln erhielt er in Weimar, um die
Mitte des Jahres 1777, aus Wernigerode; sie waren
„fast das Wunderbarste", was ihm in jener selbst=
quälerischen Art vorgekommen, und bestimmten ihn
mit zu einem einsamen Winterausflug, auf dem er
den Briefschreiber, den damals fünfundzwanzigjährigen
Predigersohn Friedrich Plessing, am 3. December
unter fremdem Namen besuchte. [28] Diesem Ausfluge

verdanken wir, wie bekannt, die herrliche Rhapsodie
Harzreise im Winter, worin der Dichter sein
weihevolles und inniges Gebet für den Gefühlskranken,
als köstlichsten Opferrauch, zum Himmel emporsendet:

> Ach! wer heilet die Schmerzen
> Deß, dem Balsam zu Gift ward?
> Der sich Menschenhaß
> Aus der Fülle der Liebe trank!
>
> . . . .
>
> Ist auf deinem Psalter,
> Vater der Liebe, ein Ton
> Seinem Ohr vernehmlich,
> So erquicke sein Herz!
> Oeffne den umwölkten Blick
> Ueber die tausend Quellen
> Neben dem Durstenden
> In der Wüste!

Allein außer all dieser „unleidlichen Qual" erfuhr
unser Dichter noch Bedrängnisse, die ernster erschienen.
Wir meinen durch den Umstand, daß die Hamlet=
schwermuth, der Lebensüberdruß überspannter jungen
Gemüther zu Gedanken an Selbstmord verleiten konnte.
Im dreizehnten Buche von „Dichtung und Wahrheit"
hat sich Goethe näher über die gewitterschwüle Zeit=
stimmung ausgesprochen, welche den Grundton seines
Werther bildet, und nach seiner Darstellung, wäre
es unter gewissen Jünglingskreisen nichts so gar Un=
erhörtes gewesen, daß man über Selbstmordgedanken
brütete. „Von unbefriedigten Leidenschaften gepeinigt",
sagt er, „von außen zu bedeutenden Handlungen
keineswegs angeregt, in der einzigen Aussicht, uns in
einem schleppenden, geistlosen, bürgerlichen Leben hin=

halten zu müssen, befreundete man sich, in unmuthigem Uebermuth, mit dem Gedanken, das Leben, wenn es einem nicht mehr anstehe, nach eignem Belieben allenfalls verlassen zu können, und half sich damit über die Unbilden und Langeweile der Tage nothdürftig genug hin. Diese Gesinnung war so allgemein, daß eben Werther deswegen die große Wirkung that, weil er überall anschlug und das Innere eines kranken jugendlichen Wahns öffentlich und faßlich darstellte." Wie er dort ferner erzählt, beschlich ihn selbst zuweilen das Gelüst des freiwilligen Scheidens. Die mit Ruhe und Fassung verübte That des römischen Kaisers Otho (69 n. Chr.) bewunderte er als eine nachahmungswürdige; er legte sich beim Schlafengehen einen kostbaren scharfgeschliffenen Dolch neben das Bett und versuchte, ehe er das Licht auslöschte, ob es ihm wohl gelingen möchte, die scharfe Spitze ein paar Zoll tief in die Brust zu senken. Es wollte ihm aber niemals gelingen, und er beschloß zu leben. Gewiß waren dies vorübergehende Anwandlungen bei ihm, dem, wenn er verschmachten wollte, die heiligen Musen das aurum potabile, das Lebenselixir, aus ihren geweihten Schalen reichten. Der „arme Goethe" fühlte doch zu sehr, „was ihm die Welt, was er ihr sein konnte." „Erschießen mag ich mich vor der Hand noch nicht," sagt er in einem Briefe an Kestner, vom November 1772. Und schon früher, als das falsche Gerücht ausgesprengt war, Goué, jener wunderliche wetzlarer Kollege, habe sich erschossen, äußerte er zwar seinen Zorn über die Tobacksrauchs-Betrachtungen der .... kerle von Philiſtern, die er ſchon im Geiſt hörte, und ehrte auch ſolche That, fügte aber hinzu: „Ich hoffe nie meinen Freunden mit einer ſolchen Nachricht beſchweerlich zu werden." Uebrigens iſt die Schilderung ſeiner Selbſtmordgrillen nichtsdeſtoweniger getreu; in Goué's Trauerſpiel „Maſuren" kommt eine Stelle vor, die ihre Wahrheit beurkundet. Da halten die wackeren Ritter Götz (Goethe) und Fayel (Gotter) folgende Zwieſprach:

Fayel. Ich merke, der Selbſtmord könnt' auch in eurem Syſtem Platz finden.

Götz. Und was wolltet ihr denn endlich dagegen auf= ſtellen? Eure Gemeinſprüche?

Fayel. Götz, ihr ſcherzet; ihr werdet euch nicht tödten.

Götz. Nur in dem Fall, wenn ich kaltblütig g'nug wäre, mir einen Stahl in's Herz zu drücken. Erſchießen werd' ich mich nie.

Bei dieſer Gelegenheit möge auch noch ein Ge= ſtändniß Goethe's angeführt werden, das er viele Jahre ſpäter über dieſen Punkt ablegte, in einem merkwürdigen Briefe an Zelter, als ſich deſſen Stief= ſohn aus unbekannten Gründen durch einen Piſtolen= ſchuß getödtet hatte. „Ueber die That oder Unthat ſelbſt," ſo ſchreibt Goethe unter'm 30. November 1812, „weiß ich nichts zu ſagen. Wenn das taedium vitae den Menſchen ergreift, ſo iſt er nur zu be= dauern, nicht zu ſchelten. Daß alle Symptome dieſer wunderlichen, ſo natürlichen als unnatürlichen Krank= heit auch einmal mein Innerſtes durchraſt haben, daran läßt Werther wohl Niemand zweifeln. Ich weiß recht gut, was es mich für Entſchlüſſe und An=

strengungen kostete, damals den Wellen des Todes zu entkommen, so wie ich mich aus manchem spätern Schiffbruch auch mühsam rettete und mühsam erholte."

Die gährenden Gefühle der Jugend der siebziger Jahre hat nun Werther jedenfalls erst recht mit zum Ausbruch getrieben. Er hat nicht, wie öfters bemerkt wird, jene Periode der Empfindsamkeit und eines trüben Weltunmuths abgeschlossen; er gab vielmehr noch einen Anstoß dazu. Konnte Goethe wohl später behaupten, sein Roman habe keineswegs, wie man ihm vorgeworfen, eine Krankheit, ein Fieber erregt, sondern nur das in jungen Gemüthern verborgen liegende Uebel aufgedeckt, so sogen doch solche jungen Gemüther melancholische Nahrung aus dem „Büchlein", das ihr nächster Freund werden sollte, wenn sie „aus Geschick oder eigner Schuld" keinen näheren finden konnten, das ihnen ihre unklaren Gedanken, Gefühle und Ahnungen so wunderbar ergreifend aussprach. Der arme Werther, ein weit interessanterer Charakter als jener Saint-Preux in der Neuen Heloise, stand vor ihnen wie ein edler Blutzeuge für die Rechte des Herzens, und seine Schwäche wurde wohl gar inbrünstig bewundert und verehrt, nicht blos sein Schicksal beweint. Darum ist gewiß nicht grundlos, was der einsichtige Merck damals in einer Beurtheilung sagte: „Die Jugend gefällt sich in diesem sympathetischen Schmerz, vergißt über dem Leben der Fiktion, daß es nur eine poetische Wahrheit ist, und verschlingt alle im Gefühl ausgestoßne Sätze als Dogma. Der Selbstmord ist seit Rousseaus Heloise vielleicht nie so sehr auf der guten Seite gezeigt worden, daher kann allerdings eine solche Lektüre für ein Herz bedenklich werden, daß den Samen und den Drang zu einer ähnlichen That schon lange mit sich herumträgt." Auch konnte Werther, ganz abgesehen von dem ansteckenden Hange zur Schwermuth, der als Zeichen jener Zeit zu betrachten ist, durch seine Gewalt der Empfindung ähnlich gestimmte unglückliche Naturen in die dunkeln Strudel mitfortreißen. Es reichten derartige Wirkungen bis in's neunzehnte Jahrhundert herein. Erhob nicht Frau Elise von Hohenhausen, die früher ziemlich bekannte kasseler Schriftstellerin, nach dem Tode ihres achtzehnjährigen einzigen Sohnes Karl, der sich 1833 als Student in Bonn erschossen hatte, ihre Klagen, daß der Werther noch fortwirke? „Auch mein Sohn", heißt es in einem Mahnrufe der gebeugten Mutter, „hatte mehrere Stellen im Werther angestrichen. O, ihr von Gott begabten Männer, ihr Erzieher des Menschengeschlechtes, von euch wird Gott Rechenschaft fordern über die Anwendung eurer Talente!"

Solchen Vorwürfen sah sich der Werther = Dichter einst von vielen Seiten ausgesetzt, und als die Hauptquelle der krankhaften Ueberschwänglichkeit war nun dieses von der Jugend so heiß verschlungene Buch verrufen. Man fand darin geradezu eine Apologie des Selbstmords; man beschuldigte den Dichter mit philisterhafter Ereiferung, die Seelen hoffnungsvoller jungen Menschen vergiftet, und Thränen und Jammer über verschiedene Familien gebracht zu haben. Aber

> das alles half dem Lerm nicht ab;
> der mehrte sich indessen,
> die Jungens und die Mädgen war'n
> gar auf das Ding versessen.

In unserer weitberühmten Handels- und Gelehrten-
stadt, wo der Roman bei Christian Friedrich Weygand
an's Licht der Welt getreten war, kam daher die hoch-
würdige theologische Fakultät zu dem Entschlusse, ein
Uebriges zu thun.

> Es fürchteten am Ende gar
> die feisten Sup'rindenten,
> die Weiber präsentirten ihn'n
> den Dolch in ihren Händen.
> . . . .
> Drum setzten sie sich an den Tisch
> in ihren großen Krägen,
> und fingen an mit Gott und Muth
> die Sach zu überlegen.

Und es wurde auf den Antrag der Herren Theologen
den leipziger Buchhändlern und Buchdruckern der
Vertrieb der „Leiden des jungen Werthers" durch die
Kurfürstlich Sächsische Bücher-Kommission „bey Zehen
Thaler Strafe, bis auf weitere Verfügung, ausdrücklich untersagt"; welches Verbot nicht übel verspottet
wird in einem Gelegenheitsschwanke:

Pätus und Arria eine Künstler-Romanze. Paete,
non dolet. Freistadt am Bodensee, 1775. 15 S. in 8.

Es ist dies eine spaßhafte parabolische Darstellung der
Wirkungen des Romans auf die schwache Jugend, welche
> sezt sich gleich an die Stelle
> und überleget nicht genau
> den Unterschied der Fälle.

Der Verfasser dieses Schwankes, dem wir auch die obigen Strophen entlehnten, war aber niemand anders, als Freund Merck in Darmstadt.

Das am 30. Januar 1775 erlassene Verbot des Werther wurde nicht wieder aufgehoben. „Wie streng es aber gehandhabt wurde", bemerkt Gustav Wustmann, „beweist, daß Weygand selbst im Jahre 1775 noch drei neue Auflagen des Romans druckte. Und wie viele Exemplare von den verschiedenen Nachdruck-Ausgaben, die im Laufe des Jahres 1775 erschienen, mögen überdies in Leipzig eingeschmuggelt worden sein!" [29]

In Dänemark wurde 1776, als die alte Königin Juliane Maria, Wittwe König Friedrich des Fünften, und ihr Minister Guldberg das Regiment führten, einer angekündigten Uebersetzung von Prost aus zart-mütterlicher Regierungsfürsorge die Druckerlaubniß verweigert, was einiges Aufsehen erregte. In einem Gutachten der Theologen-Fakultät zu Kopenhagen über Werther heißt es denn auch: „Dieser Roman muß für eine Schrift angesehen werden, welche die Religion bespottet, das Laster beschönigt, Herz und gute Sitten verderben kann; für unschuldige und nicht feste Menschen um so gefährlicher, als der Verfasser sich Mühe genug gegeben hat, alles in schönem Stil und in blühender Sprache vorzubringen." [30] Im Mailändischen, wo eine italienische Uebersetzung erschienen, hatte der Erzbischof ein Mittel gefunden, das für die römisch-katholischen Christen nicht taugliche Buch ganz im Stillen wieder aus der Welt zu schaffen.

Er hatte sogleich die ganze Auflage durch die Geist=
lichen in den Gemeinden wegkaufen lassen, sodaß nach
Kurzem auch nicht ein einziges Exemplar mehr zu
sehen war. (Eckermann, Gespräche mit Goethe, II. 100.)

Hinter Goethe's Garten an der Ilm stürzte sich
früher das Wasser rauschend über ein hohes Wehr.
Dichte Linden umbunkelten das Ufer des Flusses, die
einsame Stelle, seitdem durch die Anlagen des Parks
ganz verändert, hatte etwas ziemlich Düsteres. Hier
war es, wo zu Anfang seines weimarer Lebens, am
Abend des 16. Januar 1778, ein junges Fräulein
Christine von Laßberg, die Tochter eines Obersten,
den Tod suchte. Sie glaubte sich von ihrem Ge=
liebten, dem Schweden von Wrangel, „sitzen gelassen",
wie der alte Karl August Böttiger in seinen Klatsch=
annalen sich ausdrückt. Am 17. Januar, da eben
Goethe sich mit dem Herzog auf dem Eise befindet, wird
die Leiche des jungen Opfers in der Ilm, unweit dem
Wehr, entdeckt, und als man sie herauszieht, findet
man Werther's Leiden bei ihr. Goethe mußte all=
abendlich beim Nachhausegehen an diesem Platze vor=
über, wo nur das Brausen des herabfallenden Wassers
durch die menschenleere Einsamkeit tönte, und es läßt
sich denken, daß ihn da öfters eine Erinnerung befiel
an die „arme Christel", — so wird sie nämlich von
ihm in seinen Herzensergießungen an die Frau von
Stein genannt. In den Briefen an Frau von Stein
ist freilich des Umstandes bezüglich unseres Werther,
welchen Böttiger erzählt, mit keinem Worte gedacht,
während ihn Riemer in seinen Mittheilungen (II. 56)

zwar erwähnt, doch nicht bestimmt zugeben will. Allein sollte dieser Umstand nicht ganz verbürgt sein — einige Selbstmordfälle, bei denen Werther eine Rolle spielt, sind in der That vorgekommen. Nicolai meldet in einem Briefe, vom 17. Januar 1775, an den Baseler Isaak Iselin: „Seitdem diese kleine Schrift schon unter der Presse war (seine „Freuden des jungen Werthers", die er seinem „werthen Freunde" zuschickt), hat sich die schreckliche Begebenheit zugetragen, daß eine sonst verständige aber etwas histerische Person, nachdem sie sich die Leiden Werthers vorlesen lassen, sich vergiftet hat, und noch vor ihrem Tode, ohne Reue gestanden hat, dieses Buch habe sie determinirt. Nähere Um= stände, die man, aus Achtung gegen die Familie, nicht sagen darf, machen diese Geschichte noch rührender. Dahin führen endlich Grundsätze, mit welchen man spielt, weil man glaubte, daß sie die Einbildungskraft besser kützelten, als die kalten vernünftigen Grund= sätze." Von einer jungen Selbstmörderin in London, einer Miß G., welche „The Sorrows of Werter" unter dem Kopfkissen hatte, als man sie im Todes= schlafe fand, ist die Rede in dem Vorwort zu Lottens Briefen an ihre Freundin Karoline (Siehe oben S. 18), sowie in den Lebenserinnerungen von Frederick Reynolds (Life and Times of F. Reynolds, I. 293). Ein anderer merkwürdiger Fall wird erwähnt in einer jetzt verschollenen Schrift von Julius Friedrich Knüp= peln: „Ueber den Selbstmord. Ein Buch für die Menschheit" (Gera, 1790. 334 S.). „Auch über= spannte Empfindsamkeit, durch Schwärmerei und Ro=

manenlektüre genährt, (so lesen wir hier S. 135 fg.)
hat manchen Jüngling, und manches Mädchen zu dem
Entschluß gebracht, das Ziel ihres Lebens zu ver=
kürzen. In diesem Jahrhundert gab es eine Epoche,
wo die Empfindelei weit um sich griff, wo beide
Geschlechter von dieser Epidemie angesteckt wurden
— man kennt das Wertherfieber! wie solches in
teutschen Landen graßirte, wie Jünglinge ihre Nerven
abstumpften, und empfindsame Thoren wurden, wie
Mädchen Wertherinnen sein wollten, in den Mond
fuckten, Liebeßunsinn schwatzten . . . und das Leben
geringschätzten — das Lesen der empfindsamen schwär=
merischen Schriften stiftete viel Unheil, und verbreitete
sich selbst auf die niedern Stände — zu Halle erhing
sich ein Schustergeselle, und man fand Werthers Leiden
in seiner Tasche."

Zu Jenen, die es dem Helden im Leben nachzu=
thun suchten, hatte auch einmal Karl Philipp Moritz
gehört, der unstäte, bis zum Krankhaften erregbare
Anton Reiser. Durch seinen Jugendfreund Reiser
(dessen Namen er sich in seinem ebenso anziehenden
als abstoßenden autobiographischen Roman beilegte)
war Moritz als siebzehnjähriger Jüngling mit dem
Buche bekannt geworden. Mit heißer, hingebender
Seele hatte er es aufgenommen und sich ganz hinein=
gelebt, und es blieb sein Haupt= und Lieblingsbuch,
wie er denn auch späterhin der Erste unter den Kri=
tikern war, der die Schönheit der Darstellung sinnig
und eingehend würdigte. (In einem Aufsatze über
das poetische Naturgemälde im zweiten Werther=Briefe,

Deutsche Monatsschrift von 1792, Stück III. 243—250, und in seinen 1793 erschienenen Vorlesungen über den Styl, I. 23 fg.) Inbrünstig wünschte der arme junge Schwärmer den „angebeteten Verfasser von Werther's Leiden" zu sehen; die Vorstellung erschien ihm besonders reizend, in Weimar bei demselben Bedienter zu werden, „es sey unter welchen Bedingungen es wolle, daß er auf die Art gleichsam unerkannter Weise so nahe um die Person desjenigen seyn würde, der unter allen Menschen auf Erden den stärksten Eindruck auf sein Gemüth gemacht hatte." In den achtziger Jahren fühlte sich Moritz selbst in eine wertherähnliche Lage versetzt. Er war in Berlin sterblich in eine verheirathete Frau verliebt, und träumte sich nun ganz als zweiter Werther. Er schrieb im Werther-Ton an seinen damals zu Frankfurt an der Oder studirenden jüngeren Freund Karl Friedrich Klischnig, er wäre vielleicht im Stande gewesen, getreu seinem Vorbild, nach der Pistole zu greifen; allein durch die längst ersehnte Reise nach Italien, infolge deren er Goethe zu Rom persönlich nahekommen und sich „an seines Geistes milder Flamme wärmen" sollte, wurde er diesem Nachtwandlerzustand entrissen.

III.

Da fing's entsetzlich an zu rumoren
Unter Klugen, Weisen und unter Thoren.
Das Neueste von Plunders-
weilern.

Da fing's entsetzlich an zu rumoren
Unter Klugen, Weisen und unter Thoren.
Das Neueste von Plunders-
weilern.

Will man sich das Bild eines Dichters völlig klar machen und besonders auch historisch in das rechte Licht stellen, so muß man selbstverständlich seine ganze Zeit und Umgebung genauer in's Auge fassen. Man muß sich vor allem auch die Frage zu beantworten suchen, wie sich die Mitlebenden ihm gegenüber verhielten; und die Litteraturgeschichte darf darum die ersten Aeußerungen der Kritik über die Werke unserer Heroen, die Neigungen und Abneigungen des Tages, nicht ohne nähere Beachtung lassen. Ein ganz eigenthümliches Interesse gewähren aber in solcher Hinsicht die litterarischen Zeugnisse aus der verheißungsreichen Frühlingszeit Goethe's, da dieser „singulare Mensch", voll aufsprudelnder Kraft und mit glühender Seele, eben unter seine Zeitgenossen getreten war, ein neues poetisches Leben um sich ausströmend. Wir lernen den Genius des Dichters in seiner Ursprünglichkeit erst erkennen, erblicken wir ihn unter diesen Umgebungen, hören wir das Gewirr der zeitgenössischen Stimmen. Um wie vieles lebendiger wird uns die litterarische Physiognomie jener Tage, wenn wir, die Rumpelkammer unserer Litteratur durchforschend, die vergilbten Schriftchen zur Hand nehmen, die einst von den verschiedenen Kreisen ausgingen, oder wenn wir aus den in staubiger Vergessenheit ruhenden Wochen- und Monatsblättern, worin die schönwissenschaftliche Kritik damals wucherte, uns den Standpunkt des Urtheils und das Getriebe der Zeit zu vergegenwärtigen suchen!

Der Stand der geistigen Bildung in den siebziger Jahren wird jedenfalls durch die Aufnahme unseres Romans recht deutlich zur Anschauung gebracht. Schlosser hat daher auch im vierten Bande der Geschichte des achtzehnten Jahrhunderts, wo er vom Werther, dem „zu seiner Zeit ganz misverstandenen Meisterwerk Goethe's", dem „Triumph der deutschen Sprache", redet, diese Aufnahme mit seiner treffenden Schärfe bezeichnet und dabei hervorgehoben, daß durch dieselbe in die Augen fällt: „wie weit man damals noch in Deutschland zurück war, wie viel unsere Nation später noch durch Goethe und Schiller, durch die neue Philosophie, durch die Schlegel, so lange sie noch in Jena revolutionär in der Litteratur wirkten, gewonnen hat." Und in der That ist es kläglich zu sehen, in welcher Art und Weise der Werther beurtheilt, angefochten, travestirt, zum Gegenstand popular-philosophischer Erörterungen gemacht, oder auch überschwänglich gepriesen wurde. Die Obskuranten und die Aufklärer erhoben sich gleichzeitig gegen das geniale, von höherer Ahnung und einem neuen dichterischen Geist erfüllte Werk, als wäre dringende Gefahr für Christenthum und Moral. Die spießbürgerlichen Gewohnheitsmenschen suchten es mit spöttelndem Cynismus in's Gemeine herabzureißen; die sogenannten Kunstrichter, die kritischen Magister, deren Maßstäbe zu diesem Skribenten nicht passen wollten, zogen es vor ihren „Richterstuhl der Vernunft", und fast immer wurde die verfängliche Frage über den Selbstmord in mehr oder minder beschränktem Sinn bei seiner Beurtheilung vorangestellt. Von dem hohen poetischen Werthe des Buches war nicht besonders die Rede, und indem wir auch die lobreichen Besprechungen aus den Jahren 1774 und 75 durchgehen, überzeugen wir uns sattsam, wie wenig man eigentlich den über seinem Helden stehenden Dichter faßte, der mit ebenso sicherer Hand als voller Seele die Abgründe und innersten Tiefen des Gemüthes zu malen verstand.

Eins der frühesten kritischen Gutachten über Werther wurde von Wieland abgegeben, im December-Hefte seines Teutschen Merkur von 1774, S. 241—243. Ihm war mehre Monate zuvor durch unseren Dichter in der kraftgenialischen Farce, betitelt: „Götter, Helden und Wieland," „auf eine garstige Weise" mitgespielt worden. Aber wie man weiß, bezeigte sich der „Hofrath und Prinzen-Hofmeister zu Weimar" mit Lebensklugheit, mit gemüthlicher Schlauheit gegen seinen Aristophanes, auch ehe dieser selbst nach Weimar kam und durch sein bezauberndes Wesen den sechzehn Jahre älteren Mann in enthusiastische Aufwallungen versetzte. [31] „Mein garstig Zeug gegen Wieland," läßt Goethe sich gegen Kestner im Mai 1774 verlauten, „macht mehr Lärm als ich dachte. Er führt sich gut dabey auf, wie ich höre, und so binn ich im Tort." An Fritz Jacobi und an verschiedene Andere noch schrieb Wieland, wie Ersterer der gemeinsamen Seelenfreundin Sophie La Roche unter'm 14. December 1774 meldet, über Werther's Leiden mit herzlicher Anerkennung, und so hält er auch in dieser Anzeige nicht mit seinem Lobe zurück. Indeß wird man doch zugestehen müssen, daß das Urtheil im Ganzen nicht befriedigend ist. Wieland bedeutet seinen Lesern, sie fänden hier: „Nicht Leiden in dem Sinne, wie sonst die Romanhelden zu Wasser und zu Lande tausend Fährlichkeiten auszustehen hatten, sondern ein Gemälde eines innern Seelenkampfes, wie der nur entwerfen kann, der den Schöpfer des Hamlet und des Othello studiert hat! Gresset (fährt er fort) ist, so viel ich weiß, der einzige dramatische Schriftsteller, welcher den Selbstmord nicht zur Pointe sondern zum Thema eines Stücks gemacht hat (in seinem 1745 erschienenen Sidnei). [32] Hier ist es aber nicht um kalte moralische Discussionen, sondern darum zu thun, die Wahrscheinlichkeit zu zeigen, wie ein vernünftiger und sonst schätzbarer Mann bis zu einem solchen Schritte gebracht werden kann." Das ist denn in der That eine Auffassung der Goethe'schen Dichtung, die uns daran erinnert, daß Wieland einmal an Jacobi schreibt, sein Götterbote solle hauptsächlich unter den mittelmäßigen Leuten sein Glück machen, und mache es auch. Weiter heißt es: „Im Drama muß es noch immer eine rasche That scheinen, so wie man bey aller Mühe des Dichters die Ermordung der Emilia Galotti durch ihren Vater doch unwahrscheinlich genannt hat. Hier aber in einer langen Reihe von Briefen können wir den Charakter desselben nach allen seinen kleinen Bestimmungen so durchschauen, daß wir ihn selbst an den Rand des Abgrundes begleiten. Und der Dichter hat ihn wie Pygmalions Bildsäule so beseelt, daß wir ihn vor Augen zu sehen glauben, und kein einziger Zug, von ihm unkenntlich bleibt. Einen einzelnen Selbstmörder rechtfertigen, und auch nicht rechtfertigen, sondern nur zum Gegenstande des Mitleids zu machen, in seinem Beyspiele zu zeigen, daß ein allzuweiches Herz und eine feurige Phantasie oft sehr verderbliche Gaben sind, heißt keine Apologie des Selbstmords schreiben. Dennoch ist dieser gewöhnliche Fehlschluß auch bey diesem Buche gemacht worden, unerachtet der Verfasser ausdrücklich die Erzählung nur denen zum Troste empfiehlt, die aus Geschick oder eigner Schuld keinen bessern finden können. Unzufriedenheit mit dem Schicksale ist eine der allgemeinen Leidenschaften, und daher sympathisirt hier jeder, zumal da Werthers liebenswürdige Schwärmerey und wallendes Herz jeden anstecken müssen. Außer der Kunst des Verfassers, die Nüancen aller Leiden-

schaften zu treffen, verdient die populäre Philosophie
Lob, womit er sein ganzes Werk durchwürzt hat. Ich
will das Gegenwärtige genießen, und das
Vergangene soll mir vergangen seyn, und
hundert solche Maximen, die aus Werthers nicht
misanthropischen sondern bewegtem Herzen fließen,
machen mehr Eingang, als die ürotzenden Predigten
unsrer täglichen Romane."

Schon im November-Hefte des Merkur, S. 182,
war von Werther gelegentlich die Rede, in den „kritischen Nachrichten vom gegenwärtigen Zustande des
teutschen Parnasses", die nicht von Wieland selbst geschrieben sind, sondern von dem gießener Professor
der Beredsamkeit und Dichtkunst Christian Heinrich
Schmid (1746—1800), dem Verfasser einer drama-
turgischen Abhandlung über Götz von Berlichingen, [33]
bekannt als betriebsamer litterarischer Sammler und
Registrator. Dort wird gesagt: „Dramatisch, der
Form, dem Individuellen, dem Anschauenden nach,
kann auch seine (Goethe's) ausführliche Erzählung von
den Leiden des jungen Werthers genannt werden.
Werther redet darinnen immer selbst, und alle Scenen
seines Lebens sind uns so täuschend vor Augen gestellt, als es je auf der Bühne geschehen kann. Selten
ist in der That ein Charakter nach allen seinen
Nüanzen so ausgemahlt, selten in einem Romane die
Rührung so weit getrieben worden. — Solche Arbeiten
(sagt der Recensent, auf Wieland's persönliche Sache
mit dem Dichter ablenkend) sind unstreitig verdienst-
licher, als Einfälle von der Art, wie Hr. Göthe in

einer splenetischen Stunde hatte, Götter, Helden und Wieland zu kontrastiren; worüber der Merkur bereits das Nöthige gesagt hat."

Lob und Anerkennung spendete derselbe Schmid ferner in dem von ihm herausgegebenen leipziger Almanach der deutschen Musen, worin er eine kritische Uebersicht der neuen belletristischen Erscheinungen des vorhergehenden Jahres zu liefern pflegte, unter der Aufschrift: Notiz poetischer Neuigkeiten vom Jahr . . . Im Jahrgang 1775, S. 75, bemerkt er: „Eine Sammlung charakteristischer, empfindsamer und rührender Briefe, die man Herrn Göthe beylegen würde, wenn sie ihm auch das Meßverzeichniß nicht zuschriebe. Die nach und nach anwachsende Leidenschaft eines vernünftigen Selbstmörders, die Schilderung eines in Empfindungen und Raisonnements gleich außerordentlichen Menschen, die erhabne Simplicität in Erzählungen und Beschreibungen, die von den gewöhnlichen Künsteleien der Romanenschreiber weit entfernt ist, so viel Wahrheit und Natur, als kaum ohne wirkliche Originale möglich scheint, so warme Sprache können nur von dem Manne kommen, der so gut unser Goldsmith als unser Shakespear werden kann." Dieser Lobspruch klingt nun gewiß aufrichtig; und wenn der Verfasser von Werther's Leiden nicht unser Goldsmith und auch nicht unser Shakespeare geworden ist, wie der Recensent prophezeiend in Aussicht stellte, so wurde er dafür unser Goethe.

Unsere Leser erinnern sich der Schilderung des zu Gießen gehaltenen litterarischen Symposions, im zwölften Buche von „Dichtung und Wahrheit", worin der Professor Schmid eine nicht schmeichelhafte Rolle spielt. Auch in einem Briefe Goethe's an Kestner, vom Christtag 1772, findet sich eine Stelle, wo er übel wegkommt, der „. . . . kerl in Giessen der sich um uns bekümmert wie das Mütterlein im Evangelio um den verlohrnen Groschen, und überall nach uns leuchtet und stöbert, dessen Nahme keinen Brief ver= unzieren müße in dem Lottens Nahme steht und eurer . . . . . . Als ein wahrer Esel frißt er die Disteln die um meinen Garten wachsen, nagt an der Hecke die ihn vor solchen Thieren verzäunt und schreit denn sein Critisches J! a! ob er nicht etwa dem Herrn in seiner Laube bedeuten möchte: ich binn auch da." Schmid hatte sich überhaupt dem wenig duldsamen jungen Geschlechte mißliebig gemacht, bei dem es hieß:

> Weh dem, der uns was angethan,
> Auch fallen wir wohl von selber an.

Voß nannte ihn einmal den alles aufgrasenden Gießener. Uebrigens hat er sich nichtsdestoweniger durch seine „Chronologie des deutschen Theaters" (1775), seinen „Nekrolog, oder Nachrichten von dem Leben und den Schriften der vornehmsten verstorbenen deutschen Dichter" (1785), und anderes um den Anbau unserer Litteraturgeschichte ein gewisses Ver= dienst erworben.

Unter den wenigen besseren Beurtheilungen unseres Romans ist aber namentlich hervorzuheben eine geist= reiche, wenngleich nicht eingehende Anzeige in der

Allgemeinen Deutschen Bibliothek (im ersten Stücke des Jahrgangs 1775, Bd. XXVI. 103 fg.). Diese Anzeige, doppelt hervorstechend unter den Recensionen und „Recensiönchen" der Nicolai'schen Recensiranstalt, verräth einen ungewöhnlich hellen Blick, und es finden sich in ihr einige goldgediegene Worte. Schon allein um ihres Verfassers willen würde sie besondere Beachtung verdienen; denn sie ist von Merck, dem „Meister Recensenten". Derselbe schrieb sie infolge Nicolai's Aufforderung, sah sich aber zugleich durch Letzteren gedrängt, dessen „Freuden des jungen Werthers" mitzubesprechen; ein Ansinnen, das ihm leidig genug sein mochte, wie er sich denn auch deshalb mahnen ließ [34] und bei endlicher Uebersendung der Recension am 6. Mai 1775 äußerte: sollte Nicolai sich veranlaßt sehen, Anderes von beiden Schriften in seiner Bibliothek reden zu lassen, so geschehe ihm ein wahrer Gefallen, wenn er seine Anzeige unterdrücke, da Goethe ihn gewiß erkennen werde. Merck's Worte sind: „Da das Publikum über den Werth dieses Werks des Herrn Dr. Goethe so einstimmig seine Parthey genommen hat, so würde unsere Anzeige und Critik hier viel zu spät kommen. Das innige Gefühl, das über alle seine Compositionen ausgebreitet ist, die lebendige Gegenwart, womit die Kunst seiner Darstellung begleitet ist, das bis in allen Theilen gefühlte Detail mit der seltensten Auswahl und Anordnung verbunden, zeigt einen seiner Materie allzeit mächtigen Schriftsteller. In wie ferne er die Wahrheit der Geschichte des jungen Werthers beybehalten, oder was er aus seinem Horn des Ueberflusses hinzugethan habe, überlassen wir den jetzigen und künftigen Berichtigern, Verfälschern und Nachstopplern dieser Geschichte auszumachen. Wer da weiß, was Composition ist, der wird leicht begreiffen, daß keine Begebenheit in der Welt, mit allen ihren Umständen, wie sie geschehen ist, je ein dramatischer Vorwurf seyn kann, sondern daß die Hand des Künstlers wenigstens eine andere Haltung darüber verbreiten muß. Viel Lokales und Individuelles scheint indessen durch das ganze Werk durch, allein das innige Gefühl des Verfassers, womit er die ganze, auch die gemeinste ihn umgebende Natur zu umfassen scheint, hat über alles eine unnachahmliche Poesie gehaucht. Er sey und bleibe allen unsern angehenden Dichtern ein Beyspiel der Nachfolge und Warnung, daß man nicht den geringsten Gegenstand zu dichten und darzustellen wage, von dessen wahrer Gegenwart man nicht irgend wo in der Natur einen festen Punct erblickt habe, es sey nun außer uns, oder in uns. Wer nicht den epischen und dramatischen Geist in den gemeinsten Scenen des häußlichen Lebens erblickt, und das darzustellende davon nicht auf sein Blatt zu fassen weiß, der wage sich nicht in die ferne Dämmerung einer idealischen Welt, wo ihm die Schatten von nie gekannten Helden, Rittern, Feen und Königen nur von weitem vorzittern. Ist er ein Mann, und hat sich seine eigene Denkart gebildet, so mag er uns die bey gewissen Gelegenheiten in seiner Seele angefachte Funken von Gefühl und Urtheilskraft, durch seine

Werke durch, wie helle Inschrift vorleuchten lassen, hat er aber nichts dergleichen aus dem Schatze seiner eigenen Erfahrungen aufzutischen, so verschone er uns mit den Schaubrodten seiner Maximen und Gemein= plätze. — Der Verfasser hat seinen Helden wahrschein= licherweise zum Theil mit seinen eigenen Geistesgaben dotirt. Aus dieser Fülle des Gefühls, vereinbart mit dem natürlichen Trübsinn der Werthern von Jugend auf bezeichnete, entsteht das interessanteste Geschöpf, dessen Fall alle Herzen zerreißt." Es folgt nun jene Stelle, die wir oben S. 116 anführten, und hierauf kommt Merck zu Nicolai's Gegenschrift, von welcher er sagt: „Diese kleine Schrift soll keineswegs eine Parodie der Leiden des jungen Werthers seyn, sondern eine Satire auf die Hirngespinste unsrer jungen Herrn, Don Quixoten aus den Zeiten des Faust Rechts, die da immer mit Genie, Kraft und That um sich werfen, sich der bürgerlichen Ordnung nicht fügen, und mit ihren winzigen Seelen in und ausser dieser Ord= nung doch nichts kluges beginnen würden." Wer den Verfasser der Freuden des jungen Werther's näher kenne, der werde ihm nicht Schuld geben, daß er einen Luftstreich gegen die allgemein an= erkannten poetischen Verdienste des Verfassers der Leiden des jungen Werther's habe wagen wollen. Schließlich wird noch an dem Nicolai'schen freudi= gen Werther Witz und Laune, „die diesen Ver= fasser allzeit bezeichnen", gerühmt: was freilich dem sonst so rüstigen, urtheilsfähigen Freunde und kritischen Mentor Goethe's nicht recht ansteht und

ihm wohl nur durch persönliche Rücksicht abgepreßt
werden konnte. [35]

Matthias Claudius widmete dem Roman gleich=
falls einige freundliche Worte in seinem manierirt
gemüthlichen Ton: dieselben erschienen bereits am
22. Oktober 1774 in dem Deutschen, sonst
Wandsbecker Bothen, und später mit einigen
kleinen Aenderungen in Asmus omnia sua Secum
portans, oder Sämmtliche Werke des Wandsbecker
Bothen, I. und II. Theil, S. 51 fg. Boie nennt
diese Anzeige, in einem Briefe an Merck vom 10. April
1775, die einzige gute, indem er sein Bedauern dar=
über ausspricht, daß auch Freund Asmus in der
Spottschrift „Prometheus, Deukalion und seine Re=
censenten" so unsanft angefaßt worden sei: er meint,
Goethe und Claudius hätten beide verdient, Freunde
zu bleiben, und sollten über so was nicht zerfallen.

„Weiß nicht (sagt der treuherzige Asmus) ob's
'n Geschicht oder 'n Gedicht ist: aber ganz natürlich
gehts her, und weiß einem die Thränen recht aus
'm Kopf heraus zu holen. Ja, die Lieb' ist 'n eigen
Ding: läßt sich's nicht mit ihr spielen, wie mit einem
Vogel. Ich kenne sie, wie sie durch Leib und Leben
geht, und in jeder Ader zuckt und stört, und mit 'm
Kopf und der Vernunft kurzweilt. Der arme Wer=
ther! Er hat sonst so seine Einfälle und Gedanken.
Wenn er doch eine Reise nach Paris oder Pecking
gethan hätte! So aber wollt' er nicht weg von Feuer
und Bratspieß, und wendet sich so lange dran herum,
bis er caput ist. [36] Und das ist eben das Unglück,

daß einer bey so viel Geschick und Gaben so schwach seyn kann, und darum sollen sie unter der Linde an der Kirchhofmauer neben seinem Grabhügel eine Grasbank machen, daß man sich drauf hinsetze und den Kopf in die Hand lege, und über die menschliche Schwachheit weine. — Aber wenn du ausgeweinet hast, sanfter guter Jüngling! wenn du ausgeweinet hast; so hebe den Kopf frölich auf, und stemme die Hand in die Seite! denn es giebt Tugend, die, wie die Liebe, auch durch Leib und Leben geht, und in jeder Ader zuckt und stört. Sie soll, dem Vernehmen nach, nur mit viel Ernst und Streben errungen werden, und deswegen nicht sehr bekannt und beliebt seyn; aber wer sie hat, dem soll sie auch dafür reichlich lohnen, bey Sonnenschein und Frost und Regen, und wenn Freund Hain mit der Hippe kommt."

Hochtönender und gespreizter, als die Anzeige von Claudius, ist diejenige eines süddeutschen Dichters und Zeitungsschreibers, der nicht geringe Popularität erreichte, des unglücklichen Schwaben Christian Friedrich Daniel Schubart: sie findet sich im ersten Jahrgang seiner Deutschen Chronik, im 72. Stücke, vom 5. December 1774, S. 574 fg.:

„Da sitz ich mit zerfloßnem Herzen, mit klopfender Brust, und mit Augen, aus welchen wollüstiger Schmerz tröpfelt, und sag dir, Leser, daß ich eben die Leiden des jungen Werthers von meinem lieben Göthe — gelesen? — Nein, verschlungen habe. Kritisiren soll ich? Könnt ichs, so hätt ich kein Herz. Göttinn Critica steht ja selbst vor diesem Meisterstücke des allerfeinsten Menschengefühls aufgethaut da. Mir wars, als ich Werthers Geschichte las, wie der Rahel im 11ten Gesang des Meßias, wie sie im himmlischen Gefühl zerrann, und unter dem Gelispel des wehenden Bachs erwachte. — Ein Jüngling, voll Lebenskraft, Empfindung, Sympathie, Genie, so wie ohngefähr Göthe, fällt mit dem vollen Ungestümm einer unbezwinglich haftenden Leidenschaft auf ein himmlisches Mädgen. Die ist aber schon verlobt, und vermählt sich mit einem braven Manne. Aber diese Hinderniß verstärkt nur Werthers Liebe. Sie wird immer unruhiger, heftiger, wütender, und nun — ist jede Wonne des Lebens für ihn tod. Er entschließt sich zum Selbstmorde, und führt ihn auch aus. Diesen simplen Stof weiß der Verfasser mit so viel Aufwand des Genies zu bearbeiten, daß die Aufmerksamkeit, das Entzücken des Lesers mit jedem Briefe zunimmt. Da sind keine Episoden, die den Helden der Geschichte, wie goldnes Gefolg einen verdienstlosen Fürsten, umgeben: der Held, Er, Er ganz allein, lebt und webt in allem, was man liest; Er, Er steht im Vorgrunde, scheint aus der Leinwand zu springen, und zu sagen: Schau, das bin ich, der junge leidende Werther, dein Mitgeschöpf! so mußt ich volles irdenes Gefäß am Feur aufkochen, aufsprudeln, zerspringen. — Die eingestreuten Reflexionen, die so natürlich aus den Begebenheiten fliessen, sind voll Sinn, Weltkenntniß, Weisheit und Wahrheit. Thomsons Pinsel hat nie richtiger, schöner, schrecklicher gemalt, als Göthes. Soll ich einige schöne

Stellen herausheben? Kann nicht; das hieſſe mit dem Brennglas Schwamm anzünden, und ſagen: Schau, Menſch, das iſt Sonnenfeuer! — Kauf's Buch, und lies ſelbſt! Nimm aber dein Herz mit! — Wollte lieber ewig arm ſeyn, auf Stroh liegen, Waſſer trinken, und Wurzeln eſſen, als einem ſolchen ſentimentaliſchen Schriftſteller nicht nachempfinden können."

Einen Aufſatz von Chriſtian Garve in Breslau: Ueber die Leiden des jungen Werthers, enthält der 1775 erſchienene erſte Theil von J. J. Engel's vielverbreiteter Sammlung „Der Philoſoph für die Welt" (Stück 2, S. 21—33). Der ruhige, vortreffliche Mann, damals ſchon heimgeſucht von körperlichen Leiden, ſchrieb unter'm 19. November 1774 an ſeinen alten Freund Weiße: Werther habe auf ihn den größten Eindruck gemacht, den irgend ein Buch dieſer Art ſeit langer Zeit machen konnte. Dies allein wäre ſchon ein großes Verdienſt des Werkes in ſeinen Augen, weil er ſo lange faſt durch keine anderen Leiden, als durch ſeine eigenen, ſtark gerührt worden, und weil dieſe Rührung bei fremder Noth etwas ſo Angenehmes und Befriedigendes für die Seele wäre. „Ich habe alſo bisher noch gar nicht daran gedacht, was dieſes Buch auf andre Gemüther für Wirkung thun könne. Auf mich hat es dieſe gethan: erſtlich, daß ich von wirklicher Hoch= achtung, Liebe und Mitleiden gegen den jungen Menſchen eingenommen worden bin, der eine ſo edle Seele, eine ſo lebhafte Empfindungskraft, und einen so tiefdringenden Verstand ganz in einen einzigen Gegenstand versenkte, und in demselben verzehrte. Sodann bin ich mit ihm in seine Lotte verliebt worden, so wenig ich auch noch von ihr weiß. Aber das Wenige ist etwas sehr gutes, und seine Leiden=schaft steckt an. Endlich habe ich, bei der Voraus=setzung, daß der Fond der Geschichte wahr sey, mich damit getröstet, daß nicht blos Wuth und Gottesver=gessenheit, sondern Liebe gegen ein anderes Geschöpf, mit zu heftiger Begierde nach einer höhern Vollkommen=heit verbunden, seinen letzten ausschweifenden Schritt hervorgebracht hat."

„Daß in dem Verfasser kein gemeiner Geist wohnt", sagt er ferner, „das erkenne ich, wie ich glaube, mit Gewißheit. Und von einem solchen wird unser Vaterland mit der Zeit immer mehr reife und genießbare Früchte zu erwarten haben." (Vergl. Briefe von Christian Garve an Christian Felix Weiße und einige andere Freunde, I. S. 86—89 und S. 116.)

So erklärt Garve auch in obenerwähntem Auf=satze, der als Auszug eines Briefes mitgetheilt wird, Werther habe ihn auf den Verfasser viel aufmerk=samer gemacht, als alles was dieser vorher geschrieben, und er glaube, das sei einer der Schriftsteller, die auf die Zeitgenossen viel Einfluß haben würden. „Er hat Herz, Verstand, und Dreistigkeit; Gunst beym Publikum, und Begierde zu herrschen." Im Uebrigen bietet dieser Aufsatz aber nur eine popular=philosophische Betrachtung über den Selbstmord unseres Helden.

Wie sehr überhaupt die Katastrophe den sonst
wohlmeinenden und nicht unverständigen Kunstrichtern
stets zu schaffen machte, gewahrt man ebenfalls aus
einer ausführlichen, gründlichen Beurtheilung, die in
der von Weiße herausgegebenen leipziger Neuen
Bibliothek der schönen Wissenschaften und
der freyen Künste von 1775 zu lesen ist (Bd.
XVIII., 1. Stück, S. 46—95). Der ungenannte
Kritiker — es ist Christian Friedrich von Blankenburg [37] — läßt dem „ausserordentlich rührenden"
Roman (denn nur dafür glaubt er dieses Buch ansehen zu müssen) und der „feinen dichterischen Be-
handlung" alle Anerkennung zu Theil werden; mit
richtigem Sinn entwickelt er den Inhalt, und nimmt
den Dichter in Schutz, der ein „vollkommen dich-
terisches Ideal, das heißt, ein richtig in einander
gegründetes werdendes Ganze" in dieser Geschichte
geliefert habe. Weit entfernt, irgend einen Selbstmord rechtfertigen zu wollen, überhaupt nicht willens,
ein Werk von der Nothwendigkeit freizusprechen, nach
gewissen Regeln der Sittlichkeit geprüft zu werden,
meint er gleichwohl, die Sittenlehrer sähen die Sache
noch sehr einseitig an; und es sei eine Zeit gewesen,
wo man sie noch einseitiger angesehen habe. Der
Dichter sei nicht verbunden, uns immer ein sittliches
Ideal aufzustellen. „So viel können wir versichern",
heißt es gegen das Ende, „daß wir noch immer von
der Lektüre der Leiden des jungen Werthers moralisch
besser weggegangen sind, als von allen Untersuchungen,
ob Werther wohl gehandelt habe; und wie er hätte

handeln sollen, oder handeln können." Im Hinblick
auf die Zeitstimmung wird noch unter Anderem bemerkt, man fange an, allenthalben mehr Trübsinn
und Schwermuth unter dem Menschengeschlecht zu
sehen, und Voltaire beschwere sich, daß sogar unter
seinen Landsleuten der Lacher weniger und der finstern
Köpfe mehr würden. Der Recensent könne hier nicht
untersuchen, ob die Menge jener Unglücklichen jetzt
größer sei, als ehemals. Aber das weiß er gewiß,
daß nur der ganz Unglückliche zum Selbstmörder
wird. Die Lektüre irgend eines Dichters hat wohl
noch nie irgend einen Menschen in der wirklichen
Welt geradewegs unglücklich gemacht. „Die Gründe
zur Vermehrung dieses Uebels sind vielleicht in ganz
andern, kräftiger und allgemeiner auf unsre Sitten
wirkenden Dingen zu suchen. . . Hätte je das Werk
eines Dichters zur Veranlassung oder Ausführung
des Selbstmords etwas beygetragen: so würde dieß
die Bluhme seyn, aus welcher die Biene Honig, und
die Schlange Gift saugt, — aber nur weil sie als
Schlange schon zu ihr kömmt; oder die Haar-
nadel, die Emilie in ihren Haaren sucht, wenn sie
schon Willens ist zu sterben."

Wir haben gesehen — es war mit der Würdigung
der dichterischen Vorzüge unseres Romans in der
That etwas schwach bestellt. Dafür machte sich aber
die schwärmerische Erregung der Gemüther, die Werther verursachte, in überschwänglichster Weise Luft,
und zuweilen bringen die Aeußerungen dieses Werther-
Enthusiasmus, in ihrer wunderlichen Mischung von

Schwulst und Plattheit, einen recht komischen Ein=
druck hervor.

Man höre folgende Anfangsstelle einer Besprechung
in dem zu Halle erschienenen, durch Gottlob Benedict
Schirach herausgegebenen Magazin der deutschen
Critik von 1775, 1. Theil, S. 61 fg.:

„Wie wenn ein Traum meine ganze Seele füllt,
wo am schönsten Sommermorgen die Natur in ihrem
gefälligsten Kleide vor mir über wandelt, und Sym=
pathien in meiner Brust erweckt, und — zu noch
reizendern Freuden mein innerstes Gefühl stimmet;
dann ein holdes Mädchen diese reizendern Freuden
mir gewährt, bis vom Nektartaumel — als wär ich
Jupiters Tischgenoß gewesen — mir Thürm und
Berg, und — Himmel und Erde schwankten, — —
und dann mit dem schnellesten Hinsturz diese Thürme
und Berg und — Himmel und Erde, über mir —
unter mir — hinsänken, und Schrecken und Entsetzen
mich aufschauderten: — — so, vortreflicher Göthe,
— so, Kenner des menschlichen Herzens, war es mir,
als ich Werthers Leiden las.“

Es folgen nun einige verständigere Lobeser=
hebungen:

„Welch ein vortrefliches Ganze, wie so schön in
allen Theilen, und sie alle, wie so vortreflich geordnet!
Wie einfach die Geschichte, und doch wie belebt alles,
wie voller Handlung — innerer Geisteshandlung —
in Werthers Seele! — Und wie so sehr alles für
das Herz, für den geistigen Sinn des innern, stärkern
Gefühls! Und welch eine Steigerung in der Er=

weckung dieses Gefühls, wie natürlich der Fort=
gang, stets mit demselben Schritt, mit welchem die
Natur geht."

Hierauf heißt es weiter:

„Erst Scenen der lachenden Natur, und in ihnen
einen gefühlvollen Jüngling, Kenner und Nachahmer
der schönen Natur, der uns zur Sympathie fortreißt.
Dann ländliche Scenen, Werthern mitten unter un=
schuldigen Kindern und Landleuten. Dann — ihn
unter rauschendern Freuden, auf einem ländlichen
Feste. Und nun — Werther und Lotte! und hier
— erst aufmerksames Bemerken, warmes Gefühl;
dann Liebe, Enthusiasmus, Begränzung alles Glücks
auf die Liebe dieser Einzigen — aber doch noch Ent=
schlossenheit diese Einzige zu verlassen, die er nicht
besitzen konnte — dann Trennung, aber bald wieder
Rückkehr, und nun alles überströmender Enthusias=
mus, Taumel der Liebe, Schwinden des Himmels und
der Erde, und endlich — Gott! wohin kann die Liebe
führen! — wem schauderts nicht? — Jünglinge, hört
es! fühlt es! — endlich — Selbstmord!"

Solches ließ ein ordentlicher Professor der Moral
und Politik an der ehemaligen braunschweigischen Uni=
versität Helmstädt drucken! Wir haben nur noch zu
bemerken, daß die freigebig hingesäeten Gedanken=
striche von uns mit diplomatischer Genauigkeit wieder=
gegeben sind.

Und wie ließ sich die Iris des zartflötenden
Grazien= und Papillonsängers Johann Georg Jacobi
vernehmen, dieses artige Götterfräulein, welches „dem

deutschen Frauenzimmer" sein sollte, was Wieland's flügelsohliger Götterbote mehr den Männern war? [38] In ihrem December-Hefte von 1774, S. 78—81, finden wir eine Begrüßung des Romans, welche von dem für die „Iris" angeworbenen und seit dem Frühling dieses Jahres in Düsseldorf lebenden Wilhelm Heinse herrührt, der schon als Verfasser der „Laidion" bekannt geworden war:

„Wer gefühlt hat, und fühlt, was Werther fühlte; dem verschwinden die Gedanken, wie leichte Nebel vor Sonnenfeuer, wenn er's bloß anzeigen soll. Das Herz ist einem so voll davon, und der ganze Kopf ein Gefühl von Thräne. O Menschenleben, welche Gluth von Quaal und Wonne vermagst du in dich zu fassen! Da liegt er im Kirchhof unter den zwo Linden im hohen Grase. Tief ist sein Schlaf, niedrig sein Küssen von Staub; und o wenn wird es Morgen im Grabe, zu bieten dem Schlummerer: Erwache! Armer Werther! Unglücklichere Lotte!"

„Ich hofte nicht, als ich die vorhergehende Einleitung schrieb, daß ich nach ihr unsern Leserinnen eine solche Schrift anzeigen würde. Die reinsten Quellen des stärksten Gefühls von Liebe und Leben in allem fliessen in lebendigen Bächen in unentweyhter Heiligkeit darinnen; und auch dann noch, wenn es bis zur höchsten Leidenschaft anströmt. Jede Leserin nehme sie in einer der glücklichen stillen Stunden in die Hand, wenn die Ebbe der Seele wieder Fluth geworden ist. Die Geschichte davon ist so einfach und natürlich, als eine seyn kann; nicht Roman, sondern allein Darstellung der Leiden des jungen Werthers aus seinem ganzen Wesen bis aus dem Mittelpunkte des Herzens heraus."

„Es sind einige Briefe darinn, die unter das Vortreflichste gehören, was das starkfühlende Herz der stärksten Geister je hervorgebracht hat. Zum Beweise will ich folgende anführen: S. 8, 26, 91, 103, 159 und den letzten. S. 66, 100, 153, 170, und in den folgenden läßt Werther an einigen Stellen den Petrarca unter sich, in dessen Gedichten man alles heftige Leiden und heilige Entzücken von Liebe vereinigt findet, was vor und nach ihm empfunden worden ist; und so brennende Wonnegluth, wie S. 207, 210, und 211, hat die Seele des S. Preux nicht durchglüht."

„Doch, es verdrießt mich, daß ich so von einem Buche reden muß, wo alles lebendige Gestalt hat. Wer hat zum Beyspiele jemals so viel Vergnügen bey einem Kindergemählde, und wenn es von dem größten Meister gewesen wäre, empfunden, als bey S. 30, 48, 60? Welche Landschaften voll Leben! und welch ein himmlisches Gewächs in seiner Vollkommenheit ist Lotte! S. 106 und den folgenden sagt sie mehr für das Herz, als Plato bey seinen tiefsinnigsten und erhabensten Beweisen von der Unsterblichkeit des Menschen. S. 193 können unsere Leserinnen den Celten Ossian in seiner Wahrheit kennen lernen. Wer kann vor Empfindung etwas über den Gesang der Minona, und Ullins, und die Klagen Armins sagen, wenn er auch nur einen Schatten von den Gefühlen des Barden dabey hat! diese Schweere läßt sich nicht aus der Sphäre des Herzens winden."

„Was wahr und falsch und nicht neu in diesem Buche sey, mit welchem andern Werke zu seinem Nachtheil man es vergleichen müsse, ob der junge feurige Werther sich an einigen Stellen nicht richtiger und dem Wohlstande gemäßer habe ausdrücken sollen, und wie er von seiner thörichten Leidenschaft sich hätte befreyen können; und dergleichen weltweise Betrachtungen überlaß ich denen Politikern, die der gute Werther S. 23 beschrieben hat, denen unter unsern Leserinnen zu sagen, die was davon zu hören verlangen. Die Genieen müssen sichs zuweilen gefallen lassen, daß ihnen diese Herrn hier und da einen Wasserbau anlegen. Muß doch der mächtige Vater Rhein so seinen schönen Schlangenlauf am Ende verändern, um einige fruchtbare Wieselein zu machen, nach dem kleinen Interesse der tausend Beherscher seiner Ufer sich seiner Kräfte begeben, und in mancherley Zickzack sich brechend traurig zur Ruh ins Meer sich wälzen."

„Für diejenigen Dame, die das edle volle Herz des unglücklichen Werthers bey Lotten für zu jugendliche unwahrscheinliche Schüchternheit, und seinen Selbstmord mit einigen Philosophen für unmöglich halten, ist das Büchlein nicht geschrieben. Die andern werdens vielleicht, wie ich, zu den wenig einzelnen Büchern legen, die sie des Jahrs mehr als einmal lesen."

Die Anzeige schließt:

„Habe warmen, herzlichen Dank, guter Genius, der du Werthers Leiden den edlen Seelen zum Ge= schenke gabst."

Für solche Ueberschwänglichkeit mußte die Ja= cobi'sche Götterbötin jedoch auch eine Anfechtung er= leiden. Mit rauhem Spott wurde ihr deshalb von Heinrich Leopold Wagner in „Prometheus, Deukalion und seine Recensenten" begegnet. „Heysa!" ruft ihr dieser entgegen,

> Heysa! da kommt Miß Iris,
> Hat ein Gsichtchen zuckersüß,
>
> .   .   .   .
>
> .   .   .   .   :   .   .
>
> Gewiß nicht lang noch vom Olymp, mein Liebelein?

Auf welche Anrede sie

> tritt ganz sittlich und sachte
> Aus Furcht, getadelt zu werden, wie sies auch machte,
> Näher zum Prinzen Deukalion (Werther)
> Hatte das Herz ganz voll davon,
> Schwazte von Wonnegluth,
> Die kein St. Preux fühlen thut,
> Und à la J*** (Jacobi) viel Stunden lang
> Von Herz und Empfindung und Minoneus Gesang.
> Wär nicht die Furcht vor dem Orang=Outang gewesen,
> (d. i. vor Nicolai)
> Müßten warlich noch mehreres lesen.

Sehr bald nach dem Erscheinen des Werther brachte die Staats= und Gelehrte Zeitung des Ham= burgischen unpartheyischen Correspondenten in Nr. 171, vom 26. Oktober 1774, eine ganz über= spannte Anzeige. Darin wird unter Anderem gesagt:

dieses Buch sei nicht für die Leute, „deren eherne Rechtschaffenheit es ihnen zur Sünde macht, eine warme Samariter-Thräne über die Asche des unglücklichen Jünglings zu weinen." Desto mehr aber müsse es allen denen heilig sein, die „gleich Werthern warmes Blut in den jungen Herzen und in den Schwingen ihres Geistes Kraft fühlen, einen Flug über die gemeinen Sphären hinaus zu wagen, daß sie aus seinem Schicksal lernen, den Punct zu vermeiden, wo die Nähe der Sonne nicht mehr wärmt, sondern versengt."

Ebenso besprachen die Frankfurter gelehrten Anzeigen am 1. November 1774 (S. 730 fg.), den Roman in jenem mattherzigen und faselnden Tone, welcher in so vielen schöngeistigen Tageserzeugnissen herrschte. „Die Leiden des jungen Werthers? (so beginnt die Anzeige) — ein sonderbarer Titel! — und von wem?" — von wem? Das könnt ich Ihnen wohl sagen, wenn ich mich berechtigt dazu glaubte, so aber mag ich nicht; — und wofür thät ichs? — Das Buch wird gesucht, gelesen, und geschätzt — hie und da von einer sympathetischen Seele auch durchgefühlt werden — ohne daß es den Nahmen seines Verfassers zur Empfehlung nöthig hätte." Indem der Recensent den Inhalt andeutet, sagt er von dem Helden: „Ein junger hofnungsvoller Mensch, der, wenn er weniger Gefühl gehabt hätte, weniger Herz gewesen wäre, auf dem gewöhnlichen — freylich nicht sehr gereinigten Fußpfad dieses Lebens, noch manches schöne Jahr hätte hinschlendern können, der, wenn er es nicht schon war, die schönste Aussicht hatte, das zu werden, was in unserm verfälschten Wörterbuche glücklich heißt; dieser liebenswürdige Jüngling, von der Natur mit Fähigkeiten zu jeder großen Handlung versehen, wird das Schlachtopfer seines zarten edlen Gefühls. Eine unglückliche Leidenschaft für ein Frauenzimmer, deren Besitz er nie hoffen konnte und doch öfters wünschte, setzte ihn täglichem innerem Kampf aus; seine beßre Seele behielt zwar immer die Oberhand, aber wie schwer ein solcher Sieg zu erfechten sey, kann nur der fühlen, der schon in ähnlichem Falle war. Der arme Werther! — und dennoch war sein Unglück noch nicht auf dem höchsten Gipfel. Ihn ganz zu Boden zu drücken, mußte er auch noch verkannt werden. Er wurde nicht nur von den Schmeißfliegen, die die unschuldigste oft selbst die tugendhafteste Handlung zu beschmutzen bedacht sind, in falschem Lichte dargestellt, selbst Albert, Lottchens Gemahl verkannte seinen Freund, seinen Werther, war schwach genug eifersüchtig zu werden und Lottchen zu tyrannisiren. Ein schröckliches Licht, das unserm Werther aufgieng! noch schröcklicher durch seine Folgen! — Der Gedanke der Geliebten seiner Seele, obwohl ohne Vorsatz, mißvergnügte Tage bereitet zu haben, war zu niederdrückend, als daß ein Werther ihn hätte überleben können. Er zerbrach den Kerker, der seiner Seele zu eng ward, und starb der gewissen Hoffnung sich mit Lotten in seligern Gefilden wieder zu finden. Armer, guter Werther! — Bedauernswürdige Charlotte! -- Möcht nicht Albert seyn,

um aller Welt Güter nicht! — — Dies wäre ein
schlecht hingeworfner Grundriß dieses vortreflichen
Romans, wenn man anders eine Begebenheit, in
einem unterhaltenden und hinreißenden Ton geschrie=
ben, und von welcher nur der darstellende Theil —
die Ausmahlung — des Dichters ist (!), einen Roman
nennen darf. — Glücklicher Mann! der du mit
Werthern sympathisiren — fühlen kannst, daß er in
seinen Umständen, bey seiner empfindungsvollen
Denkungsart, gerade so handeln müssen, sey mir ge=
grüßet unter den wenigen Edeln! — Und du ver=
ehrungswürdige Schöne, die du mit Lotten den ganzen
Werth unsers Werthers zu schätzen weißt, die du
seinem Andenken eine dich verschönrende Thräne zollst,
mögest du doch in den Armen deines Gatten, jetzt
oder in Zukunft, alle die Seeligkeiten einathmen, die
dein und mein unglücklicher Freund nur in der Ferne
schimmern sah." [39]

Bei dieser Besprechung ist auch nicht zu vergessen,
daß nachher Siegwart, Werther's vielberufener, wie=
wohl ihm sehr unähnlicher Nachfolger, der eigentliche
Vertreter der trivialen Sentimentalität dieser Jahre,
von derselben Wochenschrift (Jahrgang 1776, S.
597 fg.) in gleicher Weise aufgenommen wurde. Ja,
der Recensent der „allen edeln Seelen" gewidmeten,
seufzer= und thränenreichen Miller'schen Klosterge=
schichte, die man einmal zur Hand nehmen muß, will
man die damalige Zeit recht verstehen, ergoß sich in
wärmeren Lobpreisungen und liebkoste den Verfasser
mit einer Zärtlichkeit, der wir gar nicht in der An=

zeige des Werther begegnen. Dieser „sanfte holde Verfasser" war ja überhaupt erst ganz der erwünschte Mann für die empfindsamen Herzen. Er eröffnete ihnen „elysische Gegenden, die sich mit der größten Wonne durchwandeln", und Siegwart machte gewissermaßen noch größeres Glück, als Werther. Unser Recensent ruft in Verzückung aus: „Unverdorbnes, ungekünsteltes Gefühl der schönen Natur und der ebenso schönen Tugend, o daß du, von Miller ausgedrückt, wenigstens ebenso viel offne Herzen fändest, als die Windsbraut der hohen Ode, als der Donner der Epopee, und als das Wetterleuchten der shakspearisirenden Dramen! O daß hier der Neid seiner Mitbrüder erwachte, nicht ihn zu verkleinern, (das auch bey den Herzen, die er einmal gewonnen, vergebens seyn möchte) sondern hierinnen mit ihm zu wetteifern! Wenn Jakobi den heiligen Schwur that und hielt: Ewig sollen Hagedorn und Natur meine Führer seyn, so schwöre künftig der junge Dichter: Miller und Natur, ihr seyd meine Führer!"

Aeußerungen, wie die obenangeführten, mußten das Aergerniß noch vermehren, welches Obskuranten und Pedanten am Werther nahmen. Das Gewitter ihres Zorns brach bald mit aller Heftigkeit los. Niemand Geringeres als der späterhin durch Lessing verewigte Zionswächter Johann Melchior Goeze, der evangelisch-lutherische Hauptpastor zu St. Katharinen in Hamburg und Ex-Senior des geistlichen Ministerii daselbst, stellte sich an die Spitze der altgläubigen

Gegner.[40] Der Streiter der lutherischen Orthodoxie, der sein Horn stets gewetzt hatte, der überall Ketze= reien und Anschläge des bösen Feindes gegen das Heil seiner Kirche witterte, — Ehren Goeze hatte ein viel zu wachsames Auge auf Alles, was von neuem Geist sich regte, als daß ihm unsere Dichtung hätte gleich= gültig bleiben können: er entbrannte in heiligem Eifer, da er gewahrte, welches Aufsehen Werther's Leiden machten und wie „die Zeitungsposaunen den höchsten Ton zu ihrem Lobe angaben".

Goeze's lutherischer Hirtenbrief, nunmehr zu den litterarischen Raritäten aus dieser Zeit gehörend, führt den Titel:

> Kurze aber nothwendige Erinnerungen über die Leiden
> des jungen Werthers, über eine Recension derselben,
> und über verschiedene nachher erfolgte dazu gehörige
> Aufsätze. Aus den freyw. Beytr. zu den Hamb. Nachr.
> aus dem Reiche der Gelehrsamkeit, um solche gemein=
> nütziger zu machen, besonders abgedruckt. Hamburg,
> gedruckt und zu bekommen bey C. S. Schröders Wittwe
> 1775. 16 S. in 8. S. 16 steht am Ende: J. M. Goeze.

Wie sich aus dem Titel ergibt, erschienen diese Er= innerungen zuvor in den sogenannten schwarzen Zeitungen, oder „Freywilligen Beyträgen zu den Hamburgischen Nachrichten aus dem Reiche der Ge= lehrsamkeit", als deren Herausgeber ein Mitkämpe Goeze's namhaft gemacht wird, der Magister der Philosophie und Kanonikus minor der hamburger Domkirche Christian Ziegra. Im 35. und 36. Stücke, vom 21. März 1775, S. 284 fg., lesen wir zuerst

einige erbauliche Wörtlein gegen den Werther, am
Schlusse eines Artikels, worin ein gerade veröffentlichtes
Buch von Johann Rudolf Anton Piderit, einem dunkeln
Gottesmanne in Kassel, besprochen wird. „Zu den
Schriften", so heißt es mit Beziehung auf diesen
Piderit, „welche der Hr. Verf. als sichtbare Beyspiele
der Ausbrüche des Verderbens unsrer Zeiten anführet,
rechnen wir billig noch die Leiden (Narrheiten und
Tollheiten solte es heißen) des jungen Werthers."
Denn diese „ganze Charteque" hat keinen anderen
Zweck, als „das Schändliche von dem Selbstmorde
eines jungen Witzlings, den eine närrische und ver=
botene Liebe, und eine daher entsprungene Desperation
zu dem Entschlusse gebracht haben, sich die Pistole
vor dem Kopf zu setzen, abzuwischen, und diese schwarze
That als eine Handlung des Heroismus vorzuspiegeln."
Ueber den Verfasser werden noch viele Aeltern Ach
und Weh schreien, „wenn sie nun ihre grauen Haare
mit Herzeleid in die Grube bringen müssen, wenn er
ihre Söhne verleitet, die Denkungsart des Werthers
anzunehmen, in seine Fußstapfen zu treten." Und
keine Censur hindert den Druck solcher Lockspeisen
des Satans? Die Verleger haben den Muth. ihren
Namen darauf zu setzen! „Nur eines fehlt noch",
wird dann mit ironischem Ingrimm hinzugefügt.
„Der Verfasser muß sich noch entschliessen, diese Ge=
schichte in ein Trauerspiel zu verwandeln, es wird
Romeo und Julie noch übertreffen: so wird der, der
ein Mörder vom Anfang ist. seine Absichten noch
völliger erreichen."

Diese pastoralen Herzensergießungen wurden nach= her dem Sonderabdruck miteinverleibt; übrigens sind sie in der schwarzen Zeitung nicht von Goeze unter= zeichnet, wie andere Beiträge aus seiner Feder, und also wohl auch nicht von ihm selbst geschrieben, wenn= gleich durchaus im Goeze'schen Tone abgefaßt. Ein Umstand, den wir nicht verhehlen dürfen, zumal einiges Gewicht darauf gelegt wird in einer Ver= theidigung des Hauptpastors, mit welcher 1860 ein hamburger Theologe, Georg Reinhard Röpe, hervor= getreten ist. — Im 41. und 42. Stücke, S. 321 fg., läßt sodann Goeze unter seinem Namen einen Auf= satz folgen, worin er der obigen Verdammung des Werther beistimmend erwähnt. Unter Anderem sagt er: „Einem jeden Christen, der für das Wort seines Heylandes: Ich sage euch, wer ein Weib an= siehet, ihrer zu begehren, der hat schon die Ehe mit ihr gebrochen in seinem Herzen, Matth. 5, 28. noch einige Ehrerbietung hat, der die Worte des heil. Johannes: Wir wissen, daß ein Todtschläger nicht hat das ewige Leben bey ihm bleibend, 1. Joh. 3, 15. als einen Lehrsatz ansiehet, welcher sich auf ein unveränderliches Urtheil unsers allerheiligsten und allerhöchsten Richters gründet, muß nothwendig das Herz bluten, wenn er die Leiden des jungen Werthers lieset. Das ge= lindeste Urtheil, daß man von dieser Schrift fällen kann, ist dieses: sie ist der verwegenste Wider= spruch gegen beyde." Etwas weiter stößt uns denn auch die besonders bezeichnende Aeußerung auf:

„Schriften von der Art, wie die Leiden des jungen Werthers sind, können Mütter von Clements, Chatels, Ravaillacs und Damiens werden." In dieser Aeuße= rung haben wir den ganzen Herrn Hauptpastor! Man erinnert sich dabei an Lessing's berühmte späteren Worte zu Anfang seines fünften Anti = Goeze: „Witz und Landessprache sind die Mistbeete, in welchen der Saame der Rebellion so gern und so geschwind reisset . . . Clement, Ravaillac, Damiens sind nicht in den Beichtstühlen, sind auf dem Parnasse gebildet."

Nochmals kommt Goeze im 44. Stück, S. 348—350, auf das gottlose und gemeinschädliche Buch zurück, und hier beeifert er sich vor allem, die polizeiliche Gewalt aufzustacheln; ein ihm nicht ungeläufiges Verfahren. In einem sprudelnden Ergusse seines Zornmuthes be= schwört er die „theure Obrigkeit", Schritte zu thun, daß den Gemeinden die Abscheulichkeit und Verdamm= lichkeit des Selbstmords nachdrücklich vorgestellt werde. „Wann können solche nöthiger seyn, als in unsern Tagen, da Apologien für den Selbstmord geschrieben werden, und einen ungestörten freyen Lauf haben, da gottlose Zeitungs=Recensenten solche verfluchungs= würdige Schriften anpreisen, die Selbstmörder als Tugend = Helden rühmen, und sie selig preisen . . . da, Gott sey es geklagt! die Selbstmörder so häufig werden, und durch das Oel, welches die Leiden des jungen Werthers und die Recensionen derselben in dieses Feuer giessen, sich unausbleiblich noch verviel= fältigen werden. Man hat mir sagen wollen, daß die Leiden des jungen Werthers in Leipzig confiscirt, und bey hoher Strafe verboten wären. Wie sehr ist zu wünschen, daß diese Nachricht Grund haben möge! Solte dieses auch nicht seyn, so wäre es doch zu wünschen, daß alle Obrigkeiten diesen Schluß noch faßten, und solchen auf die eclatanteste Art die möglich ist, vollziehen möchten." Zwar weiß er wohl, daß dieses Mittel nicht genügt, das weit ausgestreute giftige Unkraut auszurotten. Allein die Wirkung würde es doch haben, „daß dadurch die Vorstellungen, welche durch diese so giftige Schrift in vielen, sonderlich jungen Gemüthern veranlasset worden sind, kräftig alterirt, und den leichtsinnigen Recensenten Zaum und Gebiß angelegt würden, daß sie es sich nicht ferner unterstehen würden, ihre Posaunen zum Lobe solcher Schriften zu erheben."

In der That sind das aber noch fast gelinde und gesetzte Reden, verglichen mit dem Schlusse seiner „nothwendigen Erinnerungen", wo der Hauptpastor seine Stimme am fürchterlichsten erhebt, und wo auch die ihm gar schwer verhaßten Bibelkritiker und Rationalisten gelegentlich mit herhalten müssen. „Ewiger Gott!" ruft er aus, „wer hätte von uns vor 20 Jahren denken können, daß wir die Zeiten erleben würden, in welchen mitten in der evangelisch-lutherischen Kirche Apologien für den Selbstmord erscheinen, und in öffentlichen Zeitungen angepriesen werden dürften. Gehet es auf diesen Fuß fort, so werden wir bald laudes Sodomiae, wenigstens neue Auflagen, oder gar Uebersetzungen der Aloysia

Sigäa sehen. Man darf nur die Scheingründe, mit welchen man den Selbstmord schmücken will, etwas anders wenden, so werden sie sich auch bey diesen Gegenständen anbringen lassen. Noch mehr! ist es eine Heldenthat, sich selbst, mit Vorsatz und Ueberlegung den Lebensfaden abzuschneiden; so wird es wol kein so großes Verbrechen seyn, andre, welche uns im Wege stehen auf eine gute Art aus der Welt zu schaffen. Das Edelmannische Principium: nur dasjenige ist Sünde was die Obrigkeit bestraft, wird auf diesem Wege allgemein werden, und Menschen-Witz wird zureichen, die Giftmischerey so einzurichten, daß die Bestrafung derselben unmöglich werden wird. Konnte Ludwig XIV. mit seiner chambre ardente diesen Mordgeist ausrotten? Das Acquetta di Napoli, von welchem der letztverstorbene Pabst vielleicht eine hinlängliche Portion bekommen, wird in Deutschland eben den Grad der Reputation erhalten, den es ehemals in Italien gehabt, und vielleicht auch noch hat. Kurz! wenn nach den semlerischen Grundsätzen die heilige Schrift zu Grunde gerichtet, oder wenn sie nach den Bahrdtischen modernisirt, das ist lächerlich und stinkend gemacht wird, was wird alsdenn aus der Christenheit werden? ein Sodom und Gomorra."

Zu dieser wüthenden Kapuzinade, welche übrigens auch Goeze's neuerer Schutz- und Lobredner doch etwas stark und nicht zu billigen findet, wurde von Nicolai in der Allgemeinen Deutschen Bibliothek, Bd. XXVI. 108, in einem Anhang zur Merck'schen

Recension des Werther, bemerkt: „Recht getroffen, Meister Goeze! Daß Polen getheilt wird, daß in Amerika bürgerlicher Krieg ist, daß die Reformirten mitten in Hamburg beym preußischen und holländischen Gesandten Gemeinen haben, daß in Pirna eine ganze Felsenwand einstürzt, daß das Schloß in Weimar abbrennt, daß die Elbe so oft ihr Bette verändert, daß in Hispaniola ein Erdbeben ist, daß die Allgemeine Deutsche Bibliothek noch fortdauert, daß die schwarzen Zeitungen aufhören wollen, und an allen andern Unordnungen in der Welt, wer ist daran schuld, als der leidige Semler und Bahrdt!"

Gegen den hamburgischen Streittheologen ist eine Schrift gerichtet, von der wir nur den Titel kennen:

> Schwacher, jedoch wohlgemeinter Tritt vor dem (sic) Riß, neben oder hinter Herrn Pastor Goeze gegen die Leiden des jungen Werthers und dessen ruchlose Anhänger. Hamburg 1775. 32 S. in 8.

Im Schmid'schen Almanach der deutschen Musen auf das Jahr 1777, S. 12, heißt es darüber: „Sowohl alle Untersuchungen über die Moralität der Wertherischen Handlung als Gözische Baunflüche verbittet diese Brochüre." Goeze's Bundesgenosse, der Altonaer Reichs=Postreuter sagt über die „Schartete" (28. September 1775): „Zween Bogen voller Nichts von einem bekannten Schmierer."

Aerger noch, als der Hauptpastor, machte es aber der damals in Basel lebende, frühere badische Kammerrath und Professor der Kameral= und Polizeiwissen=

schaft am karlsruher Gymnasium, Johann August Schlettwein (geb. 1731 zu Weimar, gestorben 1802), der als Verkündiger des französischen physiokratischen Systems Ruf erlangt hatte, und nachher Professor zu Gießen wurde. Schlettwein ließ zwei anonyme Traktätchen ausgehen:

> Briefe an eine Freundinn über die Leiden des jungen Werthers. Carlsruhe, bey Michael Macklot. 1775. 60 S. in 8.

> Des jungen Werthers Zuruf aus der Ewigkeit an die noch lebende Menschen auf der Erde. Carlsruhe, bey Michael Macklott (sic). 1775. 80 S. in 8.

In beiden Schriften ereifert sich dieser Oekonomist ganz ungebärdiger Weise gegen unseren Dichter, dem er eine „geisteslose Imagination" und „schlechten groben Witz" beimißt. Zwar schreibt er an seine theuerste Freundin (unter der man sich seine spätere Gattin, ein Fräulein von Gensau, zu denken hat): „Sie kennen mein Herz, Sie kennen mein Innerstes; wie war es Ihnen möglich, stolze, richtende Vorwürfe gegen Werthern von Ihrem Freund zu befürchten! Lange schon habe ich dieses Wort aus meiner Sprache verbannt, so lange, daß ich mich erst habe besinnen müssen, was andre mit diesem Ausdruck sagen wollen". Hierauf aber äußert sich sein lammfrommes Wesen, indem er Goethe fluchwürdiger Absichten beschuldigt. Ein Unglücklicher, der sich erschießt, scheint ihm noch tugendhaft gegen einen anderen Unglücklichen, der sich ein Geschäft daraus macht, „Unvollkommenheiten in witzigen Einkleidungen als Vollkommenheiten darzu stellen, und durch eben diese falsche Richtungen manchen Unschuldigen, zum Nachtheil seiner Mitbürger und deren Nachkommen, zum Bösen stimmt." Der Verfasser von Werther's Leiden hat einem Verstorbenen (das ist dem jungen Jerusalem) pöbelhafte Ausdrücke und wüthende Rasereien eines mörderischen Tollsinnigen angedichtet, seine Asche entehrt, die Seinigen, die ihrer großen Verdienste wegen alle unsere Verehrung verdienen, nicht verschont, sondern dem Gerücht der bösartigen Welt preisgegeben. Nichts anderes konnte er beabsichtigt haben, als „rasende Leidenschaften mit Zucker zu überziehen, und damit seinen armen Nebenmenschen zu vergiften." ... „Sind denn wohl", fragt Schlettwein, „die Beyspiele brandartiger Schwärmer so rar in der Welt, daß wir erst nöthig haben, ihr Gedächtniß zu verewigen?" Ein andermal spricht er von Werther's „wilder Brunst seiner sinnlichen Begierde." Kurz, Schlettwein möchte alle Blätter dieses Buches zerreißen. „Sey groß, heißt in der Sprache des Verfassers: sey in allem was du bist, ausgelassen, sey ein unerträglicher Nachbar, ein Bösewicht, ein Säufer, ein rasender viehischer Liebhaber": Goethe's Lieblingssystem, mit dem er die Welt unter dem entlehnten Namen seines Werther erbauet, ist: „Gott ist ein Tyrann, die Natur ein Ungeheuer, und der Mensch ein Narr, wenn er nicht der ausschweifenden Begierde zu Sinnlichkeiten, die ihn allein groß macht, sich selbst und das Leben seines Nachbars aufopfert." — In dem Zurufe Werther's aus der Ewigkeit erscheint unser armer Freund als der wegen seiner schwarzen That in der Unterwelt erbärmlich leidende Sünder. „O weh, geliebten Brüder und Schwestern, o weh!" jammert er, „ich hab mich betrogen, daß ich mich überredte, meinen Qualen durch den unglücklichen Pistolenschuß ein Ende zu machen — Gott! o Lieben! der unseelige Betrug! — Gott! nun leide ich die Martern, denen ich entfliehen wollte . . . die mein ganzes Wesen, ohne nur eine Minute mir Ruhe zu lassen, wie scharfe Messer durch= fahren, und doch mich nicht gefühllos machen! . . . o Lieben! helft mir durch euer ernstliches dringendes Gebet!"

Heinrich Düntzer erwähnt auch, um zu zeigen, wie weit die leidenschaftliche Verblendung solcher Leute damals ging, einer Herzensergießung in Johann Jakob Mochel's nachgelassenen Aufsätzen. Mochel, einer der ersten Lehrer am Basedow'schen Philan= tropin zu Dessau, der 1778 in jungen Jahren starb, gesteht darin, Werther's Leiden mehrmals mit Wollust gelesen zu haben, sagt aber zugleich, das Buch habe ihn nach den jedesmaligen Umständen mehre Wochen gegen allen Werth des Lebens fühllos gemacht, und spricht nicht allein dem Werther seines Selbstmords wegen die ganze Seligkeit ab, sondern hält es auch für wahrscheinlich, „daß dem Verfasser seiner Leiden, mit all seinem großen Namen, gänzliche Vernichtung im Tode zuträglicher sein würde, als ewige Fortdauer." (J. J. Mochel's Reliquien verschiedener philosophischen, päda= gogischen, poetischen und anderer Aufsätze, gesammelt von J. C. Schmohl. Halle, 1781. S. 61).

Des Hauptpastors Goeze Lamentationen sowohl, als Schlettwein's Briefe an seine Freundin erlebten nochmaligen Abdruck in einem Büchlein, betitelt:

Werther in der Hölle. Holla (nicht Halle, eigentlich bei den Eichenbergischen Erben in Frankfurt a. M.), 1775. XVI und 96 S. in 8.

Dieser Wiederabdruck war jedoch nicht etwa zu frommem Zwecke veranstaltet worden; denn beigefügt ist ein spöttisches „Sendschreiben eines Rechtgläubigen an den Erzpriester der Evangelisch-Lutherischen Kirche in Hamburg" (S. IX—XVI). Letzteres ist unter= zeichnet: „Euer Hochwürden gehorsamster Hans Michel Schlegelbauer. W. den 26. Dec. 1774", und Goeze wird darin aufgefordert, nicht zu ruhen und mit allen Verführern zu kämpfen, angethan mit dem Krebs des Glaubens und dem Helme der Orthodoxie; er sei ja, nach dem Zeugnisse aller Rechtgläubigen, das einzige auserwählte Rüstzeug die lautere Lehre wider alle Anfechtungen des Teufels und seiner Gesellen zu er= halten. [41]

Ebenso gehört hierher ein armseliges anonymes Traktätlein, verfaßt von Isaak Daniel Dilthey (geb. zu Nürnberg 1752, gest. 1793, zuletzt reformirter Prediger in dem Colonistendorfe Friedrichswalde in der Uckermark):

Werther an seinen Freund Wilhelm, aus dem Reiche der Todten. Mit dem Motto: Wehe dem, durch den Aergerniß kömmt. Matth. XVIII, 7. Berlin, 1775. Bey G. L. Winters Wittwe und Erben. 46. S. in 8.

Uebrigens will dieser Bußprediger doch nicht so hart wie Schlettwein gegen Herrn Goethe sein, „dessen Absicht schlechterdings nicht für menschliche Richter= stühle gehöret"; den Werther selbst aber läßt er voll bitterster Reue weheklagen und „die falschen Ideen und die unrichtigen Vorstellungen" widerrufen, die er sich auf Erden machte.

In einer ganz anderen Weise, als Goeze, Schlett= wein und Genossen, hat sich Friedrich Nicolai gegen den Werther aufgethan. Dieser vielgeschäftige berliner Buchhändler und Schriftsteller, seit 1765 Herausgeber der Allgemeinen Deutschen Bibliothek und gewisser= maßen ein Oberaufseher der deutschen Kritik, übte in den siebziger Jahren einen nicht geringen litterarischen Einfluß. Es war aber doch schon mehr und mehr der „Wasserstoff des Zeitalters" in ihm zum Vor= schein getreten: er hatte schon jenes Wesen heraus= gekehrt, infolge dessen er sich fast nur als ein halb= komisches Urbild von Philisterei im Andenken erhielt. Denn bekanntlich sind bei der Nachwelt Nicolai's un= bestreitbare Verdienste dadurch beinahe ganz in's Dunkel gedrängt worden, daß er, ohne allen tieferen Sinn, sich viele Jahre in Alles mischte und es durch= aus nicht lassen wollte, die emporgeblühte Dichtung und Philosophie in ähnlicher Weise zu bekriegen, wie er in seinem einstmals berühmten Roman „Das Leben und die Meinungen des Herrn Magister Sebaldus Nothanker" gegen die verjährte Orthodoxie zu Felde gezogen war. Weshalb denn die klingenden Geschosse der Xenien ihn, den geschworenen Feind unserer beiden

großen Dichter, schonungslos trafen, Goethe ihn über=
dies auf den Blocksberg versetzte, die Schlegel und
Fichte mit maßloser „göttlicher" Grobheit gegen ihn
verfuhren, und sogar im zweiten Bande des „Athe=
näum" die litterarische Verurtheilung und Hinrichtung
des Nikolaus Saalbader förmlich angekündigt wurde;
welche Angriffe ihn aber freilich nicht in seinem Glau=
ben an sich selbst irre machen oder zum Schweigen
bringen konnten.

Nicolai fühlte sich gedrungen, seinen Zeitgenossen
ein Hausmittelchen gegen den Werther beizubringen.
Was Lessing in sonderbarer Laune für die zahlreichen
schwachen Leser wünschte: „noch eine andre Art
Schlußrede, noch ein Kapitelchen zum Schlusse, und
je cynischer, je besser," vermaß sich der Verfasser
des Sebaldus Nothanker aus eigenem Antrieb aus=
zuführen: er hat wirklich, nicht ohne ein gewisses
Behagen, solch ein Kapitelchen geliefert, worin Wer=
ther's Geschichte durch einen veränderten Schluß in's
Lächerliche gezogen wird, — jedoch nicht mit komischem
Witze, sondern mit einer beinahe unglaublichen Abge
schmacktheit.

Anfänglich wollte Nicolai den wahnsinnigen Men=
schen im grünen Rock zum Gegenstand seines Anti=
Werther nehmen. Der grüne Heinrich sollte — wie
uns Göckingk in Nicolai's Leben, S. 52, aus der
Erinnerung mittheilt — ein gutes Mädchen, das er
nicht liebte, heirathen, „um sich wegen seiner leiden
schaftlichen Liebe zu der Frau seines Freundes zu
strafen", aber nachher mit dieser Ehegenossin dennoch

glücklich werden. Die Ausführung dieses Einfalls
würde übrigens dem Geschäftsmanne Nicolai zu viel
Zeit gekostet haben. Daher schrieb er seine Freuden
Werther's gegen Ende des Jahres 1774, in dritthalb
Tagen, und bei der etwas späten Ueberschickung der=
selben an Lessing äußert er, unter'm 17. Juni 1775:
„Ich sende Ihnen, mein liebster Freund, ein Paar
flüchtige Bogen, die ohne die Ermahnung unsers
Moses nicht würden seyn gedruckt worden. Sie sind,
wie Sie sehen, durch einige von einer schalen Philo=
sophie erzeugte Grundsätze veranlaßt worden, welche
in den Leiden Werthers durch eine treffliche Schreib=
art und durch einen blendenden Romancharakter
aufgestutzt sind."

Der Titel des „Berliner Werther", geschmückt
mit einem zarten Küpferchen von Meister Daniel
Chodowiecki, das Engelmann mit Recht als eines der
reizendsten Blätter des Künstlers bezeichnet, [42] lautet
vollständig:

Freuden

des

jungen Werthers

Leiden und Freuden
Werthers des Mannes.

Voran und zuletzt ein Gespräch.

Berlin, bey Friedrich Nicolai. 1775. 60 S. in 8.

Zuerst halten ein einundzwanzigjähriger Hans
und Martin, ein aufgeklärter Mann von zweiund=

vierzig Jahren, ein Gespräch, welches sich folgender=
maßen anspinnt:

„'s, der Henker hohl' 'n Buch, die Leiden des
jungen Werthers, sagte Hanns, 's dringt dir durch
Mark und Bein, jede Ader schwillt dir, und 's Ge=
hirn funkelt dir, daß du gleich auf möchtest —"

Martin erwiedert, es sei freilich so ein Buch, und
wer's geschrieben habe, könne sich ruhig auf's Haupt
legen und brauche nicht zu fürchten, daß es über
hundert Jahr vergessen sein werde, indem „'n belesner
Tölpel davon schwatze: 's ist euch ein rar Buch, ihr
Leute, seit neun und neunzig Jahren hat kein Mensch
davon was gehört und gesehn."

„Hanns fuhr fort: Was das für 'n Junge war,
der Werther. Gut, edel, stark. Und wie sie 'n ver=
kannt haben. Da kamen die Schmeißfliegen, setzten
sich auf 'n, beschmitzten alles was er that. Und auch
Albert, sein Freund, verkannt 'n, konnt' eifersüchtig
werden. Ach was hat der Albert nicht auf sich!
Möcht nit Albert sein, um aller Welt Güter
nit!" (In dieser Stelle werden die Frankfurter ge=
lehrten Anzeigen gehechelt. Vergl. S. 152.)

„Martin. Du nicht Albert? Hör' Hanns, du
thät'st 'n großen Sprung wenn du Albert würd'st.
War Albert nicht der redlichste, unbescholtenste, nütz=
lichste Mann, der Lotten von ganzer Seele liebte?
Sollt' er etwan ganz geruhig zusehen, daß ein andrer
bey seiner Frau den sterblich verliebten spielte, ihr
den Kopf umkehrte, und sie in der Leute Mäuler

brächte. Was hat denn wohl Albert gethan, warum du nicht Albert seyn möchtest?"

„Hanns. 's ja 'n Greuel, hast nicht gelesen, wie 'r eifersüchtig war, wie 'r Lotten spitze Reden gab, als er den armen Werther in aller Unschuld bey 'r fand." (S. die Leiden des jungen Werthers S. 184.)

„Martin. So? hast niemanden spitze Reden gegeben, wenn dir der Kopf warm war? Hatt' Werther nicht auch 'n Kopf? Und gabs ihm 's schwarze Blut nicht gar ein, daß er Alberten er= morden wollte, und Lotten dazu? (S. 187. s. auch S. 147.) Darf Werther alles, und Albert nichts? das wollt' Werther selbst nicht. Ne, Hanns! Dein Held mag Werther seyn, mein Held ist der Autor."

„Hanns. Da sieht man's, bist 'n alter, kalter, weiser Kerl, der mit Werthern und mit seinen Leiden nicht sympathisiren kann, liebst nit 'n jungen braven Buben, voll Feu'r und Leben, und willst 'n steifen, trocknen Aktenkrämer loben, wie Albert."

Doch Martin will nicht so kalt sein, wie der Jüngere ihm vorwirst.

„Hab' dir g'sagt, daß ich 'n Autor bewundere, und sollt' nicht Werthers Charakter bewundern, der des Autors Meisterstück ist? Wer kann diesem feu= rigen edlen Charakter Bewunderung und Liebe, und seinem Schicksal, zumahl wenns so meisterhaft erzählt, so lebhaft dargestellt wird, seine Thränen versagen? Meinst' nicht, daß sich mir das Blut im innersten Herzen bewegt hat, als ich las, wie er neben Alberten gieng, pflückte Bluhmen am Wege, fügte sie sehr sorgfältig in einen Strauß und — warf sie in den vorüberfließenden Strom, und sah ihnen nach, wie sie leise herunterwallten —" (Die hier angeführte Stelle aus Werther's Brief vom 10. August hat Nicolai auch in seinem eigenen Exemplar des Romans als sehr schön bezeichnet. Dieses Exemplar, „in welchem er den Ausdruck seiner jeweiligen Empfindungen fixirte", ist noch erhalten. „Er verkannte die Talente des Dichters keinen Augenblick: wiederholt erpreßt ihm die Kunst desselben einen Ausruf wie: vortreflich! schön! sehr schön! richtig! sehr wahr! natürlich! Ebenso oft aber schreibt er, wo er dem Dichter nicht zu folgen vermag, ein diktatorisches falsch! unnatürlich! unwahrscheinlich! wie fade! an den Rand." [43] Auch findet sich die Anmerkung: „Ei, ei, das ist eine Abstraktion!" Hören wir indessen, nach dieser kleinen Abschweifung, was Hans dem Martin zu sagen hat.)

„Hanns: Wenn du denn Werthern liebst, siehst nicht, wie gut 's wär', wir wären alle so wie Werther, unserer Kräfte uns bewußt, und brauchten unsere Kräfte so weit's gienge, und keiner ließe sich durch Gesetz und Wohlstand modeln."

„Martin. Schau Hanns, dazu hat, wenn ich 's recht sehe, der Autor die Leiden des jungen Werthers nicht geschrieben, dir und dein's Gleichen nicht. Er kennt euch besser, ihr jungen Burschen, die ihr itzt eben pflücke seyd, und anfangt, aus der hohen Schule in b' Welt zu gucken."

Nun wird er lebhaft gegen die Kerlchen, denen nichts recht ist, die alles besser wissen, was der Welt nützt, nicht lernen mögen (denn 's wäre Brodwissenschaft), eingeführter guter Ordnung sich nicht fügen (denn 's wäre Einschränkung), Originale sein und es anders haben wollen ('s lange gnug so gewesen), die sich um Gesetze und Ordnungen und Staaten und Reiche und Könige und Fürsten nichts kümmern: „Prätorianische Garden wollt ihr haben, und 'n biß'l Faustrecht, und Keulen und Völkerwanderungen, da wär' noch 'ne Selbstständigkeit in 'n Menschen, gäng' doch sein kunterbunt. Sa! Sa! wärs nicht 'n Leben, wenn ihr denn so zusehn könntet, wie das alles passirte, und ließt eure winzige Seelchen drob erschüttern, und könnt't schreyen: He! da ist Kraft und That! Ja traun zusehn und drob schreyen würdet ihr Bürschchen, und nichts weiter! Denn was auch in der Welt vorgienge, ihr thät't nichts, 's doch in eur'n lappigen Mäußlein keine Schnellkraft, noch Festigkeit in euren leeren Geistern. Plaudert da viel von Kraft und Stätigkeit, und seyd arme läßige herumtrollende Flittchen. Habt 'n weidlich Geschwätz, von Einschränkung und Modelung, und Polirung und Nachahmung, und doch gäbt ihr nicht 'n Polsterchen von eurem Sorgestuhle, noch 'n Schleischen von eurem Haarbeutel weg, daß 's anders würde.... Daß ihr Springinsfelde Werther würdet, damit hat's nicht Noth, dazu habt 'r 'n Zeug nicht. Aber wohl könnt am guten Werther von weitem sehen, wohin 's führen muß, wenn einer auch beym besten Kopfe und beym edelsten Herzen, immer einzeln für sich seyn, immer Kräfte anstrengen, und immer dabey außerm Gleise ziehen will. . ."

„Hanns. Hast ausgeredt, Prediger? dir deuchts wohl, jeder gienge geblendet im Zirkel wie 'n Roß in 'r Mühle, und dächt' nicht eins: Auf und davon, jenseit ist Licht und 'n freyer Sprung. So dacht' Werther, und ließ die Welt, wie's nicht mehr gieng. Wars nicht 'n großer Streich? He?"

„Martin. 'n großer Streich? wenn du 'n thät'st Hanns, ich sagt', hättst dich übertroffen!"

„Hanns. Geh, hast nur 'ne halbe Seele, 's lodert nur 'n schwaches Fünkchen himmlischen Feuers in dein'r engen Brust. Spott'st über Edelthat. „Daß ich diesen Kerker verlassen kann, wenn ich will," ists nicht 'n süsses Gefühl von Freyheit? Kannst's läugnen?"

„Martin. Wär der Körper der Seele ein Kerker, nicht ein nöthiges Werkzeug, so möcht's drum seyn, aber —".

„Hanns. Aber Mensch, bist kalt wie 'n Stein. Mußt nicht Werthern betauern, inniglich im Herzen betauern?"

Martin gesteht es zu, der Autor habe mit seltener Kenntnis alle Züge dieses schwärmerischen Charakters so zusammengesetzt und mit bewundernswürdiger Fein- heit alle Begebenheiten, auch die kleinsten, so einge- leitet, daß die Katastrophe natürlich erfolge. Stelle sich Hans aber Werther als einen Menschen vor, der in der Gesellschaft lebt, so hatte er unrecht, daß er einzeln bleiben und die Menschen um sich als Fremde betrachten wollte. „Er hatte, seit er an der Mutter Brust lag, die Wohlthaten der Gesellschaft genossen, er war ihr dagegen Pflichten schuldig. Sich ihnen entziehn war Undank und Laster; sie ausüben, würde Tugend und Beruhigung gewesen seyn. Selbst, nachdem er schon die hofnungslosen Todesbriefe geschrieben hatte, selbst da noch, hätt' er gedacht, daß er noch Sohn, Bürger, Vater, Hausvater, Freund seyn könnte, seyn müste, so konnte noch Trost und Zufriedenheit, von vielen Seiten her, auf seine bedrängte Seele fliessen, wenn er nicht mit einem Stoße die Thür zuwarf."

Diese Vernunftschlüsse des Martin sind das schwerste moralische Geschütz, welches Nicolai gegen Werther aufführt, und noch Heinrich Viehoff, Goethe's Biograph und Ausleger, meint, solche Stellen möchten doch bei Manchen nicht ohne Anklang geblieben sein. Hans will übrigens nicht einsehen, wie Werther noch hätte glücklich werden können, da seines Leidens ja kein Ende zu finden war.

„Martin. Wollens mal sehn. Die geringste Veränderung thuts wohl; giebt Freuden, Leiden, wieder Freuden und allerlei."

Er macht es sich nun sehr leicht, indem er den Fall setzt, daß Albert noch nicht mit Lotte verheirathet war, als jene verhängnißvolle Vorlesung aus Ossians Gesängen stattfand. Beide waren nur so gut als verlobt, und die Hochzeit sollte erst in den Weihnachtstagen gefeiert werden. Lotte mag in einem Hause

mit Albert wohnen, oder dicht daneben, bei ihrer
Tante, oder bei wem es sei. Albert ist zurückge=
kommen. Er hat erfahren, daß Werther seine Zeit
wohl zu nehmen gewußt und am vorigen Abend dage=
wesen ist. Und nun — —

Hier beginnen die Freuden des jungen Werthers,
welche den Kern der Gegenschrift bilden. Nicolai
stellt uns darin einen Werther dar, welcher aller=
dings bitteren Ernst mit dem Todtschießen macht, die
Pistole vor seiner Stirn abdrückt und zurück auf den
Boden fällt, Gesicht und Kleider mit Blut bespritzt.
Er hat sich aber doch nicht umgebracht, sondern nur
besudelt: statt mit tödtlichem Blei sind die Mordge=
wehre nämlich durch den gesetzten und braven Albert,
der vorausgesorgt hat, mit Hühnerblut geladen worden.
Dieser Schuß mit einer Blase voll Hühnerblut ist
Nicolai's große Erfindung, auf die er sich nicht
wenig zu gut thun mochte. Es entsteht also bloß ein
schmutziger Spektakel. Werther sieht, auf seinem Bette
liegend, schon den letzten Augenblick herannahen. Da
erfährt er durch Albert, wie sich die Sache eigentlich
verhält. „Da laß dir 's Blut abwischen" sagt
Albert. „Sah' ich nicht, daß du 'n Querkopf warst,
und würd'st deinen bösen Willen haben wollen. Da
lud ich dir die Pistolen mit 'ner Blase voll Blut,
's von 'em Huhn, das heute Abend mit Lotten ver=
zehren solt." Natürlich heirathet Werther nun seine
Lotte, indem Albert, der sie beide und sich selbst
nicht unglücklich machen will, alle Ansprüche an sie
aufgibt. Und nach zehn Monaten sieht er sich als

Vater eines Söhnchens, dessen Geburt die Losung unaussprechlicher Freude war.

Damit giebt sich indeß Nicolai nicht zufrieden, sondern er führt uns den Helden noch in verschiedenen Lebenslagen vor. Zuerst läßt er ihn in den **Leiden Werthers des Mannes** den Schlamm der widrigsten häuslichen Unfälle durchwaten.

„Die Geburt," so fängt die Geschichte dieser Leiden an, „war sehr beschwerlich gewesen, ließ empfindliche Nachwehen nach sich, die Lotten an den Rand des Grabes brachten. Werther war für Schmerz außer sich. Dieß war aber nicht der selbstsüchtige Schmerz eines Menschen, der sich vernichten will, weil er unmögliches wünscht, und nicht erlangen kann, es war der gesellige Schmerz, der Mitleid zum Grunde hat, der Trost geben und empfangen will."

„Lotte, eine zärtliche Mutter, konnte bey ihrer Schwäche ihr Kind nicht säugen. Eine Amme ward geholt. Ein Ungeheuer, durch viehische Lust mit verborgner Pest angesteckt, vergiftete den zarten Säugling, und der Unschuldige vergiftete, unwissend, die Mutter die ihn mütterlich liebkosete."

„Als Werther vom Arzte die schreckliche Wahrheit vernahm, stieß er sein Haupt gegen den Erdboden, und rief: Gott! wozu hast du mich aufbehalten! Ehmals glaubt' ich, der Schmerz Lotten nicht zu erhalten, wäre der größte, und für menschliche Natur zu ertragen zu stark!"

„Und diesen stärkern Schmerz kanst ertragen! sprach Albert; Freund! warst ein Weichling, bist nun

ein Mann worden! Geselligkeit, sonst von dir ver=
achtet, giebt auch Kraft. Du dünktest dich einzeln,
als du den Hahn losdrücktest, uneingedenk daß du
deiner Mutter das Herz brachst."

„Lotte ward, durch eine langwierige und schmerz=
hafte Kur, kaum dem Tode entrissen, das Kind war
nicht zu retten."

„Auch diesen Schmerz ertrug Werther, zum
Schmerze gewöhnt, nun aber sollt' er auch Gram und
Sorgen ertragen lernen. Väterlich Erbtheil war ge=
ring, gewirthschaftet hatt' er nie. Seine Mutter war er=
schöpft, von ihr zu verlangen, konnt' er nicht über sich
bringen. Die Krankheit seiner Frau brachte Mangel
herbey."

„Werther mußt' also ein Amt annehmen, und wohl
wars ihm, daß Albert ihm eins schafte, und Anleitung
gab, wie's zu treiben wär. Ob ein Bindwörtchen
mehr da wär', oder eine Inversion weniger, mußt' ihn
itzt nicht kümmern. Nun galts, daß er sich nach andern
bequemte, andere nicht nach ihm. . . . . . Auch sah er,
was er sonst nicht wußte, daß mehr Stärke des Geistes
dazu gehöre, bürgerliche unvermeidliche Verhält=
nisse ertragen, als, wenn tobende endlose Leiden=
schaft ruft, einen gähen Berg (ohn' Absicht)
klettern, durch einen unwegsamen Wald einen
Pfad (der zu nichts führt) durcharbeiten, durch
Dorn und Hecken. Doch thats weh, dem, der mit
belebender Kraft Welten um sich schaffen möchte, daß
er finden sollt', er sey ein Geschöpf. Dieß schnitt
ins Herz, und machte gute Laune seltner."

„Lotte nahms hoch auf, daß er so mißmüthig war, und wollt', daß ihm 's Herz sollt' aufgehen wie sonst, wenn er in ihre schöne Augen sah', dacht' nicht, daß sich untern schönen Augen itzt wohl ein feines Näschen rümpfte, wie sonst nicht. Werther mußt' oft, Geschäfte wegen, verreisen, auf seiner Arbeitsstube den Tag versitzen, und denn gieng er wohl weg, weil er Aerger hatte, der seine Frau nicht kränken sollte."

„Lotte, sonst ein gutes Weib, aber, die ihn nicht durchsah, schmollte, weil er nicht bey ihr war, und drohte aus verliebtem Verdruß: Traun Werther, wilt mir nicht fleiß'ger Gesellschaft halten, such ich sie mir wohl sonst."

„'s war da ein junges Kerlchen, leicht und lüftig, hatt' allerley gelesen, schwätzte drob kreuz und quer, und plaudert' viel, neust' aufgebrachtermaßen, vom ersten Wurfe, von Volksliedern, und von historischen Schauspielen, zwanzig Jährchen lang, jed's in drey Minuten zusammengedruckt, wie ein klein Teufelchen im Pandämonium. Schimpft' auch alleweil auf 'n Batteux, Werther selbst konnts schier nicht besser. Sonst konnte der Fratz bey hundert Ellen nicht an Werthern reichen, hatte kein' Grütz' im Kopf, und kein Mark in 'n Beinen. Sprang ums Weibsen herum, fispelte hier, faselte da, streichelte dort, gab's Pfötchen, holt 'n Fächer, schenkt' 'n Büchschen, und so gesellt' er sich auch zu Lotten."

Wir haben diese letzte Stelle noch vollständig ausgeschrieben wegen der Sticheleden auf die jungen

Träger der geistigen Bewegung, welche die Morgen=
röthe einer neuen Litteratur heraufführte. Solche
täppische und läppische Anspielungen finden sich auch
einige Seiten weiter. Da kommt nämlich 'n Kerl
vor, der traun 'n Genie ist, der die Natur weit über
die verdammte Kunst stellt und die Theorie einen
Quark nennt; ihm geht aber der von allen genialen
Anwandlungen gründlich geheilte Ehemann Werther
ganz gelassen aus dem Wege. Der selbstzufriedene
trockene Alt = Berliner gefiel sich außerordentlich in
derartigen Hechelcien. Er hielt das für wohlberechtigte
Satire, und wie er Johann Georg Jacobi als den
girrenden und schafmäßig aussehenden Versemacher
Säugling im Sebaldus Nothanker karifirte, so glaubte
er nicht blos Bürger, sondern auch Herder und Goethe
„einen kleinen Zwick in die Ohren“ geben zu dürfen.
Versicherte er doch später, in einem Briefe vom
28. December 1775, seinen Freund Merck, gereizt
durch Gegenangriffe und ihm zugetragene Aeuße=
rungen, daß es Herrn Goethe gereuen dürfte, wenn
es demselben etwa einfallen sollte, mit ihm zu spielen,
wie die Katze mit der Maus spiele, oder wie er mit
Wieland gespielt habe. Denn er wisse, ohne sich
rühmen zu wollen, daß er vor dem Publikum sehr
bald mit ihm fertig werden wollte. Ein Hauptstachel
des Büchleins soll natürlich in der Verspottung der
Sprache Goethe's und der Geniemänner liegen, in
der satirischen übertriebenen Nachahmung der Elisionen,
welche sich in den ersten Werther = Ausgaben etwas
häufiger finden, als in der späteren Bearbeitung.

Merck sagte auch in seiner Recension in der Allgemeinen Deutschen Bibliothek: „Da so viele Leute nichts an einem Autor sehen als seine Manier, so hat er (Nicolai) die Nachahmungssucht in dem Gebrauch des besondern Dialekts, die insbesondere in den Frankfurter gelehrten Zeitungen (Anzeigen) auf die ungereimteste Art sichtbar wird, durch den Vortrag seiner Erzählung, hervorzuziehen und lächerlich zu machen gesucht."

Kommen wir indessen auf den Inhalt zurück. Lotte ist weit entfernt, an dem Lassen Gefallen zu finden, „aber sie wollte Werthern weh thun, daß er ihr hofieren sollt', wie sonst, deß doch nicht mehr Zeit war. Und 's Kerlchen ward dreist, und dacht' er hätt' Lotten, und Werther grisgramte, daß Lottchen solch 'nen Lumpen litt, so hatten sie Worte, und Lotte ließ nicht ab, und neckten sich so fort, bis Uebel ärger ward, und sie schieden sich von Tisch und Bette, Lotte zog zu ihrem Vater."

„Lotte weinte Tag und Nacht, liebte Werthern in der Seele, und wolt' doch nicht Unrecht gehabt haben. Werther schlug sich mit der Faust wider die Stirn; Hui! schrie er: unbeschreiblich freßender ist der Gram, weder je sonst einer! Ich habe Lotten, und soll sagen, sie liebt mich nicht, besser war's da sie mich liebte, und hatte sie nicht."

Aber in den Freuden Werthers des Mannes, welche nun folgen, werden sie wieder zusammengebracht. Und durch wen anders, als durch den kaltblütigen Albert, der stets zu rathen und zu helfen weiß? „Albert war in Geschäften seines Fürsten acht Monden in Wien gewesen, und kam zurück, kurz drauf, als Werther und Lotte sich getrennt hatten. Er traf Werthern, mit dem Gesicht' auf demselben Kanapee liegen, worauf er ehmals mit Lotten den Ossian las."

„Und nun? wie ists mit deiner Frau? sagt' Albert."

„Ha! rief Werther, als er ihn sah', 's mit den Weibsen nichts, alle sind falsch, wankelmüthig! — und biß sich die Nägel."

„Albert: Nur wieder sein mit dem Kopf durch die Wand, Werther! Als wenns nicht von dir selbst käme! bist 'n Thor Werther, und hast die arme Lotte auch bethört. Ich hab' sie gekannt, ein gutes Land=mädchen, lustig und fromm, konnte kleine Spiele spielen, konnte frohen Muths tanzen, aber auch den Kindern Brod schneiden, liebte herzlich häusliches Leben, ob 's gleich wußte, daß 's kein Paradieß, aber doch im Ganzen eine Quelle unsäglicher Glückseligkeit ist. Da liebt' ich 's Mädchen, und wollt' sie haben, denn solche Frau braucht' ich. Drauf kamst du, und stimmtest die Weise viel' Töne höher: Da sollt's lauter innige Empfindung seyn, lauter starke Anspannung, keine Einschränkung, keine Ueber=legung, wir hieltens 's Herzchen wie ein krankes Kind, gestatteten ihm all' seinen Willen, lebten immer in der Zukunft, wo ein großes dämmerndes Ganze vor unserer Seele ruhte, wo wir unser ganzes Wesen hingeben moch=ten, uns mit der Wonne eines einzigen

großen herrlichen Gefühls ausfüllen zu
lassen. Dieß verschluckte das weibliche zärtliche Ge=
schöpf begierig, und hielt sich am glücklichsten, wenn's
im freundlichen Wahne so hintaumeln konnte.
Ja wohl, guter Werther, wär' der Wahn besser als
die Wahrheit, wenn er nur nicht aufhören müßte.
Nun hat er bey dir aufgehört, das gute Weibchen
taumelt noch drinn fort, und du wunderst dich, daß
ihr nicht zusammen kommen könnt? Hohe über=
schweifende Empfindung, lieber Werther, steht gut im
Gedicht, aber macht schlechte Haushaltung. Feiner
junger Herr! Lieben ist menschlich, nur müßt
ich menschlich lieben, berechnet euer Vermögen
zu lieben, und haltet die güldne Mittelstraße, sonst
wenn ihr 's Mädchen gierig macht, so wird sie mitten
im Genusse darben! Wer hätte dir das vor zwey
Jahren sagen dürfen, und doch ists itzt nicht anders."

„Werther. Geh zum Teufel mit deinen unbe=
deutenden Gemeinsprüchen!"

„Albert. Wenn sie nicht wahr wären, schickt' ich
sie auch dahin."

„Albert reisete zu Lotten; die weinte bitterlich
und rief: Alle Mannsen sind treulos, hätte ich je ge=
dacht, daß mich Werther verlassen könnte!!!!"

„Bis gesetzt gutes Kind, sagte Albert, und denk'
ob du nicht auch dran schuld bist. Werther wollt'
keinen Geelschnabel um dich leiden; weist noch, obs
mir auch behaglich war, da Werther so um dich
buhlte? Und doch war Werther ein ehrlicher guter
Kerl, und dein Lecker ist 'n Popanz. Hast unrecht

gehabt Lottchen. Necken geht wider 'n Mann, und gerümpfte Nase bringt nicht verlohrne Liebe zurück. Wärs nicht besser, du liebtest Werthern wie zuvor, und er dich auch? Liebst 'n noch?"

„Lotte weinte abermahl bitterlich: Ob ich ihn liebe? Gott! —"

„Albert holte Werthern auf den Jagdhof, der alte Amtmann hieß Werthern kurz und lang, Lotte weinte, und entschuldigte ihn. Werther umarmte Lotten, und sie reiseten völlig versöhnt zurück." (In Chodowiecki's köstlicher Titel-Vignette, die auch Goethe so wohlgefiel, ist diese Aussöhnung im Jäger= hause dargestellt. Werther und Lotte umarmen sich. Albert, ein wohlgenährter und sauberer Mann, links im Hintergrunde stehend, reibt zufrieden die Hände, während der starkleibige alte Amtmann, im Vorder= grund rechts, überrascht und bewegt, seine Hand an die Wange hält. Die ganze Scene hat eine außer= ordentliche Lebenswahrheit. Auch ist Lotte hier ein besonders anmuthiges Figürchen.)

Sie genießen nun in reichem Maße die Vergnü= gungen des häuslichen Lebens. Ihr Dasein floß wie ein stiller Bach dahin, — „ein nicht so poetisches Bild, als reißende Ströme, aber deshalb Glücklichen nicht weniger angemessen." Nach Verlauf von etwa sechzehn Jahren hat Werther so viel erübrigt, daß er die mühseligen Amtsgeschäfte aufgeben und sich ein kleines Bauerngütchen erwerben kann, am Abhang eines Berges, mit hohen Ulmen und bejahrten Eichen besetzt. Da hauset er nun glücklich und zufrieden, bis der obenerwähnte Kerl kommt, der ein Genie ist. Dieser Geniekerl, welcher Geld „wie Heu" hat, kauft den Berg über Werther's Hüttchen und macht darauf, nach dem Originalen strebend, große englische Anlagen der absonderlichsten Art, worin er sogar in Wölfe verkleidete Hunde, Lämmer, die gelb und braun gefärbt sind und Leoparden vorstellen sollen, und anderes Gethier streifen läßt. „Das Vieh lief über, in Werthers Obstgarten, und streifte sich, zwischen den Bäumen, die hölzernen wilden Larven ab, die ihm vorgebunden waren. Doch weil sich 's noch scheuchen ließ, achtet 's Werther nicht. Aber nun wolte der reiche Fratz was großes beginnen. Er hatte jenseits des Berges einen ziemlichen Fluß, den leitet' er mit Mühlen in die Höhe, daß er disseits einen Wasserfall haben wollte, am gähen Absturz des Berges. Da frohlockte das Kerlchen, und seine Seele ward erschüttert, wie das Wasser in hohen Fluthen herabbrauste, zwischen den hundertjährigen Eichen, und über die Felsenstücken weg schäumte, aber eh' man 's sich versah, wars in Werthers Garten, spühlt' die Bäume aus, riß das kleine Gartenhäuschen um, und verheert' die fruchtbaren Krautfelder, und die lieblichen Tulpenbeete. Lotte raufte sich die Haare, die Kinder weinten, aber Werther war durch Erfahrung gelassen geworden."

Werther überlegt, daß ein Genie ein unbequemer Nachbar ist. Er geht daher zu dem „Kerlchen" und bietet ihm, nachdem er ihm den angerichteten Schaden gezeigt hat, sein Gütchen zum Verkauf an.

„'s 'n Wort, schrie der Nachbar, 'ch seh 'r seyd 'n Kerl der 's Große liebt. Schaut wie die Bäume mit 'n Warzeln empor liegen, und wie 's Dach vom Häuschen auf d' Seite hängt, und die Krautköpfe drüber rollen! He! Nachbar! Natur im Garten geht weit über die verdammte Kunst, solch 'ne Ansicht hätte mir nun keine Theorie, wie s' den Quark nennen, aussinnen können."

Hierauf zahlt das Genie ungefordert mehr, als das Gütchen werth ist, und Werther erwirbt sich ein anderes Besitzthum; ein wohlgebautes Haus, vor dem= selben ein Platz mit zwei Linden, wie in Wahlheim vor der Kirche. Und so sehen wir ihn denn, indem wir endlich Abschied von ihm nehmen, zufrieden mit seinem Loose, gewitzigt durch Erfahrung und kalte gelassene Ueberlegung, als Haus= und Gartenbesitzer, glücklichen Ehegatten und Vater von acht lebendigen Kindern.

Mit solchen Veränderungen hat der geniefeind= liche Nicolai „Freuden, Leiden, wieder Freuden und allerley" zu Stande gebracht. Und Hans muß ein= gestehen, daß es doch auch so hätte kommen können, wobei er dem Martin Recht gibt und den Ent= schluß faßt, sich seinerseits den Lebensfaden nicht ab= zuschneiden.

„Hast traun recht", spricht er, „'ch schieß mich nit!"

Begreiflicherweise fanden die Freuden Werther's viele neugierige Leser. Doch mußte sich Nicolai wohl

selbst überzeugen, daß sie keinen rechten Beifall ge=
wonnen hatten, waren ihm auch von seinen litterari=
schen Freunden ganz artige Briefe darüber zuge=
gangen; [44] und wenn Viehoff in seiner Lebensbe=
schreibung Goethe's (II. 129) sagt, die kleine Schrift
habe ohne Zweifel das ihrige dazu beigetragen, der
grassirenden Sentimentalität zu steuern, so befindet er
sich gewiß im Irrthum. In der Merck'schen Brief=
sammlung sind uns verschiedene Aeußerungen Nicolai's
gegen den gießener Rechtsgelehrten Höpfner und gegen
Merck erhalten, worin er sein Verfahren gewisser=
maßen zu rechtfertigen sucht; er will es als ein nicht
so feindselig gemeintes betrachtet wissen. Nachdem
ihm bereits in „Prometheus" von Wagner übel mit=
gespielt worden, schreibt er unter'm 13. April 1775
an Höpfner: „Noch ein Wort, mein bester Freund,
wegen Hrn. Goethe. Wie hat der Mann die Freu=
den so übel nehmen können? Habe ich seinen großen
Talenten als Schriftsteller nicht Gerechtigkeit wider=
fahren lassen? Darf ich meine Meinung nicht über
eine wichtige moralische Frage sagen? Oder ist das
Wohl der Gesellschaft gar nichts werth? Und da Hr.
Goethe sich Alles, auch mit der größten Unanständig=
keit gegen Andre erlaubt, darf ein Andrer seine Werke
gar nicht beurtheilen? Wer das Faustrecht einführen
will, sollte wohl überlegen, daß darin nicht allein
Ausschlagen, sondern auch Wiederschlagen gilt.
Ich bedaure die Leute herzlich, die so viel von Kraft
und Selbstständigkeit plaudern und bey dem geringsten
Widerspruche aus der Haut fahren wollen. Bey ihnen

müssen beständig ihre Principien mit ihrem bürger=
lichen Leben in Collision kommen und sie unmuthig
machen." In einem Briefe vom 26. Mai äußert er
gegen denselben, wegen der Freuden Werther's sei
viel Misverständniß. Er habe wahrhaftig Goethe's
Talente nicht angreifen wollen, noch weniger seine
Person. Wenn die mit Blut geladene Pistole unan=
ständig sein sollte, so habe er noch ein gutes Mittel,
Werther auf die alleranständigste Art das Leben zu
erhalten. „Ich werde", fügt er hinzu, „wohl noch
ein Paar Bogen über diese Materie schreiben müssen."
Von Merck besorgt er wegen dessen gänzlichen Still=
schweigen auf das Schreiben, womit er die „Freuden"
übersandte, derselbe möge verstimmt gegen ihn sein.
„Ungehalten", sagt er in seinem Briefe vom 6. Mai,
„können Sie nicht seyn, wenigstens traue ich Ihnen
das nicht zu. Zwar ist, wie Jedermann sagt, Herr
Goethe sehr ungehalten. Aber er ist es wirklich ohne
Ursach. Ich griff Ihn nicht an, denn ich glaube
nicht, daß Er Willens sey, die Bande der mensch=
lichen Gesellschaft aufzulösen. Aber einen Haufen von
Lesern mancherley Art, die aus Stellen, die er im
Charakter des schwärmerischen Werthers geschrieben
hatte, Axiomen und Lebensregeln machen wollten,
habe ich erinnern wollen, daß Selbstmord aus Ueber=
eilung und Trugschlüssen entstehe, und nicht Edelthat
sey. So viel ich absehen kann, habe ich dadurch
Herrn Goethe Nichts zu nahe gethan. Ich habe über=
dieß seinen Talenten, zwar nicht in dem kindischen
Trompetenton, mit dem ihn Zeitungsschreiber aus=

posaunen, aber in dem Tone eines vernünftigen Mannes, der sein Genie schätzt und sein Wort tief empfunden hat, Gerechtigkeit widerfahren lassen. Daß ich mich anständig gegen Herrn G. aufgeführt, darf ich mir zwar wohl nicht zum Verdienste rechnen. Denn Er scheint festgesetzt zu haben, daß Anständig= keit wo nicht lächerlich, doch gleichgültig sey. Doch denkt er dabey vielleicht nur auf das was er gegen Andere thut, nicht was Andere gegen ihn thun können."

Einer weiteren Erläuterung bedürfen diese Brief= stellen nicht. Nur ist zu berücksichtigen, daß „Pro= metheus, Deukalion und seine Recensenten" damals schon herausgekommen war. Die Veröffentlichung jener Spottschrift war es wohl auch, was Wieland dazu brachte, daß er sich in Sachen Nicolai's gegen Goethe des Ersteren annahm. Im März = Hefte des Teutschen Merkur von 1775, S. 283, besprach Wie= land nämlich die Werther=Freuden mit einigem Wohl= gefallen, obschon er mit Nicolai sonst keineswegs auf gutem Fuße stand und sich in dessen Allgem. Deut= schen Bibliothek fast immer „schief angeklozt, oft muth= willig mißhandelt" sah, wie er in der Anzeige selbst bemerkt. Das nämliche Publikum, sagt Wieland, welches Werther mit einem Enthusiasmus gelesen, wovon die Wenigsten sich selbst die wahre Ursache hätten angeben können, habe auch diese irrige Weise von Einigen so benahmste Parodie mit großer Be= gierde und — diejenigen ausgenommen, welche nichts, was von Herrn N*** kömmt, gut fänden — mit

Vergnügen und Beifall gelesen. Man müsse sehr wider den Verfasser eingenommen seyn, um seine wahre Absicht zu miskennen. „Diese kann eben so wenig gewesen seyn, die Leiden des jungen Werthers lächerlich zu machen, als einen Anti-Werther aufzustellen, der, als Werk des Genies und der Kunst betrachtet, jenen den Vorzug streitig mache. Herr R *** hat — wenn sich nicht alle, die ganz unpartheyisch von der Sache urtheilen, betrogen haben — dem Publikum bloß ein kleines Digestivpülverchen eingeben wollen, um den Folgen der Unverdaulichkeit zuvorzukommen, welche sich manche junge Hansen und Hänsinnen durch allzugieriges Verschlingen der Werke des Herrn G ** zugezogen haben möchten; — eine Vorsorge, wofür ihm, wie ich von allen Orten (B ** ausgenommen) höre, viele vernünftige Leute Dank wissen, und die am Ende, wofern sie auch überflüssig gewesen wäre, doch nicht viel schaden kann. Das Werklein des Herrn R *** ist also vielmehr eine Satyre auf eine gewisse Art von Lesern, als auf das mit Recht allgemein bewunderte Werk des Herrn G **. Indessen ist nicht zu läugnen, daß hier und da, besonders in den Leiden und Freuden Werthers des Mannes, und hauptsächlich in dem kleinen Abentheuer zwischen ihm und dem Kerl, der ein Genie war, auch den Wundermännern, die seit kurzem den Genie in Beschlag genommen haben, einige, wo nicht für sie selbst, doch für die Leser, ganz heilsame Wahrheiten gesagt werden. Diese lezten Blätter der R ***schen Broschüre sind es eigentlich, was darinn am allgemeinsten gefallen hat; und man kann nicht in Abrede seyn, daß es ein Wort geredet zu rechter Zeit ist. Mit unter läuft dann wohl auch, nach Hrn. N*** Art, ein wenig Persiflage; aber dies ist man von ihm gewohnt, und Hr. G** der sich gegen andre alles erlaubt, kann sich über die Folgen einer Ungebundenheit, die er durch sein Beyspiel rechtfertigt, am wenigsten beschweren."

Wieland's Gereiztheit wegen der Prometheus-Posse mag das Schielende dieser Bemerkungen hauptsächlich zuzuschreiben sein. Wenigstens führt dies sein Biograph, Johann Gottfried Gruber, zur Entschuldigung an. Daß hier seinem guten Wieland etwas Menschliches begegnete, meint der Biograph, wäre wohl sehr verzeihlich gewesen, da er glaubte, der junge Heros habe unwürdig mit ihm gespielt. Und freilich mußten die Stellen in „Prometheus", wo der zu Mainz stattgehabten Unterredung zwischen Goethe und den weimarischen Herrschaften erwähnt war, Wieland empfindlich berühren. Wie wegwerfend und übermüthig mußte es ihm klingen, wenn ihn der Verfasser des Spottgedichtes sagen läßt:

Sieh da! Ihr Diener, Herr Prometheus,
Seit Ihrer letztern M(ainzer) Reis
Sind wir ja freunde, so viel ich weis.
Ists mir vergönnt den Sporn zu küssen?

Der Nicolai'sche gebesserte Werther hat übrigens unseren Dichter anfangs wirklich aufgebracht, — wenngleich er ihn doch so wenig in seinem Dichten stören konnte, daß, wie wir aus einem Briefe Friedr. Jacobi's an Wieland vom 22. März 1775 wissen, an dem= selben Abend, da ihm die Schrift zugekommen war, jenes Liedchen in „Erwin und Elmire" entstand:

Ein Schauspiel für Götter,
Zween Liebende zu sehn! 2c.

Unter allen Gegenschriften ist diese auch die einzige, deren Goethe später in seinen Rückblicken auf die frankfurter Zeit gedenkt. Im dreizehnten Buche von „Dichtung und Wahrheit" spricht er von ihr, aber nur aus ferner Erinnerung, denn sie war ihm seit= dem nie wieder vor Augen gekommen; sie habe, er= zählt er, ihm und seinen Genossen zu mancherlei Scherzen Anlaß gegeben. Er erhielt das Büchlein im Februar 1775, und Merck schreibt über dessen Aufnahme an Nicolai, bei Uebersendung seiner Re= cension: „Verzeihen Sie mir mein langes Still= schweigen, besonders über das mir überschickte Exem= plar von den Freuden des jungen Werthers. Ich wollte Ihnen Anfangs darüber schreiben, allein es ent= stand sogleich ein unvermuthetes Kriegsfeuer darüber in Sachsenhausen und der Orten, daß ich kein Wort auf beyden Seiten darüber verlieren wollte, aus Furcht, mich in fremde Händel zu mischen, und den Verdacht einer Trätscherey auf mich zu laden. Wäre ich bey Goethe und nicht Jakobi bey ihm gewesen, so will ich hoffen, daß der Lärm nicht so laut ge= worden seyn würde." Wie der Dichter gegen die junge Gräfin Auguste zu Stolberg über das

„Berliner Hundezeug" sich ausläßt, haben wir schon
angeführt.

Vor Werthers Leiden
Mehr noch vor seinen Freuden
Bewahr uns lieber Herre Gott!

so lautete ein „Stoßgebet", welches er damals nieder=
schrieb.

Dabei blieb es indeß nicht bewenden. Zur unge=
fährlichen Rache wurde ein kleines Spottgedicht im
derben Kraftstil abgefaßt. Dieses Gedicht zeigt den
Unberufenen auf Werther's Grabhügel — in noth=
dürftelnder Situation, wie unser Schmutzmaler par
excellence, Heinrich Heine, sagen würde. Goethe
erklärt hinsichtlich dieser mehr anstandswidrigen als
witzigen Abfertigung, daß sie sich nicht mittheilen lasse;
sie wurde aber doch 1775 an Heinrich Christian Boie
zum Abdruck in den göttinger Musen = Almanach ge=
schickt. Boie, der überlegsame „Musenaccoucheur",
wie Herder ihn einmal scherzhaft nannte, fühlte ge=
rechtes Bedenken, ein solches Produkt aufzunehmen.
Hatte er ja selbst auch Vieles in den Freuden Wer=
ther's so übel nicht gefunden. [45] Erst zwölf bis
dreizehn Jahre später ließ er Nicolai eine Abschrift
zukommen. „Ich habe," schrieb er an diesen, „ihm
(Goethe) einen Dienst gethan, daß ich es nicht drucken
ließ, wie, ich weis nicht mehr, ob er selbst oder
einer seiner Freunde es mir zu dem Ende zuschickte.
Ich ließ damals der Kuriosität wegen eine Abschrift
davon nehmen und schickte das Original zurück,
das wahrscheinlich längst vernichtet ist." Wir lassen

die Spottverse hier nach dem durch Lachmann be=
sorgten Druck folgen:

**Als Nicolai die Freuden des jungen Werthers
geschrieben hatte.**

> Ein junger Mensch, ich weiß nicht wie,
> Verstarb an der Hypochondrie
> Und ward dann auch begraben.
> Da kam ein schöner Geist herbei,
> Der hatte seinen Stuhlgang frei,
> Wie ihn so Leute haben.
> Der setzt sich nieder auf das Grab
> Und legt sein reinlich Häuflein ab,
> Schaut mit Behagen seinen Dreck,
> Geht wohl erathmend wieder weg,
> Und spricht zu sich bedächtiglich:
> Der arme Mensch, er dauert mich,
> Wie hat er sich verdorben!
> Hätt' er ge . . . . . n so wie ich,
> Er wäre nicht gestorben.   16

Weniger derb sind die durch Goethe selbst mitge=
theilten Verse, womit er den Berliner Bann von sich
abschüttelt:

> Mag jener dünkelhafte Mann
> Mich als gefährlich preisen;
> Der Plumpe, der nicht schwimmen kann,
> Er will's dem Wasser verweisen!
> Was schiert mich der Berliner Bann,
> Geschmäcklerpfaffenwesen!
> Und wer mich nicht verstehen kann,
> Der lerne besser lesen.

Goethe sagt, er habe hier einen alten Reim nachge=
ahmt; Robert Boxberger hat im „Archiv für Literatur=

geſchichte" (Bd. VI. S. 128. 1876) darauf aufmerk-
ſam gemacht, daß die vier erſten Verſe der gereimten
Vorrede des Eike von Repgow zum „Sachſenſpiegel"
nachgebildet ſind:

> Wer mein leer nicht vernimbt,
> Wil er mein buch ſchelten dann,
> So thut er das ihm miſſezimbt;
> Wenn er nicht ſchwimmen kan,
> Wil wer dem waſſer verweiſen das,
> So iſt er unverſonnen.

Ferner ſchrieb unſer Dichter damals einen ziemlich
harmloſen ehelichen Dialog in Proſa, zwiſchen Lotte
und ihrem Werther. Der gute Werther iſt zwar
lebendig geblieben, jedoch leider durch den „verfluchten"
Schuß mit Hühnerblut an den Augen verwundet
worden. Er kann nun ſein geliebtes Weibchen, das
im häuslichen Negligé erſcheint, nicht ſehen! Der
leicht hingeworfene Dialog klingt halb zärtlich, halb
mismuthig. Die beiden Neuvermählten verwünſchen
den „Hanswurſten - Einfall", der Werther von ſeiner
Verzweiflung kuriren ſollte. Nach Goethe's eigenen
Worten wäre hier „mit freier Vorahndung jenes unglückliche dünkelhafte Beſtreben Nicolai's, ſich mit
Dingen zu befaſſen, denen er nicht gewachſen war",
geſchildert, der hohnſprechende Philiſter indeß, „nicht
bitter, nur humoriſtiſch behandelt." Dieſer Scherz,
betitelt: Anekdote zu den Freuden des jungen
Werther's, war dem Dichter verloren gegangen;
in unſeren Tagen wurde er gleichfalls wieder aufge-
funden und mehrfach gedruckt. Wir müſſen geſtehen,

daß die „kleine Produktion" unseren Erwartungen, nach den betreffenden Aeußerungen in „Dichtung und Wahrheit", doch nicht völlig entspricht: es herrscht aber allerdings darin kein gereizter Ton, sondern nur ein milder und menschlicher Humor; Goethe bedenkt hier den „Vertreter des altmodischen Philisterthums", wie Rudolf Zoeppritz bemerkt,[47] „gleichsam mit einem lächelnd ertheilten Achselstreiche", anstatt ihn mit überlegenem Hohne abzufertigen. — Zweiundzwanzig Jahre später mußte Nicolai noch für seine Versündigung an dem Roman in den Xenien (Nr. 355) büßen, wo Werther's Schatten in der Unterwelt auf den dummen Gesellen lauert, der sich so abgeschmackt über sein Leiden gefreut.

Eine ziemlich lebhafte Misbilligung des freudigen Werther's äußerte der Berliner Christian August Bertram (geb. 1751, 1790 vom Kurfürsten Karl Theodor in den Reichsfreiherrnstand erhoben, seit 1796 Geheimer Kriegsrath, gest. zu Berlin 1830), welcher Beiträge zur deutschen Theatergeschichte und Aehnliches herausgab, in dem Schriftchen:

Etwas über die Leiden des jungen Werthers, und über die Freuden des jungen Werthers. Mit dem Motto: Mögen sie doch reden, was kümmert's mich! o. O. (Dresden) 1775. 35 S. in 8. — Auch: 1775. 45 S. in 8. S. 39—45: Geträch zwischen einem Schulmeister und einem Naturforscher, gehalten im Jahre 1775.

Nicolai wird hier als ein Philister bezeichnet, der Nesseln auf Werther's Grab streut. Bertram möchte dieses Grab lieber mit Rosen umpflanzen: er gibt seinen Werther nicht für zwanzig Grandisone hin.

„Werthers Selbstmord", sagt er in seiner überschraub=
ten Weise, „ist keine übereilte rasche That; mit der
besten Ueberzeugung, mit der möglichsten Entschlossen=
heit that er diesen Schritt. Fast möcht' ich sagen aus
Tugend, mit Ueberlegung und Abwägung seines irdi=
schen Glücks gegen das, was er nach diesem Leben zu
gewarten habe."

Die Zahl der Schriften über und gegen Werther
schwoll indessen noch mehr an. „Bald", hieß es
damals in einer Wochenschrift, „wird über Karl des
Ersten Enthauptung nicht so viel geschrieben seyn, als
über Werthers Entleibung." Ein königlich preußischer
Unteroffizier, Riebe, aus Frankfurt an der Oder,
früher reformirter Predigtamts = Kandidat zu Berlin
und auch Verfasser eines 1776 erschienenen fünf=
aktigen Trauerspiels „Die Gräfin von Wollberg",
veröffentlichte bald nach Nicolai's Gegenschrift:

> **Ueber die Leiden des jungen Werthers. Gespräche. Berlin,**
> **bey George Jacob Decker. 1775. 76 S. in 8. Mit**
> **dem Motto: Wo willst du hinfliehen? Das Gespenst ist**
> **in deinem Herzen! Rousseau.**

„Wir haben mit Werthern geweint, — mit Hanns und
Martin gelacht; — nun kömmt einer und redet mit
dem andern, was sich ernstlich darüber sagen läßt."
Mit diesen Worten deutet uns der Verfasser seine Ab=
sicht an. Zwei Freunde, Alcimor und Philantropus,
halten popular=philosophische Gespräche über Werther
und betrachten sich die Sache recht von allen Seiten,
wobei sich's denn „durch Mendelssohn und die Em=
pfindungs=Briefe" [45] klärlich zeigt:

daß aller Selbstmord in der Welt
am Ende dahin liefe:

Daß man im Unglück sich so ließ
durch Sinnlichkeiten rühren,
die höh're Seelenkräfte nicht
das Ruder ließe führen.

Dagegen sollt der Mensch, als Herr,
sich wissen zu regieren,
und eh er sich erschießen wollt,
sich lieber distrahiren.

So schildert nämlich Merck mit guter Laune den
Inhalt dieser Gespräche in seinem bereits erwähnten
Schwank „Pätus und Arria". Bezeichnend für den
„Mendelsjohn'schen Unteroffizier" ist namentlich die
Aeußerung, Werther hätte sich seinem Gesandten
gegenüber weltklug benehmen sollen, wenn dieser
Schwachheiten beging und seinen Subordinirten dar=
unter leiden ließ.

„Es ist nun schon einmal so", sagt Philantropus,
„daß Vornehme, Leute von Stande, wenn sie Thoren
sind, das Recht haben, es gewöhnlicherweise ungestört
zu seyn, und fein lange in ihrer Lage zu bleiben, —
da hingegen niedrige, gemeine Thoren entweder bald
den Kopf zerstoßen, oder bald von ihrer Krankheit
geheilt werden. Wenn nun da so einem erlauchten
Manne ein Subordinirter und noch dazu von nie=
drigerem Stande in die Quere kömmt? ja da gehts
nimmer gut! — da hätte Werther weltklug seyn sollen,
— hätte sich schon nicht sollen die Mühe verdrießen
lassen, seinem Gesandten mit besseren Worten, reineren

Partikeln und Bindewörtern fleißig aufzuwarten. Wanns damit gut gewesen wäre! — — Aber nehmen Sie mirs nicht übel, Alcimor! die jungen Leute nennen oft Chikanen, was keine sind; sie haben gemeiniglich ihre eigene Welt im Kopfe. . . . . Alles andre ist klein, unwürdig, verächtlich, verdient nicht, daß man sich damit zu thun macht. Die guten Jungens bedenken nicht, daß zu einer großen That viele kleine gehören, die einzeln und vor sich allein sehr unbe= deutend aussehen, die aber alle nöthig sind, um eine große That zu bewirken. — Wenn der große Feldherr nicht alle die kleinen militairischen Uebungen versteht, und unter seiner Aufsicht fleißig verrichten läßt, sondern dächte: je was, ob der Kerl die Flinte so oder anders nimmt, ob er gerade oder von der Seite steht, den Arm beym Laden so oder so aus= streckt . . . da würde was Schönes werden . . . Wenn nun da ein gesetzter, kluger Mann kömmt, der da weiß, wozu es nützt, auch in Kleinigkeiten genau und pünktlich zu seyn, und tadelt die eigenwilligen Köpfe, die alles nach ihrem Sinne machen, so nennen die das: lächerlich, unerträglich, umständlich, wie eine Baase, und wollen aus der Haut fahren. . . . Im Grunde lag es also immer daran, daß Werther seinem Vergnügen so gar nichts abbrechen wollte, daß alles so gehen sollte, wie es ihm gefiel."

Hier spricht der königlich preußische Unteroffizier als ein Mann der Praxis und aus seiner Dienster= fahrung. Noch mehr standesgemäßen Subordinations= geist legt er aber an den Tag, wenn er gleich darauf sagt, Werther habe ja an dem Grafen C. einen Gönner gehabt, der sich mit wahrhaft gütigen Gesinnungen zu ihm herabließ; er hätte sich die guten Lehren zu Nutze machen sollen, die er von diesem trefflichen Manne empfing; diese Folgsamkeit würde ihm in dem Herzen des Grafen noch mehr Achtung und Zuneigung erworben haben. Und in Bezug auf die Entfernung Werther's aus der adeligen Gesellschaft hören wir aus dem Munde des Philantropus: dergleichen Begegnungen seien freilich gar nicht angenehm; aber es sei nun schon einmal so in unserer Welt, daß sich fein gleich und gleich gesellen müsse. Und das habe seinen guten Nutzen. „Erstlich, wenn der gute ehrliche Bürgersmann viel in Gesellschaft von vornehmen Standespersonen wäre, so würde er, da er so schon sehr zum Nachahmen geneigt ist, sich sehr leicht Geberden, Reden und ein Betragen angewöhnen, wodurch er, wann er in Gesellschaft von seines Gleichen zurückkehrte, lächerlich werden könnte. Dazu mögte er auch oft, da er mit den feinen Sitten nicht bekannt ist, den Respekt vergessen, den er Personen von Stande schuldig ist. Dagegen vornehme Standespersonen, wenn sie sich viel in bürgerlicher Gesellschaft befänden, könnten gar leicht das ihrem Range eigne, anständige Betragen im Reden und in Geberden verlernen, und ein gewisses gemeines, demüthiges Wesen annehmen, wodurch es im Publikum leicht zweifelhaft werden könnte, ob sie wirklich von Stande wären, und das würde lauter Unordnung im Staate anrichten."

Darauf erwiedert Alcimor: „Ich glaube doch nicht, daß Sie Satyren machen? — Werther war doch wohl etwas mehr und besser, als ein guter ehrlicher Bürgersmann, und kann man denn nicht mit jemanden umgehen, ohne sich gemein zu machen?"

„Philantr. Man könnte wohl, — aber —"

„Alcimor. Aber man will nicht!"

„Philantr. Je nun ja, — man will nicht. Aber glauben Sie nicht, daß ich Alles auf einen Stand schieben werde. Der eine sündigt durch eine zu große Zurückhaltung, Entfernung, — der andre durch eine zu große Zudringlichkeit. Der Adeliche fehlt darinnen, daß er seinem Stande zu viele Vorzüge, einen zu großen Werth beylegt, und zu verlieren fürchtet, wenn er sich in andre Stände mischt, — der Bürgerliche darinnen, daß er dem seinigen zu wenig Vorzüge beymisset, und zu gewinnen hoffet, wenn er sich über seinen Rang erhebt. Aber das mag seyn, wie es will, — so erfordert es doch immer die Klugheit, sich in dergleichen Umstände zu schicken. — Mein liebster Freund, wenn sich ein jeder, mit dem heute sein Vorgesetzter unter vier oder sechs Augen vertraulich spricht, der ihn morgen in einer großen Gesellschaft nicht ansieht, thut, als wenn er ihn nicht kennte, todt schießen wollte, — ich glaube, — wir lebten vielleicht alle beyde nicht mehr! —"

„Alcimor. Verändern Sie doch nicht die Umstände! Hat sich Werther denn darum erschossen? Das kränkte ihn nur, — quälte ihn nur, machte ihn nur das Leben verhaßt. — Aber seine unglückliche Neigung gegen Lotten gab der Sache den Ausschlag."

„Philantr. Gut, da hätte er nicht wieder hingehen sollen. Das war eben das Unglück. Konnt' er doch hinlaufen, wohin er wollte, nur bey Lotten nicht! warum gerade da? Sagen Sie mir, was zwang ihn dazu?"

Als Mittel gegen die Liebe hätte Werther arbeiten sollen und den Umgang von guten Freunden suchen; auch hätte er besser seinen Homer, seinen Ossian und sein Zeichnen beiseitegeworfen und statt dessen Heraldik oder Chronologie studirt. Zuletzt wird noch der bekannte Brief aus Rousseau's Neuer Heloise eingerückt, worin Lord Eduard Bomston den verzweifelnden Saint=Preux vom Selbstmord abmahnt.

Selbst Nicolai war dieser Unteroffizier Riebe ein etwas zu kalter Philosoph. Er bemerkt in der Allgemeinen Deutschen Bibliothek, Bd. XXVI. S. 106, daß Riebe die gewöhnlichen Gründe wider den Selbstmord sehr gut vortrage, fügt indessen hinzu, nach seinem Bedünken wäre es doch eine solche Kleinigkeit auch nicht, sich von einer heftigen Liebe loszumachen, das Distrahiren wenigstens möchte nicht hinlänglich sein. Dagegen äußerten die Frankfurter gelehrten Anzeigen von 1775, S. 216, der Verfasser sei doch immer einer von den billigen und vernünftigen Moralisten: „Er betrachtet doch den Menschen als ein empfindendes Wesen, er weis seine Gedanken simpel und doch edel vorzutragen, es ist gewiß ein Eberhard, oder Kampe, oder Kochius." Und ferner: „In

einem vortreflichen Dialogismus, mit edlem Eifer für
die Wahrheit, ohne die boshafte Absicht, Gift zu
suchen, sondern nur die zu beruhigen, denen Skrupel
bei Gelegenheit dieser berühmten Geschichte eingefallen
sein konnten, hat der Verfasser geschrieben." Auch
von Goeze und Schlettwein werden die Gespräche bei=
fällig erwähnt. Der Hauptpastor findet dieselben
gründlich und schön, aber zur Erreichung ihrer Ab=
sicht unzulänglich, da alle Gründe der Religion bei
Seite gesetzt werden.

Weniger gegen den Werther selbst gerichtet, als
gegen die Werther=Enthusiasten, ist ein Romänchen:

> Das Werther=Fieber, ein unvollendetes Familien=
> stück. Wirst schauen was du schauen wirst! Nieder=
> Teutschland (Leipzig) im Jahr 1776. 230 S. in klein 8.
> Mit einem Titelkupfer, nach Jakob Wilhelm Mechau
> von Karl Lebrecht Crusius gestochen, und einer nied=
> lichen Vignette. Die letztere stellt die Heldin dieser Ge=
> schichte beim Lesen des Werther dar. Schmachtend zurück=
> gelehnt im Sopha, hat die Schöne die rechte Hand mit
> dem Buche in ihren Schooß sinken lassen, während sie
> die Linke wie bei einer schwärmerischen Ausrufung empor=
> hebt. Vor ihr steht ein rundes Tischchen, worauf ein
> Armleuchter mit zwei brennenden Kerzen.

Der Verfasser war Ernst August Anton von Göch=
hausen, ein Weimaraner, doch nicht zu dem jungen
Musenhofe gehörend. Geboren 1740 zu Weimar,
war er Page bei dem Prinzen Heinrich von Preußen,
dann preußischer Hauptmann gewesen, und hatte 1769
seinen Abschied genommen und eine Anstellung als
Assessor bei dem Kammer=Kollegium zu Eisenach er=

halten. Im Jahre 1802 wurde er Direktor seines Kollegiums, 1809 Geheimerath und Schloßhauptmann zu Eisenach. Er starb in Eisenach im Jahre 1824. Er hat sich noch hauptsächlich durch ein gleichfalls ohne seinen Namen erschienenes und mehrfach gedrucktes Opus, betitelt: „M * R *" (das ist Meine Reise), unter Yorick's deutschen Nachzüglern hervorgethan. Im sechsten Bande des Dichter=Lexikons von Jördens, S. 206, wird sein Familienstück als ein Roman bezeichnet, „der das Unheil, welches Werthers Leiden, wenn man sie von der moralischen Seite betrachtet, bei jungen unerfahrnen und raschen Gemüthern stiften können, auf eine unterhaltende Art schildert, obgleich der Witz oft ein wenig zu gesucht ist." Dieses Urtheil lautet aber noch zu günstig; was auch von einer Anzeige im dreiundvierzigsten Bande der Allgemeinen Deutschen Bibliothek gilt, wo S. 512 unter Anderem gesagt wird, diese kleine Geschichte sei ganz lieblich ausgemalt, der Verfasser wisse in einem gefälligen Tone zu erzählen, und die Leser würden daher gewiß nicht unzufrieden von ihm scheiden. Wenn Göchhausen auch vorausschickt, daß Werther's Name durch ihn nicht entweiht werden solle, und daß jeder, der ihm gleiche, ungestört und unbeurtheilt schlafen möge, „sey's unter Lindenbäumen auf heiligem Lande, oder unter'm bemoosten Stein am Wege," so kann uns dies doch nicht aussöhnen mit der Schalheit seines Versuchs, die Wirkungen des Werther, die verschiedenen Eindrücke und Raisonnements im „Yorick'schen Geschmack" darzustellen. Es war ihm selbst übrigens viel daran gelegen, daß Goethe nicht glauben solle, er habe mit seinem „Histörchen“ eine Satire auf Werther beabsichtigt, da es doch nur eine Satire auf die Gecken sei und sein solle, die Werther zu ver= stehen glauben und nicht verstehen. Recht dringend schrieb er deßhalb an Bertuch nach Weimar, in ver= schiedenen Briefen aus Eisenach, unter'm 3. und 28. Sep= tember 1776, 9. und 30. März 1777, die im Goethe= Jahrbuch von 1881, S. 388—391, mitgetheilt wurden.

Als Schauplatz der Erzählung hatte Göchhausen entweder Bremen oder Hamburg im Auge. Der junge Herr Wilhelm Willig, ein schwachköpfiger Kaufmanns= sohn, der während eines Aufenthaltes in dem frei= geistigen Berlin, dem Babel für die Rechtgläubigen jener Tage, modische Grundsätze aufschnappte, hat seiner Zukünftigen, Jungfer Sibylle Vips, den Wer= ther zum Lesen gegeben, nachdem er gewisse Stellen noch zum Ueberfluß mit Bleistift unterstrichen. Das arme Mädchen wird durch die Lektüre angesteckt, und es tritt das Werther=Fieber bei ihr ein. Sie fühlt Beklemmung, wankt einher wie „ein sterbend Mai= blümchen“, wechselt die Gesichtsfarbe, hat kalten Schweiß an den Händen, obwohl sie keinen Hollunder= blüthen=Thee trinken, auch sonst durchaus nichts ein= nehmen will, und ihr Zustand erweckt Besorgniß bei ihren Angehörigen. So eröffnet sich gleich die Ge= schichte recht erbaulich, indem wir das Jüngferchen in Gesellschaft ihres Bruders, Herrn Friedrich Vips, und seiner gutartigen, häuslich braven Frau Ehe= liebsten finden:

„Ach, Schwägerin! sagte Jungfer Sybille Vips zur Frau
Vips, und trocknete die Augen an die Falbel ihrer Florschürtze,
lehnt' ihren Nußbraunen Chignon an das Rückküssen des Ka-
napes, und ließ die rechte Hand, in der sie Werthers Leiden
hielt, langsam mit schmachtender Grazie auf ihr Knie sincken;
— ach! wenn's noch einen Werther gäb!

Der Kerl war ein Narr, sagte Frau Vips, und nähte
ruhig fort.

Und ihr seyd allebeyde nicht klug, sagte Herr Vips, und
schnallte seine Kniegürtel los; denn er liebte seine Bequemlichkeit.

Wie denn so, lieber Mann, versetzte die Dame, und
Jungfer Vips sah, gantz in sich gekehrt, und in völliger Ab-
geschiedenheit, starr an die Decke des Zimmers in ein grofes
Kanckergespinnst.

Werther! Werther! rief sie auf einmal, und schloß
ihren schönen Mund wieder, und eine Fliege fieng sich in dem
Gewebe, und die Spinne fiel wütend über sie her.

Ach! er hat recht, die sanfte Seele! rief Jungfer Sybille,
sprang auf, und lief unruhig im Zimmer herum. — Was
fehlt dir, Liebe? sagte Herr Vips.

Da, Bruder, sprach sie, und wies mit dem Finger an
die Decke, das ewig verschlingende Ungeheuer! Was
kan er anders gemeynt haben! — Sieh nur die abscheuliche
Spinne! —

Der Hencker! rief ihr Bruder, und kratzte seinen rechten
Schenkel, den ein Floh stach. Meynst du zum Exempel nicht
auch, daß der Floh da — Ich wollt' er wär am lichten Galgen; denn wer soll ihn nun wieder fressen?

Sybille ward verwirrt, und Dame Vips lächelte ein wenig
einfältig, wie es ihre Weise war, wenn sie sich aus einem
Handel nicht zu helfen wuste.

Indeß, lieber Fritz, sprach sie, seh ich doch so geradehin
auch nicht, warum eine ehrliche Frau deswegen nicht gescheut
seyn soll, weil sie einen Menschen für einen Narren hält, der
einer ist? —

Warum soll denn nun Werther das durchaus seyn? Hm! weil er sich todschoß!

Weißt Du warum er das that? was hab ich dir schon so vielmal gesagt, Marie?

Aus lauter überströmendem — kalten, nicht mitempfindenden Seelen nicht gedenkbarer — denkbarer — denkbarer — ach! mein armer Kopf! sagte Jungfer Vips, und roch an ihren Finger.

Mädchen! Mädchen! rief ihr Bruder, und tanzte auf einem Bein herum; mit dir ist's nicht richtig unter der Schwungfeder.

Jungfer Vips warf ihm einen Blick zu, welcher Mitleid erflehte, und sank auf's Kanape zurück.

Ich will zum Hencker fahren, sagte Herr Vips, wenn du nicht den armen Wilhelm in den ersten vier Wochen so verwirrt machst, als dein eigner armer Kopf itzt immer seyn mag! —

Wollte sein und mein Geschick, sprach das Mädchen, er —

Heda! er schöß sich um deinetwillen auch tod? meynst du nicht?

Sybille entlud ihr Hertz eines Minutenlangen aus dem Innern heraufsteigenden Seufzers.

Gute Sybille, nimm mir's nicht übel; aber — wenn dir das nicht zu hoch ist, — Werther schoß sich nicht um Lottens schöner Augen willen tod.

So? sagte Dame Vips, warum denn? und stach ihren Mann, der neben ihr saß, und sich nach seiner Schwester hin beugte, mit der Nehnadel unversehens auf die Nase.

Daß der Strick das Weibsvolck hätte! schrie er, und gebehrdete sich wunderlich. Wenn die Rede von einem sonderlichen Kerl ist, fahrt ihr immer neben hin aus. Sein Weib sprang ängstlich auf, wusch ihm die Nase mit Lavendel-Wasser, und küßt' ihn. — Bist doch ein gutes Weib! sagte der ehrliche Vips, und ich wollte dich gegen keine Lotte in der Welt vertauschen."

Diese Stelle zeigt wohl schon hinreichend, was das für eine Art Humor ist, der sich hier breitmacht. Doch glaubte man damals, mit solchem Schnickschnack in die Fußstapfen des unsterblichen Verfassers von „Tristram Shandy" zu treten.

Herr Vips nimmt sich vor, dem jungen Willig wegen des Unheils, das Werther bei seiner Schwester angerichtet hat, ein wenig den Kopf zu waschen.

„Willig fand ihn in seinem Zimmer allein, und erfuhr, daß die Ursach, warum er beschieden war, keine geringere sey, als Sybillens Zustand. Er wisse, sagte Vips in aller Unschuld, daß Herr Willig selbst zu viel Theil daran nehme, als daß er nicht auch von seiner Seite alles mögliche beytragen werde, den traurigen Folgen vorbeugen zu helfen, und was er ihm denn weiter sagen mogte; — denn der Ehrenmann hatte nicht die Gabe, sich immer präcis genug auszudrücken, und so viel wir wissen, haben sie die Leute seines Characters überhaupt selten.

Willig, dem dieser ernsthafte Eingang, der eigentlich nicht in Vipsens gewöhnlichen Styl abgefaßt war, fremd vorkam, und dem vielleicht sein Gewissen sagte, wie sehr viel Theil er an der Sache habe, die den guten Bruder beunruhigte, ward sehr verlegen. Allein dieser faßt' ihn vertraulich bey der Hand, zog ihn freundlich aufs Kanape, und sagte ganz treuherzig: Guter Willig, wenn ich nur wüßte, wie meine arme Schwester zu dem Buch gekommen wäre? —

Ich hab's ihr selbst gegeben, sagte Willig. Es ist so vortreflich — so rührend, — so einzig, daß —

Was das betrifft, mein Freund, unterbrach ihn Vips, ein wenig verwundert, so kan darüber unter uns kein Streit seyn. Ob's aber vortreflich ausgedacht war, daß Sie es ihr gaben, das ist eine andre Frage. Der Schade ist einmal geschehen! . . .

Willig bat ihn um Verzeyhung, weil er keine böse Absicht dabey gehabt habe. Das glaub' ich, sprach Vips; aber man kann mit der besten Unheil anrichten, und davon ist leider itzt die Rede! denn, sagen Sie mir doch zum Exempel, warum haben Sie so viel Stellen darinn unterstrichen?

Sie fielen mir auf, und — und —

Und sie sollten das Sybillen auch? denn sonst hätten Sie sie sich nur mercken dürfen. Nicht?

Willig wuste nicht, was er antworten sollte; denn so kühn war er doch noch nicht, mit gerader Stirn zu behaupten, er habe Recht gethan.

Es wär' also besser gewesen, guter junger freund, Sie hätten, — wenn Sie ihr das Buch einmal heimlich geben wollten, die Striche weggelassen. Das war eins! und nun mögt' ich nur Wundershalben wissen, was Sie sich selbst bey mancher gedacht haben mögen? Sie bringen mich selbst auf die frage, und ich will's Ihnen auch sagen, warum ich sie thue. Sie sind jung, meine Schwester ist's auch. Ich seh Sie als meinen Bruder an, und es ist mir also nicht einerley, was für Meynungen und Grundsätze Sie über den und jenen Punct der Sittenlehre haben, und meiner Schwester einmal beybringen könnten. Daß das Mädchen das Buch nicht verstanden hat, sehen wir leider! Nun ist nur der einzige Wunsch noch übrig, daß Sie es selbst fassen mögen, weil wir unsre gantze Hoffnung wegen der Wiederherstellung der Gesundheit und der Richtigkeit des Verstandes der armen Sybille — die sich schlimmer befindet als Sie dencken, — auf Sie setzen müssen. Von mir glaubt sie, ich empfänd nicht mit ihr, und ich hätt' also keine Ehre zu reden.

Willigen ward bange, aber seine Eitelkeit war rege gemacht, und wer sitzt fest genug, wenn die ein Männchen macht! --

Ob ich's verstehe? sagt' er, und lächelte genugsam. Haben Sie das Buch bey der Hand? —

Wir haben itzt gerade nicht Zeit, es zu recensiren; aber was haben Sie, zum Exempel bey der unterstrichnen Stelle gedacht, wo die Rede von der Freyheit ist, die ein Mensch haben soll, diesen Kerker zu verlassen, wenn er will?

Was jedermann dabey dencken wird, sagte Willig." Unvermerkt wird das Gespräch immer verfänglicher. Der junge Willig ist so unklug, sich als Freigeist aufzuwerfen und sogar Zweifel an der Unsterblichkeit der menschlichen Seele zu verrathen. Herr Vips geräth darüber ganz außer Fassung. Ein Mann von so heilloser Denkungsart scheint ihm nicht mehr zum Schwager qualificirt; er untersagt dem jungen Willig den ferneren Zutritt in sein Haus und läuft zu dessen Vater, um ihm mitzutheilen, wie aus der beabsichtigten Heirath vor der Hand nichts werden könne, und ihm die Augen darüber zu öffnen, welchen Ansichten der Sohn huldige. Der Vater unseres Helden aber, Herr Dominikus Willig, ist ein alter hanseatischer Brummbär und abgesagter Feind aller Freigeister, schönen Geister und Sentiments, der mit Strenge auf ehrensteife Zucht hält, der seiner künftigen Schwiegertochter stets in den Ohren liegt, sie solle ja „keine Sau im goldnen Halsband werden." Mit seinem Sohne schon vorher unzufrieden, wird er nach dieser Entdeckung höchlich entrüstet und entschließt sich zu einer ernsten väterlichen Maßregel, ihm sein Freigeistersystemchen auszutreiben. Er schickt nämlich den „Lotterbuben", mit Anwendung von Gewaltmitteln, nach Nord-Amerika; dort soll er unter dem General Washington als ein ehrlicher Kerl in den

Reihen der Kolonisten sechten, an deren guter Sache der alte Handelsherr den allerheißesten Antheil nimmt. Und so hätte nun auch die vom Werther = Fieber ergriffene Jungfer Sibylle eine wirkliche Ursache zum Bangen und Seufzen, bis ihr Wilhelm, wie wir hoffen, nach Ablauf der ihm tyrannisch vorgeschriebenen Frist von zwei Jahren, aus der neuen Welt in ihre Arme zurückkehren wird.

Unter demselben Titel wie die Göchhausen'sche Erzählung ist später in Wien von dem unseligen Professor Leopold Aloys Hoffmann (1748—1806) ein Schauspiel zu Tage gefördert worden, das im k. k. National-Hof-Theater seine Aufführung erlebte:

> Das Werther = Fieber ein Schauspiel in fünf Aufzügen. Von L. A. Hoffmann. Wien, 1785. Zu finden beym Logenmeister beyder k. k. Theater. 125 S. in 8.

Das Stück spielt in einer deutschen Zwergresidenz. Ein junger Herr von Linden, dem durch höfische Ränke seine treugeliebte Luise entzogen werden soll, geht mit Selbstmordgedanken um. Durch die Bemühungen seines Freundes, des edeln Grafen Hohenwerth, werden aber alle gegen sein Glück gerichteten Kabalen des „zehnfach durchgebeizten Schurken" Kammerjunker von Berg zerstört, und die ganze Sache wendet sich zum Guten. Schließlich hält Serenissimus, einer jener unschuldigen und wohlgesinnten Theaterfürsten, deren Name nur stets mißbraucht wird, dem gewesenen Selbstmordkandidaten eine kleine Strafpredigt: „Es ist ein Jammer mit euch jungen

Leuten! Die unselige Geniesucht, all der abgeschmackte Sturm und Drang wirbelt eure Köpfe toll. Das elende Empfindsamkeitsfieber richtet euren gesunden Menschenverstand zu Grunde. Es soll von nun an streng auf diese Zucht in meinem Lande gesehen werden. Ich rath es allen den superempfindsamen Dichterlingen, dem Werthervolk, ihr Unwesen bei mir bleiben zu lassen. —" Weiter hat dieses Stück auf Werther keinen Bezug. [49]

Eine eigentliche Beziehung auf unseren Roman finden wir ebensowenig in dem schwachen kleinen Produkt, von einem unbekannten Verfasser:

Und er erschoß sich — nicht. Leipzig, bey Christian Gottlob Hilscher. 1778. 112 S. in 8. Mit einer Titel-Vignette.

Der schwermuthsvolle junge Held dieser Geschichte in Briesen, Ernst Creuzen, wird durch den Einfluß seiner vernünftigen Freunde von seiner Gemüthskrankheit geheilt.

Mit einem nicht glücklichen Versuche, die Folgen des Werther in einem dramatischen Stückchen zu karifiren, betheiligte sich der holsteinische Epigrammendichter Peter Wilhelm Hensler (geb. 1742 — nicht 1747 — zu Preetz, gest. 1779), ein praktischer Jurist, der zum göttinger wie zum hamburger Musen-Almanach Beiträge lieferte, und dessen längst verschollenen Gedichte nach seinem Tode durch Voß in Gemeinschaft mit dem älteren Bruder, dem Arzte und Professor der Medicin zu Kiel Philipp Gabriel Hensler, herausgegeben wurden

Dieses dramatische Zerrbild erschien ohne den Namen des Verfassers:

> Lorenz Konau. Ein Schauspiel in Einer Hand-
> lung. Altona bey David Iversen, 1776. 48 S. in
> klein 8.

Die Vorrede lautet:

A. Aber Werther ist doch das Meisterstück eines Genies.

B. Allerdings.

A. Warum ziehen Sie denn gegen den zu Felde? Predigt nicht St. Preux buchstäblich eben so den Selbstmord, und lehrt wohl Agathon besser, wie man seine Leidenschaften zähmen solle?

B. Werther ist verführerischer als sie beide.

A. Was kann der Dichter dafür — Er malt ja nur ein Ideal, und mußt' es schön malen, wenn er kein Sudler seyn wollte.

B. Wenn Tischbein mir einen schönen Teufel an die Wand malte, so würd' ich denken: „der Teufel ist meisterhaft, aber warum wählte der Mann einen Teufel?"

A. Wiederum schief geurtheilt! Soll der Dichter lauter vollkomne Gegenstände schildern?

B. Nein, aber er muß dem Teufel kein Cherubs = Gesicht geben, daß ich versucht werde, ihn anzubeten.

A. So blind wird keiner seyn.

B. Zum wenigsten neun Zehntheile von jungen warmen nach den ersten Eindrücken handelnden Leuten. Mein Bruder —

A. Vergeben Sie, das sind einzelne Fälle, die nichts beweisen —

B. Viel einzelne Fälle machen eine Regel —

. . . .

A. Bey dem allen aber taugt ihr Stück nicht zum Aufführen —

B. So les't 's oder laßt 's euch lesen.

Es werden in dem kleinen Stücke zwei junge Frauenzimmerchen vorgeführt, denen Werther's Leiden den Kopf verdreht haben: Zielchen, die sehr alberne Tochter des ehrsamen Buchbindermeisters Lorenz Konau, die sich Lotte nennt, und Lehnchen, dessen Nichte, die sich den Namen Elise gibt. Die Liebhaber dieser Beiden sind ein angehender Theolog, Versikel, genannt Werther, und ein angehender Jurist, Glosse, genannt Alexis. Der kluge, der weise Handwerksmann aber, der sich in erbaulichen Reden gegen den Empfindsamkeitsschwindel ausläßt, zeigt den studirten jungen Herren schließlich die Thür, indem er seine Tochter dem ehrlichen und fleißigen Gesellen Niklas zusagt. Im ersten Auftritt hat Zielchen den Werther im Schooß, guckt dann und wann hinein, und schwärmt mit ihrer Freundin Elise. Der Vater kommt hinzu, schimpft darüber, daß die Mädchen nicht arbeiten, sie sollen neue Katechismen heften. Er hält seiner Tochter die selige Mutter als Exempel vor. Zielchen sagt: „Aber Herr Vater, meine Mutter dachte auch gar nicht fein". Worauf er erwiedert: „Wollte Gott! sie lebte noch — wärst du doch wohl nicht auf solche Lesereien und Narrentheidinge verfallen — vielleicht nicht so zippe und zierlich, aber gewiß um ein gut Theil besser und vernünftiger wärst du." — Ein armer alter Mann fragt nach Meister Konau, der ihm alle Donnerstag einen Groschen spende. Zielchen will nichts davon wissen und schickt ihn fort. „Um Gottes willen, Alter!", sagt sie, „kommt mir nicht näher, — Ihr riecht abscheulich nach Brod, und das kann ich nicht ausstehen." Ein ander mal ruft Zielchen aus: „O ich fühl' es — hier fühl' ich's — der müde Geist sehnt sich nach seiner Verklärung — O mein Werther — unser unholdes Geschick trennt uns vielleicht bald — und trennt uns auf ewig — Aber mag's doch — dort soll kein Niklas unsre harmlose Vereinigung stören" —. Konau erbittet sich von Versikel und Glosse eine Erklärung, ob sie es ehrlich meinen und seine Tochter und Nichte heirathen wollen. Die schönen Geister wollen nicht recht mit der Sprache heraus, und schwatzen von ihrem geistigen Verkehr mit den Mädchen. Konau predigt ihnen, sie sollten ihre Zeit besser anwenden und auf Erwerb denken. Als er fragt, was sie machen wollten, wenn sie all ihr Geld verzehrt hätten, antwortet Glosse: „Wir machen unsern Geist, den Ausfluß der Gottheit, frei, entziehen ihn seinen körperlichen Banden, damit er zu seinem Urquell zurückkehren könne." — Konau: „Ich werde mir nicht auf meinen alten Tagen einbilden, daß meine Religion ein Vorurtheil sey, und alle Pflicht eines guten Bürgers in Zippelzappelherzigkeit oder in ein Bischen empfindsamen Faseln bestehe. Sie aber, meine Herren, sind zu verstockt, oder vielleicht zu gelehrt, um sich von einem unstudirten Buchbinder einen andern Glauben beybringen zu lassen." Darauf weist er sie aus dem Hause. Niklas ist endlich mit Zielchen einig geworden; sie verlangt indeß, daß er sich hinfort Albert nenne. Glosse kommt wieder und erklärt dem Niklas, was es damit auf sich habe. Glosse und der

Buchbindergesell hauen und raufen sich. Konau trennt die Streitenden. Glosse wird die Treppe hinunter geworfen. Niklas will Zielchen verzeihen. Konau: „Das ist mir lieb, aber die Hochzeit wird ausge= setzt, bis sie sich bessert. Ich werd's ihr noch wohl austreiben, hoff' ich —." Von Lehnchen erfährt man weiter nichts.

Hensler's Bruder bemerkt, die Mängel seines Stückchens habe der Verfasser des „Lorenz Konau" selbst erkannt, aber die Muße nicht gefunden, ihnen abzuhelfen. (Gedichte von Peter Wilhelm Hensler, ehemaligem Landsyndikus in Stade. Altona, 1782. Vorbericht.)

Neben den vorerwähnten Schriften sind zu nennen die:

> Briefe von Selkof an Welmar. Herausgegeben von Welmar. Zürich, bey Orell, Geßner, Füeßlin und Comp. 1777. 300 S. in 8. Mit Titelkupfer und Vignette von Salomon Geßner.

Ein schweizerisches Seitenstück zu unserem Roman, das sich auch in Goethe's „Triumph der Empfindsamkeit" (in der früheren Handschrift dieses Possenspiels) unter dem sentimentalen Füllsel der ausgestopften Puppe vorfand. Der junge Selkof verliebt sich in eine Amalia, die ein „leibhaftiger Engel" ist, und die ihm zuerst bei einem Ausfluge von Zürich auf den Albis, da er sich eben durch den Anblick der hellglühenden Schneeberge begeistert fühlt, entgegentritt, und zwar in einem Deshabillé von gelbseidenem Stoff, mit blauen Bändern garnirt, und einem kleinen Schäfer= hut. Er muß sein Mädchen in den Armen eines

wohlhabenden vierschrötigen Nebenbuhlers, seines Hand=
werks ein Rothgerber, sehen, windet sich in Schmerzen
auf seinem Lager und hat keine Ruhe weder Tag
noch Nacht. Doch schlägt er die Gründe der ge=
sunden Vernunft und wohlgeläuterten Religion nicht
mit muthwilliger Verhärtung aus und besiegt seine
Leidenschaft, „ohne durch schrecklichen Selbstmord die
ehrsame Nachbarschaft in Schrecken, und sämmtliche
Ehrenverwandten in tiefe Betrübniß zu setzen." Ein
Recensent in den Frankfurter gelehrten Anzeigen vom
27. September 1776 bemerkt, es möge dem Verfasser
„ein paarmal über die Haut gekützelt haben, ein ewiges
Gegengift Werthers zu zeugen, einen Werther zum
Leben. Aber — Selkof! Werther! jam satis!"
Es tauchen übrigens in diesem Roman noch ver=
schiedene, zum Theil etwas knorrige schweizer Figuren
auf, in deren Schilderung sich wiederum ein Einfluß
Yorick=Sterne's verräth; wie denn der Verfasser auch
wirklich einmal eine Tischgesellschaft bei einem auf
dem Lande wohnenden General auf das Wohlsein
des Herrn Pfarrers Sterne in England trinken läßt.
— Eines Abends, als der aufgeregte Selkof bei
Mondschein in der Stadt Zürich herumschwärmt und
zu der Treppe bei den Linden kommt, sieht er seinen
hochberühmten Landsmann, den Propheten Lavater,
auf dem Steine sitzen und den Mond begucken. „Ich
segnete", schreibt er, „den guten Mann in meinem
Herzen, und kehrte wieder um, ohne daß er mich ge=
wahr ward."

Der Verfasser war Johann Jakob Hottinger

(1750—1819), aus einem züricher Gelehrtengeschlecht, derselbe, der mit Wieland und Friedrich Jacobs später das Neue Attische Museum herausgab und sich auch durch seinen „Versuch einer Vergleichung der deutschen Dichter mit den Griechen und Römern" (1789), seine Schrift über Salomon Geßner (1796) und Anderes bekannt machte. Wie berichtet wird, hat er in seinem Seitenstücke zu Werther nicht allein eigene Herzens= geschichten niedergelegt, sondern auch, außer der flüch= tigen Erwähnung Lavater's, Schattenrisse von lebenden züricher Landsleuten gegeben. So soll mit Welmar der Pfarrer Meyer in Kappel gemeint sein, und mit einem Kapitän, der Selkof auf dem Lande in der Gesellschaft des Generals begegnet, der 1818 gestorbene Salomon Landolt, Landvogt von Greifensee, dessen Leben durch einen anderen Züricher, David Heß, später geschildert wurde.

In einer ganz unfeinen und unsauberen Weise suchte aber noch ein dem Troß der Aufklärer an= gehörender westfälischer geistlicher Herr dem Werther entgegenzuwirken. Es war dies der evangelisch= lutherische Prediger zu Jöllenbeck in der Grafschaft Ravensberg, Johann Moritz Schwager (1738—1804), Verfasser eines Seitenstückes zum Sebaldus Noth= anker: „Leben und Schicksale des Martin Dickius" (Bremen, 1775—76), sowie anderer Romane, Schriften und Abhandlungen über „moralische und bürgerliche Gegenstände." Dieser sandte aus Liebe zum gemeinen Besten eine Parodie in die Welt:

> Die Leiden des jungen Franken, eines Genies. Minden,
> bey Justus Henrich Körber, 1777. 2 Bl. und 110 S.
> in 8. Mit einer Vignette, gezeichnet von Ihle, ge-
> stochen von Tyroff in Nürnberg; sie hat die Umschrift:
> Licentia poetica.

Auf dem Titelblatte derselben liest man die folgenden
Verse, worin das bekannte Motto der zweiten Wer-
ther-Ausgabe parodirt ist:

> Jeder Narre sehnt sich so zu lieben,
> Jede Närrin, so geliebt zu seyn.
> Aber wird das faseln übertrieben,
> Ach! so quillt aus ihm die grimme Pein.

Darunter die Vignette, welche den Helden an einer
Eiche erhängt zeigt, ihm zu Füßen ein Buch, mit der
Aufschrift: Les souffrances d'un sot bien brûlé.
In einem „Prolog" gibt der Verfasser zuvörderst
Rechenschaft, was er eigentlich bezweckte.

> „Weil es die tägliche Erfahrung lehrt, daß das Publikum
> zum Leiden gemacht sey, weil es alle Leiden so begierig
> aufgreift, käut, wiederkäut, und nicht satt werden kann,
> anbey auch beginnt, sich Leiden zu schaffen, um wenigstens
> mit vom Todtschießen sprechen zu können, auch das Ge-
> murmel geht, daß es Vielen ein Ernst will werden, sich
> selbst abzuthun, um andern die Mühe zu ersparen, so
> hab' ich als ein ächter Patriot nicht ermangeln wollen,
> auch mit einem Bändchen Leiden aufzuwarten, und, um
> die Ehre meiner Landsleute zärtlichst besorgt, sie noch
> einen Kunstgriff zu lehren, aus dem Kerker zu kommen,
> damit unsre Gecke nicht zu einfach seyn mögen, sondern den
> Brittischen Gecken tagtäglich ähnlicher zu werden suchen."

Anfangs kehrt dieser aufgeklärte Seelenhirt von Jöllenbeck seine rohen, mit breitschmunzelnder Miene vorge-

tragenen Einfälle nicht allein gegen Werther, sondern er macht zugleich den anakreontischen kleinen Sängern den Krieg, die „immer den Amor, die Amoretten, den Zephyr und die Zephyretten, die Pherinnen u. s. w. als unmännliche Steckenpferde reiten," und hier werden wir sehr an die Schilderung des jungen Herrn Säugling im ersten Bande des Sebaldus Nothanker erinnert. Wie er aber alsdann seinen Witz an unserem Roman ausläßt, das mögen die Leser aus einigen Stellen ersehen, die wir schon wegen der Seltenheit dieser Scharteke hier mittheilen. Es wird von dem jungen Franke erzählt:

„Er suchte sich nun auf irgend einem Dorfe zu etablieren, um seinen Kopf ins Gras zu legen und Mückenconcerte zu hören, wozu bey weiten nicht so viel Kopfanstrengung gehört, wie er wohl wuste, als zu den leidigen Pedantereyen, womit andre junge Leute, schlichteren Gehalts, dereinst ihr Brodt zu erwerben gedenken, und sich wohl gar einbilden, dem Staate nützlich seyn zu wollen. . . .

Ohngefehr eine Stunde von der Stadt lag ein Dorf, Wallburg genannt; da gabs hohe Nußbäume, Veilchen, Jesmin, dunkle Fichten, schlanke Ulmen, glatte Akacien, hundertjährige Eichen, melancholische Gänge von dichtem Lerchenholze und düstern Eibenbäumen. Er hatt' es irgendwo gelesen, daß das Ding so ganz hübsch wäre, und an eine Portion Enthusiasmus dacht' er auch zu kommen, und unter aller Herrlichkeit dieser Erscheinungen zu Grunde gehen zu können. . . .

Wenn andere Studenten, Pinsel und Stubenschwitzer, ins Collegium giengen, so gieng Franke nach seinem Dörfchen, und bemerkte sich unterwegens alle schöne Distelnköpfe mit inniger Behaglichkeit. Beym Wirthshause war ein kleiner Kohlgarten, der ihm überaus wohl gefiel, weil kein künstlicher Gärtner,

sprach er, sondern das empfindsame Herz der Wirthin (einer
gutherzigen Trulle) den Plan bezeichnet hatte. . . . Kohl=
sträuche und Rappsaamen standen in voller Blüthe, und da er
mit seinen beyden wohlgeschlitzten Naselöchern genug von diesem
Dufte ohnentgeltlich in sich ziehen konnte; so war er nichts
destoweniger so unersättlich, sich in einen Mayenkäfer verwandelt
zu wünschen, um noch mehr genießen zu können. . . .

. . . Hatte Franke nun seinen Cursum der Empfindsam=
keit abgethan, der insgemein eine volle Stunde währte; so
kam er halb wild, und schnaubend, wie ein abgetriebener Gaul,
in die Küche — fädmete Zuckererbsen ab, setzte sie in einem
eigenen Topfe zum Feuer, stach sich selbst sein Stückchen Butter
dazu ab — und las, bis seine Erbsen gar waren, als eine
Säule des Staats, im Homer. Den übrigen Erdensöhnen und
Erdentöchtern, die weiter nichts, als einen schlichten, haus=
backenen Menschenverstand haben, und sich wohl gar beygehen
laßen könnten, uns zu fragen: ob Franke in der Zeit nicht
was bessers hätte thun können? halten wir uns nicht ver=
pflichtet, Rede zu stehen. Nach dem Natur= und Völker=Rechte
kann ein jeder Narre mit seiner Kappe — und ein Autor mit
seinem Helden machen, was er will. Den Homer müßen wir
schlechterdings lesen, schlechterdings für den Fürsten der Dichter
halten, schlechterdings göttlich finden und mit abgekürzten Othem
und verdrehten Augen davon sprechen, wenn wir Geschmack
haben wollen. Sollte Oßian den Homer besiegen, welches sich
in 10 Jahren ausweisen wird; so will es die Nothdurft er=
fordern, den Letztern wie Betel zu käuen — alle übrige Bücher
können wir entbehren.

Wenn Franke sich seine Erbsen einverleibt hatte, oder
seine Kartoffeln, die er eben so schön, mit dem Homer in der
Hand, kochen konnte; so spielte er mit den Kindern im Dorfe;
ließ sie sich auf dem Bauche herumkriechen, theilte Wecke aus,
und hatte ihrer endlich so eine Menge am Halse, daß er alle
Kraft und Thätigkeit nöthig hatte, mit ihnen fertig zu werden.
Hierauf trank er Coffee, recht starken, versteht sich, um be=
geistert zu werden, und trat dann seinen Weg nach der Stadt

wieder an. Weil er sein Vermögen, zu empfinden, nicht alle Tage gleich berechnete; so hatt' er oft noch einiges übrig, wenn er heimgieng, und dies verbraucht' er bei einem tiefen Brunnen, von dem er sich einbildete: er sey ein patriarchalischer Brunne, oder gar die Quelle zu Vaucluse. Er setzte sich dann auf ein Mäuerchen, empfand mit Gewalt, und verdrehte die Augen, als hätt' er auf dem Dreyfuß gesessen. Kam gerade ein patriarchalisches Bauermensch, Wasser zu schöpfen, gleich war er bey der Hand, ihm Dienste zu thun, begaffte es von oben bis unten, mahlte seinen vollen Busen ab, und gab ihm einen Creuzer für die versäumte Zeit und Gewerbe. Konnt' er einen Kuß bekommen; so zahlt' er einen Batzen, und schlief die folgende Nacht gar nicht, es mochte denn seyn, daß er seine Gedanken durch ein romierendes Gedichtchen, oder einen larierenden Brief wieder von sich gab."

Franke trägt auch einen blauen Frack, und legt diesen selbst nicht ab, als er nach seines Vaters Tode Anstands halber in schwarzer Kleidung trauern sollte. Endlich lernt er auch seine Lotte kennen. Sie heißt hier aber Fieke und ist eines Pfarrers Tochter, mit dem Verwalter auf einem Edelhofe verheirathet. „Ich hab' einen Engel kennen gelernt. Engel? Pfui! das ist zu gemein. Göttin? — taugt auch nichts — so sagt jeder Lumpenhund". So schreibt er seinem Freunde, wie denn die „kalten Hunde" und die kraft=genialische Anrede: „Kerl!" an den Freund, welche sich in den früheren Werther=Ausgaben finden, jedoch später wegfielen, hier gleichfalls nicht vergessen worden sind. Franke's Liebesverzweiflung wird unter Anderem folgendermaßen geschildert:

„Bisweilen nahm er z. E. seinen Weg durch Hecken, Sträuche, Dickiche und über die schroffesten Felsen, um immer mit dem Flusse parallel schlendern zu können, stellte sich auch wohl gar auf einen steilen Felsen über den Abgrund, und athmete hinab! hinab! — zu sehen, wie das Ding ließe? Dann sah er auf seine Uhr, fand sie noch nicht abgelaufen — und gieng seiner Wege."

Die Geschichte nimmt bald einen ungeheuerlich gemeinen Verlauf. Der traurige Fant schleicht sich in das Schlafzimmer seiner Angebeteten, ohne ihr Wissen. Er geräth in die Hände des aufgebrachten Ehemannes und seines Bruders, eines Regiment-Feldscherers, und es trifft ihn das Schicksal Abälards; worauf er sich an einer geliebten alten Eiche erhängt, noch im Tode eine theure Reliquie seiner Ficke, einen — Nachttopf derselben an die Hand festgebunden, welcher sogar auf dem Titelblatt zu sehen ist. Zufolge seines letzten Willens, der sich in seiner Tasche vorfindet, wird er unter dieser Eiche begraben.

„. . . kein Geistlicher solte seine Asche beunruhigen . . . . indessen brachten es die Gesetze des Landes so mit sich, daß ihm doch durch eine öffentliche Person der letzte Dienst erwiesen werden mußte, mit welcher Niemand gern in Collision kommt, wenn er's vermeiden kann. . ."

Den Beschluß machen die Verse:

> Du beweinst ihn noch, o dumme Seele?
> Rettest sein Gedächtniß von der Schmach?
> Allen Narren winkt er aus der Höhle — —
> Bist du einer? o! so folg' ihm nach!

Diese „Leiden des jungen Franken", das verwerflichste Machwerk unter Allem, was gegen Werther

an den Tag kam, sind Goethe selber vielleicht niemals
zu Gesicht gelangt, und überhaupt nicht sonderlich be=
kannt geworden. Wir glaubten sie aber, ungeachtet
ihrer entsetzlichen Gemeinheit, nicht übergehen zu dürfen,
um unseren Lesern zu beweisen, welche Gegner damals
aus entlegenen Winkeln Deutschlands wider den Dichter
aufstanden. [50]

Bevor wir unsere Mittheilungen schließen, müssen
wir noch anführen, wie sich die Trabanten Goethe's,
die ganz ungebundenen, zum ungestümen Dreinfahren
so sehr geneigten „oberrheinischen Gesellen", bei diesem
litterarischen Spektakel verhielten. Es läßt sich er=
warten, daß sie nicht theilnahmlos blieben. Der
Hauptschlag, welcher von dieser Seite geführt wurde,
geschah durch Heinrich Leopold Wagner aus Straß=
burg, einen „Göthianer", der „doch auch mitzählte",
aber ziemlich tief unter Lenz und Klinger stand; zwei
Jahre älter als Goethe, hatte er ihn schon in seiner
Vaterstadt kennen gelernt und auch seit dem Herbst
1774 in Frankfurt zu seinem Anhang gehört. [51]
Wagner schwang die Hanswurstpeitsche muthwillig
klatschend über den Häuptern der armen Recensenten,
in der schon öfters von uns angeführten, in drama=
tischer Form abgefaßten Satire:

Prometheus Deukalion und seine Recensenten. Voran
ein Prologus und zulezt ein Epilogus.

Mit dem Motto:
Let 'em censure: what care I?
The herd of critiks I defy.
Let the wretches know; I write
Regardless of their grace, or spite. **Prior.**

(Diese Verse des Matthew Prior wurden später von Wagner in seinem unvollendeten Roman „Leben und Tod Sebastian Silligs" übersetzt: „Laß sie tadeln, was kümmerts mich? dem ganzen Troß der Kritiker spreche ich Hohn: sie mögen wissen, die armen Schlucker, daß ich schreibe, ohne mich weiter an ihr Lob noch an ihren Tadel zu kehren.")

(Frankfurt am Main) 1775. 28 S. in 8. Mit Holz=schnitten. — Berlin 1775. — Düsseldorf 1775. — Ham=burg 1775. — Leipzig 1775. — Weimar 1775. Es ist derselbe Druck, nur wurden mit der Handpresse diese verschiedenen Druckorte auf das Titelblatt gesetzt.

Die Erfindung dieses lärmerregenden polemischen Possenstückes hat etwas Originelles, wenn sie auch nicht eben mit Geist durchgeführt ist, und belustigend war der Einfall, statt der Namen der thierischen und mythologischen dramatis personae ihre Holzschnitt=figürchen zwischen den Dialog zu setzen, sodaß die be=treffenden Recensenten sich in Wort und Bild getroffen fühlten. Hanswurst, der mit seiner Peitsche auf dem Titelblatt steht, macht den Prologus. Er

> kans nit länger mehr ansehn,
> wie die Kerls mit dem guten W(erther) umgehn.

In dem Stücke selbst schickt Prometheus=Goethe, „der Feuer vom Himmel stahl," [52] seinen Sohn Deukalion das ist Werther in die Welt:

> fort! marsch! in d' Welt hinein,
> Was soll das ewig Stubenhocken seyn?
> Thät lang genug mich am Gedanken laben
> Dich, wie ich mir's gedacht realisirt zu haben;
> Muß jetzt auch noch zum Spaß sondiren,
> Was andre von dir räsonniren.

'S wird zwar manch dumm Gewäsch entstehn,
Doch laß — was extra Dummes ist auch schön.

Kommt herein ein Papagei das ist der Buchhändler Weygand in Leipzig. Dieser übernimmt es, den neugebackenen Knaben seinem lieben Publikum zu produciren, mit dem Versprechen, über seinen Ursprung zu schweigen. Im zweiten Punkte hält indessen der Papagei schlecht Wort, denn

so bald er von weitem jemand kann sehen
thut er ihm gleich im Vertrauen gestehen,
der Bub wär aus der Fabrik des Prometheus
glich seinem Vater von Kopf zum Steiß.

Was darauf geht, daß der Herr Verleger zugesagt hatte, den Verfasser nicht zu nennen, aber demungeachtet Werther unter Goethe's Namen im Meßkatalog anzeigte.

Bald kommen nun Zuschauer, groß und klein, die den Deukalion freundlichst beriechen und begaffen. Jeder will das Wunder sehen und

Alles thät klatschen mit Flügeln und Händen,
'S war als wollt sich das Loben nicht enden.
„Gewiß Prometheus ist ein großer Mann!"
Papagay bückt sich, als gieng es ihn selbst an.
„Macht unserm Welttheil, Gott bhüt ihn, viel
                                        Ehre."
Papagay lächelt, als ob ers wäre.
Kaum war aber nach einigen Stunden
Der erst Enthusiasmus verschwunden,
So führt der Teufel ein Völklein her,
Das mir weit lieber im Ocean wär.
Sind ärger als Kosacken, Panduren, Kroaten,
Thun Freunden und Feinden erbärmlichen Schaden,

Bellen und beißen, das Gott erbarm!
Den in die Waden, und jenen in Arm.
Haben von je das Privilegium
Zu schimpfen, ohne zu wissen warum?

Das ist das Recensentenvieh, welches sich durch fol=
genden mistönenden Chorus ankündigt:

Ga ga ga ga ga
Ja ia uhu uhu
I hi hi hi ha ha ha
Koax, koax — U — h.

Es treten auf: eine schnatternde Gans — der Ver=
leger der Frankfurter gelehrten Anzeigen, Hofrath
Deinet; ein schreiender Esel — Hauptpastor Goeze;
Nachteule und Frösche, nach der Vignette des Wands=
becker Boten, — Claudius; der Altonaer Reichs=Post=
reuter, der ohne Kopf in's Horn stößt und auf dessen
Herausgeber ein W an der leeren Stelle über dem
Rockkragen deutet. (Es war dies der nicht unbekannte
Zeitungsschreiber und Uebersetzer Albrecht Wittenberg,
Licentiat der Rechte; er hatte den Werther als eine
Vertheidigung des Selbstmords bezeichnet und vor
dem „gefährlichen Gift" gewarnt, das in ihm ver=
borgen liege, im Reichs=Postreuter von 1774, Nr. 180,
und 1775, Nr. 16.) [53] Ferner der Löwe oder der
Hamburgische unpartheyische Correspondent, durch seine
halbe Stadtwappen=Vignette kenntlich; Staarmatz, mit
einer Kindertrompete, der unberufene Berichtiger der
Geschichte des jungen Werther; namentlich auch der
Wieland'sche Götterbote Merkurius, gegen den Wagner
wegen einer misliebigen Erwähnung seiner 1774 er=

schienenen „Confiskabeln Erzählungen" Ursache zu
persönlichem Groll hatte; und die freundliche Miß
Iris mit ihrem Gesichtchen zuckersüß, die erst vor fünf
Monaten vom Olymp herabgekommen ist. Nicolai
aber, der Hauptsünder, wird als abschreckender Orang-
Outang vorgeführt; er will gar dem Werther, dem
armen Tropf, einen neuen Kopf aufsetzen:

> Das ist nun so mein Element
> Zu bauen auf fremdes Fundament

sagt er, — eine Anspielung auf den Umstand, daß
sich sein Sebaldus Nothanker sehr unpassend an
Thümmel's „Wilhelmine" knüpft. Dabei hält er in
der rechten Pfote das Bild seines Werther zur Schau,
das seinem eigenen Affenkopf „nach dem Leben gleicht".

> Denkt euch mal diesen Kopf an jenen Rumpf,
> Und gesteht mir, seyd ihr nicht im Hirne stumpf,
> Mein Kerlchen thut besser als jener aussehn,
> Die gringste Veränderung machts Häßliche schön.
> 'S giebt Freuden und Leiden und wiederum Freuden,
> Doch laß ich das Urtheil der Kenner entscheiden,
> (für sich)
> Wer d' Nas rümpft, dem will ich schon Lauge bereiten.

Das Ganze beschließt eine Standrede des Haus-
wurst, worin er sich unter Anderem beklagt, daß die
abscheuliche Kritik auch ihn von der Bühne verscheucht
habe. Ziemlich dürftig und witzlos, ist dieser Epilog
übrigens nicht in der frankfurter Mundart geschrieben,
wie Dünzer meint, sondern im straßburger „Ditsch".
Die letzten Verse lauten:

> 'S ist ä Flegeläy das ufzdecke
> Was äner mühsam erst thäte verstecke.

Und wer was hat gschenkt bekumme
Muß nit lang froge woher mens genumme?
Aber so machts halt euer schäuslich Kritik
Verfolgt 's Genie, erstickt manch Mästerstück.
Hatt läder auch mich vom Schauplatz triebä,
O wär ich doch druf bliebä!
Mei Paitsch hat manche Narr gscheiter gemacht —
Auch euch ihr Herrn? wünsch gruhige Nacht.

Allgemein wurde dieses Schwankgedicht für Goethe's eigenes Erzeugnis gehalten. Man fand hier seine Hans Sachsische Holzschnittmanier wieder, in welcher er bereits verschiedene Erscheinungen und Größen des Tages mit übermüthiger Laune behandelt hatte; auch waren ja die Knittelverse, trotz mancher plumpen und keineswegs an Goethe erinnernden Stelle, nicht ohne ihre treffenden Spitzen. Aus einem Briefe Herder's an Hamann, vom Mai 1775, geht hervor, daß er Goethe ohne Weiteres für den Verfasser ansah; er schreibt, Prometheus sei „rüstig wie der Prolog zu Bahrdts Offenbarungen und die Götter, Helden und Wieland", obgleich sich doch in diesen beiden satirischen Stücken der Flügelschlag eines anderen Geistes verspüren läßt. Darauf antwortet die königsberger Sibylle: „Göthens Harlekins-Peitsche ist nicht ganz nach meinem Geschmack, wiewohl sie vielleicht das beste Mittel bei gegenwärtiger Barbarey zu seyn scheint." Boie wirft, in einem Briefe an Merck vom 10. April, die Frage auf, wer könne das Stück, das ihn sehr überrascht und sehr divertirt habe, sonst geschrieben haben, wenn es nicht von Goethe sei? Wenigstens möchte er den Verfasser kennen. Nicolai äußert

sich gegen Höpfner: „Wenn Hr. Goethe den Pro=
metheus nicht gemacht hat, so soll er mir seinen Mann
stellen. Denn ich kenne kaum noch Einen, der mit
so vieler drolligten Laune Knittelverse machen kann."
Und in einem Briefe an Zimmermann, vom 30. Mai
1775, meint derselbe, Goethe, habe den Prometheus
so gewiß gemacht, als er den Sebaldus Nothanker.
„Ein solches Pasquillchen", fügt er mit seiner ge=
wohnten Selbstgenügsamkeit hinzu, „thut Niemand
Schaden, als dem, der schwach genug ist, darüber
empfindlich zu werden. Indem ich's las, fühlte ich,
es werde meine Kräfte nicht übersteigen, ihm mit
ebenso viel und vielleicht mit treffenderm Witze das
Gleiche zu vergelten, ich fühlte aber auch, daß ich zu
gut wäre, um mich damit abzugeben, und so denke
ich nicht mehr daran." [54] — Manche unter den Zeit=
genossen sahen es eben gar zu gern, wenn der frank=
furter Dichter, dessen siegendes und unerhörtes Auf=
treten Anstoß erregte, sich eine offenbare Blöße gab.
Was aber Goethe besonders bei der Sache verdrießen
mußte, war die rücksichtslose Sticheleei auf sein Ge=
spräch mit den weimarischen Prinzen, wovon er seinen
jüngeren Freunden in der Fülle des ersten Eindrucks
ausführlich erzählt hatte. Er fand sich deshalb zu
einer öffentlichen Erklärung veranlaßt; dieselbe wurde
in die Frankfurter gelehrten Anzeigen vom 21. April
1775, S. 274, als „gelehrte Nachricht" eingerückt und
auch auf einzelnen Blättern gedruckt:

Nicht ich, sondern Heinrich Leopold
Wagner hat den Prometheus gemacht und

drucken laſſen, ohne mein Zuthun, ohne mein
Wiſſen. Mir wars, wie meinen Freunden, und
dem Publiko, ein Räzel, wer meine Manier, in
der ich manchmal Scherz zu treiben pflege, ſo
nachahmen, und von gewiſſen Anekdoten unter=
richtet ſeyn konnte, ehe ſich mir der Verfaſſer
vor wenig Tagen entdeckte. Ich glaube dieſe
Erklärung denen ſchuldig zu ſeyn, die mich lieben
und mir aufs Wort trauen. Uebrigens war
mir's ganz recht, bei dieſer Gelegenheit ver=
ſchiedne Perſonen, aus ihrem Betragen gegen
mich, in der Stille näher kennen zu lernen.

Frankfurt am 9ten April 1775.

Goethe.

Goethe ſandte ein ſolches Blatt an Knebel, den Be=
gleiter der beiden jungen Prinzen, mit der kühlen
Bemerkung: „Ich vermuthe daß Sie was von der
Sache wiſſen, drum ſchick ich das mit. Weiter mag
ich darüber nichts ſagen.“ Ebenſo legte er die An=
zeige einem Briefe an Klopſtock, vom 15. April 1775,
bei. „Hier lieber Vater,“ ſchreibt er, „ein Wörtchen
aus Publikum, ich ging ungern dran, doch mußts
ſeyn ... N. B. Der Wagner, von dem das Blätchen
ſagt, iſt eben die Perſonage die Sie einen Augenblick
auf meiner Stube des Morgens ſahen, er iſt lang,
hager, Sie ſtanden am Ofen.“

Die Erklärung wurde aber ſelbſt von Merck mit
ungläubigem Kopfſchütteln aufgenommen; denn dieſer
ſchrieb an Nicolai, Goethe ſcheine die Folgen ſchon
zu empfinden, weil er ſogar gegen ihn als Herzens=

freund auf Ehre und Treue läugne, daß er der Ver=
fasser des Prometheus sei. „Aus einer gedruckten
Erklärung", fügt er hinzu, „werden Sie gesehen
haben, daß ein gewisser Wagner der Verfasser davon
ist, ob ich's gleich nicht glaube." Dagegen suchte
Heinse den Vater Gleim und Friedrich Jacobi seinen
Wieland davon zu überzeugen, daß Prometheus nicht
aus Goethe's Hand hervorgegangen. Der Erstere
sagt in einem Briefe vom 28. März 1775: „Nur
bitt' ich Sie, nicht mehr zu glauben, daß e r das
Ding gemacht: Prometheus, Deukalion ꝛc. Ich bin
von dem Gegentheil überzeugt, wie von meinem Leben.
Mein liebster unter meinen jungen Freunden, Diehl,
der sich zu Frankfurth aufhält, kennt den Menschen,
Wagner, der es gemacht hat, und auch zu Frank=
furth lebt, und weiß es gewiß daß d e r es gemacht
hat. . . . Und dann ist selbst in dem Stücke kaum
Göthens M a n i e r in Knittelversen, geschweige sein
G e i s t." In einem Briefe vom 8. September heißt
es: „Ich habe von Göthe eine Ode: „Prometheus"
gelesen; da ist Prometheus was anders, als der
Wagnerische, dessen ganze Allegorie überhaupt abge-
schmackt und wahrer Unsinn ist. Göthens Götter,
Helden und Wieland ist dagegen, was eine Rotte
Afrikanischer Löwen gegen ein Dutzend Esel in deren
Häuten ist". Was Jacobi betrifft, so schreibt er an
Wieland unter'm 22. März 1775: „Liebster Wieland,
liebster Bruder, wie in aller Welt ist es möglich, daß
Sie nur einen Augenblick haben glauben können,
Göthe sey der Verfasser des Prometheus? Ich wüßte

mir so etwas unter gar keiner Bedingung, sie möchte seyn, welche sie wollte, vorzustellen, und bin deswegen auch nicht im Stande, das Mindeste darüber zu reden. Die Unmöglichkeit ist mir so auffallend, daß mir ganz schwindlicht wird, wenn ich nur einen Augenblick versuche, das Gegentheil zu denken. . . . Es ist nicht zu sagen, wie wenig empfindlich er über Kritik ist. Und Niederträchtigkeit, Falschheit — o! die ist von keiner menschlichen Seele ferner, als von der seinigen! —" Worauf Wieland am 9. April erwiedert: „Göthe und Klopstock haben sich Ihrer Seele bemächtigt, und neben diesen Beiden ist für Wieland kein Platz. . . . Daß ich Göthens ganze Größe fühle, habe ich Ihnen schon hundertmal gesagt. Es ist nicht möglich, stärker mit einem Menschen zu sympathisiren, als ich mit ihm sympathisirte, da ich seinen Götz, seinen Werther und sein Puppenspiel las, wovon jedes in seiner Art ganz vortrefflich und herrlich in meinen Augen ist. — Daß er den Prometheus nicht gemacht habe, will ich glauben, weil Sie es so gänzlich überzeugt sind, und weil ich es gern glaube. Sie sollen nichts weiter von mir über diese Materie hören." [55]

Inwiefern derbe satirische Einfälle, übermüthige Scherze gegen die Recensenten = Hunde, [56] die über Goethe's Lippen sprudelten und in dem kraftgenialischen Freundeskreise vielleicht stehende Worte blieben, von Wagner aufgegriffen und bearbeitet wurden, läßt sich freilich nicht sagen. Jedenfalls aber ist kein Grund zu der Behauptung, daß die ganze Posse eigentlich Goethe's Werk sei.

Durch „Prometheus" wurde hinwieder hervorgerufen die gegen Goethe gerichtete, von dem „schweizerischen Athen" ausgegangene Hechelschrift, deren Titel sich auf „Götter, Helden und Wieland" bezieht:

> **Menschen Thiere und Göthe** eine Farce. Voran ein Prologus an die Zuschauer und hinten ein Epilogus an den Herrn Doktor. o. O. (In Zürich bei Orell gedruckt.) 1775. 24 S. in 8.

Hier obsiegt Nicolai als Pygmalion dem Prometheus-Goethe; triumphirend geht er von dannen, nachdem jener die Hanswurstpeitsche umsonst gegen ihn in Stücke zerschlagen hat.

Pygmalion nimmt den jungen Deukalion bei Seite und

Thät dran so dapfer striegeln und kämmen,
Wischt den Roz ihm von der Naf' ab;
Bis er ihm völlig 'n ander Gstalt gab;
Daß er aussah nach Menschenmanir.
Und nit länger blieb 'n wild Thier.

Herr Doktor wird drüber vor Galle roth,
Stellt sich an, als hätt' er die schwehre Noth,
Mögt vor Aerger fast vergehn,
Daß 'r dem Spektakel mußt zusehn.

. . . .

Prometheus.

Ha Verräther! hast Deukalion vom Kopf zum Schwanz,
Mit kritschen Klauen mir gemißhandelt ganz.
Ziehst dem majestätschen Eichbaum vor, die kriechende Gurke:
Hast kein Schnellkraft nit, bis 'n lahmer Schurke.
Hast gebaut auf fremdes Fundament,
Gepflüget mit meinem Kalb — s'is impertinent!

Pygmalion.

Sollt euch mäßigen, Herr Doktor, sollt nit halb
So toben und thun — wars doch nur 'n Kalb!

Prometheus.

Was mir der Kerl thut, lieber Hanns-
Wurst, ist ärger als was Esel und Gans.
Kanns unmöglich mehr ertragen.
Sollst mir den Kerl an Galgen jagen.

. . . .

Hannswurst.

Bitt euch, Herr Doktor, wollt reflektiren,
Ich meins Theils wollt lieber Hunger krepiren,
Als mein Paitsch an dem Mann probiren.
Mein Paitsch macht nur den Narren gscheid,
Und Leut nit, die klüger sind, als wir beyd.
Wollt ihrs mal selber wagen,
So steht euch zu Dienst Jak, Hosen und Kragen;
Aber ich thus, mein Seell nit, nein.

Prometheus.

Thusts nit? — so will traun selber Hannswurst seyn.

    Reib nun d' Augen aus liebs Publikum;
So siehst mal wer dich führt an der Nas' rum.
Is wahrlich en blutige Schand und Spott.
Is weder 'n halb noch en ganz Gott.
Is Hannswurst im Doktorhut,
Der dich so narren thut.
Tritt nun in der neuen Rüstung hervor.
Hebt seinen Arm hoch empor,
Zerstreut ohne Müh des dummen Viehs Chor.
Glaubt, daß der Sieg schon gewonnen wär;
Will nun fallen über Pygmalion her.
Steht erst, wie versteinert ganz,
Nimmt aus Ehrfurcht zwischen die Beine den Schwanz,

Tritt anderhalb Schritte zurück;
Schlägt endlich — krak — die Paitsch in fünf Stück.
Thut nur, als wär er bsessen und toll.
Der Mann aber lacht sich die Haut voll;
Geht fort und klatscht in beyd' Hände.
Und so nimmt die Komödie ein Ende.

Die Spötterei ist hier, wie man schon aus obigen Stellen ersieht, plumper als in der Wagner'schen Farce; sie ist in der That recht unbeholfen. Im Schmid'schen Almanach der deutschen Musen auf das Jahr 1777 (S. 67) wird daher auch bemerkt, sie könne weder die Leser belustigen, „noch viel weniger Herrn Göthe demütigen."

Als Urheber dieses Hanswurstspiels begegnet uns J. J. Hottinger, der die Briefe Selkofs an Welmar schrieb. Man hatte vermuthet, es sei entweder von Salomon Geßner, von dem bekannt ist, daß er sich bei aller Sanftheit und Süßlichkeit seiner arkadischen Hirtengedichte in der Umgebung seiner Freunde in drolligen Satiren zu gefallen pflegte, oder doch aus dem Geßner'schen Kreise hervorgegangen; und wirklich gehörte Hottinger auch zu den Vertrauten des soge=nannten schweizerischen Theokrit. Nicolai erklärte seinen Freunden nachdrücklich, daß er nicht den min=desten Antheil an dieser Erwiederung auf Prometheus habe. Er schreibt unter'm 17. August 1775 an Höpfner: „Im Augenblicke erhalte ich aus Zürich: Menschen, Thiere und Goethe. Ich habe vor=ausgesehn, daß der Ton, den Goethe angab, gegen ihn würde gebraucht werden. Wer mag der Ver=

faſſer ſeyn? In Zürich kenne ich Niemand, denn für den alten Bodmer iſt's faſt zu gut. Ueber Einzelnes habe ich herzlich lachen müſſen. Daß ich zu dieſem Dinge nicht die geringſte Veranlaſſung gegeben und es nicht eher als gedruckt geſehen, betheure ich als ein ehrlicher Mann." In einem Briefe an Merck, vom 8. Oktober 1775, wiederholt er dieſe Verſicherung: "Ein fliegendes Blatt: "Menſchen, Thiere und Goethe" hat mir, ich will es nicht läugnen, gefallen, weil es voll Geiſt iſt, und auch, weil es mich vertheidigt. Ich verſichere Sie aber bei meiner Ehre, die ich nicht leichtſinnig verpfände, daß ich den Verfaſſer nicht kenne, daß ich es auf keine Weiſe, nur wiſſend, veranlaßt habe, daß ich noch nicht weiß, was den Verfaſſer dazu mag veranlaßt haben, der mir ganz unbekannt iſt. In Zürich bei Orell iſt es gedruckt. Wofern Sie etwas von dem Verfaſſer hören, ſo iſt's mir angenehm, wenn Sie mir's melden." Durch Geßner erfuhr Nicolai endlich, wer unter den Schweizer Gevattern für ihn den Knüttel geſchwungen hatte. "Es iſt doch gut und nöthig", ſchrieb ihm der Idyllendichter, "daß man den Teutſchen den Staub aus den Augen wiſche, den Göthe, Zimmermann und Wieland, gewiß nicht aus heiliger Einfalt, ihnen in die Augen werfen. — Ich bin der Verfaſſer der Menſchen, Thiere und Göthe nicht, aber Ihnen darf ich es wohl ſagen, daß es Hottinger iſt."

Der ſeit den letzteren Jahrzehenden wieder öfters beſprochene Jakob Michael Reinhold Lenz ſuchte gleichfalls für Werther in die Schranken zu treten. Dieses frühversunkene Originalgenie, das „traurigste Opfer der Ueberspannung dieser Periode", dachte, in keckem Ungestüm, mit Goethe den Gipfel des deutschen Parnaß zu erklimmen. In einer Art Litteratur=Komödie, voll interessanter Aperçus, Pandaemonium germanicum betitelt (die aber erst 1819 zum Druck gelangte), hat sich Lenz selbst eingeführt, wie er auf der steilen und einsamen Höhe des Musenberges, von welcher die anderen „Leutlein" immer wieder herunter= rutschen, seinem Goethe begegnet:

Göthe. Lenz, was Teutscher machst du denn hier?

Lenz (ihm entgegen). Bruder Göthe! (drückt ihn an sein Herz.)

Göthe. Wo Henker bist du mir nachgekommen?

Lenz. Ich weiß nicht, wo du gegangen bist, aber ich hab' einen beschwerlichen Weg gemacht.

Göthe. Bleiben wir zusammen.

In der That wurde damals Lenz neben Goethe ge= nannt. So schreibt Herder in einem Briefe aus Bückeburg an Hamann, vom 14. November 1774, Goethe habe einen Livländer, der jetzt Hofmeister in Straßburg sei, den Verfasser des „Hofmeisters" und des „Neuen Menoza", zum „Nebenbuhler seiner Lauf= bahn." Und in den bereits erwähnten Nachrichten vom Zustande des deutschen Parnasses, die Wieland's Merkur im November=Heft von 1774 brachte, wird gesagt: „Göthens dramatische Grundsätze mit Bey= spielen zu unterstützen und thätig anzupreisen beeifert sich sein Freund Hr. Lenz, Hofmeister zu Straßburg. Mit gleich großer Lebhaftigkeit gebohren, mit gleich

ſtarken oder faſt noch ſtärkern Hange zum Sonder=
baren, mit gleich emſigen Beobachtungsgeiſte, mit
gleich fleißiger Lectüre der Britten, mit wenigerer
Natur im Ausdruck der Leidenſchaften und Aus=
bildung der Charactere, aber mit reicherem Humor
im Komiſchen, hat er das Luſtſpiel auf eben die Art
reformirt, wie Göthe das Trauerſpiel." Ebenſo finden
wir in den Frankfurter gelehrten Anzeigen Lenz immer
mit Goethe gepaart und wie ein dieſem ebenbürtiges
Genie behandelt. Ja, es widerfuhr den Schriften
von Lenz die Ehre, daß man Goethe bald für ihren
Verfaſſer, bald für den Mitverfaſſer hielt. Die 1774
erſchienenen „Luſtſpiele nach dem Plautus fürs deutſche
Theater" werden ſowohl in litterargeſchichtlichen Hand=
büchern wie in den alten Verlagsverzeichniſſen der
Weygand'ſchen Buchhandlung als von Goethe und
Lenz herrührend aufgeführt; [57] die „Anmerkungen
übers Theater, nebſt angehängten überſetzten Stück
Shakſpears" (Love's Labour's lost) wurden gleich=
falls theilweiſe für Goethe's Werk gehalten. Aber
auch von dem „Hofmeiſter", dieſem Stücke voll will=
kürlicher Fratzen, worunter allerdings lebenswahre
und warme Züge hervorbrechen, glaubte man, er ſei
von dem Dichter des „Götz". [58] Es iſt dies aus
verſchiedenen Aeußerungen in den Voſſiſchen Briefen
erſichtlich. „Goethe", ſchreibt Voß an Brückner im
Juni 1774 (I. 169), „hat eine Farce wider Wieland
drucken laſſen, ſeine Alceſte betreffend. Ich habe ſie
noch nicht geleſen. Aber ſeinen Hofmeiſter kenne
ich, eine Komödie, eben ſo empöreriſch gegen das

Regelbuch, als Göz von Berlichingen, und eben so nackte Natur. Klopstock ist sehr damit zufrieden." Und an einer anderen Stelle (S. 252): „Der Hofmeister soll nicht von Goethe, sondern von einem seiner Freunde, Namens Lenz, sein. Die Aehnlichkeit mit Göz von Berlichingen ist so groß, daß selbst Klopstock getäuscht ward." Der schwäbische Kraftmann Schubart hielt ebenfalls dieses Stück für eine neue Schöpfung „unsers Shakespeares, des unsterblichen Dr. Göthe."

Unseres Romans hatte sich dieser seltsame litterarische Revolutionär nun angenommen in „Briefen über die Moralität des jungen Werthers." Dieselben blieben freilich ungedruckt, obwohl Goethe selbst, der sie auch an Fritz Jacobi sandte, ihre Herausgabe anfangs gewünscht hatte; später trug Lenz jedoch seine Briefe zu Straßburg vor, in der durch seinen „guten Sokrates," den Aktuarius Salzmann, gegründeten Gesellschaft „zur Ausbildung der deutschen Sprache", deren Schriftführer und eifriges Mitglied er war. Zudem hatte er in dem Pandaemonium germanicum auf die Wirkungen des Buches und das Zetergeschrei der Goeze und Schlettwein in ergötzlicher Weise angespielt. Da donnert ein Pfarrer, mit Händen und Füßen schlagend, von der Kanzel herunter: „Unholde, Bösewichter, Ungeheuer! von wem habt ihr das Leben? Habt ihr das Recht, darüber zu schalten und zu walten?" Und voll eifernden Grimmes tritt ein Küster auf und spricht:

„Ja, erlauben Sie, meine großgünstigen Herren, es ist ein Unterschied unter einer schönen Liebe und unter einer so wilden, gottsvergessenen, satanischen Leidenschaft, nehmen Sie mir nicht übel; und der Herr Pfarrer hat auch so Unrecht nicht, denn, sehen Sie, meine Nachtruhe ist mir lieb, und ich wollte nicht gern, daß meine Frau eines armen Menschen Leben auf ihr Gewissen lüde, der hernach käme und mir vorspukte, sehen Sie wohl!

Einer. Kerl, Ihr habt nichts zu besorgen.

Küster. Ja, und ich habe meine Frau für mich geheirathet.

. . . .

Frau Pfarrer. Männchen! Der arme Werther!

Pfarrer und Küster (fahren zusammen). Da haben wir's. Ich wünscht', er läg' auf unserm Kirchhof, oder der verabscheuungswürdige Prometheus oder Proteus, wie er da heißt, an seiner Stelle. Wir wollten die Knochen herausgraben, andern zur Warnung verbrennen und die Asche aufs Meer streuen.

Küster. Ich wollt' einen Mühlstein an die Asche hängen und sie ersäufen lassen. Er hat mich und meine Frau geärgert. — Es ist wohl gut, daß in Teutschland keine Inquisition eingeführt ist, aber es ist doch nicht gar zu gut. Solche Rebellen, gegen alle göttlichen und menschlichen Gesetze, sollten exemplarisch bestraft werden.

Küsters Frau. Er wär' ein Rebell?

Küster. Bist du auch schon angesteckt? Sag' ich nicht — Weib, um Gottes willen, bedenk' nur, was für schnöde Worte er im Munde führt, wenn man das alles auseinander setzen wollte, was der Werther sagt — Gotteslästerung, Blasphemien, Injurien.

Küsters Frau. Er sagt' es ja aber in der Raserei, da er nicht recht bei sich war.

Küster. Er soll aber bei sich bleiben, der Hund. Red' mir nichts von ihm — kurz und gut, ich will euch ein Buch schreiben, da ihr euch alle schämen sollt, ihn gelobt zu haben. . . ."

Uebrigens sprach Lenz nach Jahren mit morali=
sirender Bitterkeit vom Werther, in einem wirren
und sonderbaren dialogischen Bruchstücke: „Ueber
Delikatesse der Empfindung, oder Reise des be=
rühmten Franz Gulliver." Dieses Bruchstück wird
von Tieck mehr als psychologische Merkwürdigkeit
mitgetheilt, und entstand zu Moskau, in der letzten
schwerverdüsterten Zeit des unglückseligen Dichters,
der, „von Wenigen betrauert und von Keinem
vermißt," in's Grab sank, und wohl von sich sagen
konnte:

Unser bestes Theil gesellt
Lange vor uns sich zur Bahre.

Endlich muß auch der Dritte im Bund der
Sturm= und Dranggenossen Goethe's noch erwähnt
werden — der gewaltig sich überspannende, aber
willensstarke Zögling der Armuth aus dem frank=
furter Ritter=Gäßchen, Friedrich Maximilian Klinger,
dem in Rußland ein weit anderes Loos zufallen
sollte, als seinem ehemaligen Mitstrebenden. Von
ihm finden wir eine Aeußerung über Werther
in dem 1775 erschienenen, von Tieck irrigerweise
unter die Lenzischen Werke aufgenommenen Trauer=
spiel: „Das leidende Weib." [59] Klinger macht
hier seinem Unwillen über die Schriften für und
gegen Werther in einigen Ausrufungen Luft, die
er dem starkgeistigen Bruder der Heldin in den
Mund legt, und womit wir, als mit einem
unmittelbaren Anklang der Werther = Zeit, schließen
wollen:

Läufer. Mit dir kommt man nicht aus. Da bring ich dir was neues übern Selbstmord.

Franz (siehts an). Wieder eine schöne Piece zum Aerger für mich! Thu's weg. Könnt ich ihnen doch all das Gehirn austreten, die für oder darwider schreiben. Seit die Welt steht, haben sie 's Maul aufgerissen, disputirt und geschmiert, keiner trifts, kanns treffen. Ach wie wißt ihr, was im Menschen vorgeht zur selben Zeit. . . . .

Unglücklicher, ich hab dir immer nachgeweint, als wärst du mein Bruder.

Anmerkungen.

1. **Zu S. 3.** Der erste Februar 1774 kann als der Tag bezeichnet werden, da Goethe zuerst an die Ausführung seines Werther die Hand legte, nachdem er den Stoff schon einige Zeit in seiner Seele verarbeitet hatte. (Siehe Briefe Goethe's an Sophie von La Roche, herausgegeben von G. von Loeper, S. 37 fg. und 43.) Der Gevatter Merck berichtet seiner Frau, einer französischen Schweizerin, am 14. Februar 1774 in einem französischen Briefe, Goethe sondere sich ab von allen seinen Freunden, nur in Dichtungen lebend, die er für das Publikum vorbereite, und ein Roman, der zu Ostern erscheinen solle, werde voraussichtlich ebenso gute Aufnahme finden, wie „Götz". Anderen Freunden hatte Goethe selbst das „Büchlein" schon vor der Herausgabe angekündigt. Am 26. April 1774 schrieb er Lavater, er wolle dafür sorgen, daß die Handschrift ihm zugeschickt werde. „Denn biß zum Druck währts eine Weile. Du wirst grosen Teil nehmen an den Leiden des lieben Jungen den ich daritelle. Wir gingen neben einander, an die sechs Jahre ohne uns zu nähern. Und nun hab ich seiner Geschichte meine Empfindungen geliehen und so machts ein wunderbaares Ganze." Lavater sagt denn auch später in einem Briefe an

Zimmermann, vom 27. August 1774: „Goethes Leiden des Werthers wird dich entzücken und in Thränen schmelzen". Ebenso hat sich ein merkwürdiger Brief an Schönborn, zu jener Zeit dänischer Konsulat=Sekretär in dem fernen Algier, erhalten worin der Dichter, mit künstlerischem Bewußtsein, unter'm 1. Juni meldet: „Allerhand neues hab ich gemacht. Eine Ge=schichte des Titels: die Leiden des jungen Werthers, darin ich einen jungen Menschen darstelle, der mit einer tiefen reinen Empfindung und wahrer Penetration begabt, sich in schwärmende Träume verliert, sich durch Speculation unter=gräbt, bis er zuletzt durch dazu tretende unglückliche Leiden=schaften, besonders eine endlose Liebe zerrüttet, sich eine Kugel vor den Kopf schießt." In einem Briefe an Charlotte Kestner, vom 16. Juni, heißt es: „ich schick euch ehstens einen Freund der viel änlichs mit mir hat, und hoffe ihr sollt ihn gut auf=nehmen, er heißt Werther, und ist und war — das mag er euch selbst erklären". (Vergl. „Goethe und Werther", S. 182, 202, 206 und 215.) Merck bereitete auch Nicolai in einem Briefe vom 28. August 1774 auf Werther's Erscheinen vor: „Von Goethe sehen Sie nächstens einen Roman: Leiden des jungen Werthers. Das Schicksal des jungen Jerusalems wie sein ganzer Charakter liegt zum Grunde und G. hat hier in=dividuelle Wahrheiten wie bey seinem Göz verarbeitet und ver=kleistert. Es sind hier . . . Scenen, über die Nichts geht und gehen kann, weil sie wahr sind." Und am 20. September konnte Goethe endlich Lotte ein Exemplar dieses Schatzkästchens, „oder wie du's nennen magst", zusenden.

2. Zu S. 4. Im Jahre 1824 sagte Goethe von seinem Werther: „Das ist auch so ein Geschöpf, das ich gleich dem Pelikan mit dem Blute meines eigenen Herzens gefüttert habe. Es ist darin so viel Innerliches aus meiner eigenen Brust, so viel von Empfindungen und Gedanken, um damit wohl einen Roman von zehn solchen Bändchen auszustatten . . . Es waren . . . individuelle nahe liegende Verhältnisse, die mir auf die Nägel brannten und mir zu schaffen machten, und die mich

in jenen Gemüthszustand brachten, aus dem der Werther hervor=
ging. Ich hatte gelebt, geliebt und sehr viel gelitten!" Ecker=
mann, Gespräche mit Goethe, III. 37.

3. Zu S. 5. Rehberg's gehaltvolles Schreiben über den
Werther: „An Herrn L. Tieck", hat Letzterer seiner Einleitung
zu den gesammelten Schriften von Lenz beigefügt. Siehe da=
selbst S. CXXIX. In Rehberg's „Prüfung der Erziehungs=
kunst" (Leipzig, 1792) findet sich S. 112 die folgende Bemer=
kung: „Die Leiden Werthers haben durchaus einen Charakter
von Erhabenheit: indem die unglückliche und leidenschaftliche
Stimmung Werthers sich durchgehends auf größere Gegenstände,
als seine eigne Person, bezieht; weil er in seinen Empfindungen
das ganze menschliche Geschlecht umfaßt, und in dem Gefühle
seines eignen Leidens das Leiden der ganze Menschheit mit=
empfindet . . . . Allein ich fürchte sehr, die mehresten Leser
werden mehr durch die Verzärtelung eines Herzens, das sich
selbst in allem den Willen thut, angezogen und hingerissen, als
daß sie jene Erhabenheit des Geistes fühlen sollten, wodurch
das gefühlvolle Herz über die Eingeschränktheit selbstsüchtiger
Neigungen erhoben wird." Rehberg, vornehmlich als politischer
Schriftsteller genannt wegen seiner „Untersuchungen über die
französische Revolution (2 Thle. Hannover, 1792—93), war
1757 in Hannover geboren und starb 1836 in Göttingen.

4. Zu S. 5. Zimmermann's enthusiastische Aeußerung
über den ersten Eindruck des Werther findet man in einem
französischen Briefe an die Frau von Stein, vom 19. Januar
1775: „Werthers Leiden! — vous ne me supposez pas
capable d'avoir tardé une minute à dévorer ce roman
si vrai, si naturel, si ressemblant à tout ce qu'on a senti
mille et mille fois en sa vie, et cependant la lecture du
premier tome m'a donné tant d'émotion, a remué et fait
frémir tellement toutes les cordes de mon âme, qu'il
m'a fallu reposer quinze jours avant que j'aye eu le
courage d'en venir au second, dont la lecture a été

pareillement l'affaire d'un instant." Briefe von Goethe und dessen Mutter an Friedrich Freiherrn von Stein, nebst einigen Beilagen, herausgegeben von J. J. H. Ebers und August Kahlert, S. 180.

5. Zu S. 6. The apostle of affliction — so wird Jean Jacques von Byron genannt, in Childe Harold's Pilgrimage, Canto III. stanza 77.

6. Zu S. 6. Siehe „Dichtung und Wahrheit", 13. Buch. Was Goethe selbst betrifft, so berichtet Kestner ausdrücklich in dem 1772 geschriebenen Versuche einer Schilderung seines merkwürdigen neuen Bekannten: „Um etwas davon zu sagen, so hält er viel von Rousseau, ist jedoch nicht ein blinder Anbeter von demselben." Goethe und Werther, S. 37. Auch bemerkt Kaspar Risbeck in seinen „Briefen eines reisenden Franzosen über Deutschland" (II. 56, der zweiten Ausgabe von 1784): „Er (Goethe) ist der bürgerlichen Polizey ebenso feind als den ästhetischen Regeln. Seine Philosophie gränzt ziemlich nahe an die rousseauische".

7. Zu S. 6. Yorick = Sterne's Einfluß auf die deutschen schöngeistigen Kreise der siebziger Jahre ist nicht gering anzuschlagen. Freilich kannte man aber diesen liebenswürdigen und durchaus eigenartigen Charakter- und Seelenmaler, den Schöpfer des modernen bürgerlichen humoristischen Romans, weniger aus seinem Meisterwerk, Tristram Shandy, als aus der „Empfindsamen Reise". Denn während Sterne's Empfindsamkeit ansteckend wirkte, war seine in Tristram Shandy vorherrschende humoristische Ironie nicht eben gemeinverständlich, wiewohl ja auch diese unnachahmliche Sterne'sche Laune vielfach nachgeäfft wurde. Schon 1768, ungefähr ein Jahr nach ihrem Erscheinen, wurde die Sentimental Journey through France and Italy. by Mr. Yorick, durch Johann Joachim Christoph Bode in Deutschland eingebürgert, und bis 1776 erlebte die mit Recht geschätzte Bode'sche Uebersetzung vier Auflagen. Außer

derselben erschien in diesen Jahren noch eine andere Ueber=
setzung vom Hofprediger Mittelstedt zu Braunschweig, unter dem
Titel: „Herrn Yoricks, Verfasser des Tristram Shandy, Reisen
durch Franckreich und Italien; als ein Versuch über die Mensch=
liche Natur." (Braunschweig, 1769. Zweite Auflage, 1774.)
Bald kamen nun die Nachahmer zum Vorschein, Johann Gottlieb Schummel mit seinen „Empfindsamen Reisen durch Deutsch=
land", Göchhausen und Andere. — Andächtig verweilten die
Verehrer und Verehrerinnen des guten armen Yorick bei seinen
Begegnungen mit der trauernden Maria von Moulins und dem
Franziskanermönch von Calais; ja, es gab Leute, die als Ab=
zeichen einer empfindsamen Verbindung sogenannte Lorenzo=
Dosen mit sich führten. Johann Georg Jacobi hatte dieselben
aufgebracht. Es waren hornene Schnupftabacksdosen; auf dem
Deckel stand außen mit goldenen Buchstaben: Pater Lorenzo,
und inwendig: Yorick. Der weichmüthige Jacobi erzählt ihre
Entstehung selbst in dem fünften seiner theils in Versen, theils
in Prosa geschriebenen „Briefe". „Hören Sie also, mein Liebster
— schreibt er in dieser zuerst im Hamburger Correspondenten
veröffentlichten Epistel, unter'm 4. April 1769, aus Düsseldorf
an seinen Gleim — die Geschichte der Dose! Meinem Bruder,
der mit mir gleich empfindet, und einem Zirkel von gefühlvollen
Frauenzimmern las ich vor einigen Tagen Yoricks Reise vor.
Wir kamen an die Geschichte des armen Franziskaners Lorenzo,
welcher Yorick um ein Almosen bat, von ihm abgewiesen wurde,
durch sein sanftmüthiges Betragen dem Engländer Reue darüber
einflößte, nachher zum Zeichen der Versöhnung von ihm eine
schildpattene Dose bekam, wogegen er ihm die seinige von Horn
gab. Wir lasen, wie Yorick diese Dose dazu gebraucht, um den
sanften gelassenen Geist ihres vorigen Besitzers hervorzurufen
und den seinigen bei den in der Welt zu kämpfenden Kämpfen
in Fassung zu erhalten. Der gute Mönch war gestorben; Yorick
saß bei seinem Grabe, zog die kleine Dose hervor, riß einige
Nesseln zum Kopfe des Begrabenen aus und weinte. Wir sahen
einander stillschweigend an; ein Jeder freute sich, in den Augen
des Andern Thränen zu finden; wir feyerten den Tod des ehr=

würdigen Greises Lorenzo, und des gutherzigen Engländers.
Unser Herz sagte uns: Yorick hätte, wären wir ihm bekannt
gewesen, uns geliebet, und der Franziskaner, glaubten wir,
verdiene mehr als alle Heiligen der Legende kanonisirt zu
werden. . . . Wie süß war uns das Andenken an den er=
habenen Mönch, und an den, der so willig von ihm lernte!
Viel zu süß, um nicht durch etwas Sinnliches unterhalten zu
werden! Wir alle kauften uns eine Schnupftobaksdose von
Horn, worauf wir mit goldenen Buchstaben die Schrift setzen
ließen, die auf der Ihrigen steht. Wir alle thaten das Ge=
lübde, des heiligen Lorenzo wegen, jedem Franziskaner etwas
zu geben, der um eine Gabe uns ansprechen würde. Sollte in
unsrer Gesellschaft sich einer durch Hitze überwältigen lassen, so
hält ihm sein Freund die Dose vor, und wir haben zu viel
Gefühl, um dieser Erinnerung, auch in der größten Heftigkeit,
zu widerstehen. Unsre Damen, die keinen Tobak brauchen,
müssen wenigstens auf ihrem Nachttisch eine solche Dose stehen
haben. . . . Nicht genug war es uns, diese Verabredung in
einem kleinen Zirkel genommen zu haben; wir wünschten auch,
daß auswärtige Freunde sich uns darin gleich stellten. An
einige schickten wir das Geschenk, das Sie bekommen, als ein
uns heiliges Ordenszeichen: anderen soll dieser Brief unsre
Gedanken mittheilen. . . . Vielleicht hab' ich in Zukunft das
Vergnügen, an fremden Orten, hie und da, einen Unbekannten
anzutreffen, der mir seine Dose von Horn, mit den goldenen
Buchstaben. reicht. Ihn werd' ich so vertraut, als nach ge=
gebenen Zeichen ein Freymäurer den andern, umarmen."
J. G. Jacobi's sämmtliche Werke, 3te Ausgabe (Zürich, 1819),
I. 103—109.

Die Jacobi'schen Worte fielen auf keinen steinichten Boden.
Als ein Belegstück für die harmlose Thorheit der Lorenzo=
Bündler kann ein Brief vom 25. Oktober 1775 dienen, den
M. Johann David Goll, Vicarius bei der Gemeine zu Trossin=
gen (Tuttlinger Oberamt) an Jacobi schrieb. Darin heißt es
unter Anderem: „Ist es mir erlaubt mein Schreiben auch mit
einer Bitte zu begleiten, und mich als einen Candidaten

Ihres Ordens anzugeben? Darf ich mir von Ihrer Gütigkeit eine Lorenzo-Dose ausbitten? Schon lange trachtete ich nach dem Besitz einer Dose von Horn, weil aber keine dergleichen in meinem Vatterlande getragen werden, so werden auch keine verfertigt, es war also meine Bemühung umsonst, eine Lorenzo-Dose machen zu lassen, und ich sehe mich genöthigt, Sie selbst um eine anzuflehen... Ich werde auch gerne dem Gelübde des Ordens gemäß, des heiligen Lorenzo wegen, jedem Franciscaner etwas geben, der um eine Gabe mich ansehen wird, und ich als Protestantischer Geistlicher werde den Catholischen Ordens-Bruder meinen Freund nennen." Werner, L. P. Hahn, S. 129. Vergl. auch daselbst, S. 127 fg., einen Brief von Albrecht Wittenberg an Jacobi.

Bald wurde dieser empfindsame Einfall von der Krämer-spekulation ausgebeutet; namentlich in Hamburg und Frankfurt am Main fabricirte man Lorenzo-Dosen, dieselben wurden ein Modeartikel. „Jetzt", sagt Jacobi, „erkannte ich meine Schwärmerei, in welcher ich versprochen hatte, jedem, der mir dieses Ordenszeichen darbieten würde, brüderliche Vertraulichkeit zu beweisen." Nicht allein im ganzen mittleren und nördlichen Deutschland, sondern bis nach Schweden und Livland trug man diese Dosen. Ein Graf von Solms ließ auf seinen Gütern ähnliche von Blech verfertigen, auf deren innerem Theil sich noch der Name Jacobi befand. So entdeckte man auch unter dem Nachlasse des 1792 gestorbenen Geheimenraths und Konsistorial-Präsidenten Joh. Christ. Hofmann zu Koburg eine Lorenzo-Dose, bezeichnet mit Nr. XXVIII, nebst einem Patent mit den Regeln des Ordens der Sanftmuth und Versöhnung. Zufolge der Unterschrift des letzteren, welches sich in Schlichtegroll's Nekrolog von 1792, II. 18 fg., abgedruckt findet, war 1769 ein förmliches Ordens-Komtoir in Koburg. Der Berichterstatter hatte sich sogar das Märchen erzählen lassen, daß sich diese Verbindung bis nach Sicilien ausgebreitet habe. Jacobi ließ übrigens durch einen Freund erklären, er habe nie von einem Orden der Sanftmuth und Versöhnung gewußt und außer jenem Briefe nicht den geringsten Antheil an dessen Stiftung.

Damals ging auch Franz Michael Leuchsenring (geb. 1746 zu Langenkandel im Elsaß, gest. 1827 zu Paris) mit dem Gedanken um, einen geheimen Orden der Empfindsamkeit zu stiften, derselbe, den Goethe im Pater Brey als einen der „Empfindler von Profession", der sich besonders bei den Weiblein einnisteten, karikirte. In jener empfindsamen Zeit lebte und webte er in Korrespondenzen und war immer mit Brieftaschen bepackt, aus denen er vorlas. S. F. H. Jacobi's auserlesener Briefwechsel, I. 401, sowie Briefe an Merck (1ste Sammlung), S. 33, 85. Vergl. auch die Mittheilungen über Leuchsenring in Varnhagen's Denkwürdigkeiten und vermischten Schriften, IV. 194 fg.

8. Zu S. 7. Man denke nur an den Freundschafts-Enthusiasmus dieser Periode, an den dadurch veranlaßten eigenthümlichen Kultus der Persönlichkeit, den zärtlichen Austausch der Seelen und der Silhouetten, „mit fühlender Hand geschnitten." Vielfache merkwürdige Belege dafür enthalten bekanntlich die Briefwechsel aus den siebziger Jahren. Ein Blick in diese Sammlungen genügt beinahe schon, um sich davon zu überzeugen, wie so verschieden überhaupt die Art des damaligen brieflichen Verkehrs von dem unserigen war, wie man damals ein Inneres mehr vor einander ausschüttete, und wie man sich den verwandten Herzen mit einer Wärme, einer Schwärmerei andrängte, die wir heutigen Tages gar nicht mehr kennen. Daß dabei freilich so manches Affektirte und höchst Wunderliche mitunterlief, braucht wohl kaum besonders erwähnt zu werden. An Sankt Lavater, dessen „physiognomische Hetzerei", wie Goethe es bezeichnet, einen sehr wesentlichen Stoff zu einer weichlichen Selbstbespielungslust abgab, und der für seine Person vielleicht mehr als irgend ein anderes Menschenkind Gegenstand der überschwänglichen Verehrung war, die man für ungewöhnliche Naturen hatte, schrieb z. B. einmal die „überschöne" Marchesa Branconi, die Maitresse des Erbprinzen von Braunschweig: „Seele meiner Seele! ... Dein Taschentuch, Deine Haare sind für mich, was für Dich meine Strumpfbänder"! (O toi chéri

pour la vie, l'âme de mon âme! . . . Ton mouchoir. tes
cheveux sont pour moi ce que mes jarretières sont pour
toi.) Und der Prediger Johann Kaspar Häseli schrieb dem ge-
sichtsdeutenden angebeteten Seher in schwindeliger Verzückung:
„Ach könnte ich an Deiner Brust liegen in Sabbathsheiliger
Abendstille — o du mein Engel!" Ulrich Hegner, Beiträge zur
nähern Kenntniß und wahren Darstellung Johann Kaspar
Lavater's, aus Briefen seiner Freunde an ihn, und nach persönlichem Umgang, S. 139, 89.

9. Zu S. 8. Riemer meint wohl den Briefroman des
Ex-Königs von Holland, Louis Bonaparte: Marie. ou les
Peines de l'Amour, Paris, 1808 (3 vol. in 12): in einer
neuen Umarbeitung 1814 zu Paris erschienen, unter dem Titel:
Marie, ou les Hollandoises (3 vol.): auch in's Deutsche über-
setzt von Franz Gräsier, Leipzig, 1814, sowie in's Englische,
London, 1815. Es läßt sich jedoch nicht eben behaupten, daß
„Marie" eine Nachahmung des Werther sei.

10. Zu S. 10. Wir erinnern noch an einen Ausspruch
aus dem Jahre 1828, von Marie Henri Beyle, der unter dem
Namen de Stendhal schrieb. Dieser geistreiche, aber freilich
etwas launenhafte und uns Deutschen nicht holde Schriftsteller
sagt in seinen Promenades dans Rome (II. 49): „Les Allemands se sont dit: Les Anglais vantent leur Shakspeare,
les Français leur Voltaire ou leur Racine, et nous, nous
n'aurions personne! — C'est à la suite de cette obser-
vation que Goethe a été proclamé grand homme. Qu'a
fait cependant cet homme de talent? Werther. Car
le Faust de Marlowe, qui fait apparaître l'Hélène, vaut
mieux que le sien."

11. Zu S. 15. Thackeray's komische Ballade hat nur vier
Strophen. Der Schluß lautet:
        Charlotte, having seen his body
        Borne before her on a shutter,

Like a well-conducted person,
Went on cutting bread and butter.

Minder harmlos, als diese Verse, ist eine Aeußerung Thackeray's in seinem 1847 erschienenen bekannten Roman „Der Jahrmarkt der Eitelkeit" (Vanity Fair). Er sagt dort (vol. II. chapter XXXII.): unbedeutende Differenzen (wie Ehebruch und Ehescheidung!) „kommen wenig in Betracht in einem Lande, wo ‚Werther' noch gelesen wird, und man Goethe's ‚Wahlverwandt= schaften' als ein erbauliches moralisches Buch ansieht".

Ein anderes englisches Werther=Kuriosum möge hier noch eine Stelle finden. Dasselbe stößt uns auf in einem Artikel „Dante and Goethe" in der Church Quarterly Review vom Juli 1878. Der Verfasser dieses Artikels (mit dessen kirch= licher Tendenz wir es hier nicht zu thun haben) macht besonderes Aufheben von dem vielen Essen und Trinken, das nach seiner Ansicht auf wenigen Seiten des Werther vorkommt. Er rümpft seine Nase über den „unvermeidlichen" Kaffee unter den „unver= meidlichen" Lindenbäumen. Und wenn es in dem Briefe vom 16. Juni heißt: „Ich sah Manchen, der in Hoffnung auf ein saftiges Pfand sein Mäulchen spitzte und seine Glieder reckte", so meint er, darunter sei wohl noch eine andere Orange zu ver= stehen („a juicy forfeit — possibly another of the oranges").

12. Zu S. 16. Der Fächer=Fabrikant Löschenkohl in Wien lieferte, wie aus einem Verzeichniß seiner Waaren vom Mai 1786 zu ersehen ist, Fächer, auf denen Lotte bei Werther's Grab und Lotte in Ohnmacht, mit Albert dargestellt war. — In der Porcellan=Sammlung des South Kensington Museums zu London befindet sich ein kostbares Frühstück=Service in weißem und vergoldeten meißener Porcellan, bemalt mit Scenen aus Werther, nach Angelika Kaufmann und J. H. Ram= berg. Dieses Service wurde 1871 um 100 Pfund Sterling für das Museum angekauft.

13. Zu S. 17. Zu den Karikaturen gehört ein 1786 er= schienenes phantastisches Blatt, entworfen von S. Collings und

radirt von Thomas Rowlandson: Charlotte durch Albert und den Ehegott Hymen vor dem Untergang gerettet, während Werther seinem Leben ein Ende macht. (More of Werter. The Separation. Published by E. Jackson, Marylebone Street). Werther, in jeder Hand eine Pistole, seine Haare zu Berg stehend, windet sich in einem schrecklichen Anfall der Leidenschaft. Eine Schlange sticht ihn; ein Todtenkopf grinst über seinem eigenen Haupt; ein Teufel mit einer Schlangengeißel gießt über ihn eine Giftschale aus. — Auch hat man zwei andere Blätter von Rowlandson: The Sorrows of Werter. The Last Interview (1786). The Sorrows of Werter. Letter X. The Waltz with Charlotte (1806). Siehe Rowlandson the Caricaturist, a selection from his works, by Joseph Grego (London, 1880), II. 391, 57.

Wir kennen ferner einen Kupferstich, nach Angelika Kauffmann gestochen von Pietro Bonato in Rom, mit der Aufschrift: Sorrows of Werter. Werther's „Knabe" empfängt die Pistolen aus den Händen der ahnungsbeklommenen Lotte. Albert sitzt im Hintergrunde an seinem Schreibpult. Ein aufspringendes Hündchen schaut den jungen Diener neugierig an. Auffallend ist die falsche Perspektive dieses Bildes.

14. Zu S. 23.

Tell me delusion lurks beneath thy smiles:
Tell me destruction dwells within thine eye;
Tell me contagion hangs upon thy tongue;
And I will still love on, and still be happy;
But when thou tell'st me to avoid that form.
Death has no terrors! hell no pangs like mine!

Werter. Act I. Scene 1.

15. Zu S. 32. Im „Wegweiser durch die Litteratur der Teutschen," von Gustav Schwab und Karl Klüpfel, 2te Auflage, S. 325, lesen wir: „Hinsichtlich der gezeichneten Charaktere steht das italienische Werk weit über dem deutschen, und ist ihm an künstlerischer Harmonie und Schönheit der Darstellung ebenbürtig.“ Dieser Ausspruch scheint übrigens nur ein Echo von Dem zu sein, was O. L. B. Wolff in seiner Allgemeinen Geschichte des Romans, S. 388, über Ortis sagt.

16. Zu S. 39. Emile Montégut sagt über den Werther-Enthusiasmus junger Franzosen zu Anfang des Jahrhunderts: „Ce fut plus qu'une mode, plus qu'un egoûment, ce fut un culte, et pour Nodier ce fut une véritable religion“. Und an einer anderen Stelle: „Le werthérisme, dis-je, fut pour Nodier une religion. L'expression n'est pas trop forte et doit être prise dans son sens le plus littéral.“ Esquisses littéraires. Charles Nodier. conteur et romancier. Revue des deux mondes, Juni 1882, 500 fg. In dieser lesenswerthen Charakteristik Nodier's finden wir auch die folgende Bemerkung: „Nodier, peut-on dire en toute vérité, a névrosé Werther. en sorte que tout en le prenant pour l'objet d'un culte, il l'a singulièrement amoindri et materialisé. Le Werther idéal disparait entièrement dans ces efforts d'imitation, et la seule image qu'ils nous en présentent est celle du Werther de la dernière heure, avec sa face agonisante souillée du sang qui s'échappe de son front troué par le fameux coup de pistolet.“

17. Zu S. 45. Madame de Staël über Werther: Les Allemands comme les Anglais sont très-féconds en romans qui peignent la vie domestique. . . Plusieurs de ces romans méritent d'être cités. mais ce qui est sans égal et sans pareil. c'est Werther: on voit là tout ce que le génie de Goethe pouvoit produire quand il était passionné. L'on dit qu'il attache maintenant peu de prix à cet ouvrage de sa jeunesse; l'effervescence d'imagination, qui lui inspira presque de l'enthousiasme pour le suicide, doit lui paroître maintenant blâmable. Quand on est très-jeune, la dégradation de l'être n'ayant en rien commencé, le tombeau ne semble qu'une image poétique, qu'un sommeil environné de figures à genoux qui nous

pleurent; il n'en est plus ainsi même dès le milieu de la vie, et l'on apprend alors pourquoi la religion, cette science de l'âme, a mêlé l'horreur du meurtre à l'attentat contre soi-même. Goethe néanmoins auroit grand tort de dédaigner l'admirable talent qui se manifeste dans Werther: ce ne sont pas seulement les souffrances de l'amour, mais les maladies de l'imagination dans notre siècle, dont il a su faire le tableau: ces pensées qui se pressent dans l'esprit sans qu'on puisse les changer en actes de la volonté; le contraste singulier d'une vie beaucoup plus monotone que celle des anciens, et d'une existence intérieure beaucoup plus agitée, causent une sorte d'étourdissement semblable à celui qu'on prend sur le bord de l'abîme, et la fatigue même qu'on éprouve après l'avoir long-temps contemplé peut entraîner à s'y précipiter. Goethe a su joindre à cette peinture des inquiétudes de l'âme, si philosophique dans ses résultats, une fiction simple mais d'un intérêt prodigieux. De l'Allemagne (Londres, 1813). II. chap. XXVIII. 312—314.

18. Zu S. 49. In den ersten Ausgaben unseres Romans findet sich vor dem Briefe vom 20. December eine Stelle, worin auf die Kränkung, die Werther neun Monate vorher widerfahren, ein bedeutendes Gewicht gelegt wird. Das ist die Stelle, die Napoleon nicht naturgemäß gefunden haben soll. Auch soll Herder dieselbe dem Dichter bezeichnet haben, als er ihm bei der Durcharbeitung des Buches mit seinem Rathe behilflich war. „Den Verdruß, den er bey der Gesandtschaft gehabt, — so lesen wir in den ersten Ausgaben — konnte er nicht vergessen. Er erwähnte dessen selten, doch wenn es auch auf die entferntefte Weise geschah, so konnte man fühlen, daß er seine Ehre unwiederbringlich dadurch gekränkt hielt, und daß ihm dieser Vorfall eine Abneigung gegen alle Geschäfte und politische Wirksamkeit gegeben hatte. Daher überließ er sich ganz der wunderbaren Empfind- und Denkensart, die wir aus seinen Briefen kennen, und einer endlosen Leidenschaft, worüber

noch endlich alles, was thätige Kraft an ihm war, verlöschen mußte." Dies ist in der späteren Bearbeitung weggefallen, und jenes Verdrusses wird nun vor dem Briefe vom 12. December in ganz anderer Weise erwähnt. „Alles was ihm Unangenehmes jemals in seinem wirksamen Leben begegnet war, — heißt es — der Verdruß bey der Gesandtschaft, alles was ihm sonst mißlungen war, was ihn je gekränkt hatte, ging in seiner Seele auf und nieder" 2c. — Ueber Goethe's Gespräch mit Napoleon vergl. das nachgelassene Werk des weimarischen Kanzlers Friedrich von Müller: Erinnerungen aus den Kriegszeiten von 1806 bis 1813, S. 238 fg. Ein deutscher Sprachlehrer am Lyceum zu Havre, Sigismund Sklower aus Breslau, hat eine besondere Schrift veröffentlicht: Entrevue de Napoléon Ier et de Goethe, suivie de notes et de commentaires. par S. Sklower. 2 me édition (Lille, 1853). S. daselbst S. 49—57.

19. Zu S. 57. H. G. von Bretschneider führt ein wechselvolles Leben und war in die geistigen Kämpfe und Umtriebe seiner Zeit vielfach verwickelt. Als kleiner Knabe Zögling der herrnhutischen Anstalt zu Ebersdorf, wo ihn der Hunger stehlen lehrte und Widerwille gegen alles Frömmlerwesen sich in ihm festsetzte, wurde er frühzeitig Offizier in kursächsischen und preußischen Diensten und bis zum Hubertsburger Frieden Kriegsgefangener der Franzosen, sodann nassauischer Beamter, abenteuernder Reisender, einmal sogar geheimer Beamter des Hofes von Versailles, endlich Staatsdiener in Oesterreich, wo er mit Joseph II. in persönliche Berührung kam und zuletzt die Stelle eines Bibliothekars an der neu errichteten lemberger Universität bekleidete. Dabei schrieb er Romane und satirische Verse, war ein litterarischer Verbündeter Nicolai's und fleißiger Mitarbeiter an der Allgemeinen Teutschen Bibliothek, den Frankfurter gelehrten Anzeigen, sowie der Berliner Monatsschrift. Unter seinen Schriften wurde vornehmlich bekannt eine Satire gegen Pfaffenthum und Mönchslegenden: „Almanach der Heiligen auf das Jahr 1788, mit 13 (eigentlich nur 12) saubern Kupfern

und Musik. Mit Erlaubniß der Obern? Gedruckt zu Rom,
und zu haben in allen Buchhandlungen Teutschlands." o. O.
(Leipzig, B. Gräff.) 224 S. in 18. Eine Erzählung der
Fahrten Bretschneider's in den Jahren 1772 und 73 fand sich
unter Nicolai's litterarischem Nachlaß und wurde durch Göckingk
veröffentlicht: Reise des Herrn von Bretschneider nach London
und Paris, nebst Auszügen aus seinen Briefen an Herrn
Friedrich Nicolai. Herausgegeben von L. F. G. von Göckingk.
Berlin und Stettin, in der Nicolaischen Buchhandlung. 1817.
324 S. in 8. (In den letzteren Jahren erschienen: Denkwürdig=
keiten aus dem Leben des k. k. Hofrathes Heinrich Gottfried
von Bretschneider. 1739 bis 1810. Mit Benützung sehr selten
gewordener Quellen zum ersten male vollständig herausgegeben
von Karl Friedrich Linger. Wien, J. Eisenstein und Comp.
1892. VIII und 376 S. in 8. — Nach einer Angabe in dem
Bücher=Verzeichnisse von Hinrichs wurden diese Denkwürdigkeiten
in Wien „beschlagnahmt".)

20. Zu S. 62. Auch Johann Martin Miller's Sieg=
wart, eine Klostergeschichte, 1776 bei dem Verleger des
Werther (einem Vetter Miller's) erschienen, wurde als Leier=
kasten-Lied travestirt von dem Schwaben Friedrich Bernritter
(1754—1803, damals namentlich in seiner Heimath durch Spott=
schriften bekannt), unter dem Titel:

Siegwart, oder der auf dem Grab seiner Ge=
liebten jämmerlich verfrohrene Kapuciner.
Eine abentheuerliche aber wahrhafte Mord=
und Kloster=Geschichte, die sich vor etlichen
Jahren im Fürstenthum Oetingen mit eines
Amtmanns Sohn und eines Hofraths Tochter
aus Ingolstadt zugetragen. Der christlichen
Jugend zur Lehr und Ermahnung in Reime
gebracht, und abzusingen, nach dem Lied: Hört
zu ihr Junggesellen 2c. (Unterzeichnet: F. B--r
von B. das ist Friedrich Bernritter von Böblingen.)
o. O. und J. (Mannheim, 1777.) 38 S. in 8.

Diese Travestie, bei welcher neben jeder Strophe die betreffende Seitenzahl des Romans am Rande steht, war dem guten Miller sehr verdrießlich. Wie sehr das Siegwart=Lied dem auf Werther glich, möge der Leser aus folgenden Strophen ersehen:

> Ihr edle weiche Seelen!   Bl. 1.
>   Verschmäht mein Büchlein nicht;
> Und lasset euch erzählen
>   Die neue Klostergeschicht:

> Von einem feinen Knaben.   Bl. 1.
>   Der Xaver Siegwart hieß.
> Aus einem Dorf in Schwaben.
>   Das an die Donau stieß.

> Sein Vater aß gern Tauben,   Bl. 96.
>   Und war mit einem Wort:
> Ein Mann von Treu und Glauben
>   Und Amtmann in dem Ort. . . .   Bl. 1.

> Sonst hatte noch der Bursche
>   Ein zartes Schwesterlein,
> Mit der er in Diskurse
>   Sich gar zu gern ließ ein.

> Das Mädchen hieß Therese   Bl. 82.
>   Und ware ganz Natur,
> Aß kalte Milch und Käse
>   Auf seiner Garten Flur.   Bl. 90.

> Las Aepfel auf und Bieren,
>   Blieb stets bey gutem Muth,   Bl. 9.
> Und war den Officieren
>   Von ganzem Herzen gut.

> Las gern die Messiade   Bl. 175.
>   Und andre Dichter mehr,
> Und meint' es wäre Schade,   Bl. 276.
>   Daß Kleist gestorben wär!

21. Zu S. 71. Der französische Komödienschreiber Marc Antoine Jacques Rochon de Chabannes (1730–1800) verarbeitete Lessing's Minna von Barnhelm zu einem Schauspiel: Les Amans généreux. Das Stück erschien 1771.

22. Zu S. 74. Reichskammergerichts-Assessor Franz Dieterich von Ditfurth. In einer Aufzeichnung vom Jahre 1786. Vergl. die Mittheilungen in den Blättern für literarische Unterhaltung, Nr. 52 von 1852: „Der Ritterbund mit dem Orden des Uebergangs zu Wetzlar und der Orden der verrückten Hofräthe" (von Friedrich Voigts).

23. Zu S. 86. Knebel berichtet über Goethe's erste Zeit in Weimar: „Er hatte noch die Werther'sche Montirung an, und Viele kleideten sich darnach. Er hatte noch von dem Geist und den Sitten seines Romans an sich, und dieses zog an. Sonderlich den jungen Herzog, der sich dadurch in die Geistes-verwandtschaft seines jungen Helden zu versetzen glaubte." Knebels literarischer Nachlaß und Briefwechsel, herausgegeben von Varnhagen und Mundt, I. XXIX. In Böttiger's Aufzeichnungen heißt es: „Alle Welt mußte damals im Werther-frack gehen, in welchen sich auch der Herzog kleidete, und wer sich keinen schaffen konnte, dem ließ der Herzog einen machen. Nur Wielanden nahm der Herzog selbst aus, weil er zu alt zu dieser Mummerei wäre." Literarische Zustände und Zeitgenossen in Schilderungen aus Karl Aug. Böttiger's handschriftlichem Nachlasse, herausgegeben von K. W. Böttiger, I. 203. „In Frankfurt haben wir uns alle zusammen Werthers Uniform machen lassen, einen blauen Rock mit gelber Weste und Hosen: runde graue Hüte haben wir dazu." So schrieb Friedrich Leopold Stolberg an seine Schwester Katharina, in einem Briefe aus Heidelberg, vom 17. Mai 1775; er machte damals mit Goethe, Haugwitz und seinem Bruder Christian die Geniereise in die Schweiz. Klinger und sein Freund Ernst Schleiermacher hatten sich gleichfalls in das Werther-Kostüm („ihre blauen Fräck und gelben Westen") gesteckt, als sie dem nach

Weimar ziehenden Lenz von Frankfurt aus entgegenritten. S. Rieger, Klinger in der Sturm- und Drangperiode, S. 143.

24. Zu S. 86. Diese vier Verse wurden zuerst gedruckt in der Zeitung für die elegante Welt, Nr. 82 von 1838, S. 328. Nach einer Mittheilung C. A. H. Burkhardt's im Archiv für Literatur-Geschichte, II. 511 fg., lautet der ältere Entwurf der zweiten Römischen Elegie:

Fraget nun, wenn ihr auch wollt! mich werdet ihr nimmer
       erreichen,
Schöne Damen und ihr, Herren der feineren Welt!
Ob denn auch Werther gelebt? ob denn auch alles sein
       wahr sey?
Welche Stadt sich mit Recht Lottens, der Einzigen rühmt?

Ach wie hab' ich so oft die thörigten Blätter verwünscht,
    Die mein jugendlich Leid unter die Menschen gebracht.
Wäre Werther mein Bruder gewesen, ich hätt' ihn er-
       schlagen,
    Kaum verfolgte mich so rächend sein trauriger Geist,
So verfolgte das Liedchen „Malbrough" den reisenden
       Britten
    Einst von Paris nach Livorn, dann von Livorno nach
       Rom,
Weiter nach Napel hinunter, und wär' er nach Smyrna
       gesegelt,
    „Malbrough" empfing' ihn auch dort, „Malbrough" im
       Hafen das Lied.

Glücklich bin ich entflohn! sie kennet Werthern und Lotten,
    Kennet den Namen des Manns, der sie sich eignete,
       kaum.
Sie erkennet in ihm den freyen rüstigen Fremden,
    Der in Bergen in Schnee hölzerne Häuser bewohnt.

25. Zu S. 91. Im Sterbe-Register der evangelischen Gemeinde zu Wetzlar ist eingetragen: „Am 30. October 1772

ſtarb durch einen tödtlichen Schuß Carl Wilhelm Jeruſalem, Hochfürſtl. Herzogl. Braunſchweigiſcher Legations-Secretair, einziger Sohn Er. Hochw. Herrn Abts Jeruſalem in Braunſchweig, und wurde eodem in aller Stille begraben. Alt circa 21 Jahre."

26. Zu S. 97. Eſchenburg (oder wahrſcheinlicher Nicolai) hat in dem 1794 erſchienenen 27. Theile von Leſſing's ſämmtlichen Schriften, S. 65 ſg., drucken laſſen: „noch eine kleine kalte Schlußrede", und ſeitdem iſt dieſe Briefſtelle immer ſo wiederholt worden. Lachmann erhielt aber eine Abſchrift des Original-Briefes von dem früheren Beſitzer deſſelben, Archiv-Rath Georg Keſtner in Hannover, worin die Stelle lautet, wie wir ſie geben. Leſſing's ſämmtliche Schriften, herausgegeben von Lachmann, auf's Neue durchgeſehen von Maltzahn, XII. 497.

27. Zu S. 108. Das Jagdhaus in Volpertshauſen iſt ſchon lange Schulhaus; es hat nun auch eine Marmortafel mit Inſchrift. Herbſt, Goethe in Wetzlar, S. 109.

28. Zu S. 112. Friedrich Victor Lebrecht Pleſſing, geb. am 20. December 1752 zu Belleben im Saalkreiſe, wurde 1788 Profeſſor der Philoſophie an der Univerſität zu Duisburg, wo ihn Goethe bei ſeiner Rückkehr aus der Campagne in Frankreich, in den letzten Novembertagen 1792, als alten Bekannten aufſuchte. Er hatte ſich ſeitdem in der litterariſchen Welt namhaft gemacht, und ſich insbeſondere auf dem Feld der Geſchichte der älteſten Philoſophie anzubauen geſucht. Seine hauptſächlichſten Werke ſind: Oſiris und Sokrates. Berlin und Stralſund, 1783. — Hiſtoriſche und philoſophiſche Unterſuchungen über die Denkart, Theologie und Philoſophie der älteſten Völker, vorzüglich der Griechen bis auf Ariſtoteles Zeiten. Elbing, 1785. Memnonium, oder Verſuche zur Enthüllung der Geheimniſſe des Alterthums. 2 Bde. Leipzig, 1786—87. — Verſuch zur Aufklärung der Philoſophie des älteſten Alterthums. 2 Bde. Leipzig, 1788. Pleſſing ſtarb am 8. Februar 1806. Eine Selbſtſchilderung von ihm, in einem Briefe aus dem Jahr 1789, enthält die neue Berliner Monatsschrift von 1800, Januar, S. 3—28.

29. Zu S. 119. Gustav Wustmann gibt Aufschluß über das Attentat auf den Werther in einer Mittheilung: „Verbotene Bücher. Aus den Censurakten der Leipziger Büchertommission". Grenzboten, I. 1882, S. 280—83. Er zieht auch das „Pro Memoria an die Churf. Bücher Commission" des Professors Johann August Ernesti, d. 3. Decanus der theologischen Fakultät, an's Licht. Folgendes ist der Wortlaut dieses Dokuments: „Es wird hier ein Buch verkauft, welches den Titel führt, **Leiden des jungen Werthers** 2c. Diese Schrift ist eine Apologie und Empfehlung des Selbst Mordes; und es ist auch um des Willen gefährlich, weil es in wiziger und einnehmender Schreib Art abgefaßt ist. Einige gelehrte und sonst gesezte Männer haben gesagt, daß sie sich nicht getrauet hätten das Buch durchzulesen, sondern es etliche mal weggelegt hätten. Da die Schrift also üble Impressiones machen kann, welche, zumal bey schwachen Leuten, Weibs Personen, bey Gelegenheit aufwachen, und ihnen verführerisch werden können; so hat die theologische Facultät für nöthig gefunden zu sorgen, daß diese Schrift unterdrückt werde: dazumal izo die Exempel des Selbstmordes frequenter werden. Daher ich die Löbl. Bücher Commission im Namen jener hierdurch ersuche, den Verkauf dieser Schrift zu verbieten, und dadurch üblen Folgen vorbeugen zu helfen. Leipzig, am 28. Januar 1775."

30. Zu S. 119. Zur Goethe = Literatur, von Wilhelm Buchner, Blätter für literarische Unterhaltung von 1880, Nr. 20, S. 310.

31. Zu S. 130. Wieland und Goethe.

Auf einmal stand in unsrer Mitten
Ein Zaubrer! — Aber, denke nicht,
Er kam mit unglückschwangerm Gesicht

Auf einem Drachen angeritten!
Ein schöner Herenmeister es war,
Mit einem schwarzen Augen-Paar,
Zaubernden Augen voll Götterblicken,
Gleich mächtig, zu tödten und zu entzücken.
So trat er unter uns, herrlich und hehr,
Ein echter Geisterkönig, daher!
Und niemand fragte: wer ist denn der?
Wir fühlten beym ersten Blick, 's war Er!
Wir fühlten's mit allen unsern Sinnen,
Durch alle unsre Adern rinnen.
So hat sich nie in Gottes Welt
Ein Menschensohn uns dargestellt,
Der alle Güte und Gewalt
Der Menschheit so in sich vereinigt!
So feines Gold, ganz innrer Gehalt,
Von fremden Schlacken so ganz gereinigt!
Der, unzerdrückt von ihrer Last
So mächtig alle Natur umfaßt,
So tief in jedes Wesen sich gräbt,
Und doch so innig im Ganzen lebt!

Mit diesen Worten entwirft uns Wieland ein Bild von der Erscheinung des jugendlichen Goethe, in einem Gedichte „An Psyche" (Frau Julie von Bechtolsheim, geb. von Keller, in Eisenach), das zuerst im Jänner-Heft des Teutschen Merkur von 1776, S. 12—18, stand. Auch in Briefen an Fritz Jacobi, Merck, Zimmermann, Meusel läßt er sich, nach seiner leicht aufwallenden, wortreichen Art, über den neuen Günstling aus. Schon am Tage von Goethe's Ankunft in Weimar wird er ganz verliebt in den „herrlichen Jüngling," den „göttlichen Menschen," von dem seine Seele so voll ist, „wie ein Thautropfe von der Morgensonne." Er nennt ihn das größte Genie, von allen Seiten das größte, beste, herrlichste menschliche Wesen, das Gott geschaffen hat; er fühlt sich gegen ihn „am Ende doch nur ein schwacher Erdenkloß," hat seine

Freude daran, daß dieser „wunderbare Knabe" ihm „so schön übern Kopf wächst."

32. Zu S. 130. Sidnei, Comédie, representée, pour la première fois, en 1745 par les Comédiens ordinaires du Roi. (Les Oeuvres de Mr. Gresset, Amsterdam, 1748, II. 107—176.) Der Held dieses dreiaktigen Stückes ist ein schwermüthiger Engländer. Er will sich vergiften, wie sein Vater, von dem er den Spleen geerbt hat, vor ihm gethan. Sein französischer Kammerdiener Dumont hat aber den Gifttrank mit einem unschädlichen Tränkchen vertauscht. Lessing bespricht dieses Schauspiel in der Hamburgischen Dramaturgie, Nr. XVII.

33. Zu S. 132. Ueber Götz von Berlichingen. Eine dramaturgische Abhandlung. Leipzig, in der Weygandschen Buchhandlung. 1774. 96 S. in 8. Koberstein scheint es zweifelhaft, ob Schmid der Verfasser sei. (Grundriß, 5te Auflage, IV. 75.) Dieser berichtet jedoch selbst bei Erwähnung des Götz: „Ich schrieb darüber eine Abhandlung 1774." (Anweisung der vornehmsten Bücher in allen Theilen der Dichtkunst, Leipzig, 1781. S. 621.)

34. Zu S. 135. Nicolai schreibt an Merck unter'm 6. Mai 1775: „In dieser Voraussetzung (daß Merck nur geschwiegen, weil er durch Geschäfte verhindert worden sei) nehme ich meine vormalige Bitte, daß Sie die Leiden Werthers und auch die Freuden Werthers für die deutsche Bibliothek, und zwar bald, recensiren mögen, nicht zurück, sondern ich ersuche Sie, vielmehr nochmals um diese Gefälligkeit. Ich traue Ihnen Geschmeidigkeit und auch Wahrheitsliebe genug zu, um davon in dem Tone zu urtheilen, wie es sich in der Allgem. Deutschen Bibliothek ziemt, und ohne weder Ihren Freund Goethe, noch Ihren Freund Nicolai zu compromittiren." In Merck's Briefe von demselben Datum zeigt sich eine augenblickliche Verstimmung gegen Goethe. Vergl. Briefe aus dem Freundeskreise von

Goethe, Herder, Höpfner und Merck, S. 116 fg. Noch lange
nachher äußerte sich Nicolai mit Genugthuung darüber, daß er
damals Merck zum Recensenten Goethe's für seine Bibliothek
auserwählt hatte. Dieser wäre zwar Goethe's Freund, aber
ein unpartheiischer Mann gewesen; und man solle die Re=
censionen lesen, ob man den Freund darin erkennen werde?
Friedrich Nicolai's Leben und literarischer Nachlaß, herausge=
geben von Göckingk, S. 37 fg.

35. Zu S. 138. In „Pätus und Arria" von Merck wird
der Freuden Werther's mit leichtem Spotte gedacht. Nicolai
kommt hier als der „schöne Geist" herbei,

> der zeigt durch seine Lehren:
> das Interesse dieses Werks
> beruhe auf Chimären.

36. Zu S. 138. In „Prometheus, Deukalion und seine
Recensenten" wird auf diese Stelle angespielt:

(Nachteule:) Wenn er nur minder Freund von Licht und
Feuer wäre!
Der Adlersblick ins Sonnenlicht ist wahrlich nicht
gut,
Glaubt mir, der arme Tropf ist, eh mans denkt,
caput.
(Frösche:) Wie, wenn er eine Reis in unsre Pfütze thäte?

37. Zu S. 143. Christian Friedrich von Blankenburg
(1744 –96), ein naher Verwandter des Frühlings = Dichters
Christian Ewald von Kleist, und gleich diesem ein braver preußi=
scher Officier — er nahm seinen Abschied als Dragoner=Haupt=
mann im Jahre 1777 — machte sich seiner Zeit vornehmlich
bekannt durch seine reichhaltigen litterarischen Zusätze zu Sulzer's
Theorie der schönen Künste. Er war auch Verfasser des 1774
anonym erschienenen, beachtenswerthen Buches „Versuch über
den Roman". Weiße zählte ihn unter seinen Freunden. Daß
er die Beurtheilung des Werther für die Neue Bibliothek lieferte,

geht hervor aus einem durch Jakob Minor mitgetheilten Briefe Weiße's an ihn. (Archiv für Literaturgeschichte, IX. 487.) Dieser schreibt aus Leipzig unter'm 20. Mai 1775: „Sie hätten auf Ihren lieben Brief und auf das wichtige Geschenke der Recension des jungen Werthers, mit der ersten Post Antwort gehabt, mein bester Freund: aber die Unruhen der Messe und die damit verknüpften Zerstreuungen haben mich kaum noch an mich selbst denken lassen. Ich habe sie indessen unter den dankbarsten Empfindungen meines Herzens für Ihre Güte mehr als einmal gelesen. Ihre Beurtheilung macht Ihrem Verstande und Ihrer Gerechtigkeitsliebe eben so viel Ehre, als sie dem Verf. Werthers schmeichelhaft sein muß: denn in der That ist es die einzige Recension, die das Buch in sein rechtes Licht setzt, da alle diejenigen, die ich bisher gelesen, nichts als kahle Lobsprüche enthalten." Auch Koberstein bezeichnet Blankenburg's Beurtheilung des Werther als die beste aus den siebziger Jahren; er meint, sie möge etwa von Engel sein. (Grundriß der Geschichte der deutschen Nationalliteratur, 5te Auflage, IV. 69.)

38. Zu S. 147. Die Ankündigung der „Iris," ausgegangen von Halberstadt, im Jänner 1774, ist ein recht bezeichnendes litterarisches Aktenstück. Jacobi wollte diese Zeitschrift dem Teutschen Merkur entgegensetzen, da Wieland seine Spenden in Versen und Prosa nicht nach Wunsch und Erwarten schätzte. Aber er zählte besonders auf ein weibliches Publikum. An die Frauenzimmer richtet er daher auch seine süßlich gezierten Einladungs-Komplimente. „So gut," sagt er, „auch der alte Merkur im Himmel und auf Erden sein Amt verrichtete, so konnten dennoch weder die Göttinnen, noch die Erdentöchter völlig mit ihm zufrieden seyn. In der That war es dem geflügelten Boten mit aller seiner Geschwindigkeit unmöglich bey so vielen männlichen Geschäften, die kleineren weiblichen Angelegenheiten genau zu besorgen. Ueberdem warf man ihm vor, daß er die Geheimnisse der Göttinnen nicht immer für wichtig genug hielt, daß es ihm öfter an Verschwiegenheit, und noch öfterer an Geduld fehlte. Kam er auf die Erde; so hatten die

sterblichen Damen ebenso wenig das gehörige Zutrauen zu ihm. Sie verstanden viele seiner Reden nicht, wollten ihm vieles nicht offenbaren, und nicht einmal ihre Schatten unter seinem goldnen Stab' in die elysäischen Felder gehen lassen. Kurz, man konnte nicht mit ihm sprechen und handeln, als wenn es ein Mädchen wäre. Deswegen suchte Juno das artigste, gefälligste weibliche Geschöpf aus, gab ihm die Farben des Regenbogens zur Klei= dung, und macht' es, unter dem Namen Iris, zur Dienerin und Gesandtin. Wenn es nun diesem Göttermädchen gefiel, unter dem deutschen Frauenzimmer, so wie Merkur unter den Männern, herumzuwandeln: sollt' es weniger freundlich aufge= nommen werden, als er? Einige meiner Freundinnen, welche Kenntnisse, Geschmack und Empfindung besitzen, versichern mich des Gegentheils und muntern mich auf, ihrem Geschlecht' eine Wochenschrift unter dem Titel: Iris zu widmen." Weiter heißt es dann, es sollten auch die wichtigsten politischen Neuigkeiten, „von welchen in allen Gesellschaften geredet wird, nach dem Be= griffe der Damen vorgetragen" werden. Frauenzimmer, die selbst Versuche in Prosa oder Versen machen, sind aufgefordert, ihre Arbeiten an den Herausgeber zu senden. — Schubart machte sich über diese Ankündigung in seiner Deutschen Chronik von 1774 lustig (erstes Vierteljahr, S. 142). „Herr Jacobi", spottet er, „hat den süßen Einfall gehabt, den Abbé nach der neuesten Mode zu spielen, und sein Leben an dem Putztische wegzutändeln." Goethe schreibt an Kestner im März 1774: „Die Iris ist eine kindische Entreprise, und soll ihm (Jacobi) verziehen werden, weil er Geld dabey zu schneiden denkt. Eigent= lich wollen die Jackerls den Merkur miniren, seit sie sich mit Wieland überworfen haben." Die Wochenschrift wurde jedoch nur zwei Jahre hindurch fortgesetzt (1774—76), und darf mit dem später von Jacobi herausgegebenen Taschenbuche gleichen Namens nicht verwechselt werden. Beiträge erhielt der galante Damendichter von seinem Bruder, Heinse, Vater Gleim, Klamer Schmidt, J. G. Schlosser, Sophie La Roche, Karoline Rudolphi, auch von Lenz, der eine Uebersetzung aus Ossian („Ossian fürs Frauenzimmer") lieferte, und Goethe, von dem „Erwin und

Elmire" (des zweiten Bandes drittes Stück, März 1775,
S. 161—221) sowie einige seiner schönsten kleineren Gedichte
hier zuerst abgedruckt waren.

Heinse hatte den Werther, gleich nachdem er die Presse ver=
lassen, durch Fritz Jacobi kennen gelernt, und der Eindruck des=
selben hatte ihn ganz überwältigt. Er gerieth außer sich; er
behauptete, dies göttliche Werk enthalte alle Kraft, alles Leben
des Dichters, dem es nicht möglich sei, noch etwas ebenso vor=
treffliches hervorzubringen. S. Jacobi's Brief vom 21. Oktober
1771 im Briefwechsel zwischen Goethe und F. H. Jacobi,
S. 39—42. Dies erinnert uns daran, daß noch Ludwig Boerne
sich zu der Aeußerung hinreißen ließ, sein großer frankfurter
Landsmann, gegen den er einen eingefleischten Widerwillen
fühlte, habe sich im Werther „ausgeliebt, abgebrannt, zum Bettler
geschrieben." Nachgelassene Schriften, Mannheim, 1844, I. 5.

39. Zu S. 153. Die Frankfurter gelehrten Anzeigen er=
schienen bei „den Eichenbergischen Erben", und waren damals
in den Händen des fürstlich waldeckischen Hofraths Johann
Konrad Deinet; dieser hatte die Wittwe Eichenberg geheirathet.
In der Nummer vom 15. November 1774, S. 761, brachte die
Wochenschrift noch eine kurze Erklärung über unseren Roman,
und zwar von Deinet selbst, der sich darin gegen die frühere
Anzeige förmlich verwahrte. „Der Verleger dieser Zeitung,"
so lautet der Artikel, „hat nunmehr selbst die Leyden des jungen
Werthers gelesen; hat aber das Glück nicht, mit Werthern zu
sympathisiren, und sich unter den Edlen grüßen zu lassen, die's
fühlen, daß man in gewissen Umständen so handeln müsse, wie
Werther gethan hat. Selbstmord ist immer ein Beweis von
Abwesenheit der Vernunft. Sowohl diese als die Religion
befehlen, daß wir unsern Nächsten lieben sollen als uns
selbst. Wer seinem eignen Leben gram ist, dem geb ich das
meinige gewiß nicht in Verwahrung." In „Prometheus,
Deukalion" c. figurirt Deinet dieses Artikels wegen
als Gans. Die gute Gans sagt dort mit bescheidenem
Anstand:

Ich will nun eben nicht kritiſiren,
Prometheus möcht mich garſtig prologiſiren,
Allein, — es ſey geſagt ohn ihn zu disguſtiren,
Ich meines Orts kann nicht mit ihm ſympathiſiren.

40. Zu S. 155. Dieſer Goeze „mit der ſtreitbaren Hand“ war 1717 zu Halberſtadt geboren und kam 1755 nach Hamburg, wo er am 19. Mai 1786 ſtarb. Abgeſehen von ſeiner Fehde mit Leſſing, war er unermüdlich in Anfeindung Andersdenkender. So erregte er Anno 1768 einen neuen hamburger Komödien= ſtreit, da der bergedorfer Prediger Johann Ludwig Schloſſer ſich ſo weit vom böſen Feinde hatte verblenden laſſen, ſeine als Kandidat verfaßten „Neuen Luſtſpiele“, wenngleich ohne ſeinen Namen, in Druck zu geben, und da eins dieſer Stücke durch die Ackermann'ſche Geſellſchaft aufgeführt worden war. Ferner erhob er ſich gegen ſeine Amtsbrüder Alberti und Friderici, gegen die Allgemeine Deutſche Bibliothek, gegen Spalding, Erneſti, Semler, Teller, Gottfr. Leß, Büſching, Baſedow, Bahrdt und Andere mehr. Wie er der hohen Obrig= keit „ſüß und ſauer“ predigte, um ſie gegen die Neuerer aufzu= bringen, davon laſſen ſich verſchiedene Beiſpiele anführen. Wir wollen hier nur einen uns zufällig aufſtoßenden Fall mit theilen. Der Theologe Johann Peter Miller zu Göttingen hatte 1773 in ſeiner „ſyſtematiſchen Anleitung zur Erkenntniß aus= erleſener Bücher in der Theologie“ hinſichtlich der Schmidt'ſchen ſogenannten Wertheimiſchen Bibel=Ueberſetzung bemerkt, durch ein unproteſtantiſches Inquiſitionsverfahren ſei die Fortſetzung und ein guter Kopf unterdrückt worden, der durch weiſe Leitung ein vortrefflicher Ueberſetzer hätte werden können. Hierüber wurde Goeze in der ſchwarzen Zeitung laut (im 32. Stück von 1773). Miller hat, nach ihm, durch dieſen Ausſpruch nicht nur die größten Theologos, ſondern auch die ſämmtlichen proteſtanti= ſchen Stände des Heil. Röm. Reichs geläſtert und beſchimpft, und er bricht in die geifernden Worte aus: „Hat ſich der Herr Doktor nicht erinnert, daß dieſer Vorwurf die vorige glor= würdige Regierung der Lande, in welchen er itzt

sein Brod isset, nach seiner ganzen Schweere trifft." Vergl. auch Schlosser's Geschichte des achtzehnten Jahrhunderts, IV. 154 fg.

Zuletzt war übrigens der Hauptpastor, dessen kläglicher Zelotismus selbst in dem evangelischen Hamburg nicht mehr recht am Platze schien, eine Zielscheibe des allgemeinen Spottes geworden, und es wurde ihm bisweilen fast zu arg mitgespielt. Gödingk dichtete noch bei Goeze's Lebzeiten folgende

Grabschrift auf den othodoxen *.

Der Papst H***s liegt unter diesem Stein.
Im Himmel wird er Sokrates, den Heiden!
So wenig, als den Ketzer A***i leiden.
Giebt also Gott ihm keinen Himmel allein,
So wissen wir nicht, wo er wird bleiben.

Diese Grabschrift auf den „Papst Hammoniens" stand zuerst im Voß = Gödingk'schen Musen = Almanach für das Jahr 1780 (S. 73), der im Herbst 1779 zu Hamburg bei Bohn herausgekommen war. Goeze erließ dagegen eine „Abfertigung", im 66. Stücke der schwarzen Zeitung von 1779 (auch im Beytrag zum Reichs = Postreuter, 73. Stück, vom 20. September 1779), worauf hinwieder Gödingk, im Februar = Hefte des Deutschen Museum von 1780, eine launige Gegenerklärung abgab.

Friedrich Leopold Stolberg, der spätere „Unfreie", sagt von Goeze in seinen jetzt ziemlich vergessenen satirischen Gedichten, die 1784 unter dem Titel „Jamben" erschienen:

Kennst du den argen Pfaffen nicht?
Den Götzen seines Pöbels, der die Stadt
Mit bittern Hefen seines Gallenkelchs
Zur Ehre Gottes, wie er heuchelt, tränkt?
Zween fromme, weise Männer, seines Amts
Genossen, hat er frömmelnd angezischt
Und wüthend angebrüllet, bis zuletzt
Sein Drachengift in ihre Wunden floß,
Und einer nach dem andern schwindend starb.

Wie strömt's ihm von der Quelle, wenn er fleht:
"Herr, schütte auf die Heiden deinen Grimm,
"Und auf die Nationen, welche dich
"Nicht kennen!"

Ein Verzeichniß aller Schriften und Schriftchen Goeze's findet man im Lexikon der hamburgischen Schriftsteller von Hans Schröder, II. 517—537. Näheres über ihn enthält auch das Buch von Feodor Wehl: Hamburgs Literaturleben im achtzehnten Jahrhundert, S. 81 fg.

41. **Zu S. 165.** Im Britischen Museum wird ein Exemplar dieser Schrift aufbewahrt, welches der frühere deutsche Besitzer, ein Zeitgenosse, mit einer handschriftlichen Glosse versehen hat. In der That habe auch Werther die Hölle verdient, — so lautet die Anmerkung — da in den öffentlichen Nachrichten ein betrübtes Beispiel nach dem andern mitgetheilt werde von jungen Leuten, die ihm nachfolgen und auch so begraben sein wollten (wie das aus Kiel vom 12. April 1777). Man könne Jünglingen eher noch Robeck's Buch über den Selbstmord zu lesen gestatten, als Werther; denn es sei lange nicht so schädlich für sie. (Der katholisch gewordene schwedische Gelehrte Johann Robeck, der sich 1731 unweit Bremen in der Weser ertränkte, schrieb nämlich ein Buch: De morte voluntaria philosophorum et bonorum virorum, etiam Judaeorum et Christianorum. Rinteln, 1736, auch: Marburg, 1753.) Ferner berichtet dieser Zeitgenosse, zu Göttingen wäre 1777 eine Verbindung von Studenten geschlossen worden, die sich "Wertherianer" nannten, wie Werther gekleidet gingen, und selbst im Winter von dem Werther-Fieber überfallen wurden, indem sie beim rauhesten Wetter an wüste Oerter liefen, um daselbst Erscheinungen zu haben. Dieses göttinger Geschichtchen gehört aber wohl in dasselbe Kapitel mit verschiedenen abenteuerlichen Gerüchten und Professorenwitzen über den göttinger Dichterbund im Anfang der siebziger Jahre.

42. Zu S. 168. D. Chodowiecki's sämmtliche Kupferstiche, beschrieben von Wilhelm Engelmann, Leipzig, 1857, S. 80.

43. Zu S. 171. Jakob Minor, Christoph Friedrich Nicolai, in Kürschner's Deutscher National-Litteratur, 72. Bd., S. 294 fg.

44. Zu S. 186. Unter Nicolai's Korrespondenten, die sich veranlaßt fühlten, ihm billigende und aufmunternde Worte über seinen freudigen Werther zu schreiben, ist auch Justus Möser. „Die Freuden des jungen Werthers," so heißt es in einem Briefe desselben aus Osnabrück, vom 20. Februar 1775, „haben hier, wie überall, einen lauten Beyfall gefunden, und ich wünsche, daß solche der neuen Ausgabe der Leiden, welche veranstaltet wird, beygefügt werden mögen, um die Schwachen zu stärken. Ich hänge mich nicht!" Und in einem Briefe vom 10. December 1775 schreibt er: „Das deutsche Publikum ärgert mich zuweilen von Herzen. Die Leiden und Freuden des jungen Werthers ließen der Kunst des Herrn Göthe Gerechtigkeit widerfahren, und riefen nur eine Wahrheit etwas laut aus, die Herr Göthe selbst nicht verkennet und die man bey dem Geräusche, welches sein Werk machte, vergessen konnte. Einen solchen Gegner würde ich für meinen besten Freund gehalten, und die Leiden und Freuden als einen Beyfall für mein täuschendes Kunstwerk aufgenommen haben ... und siehe da! Man nimmt es im Ernst übel!" (Vermischte Schriften von Justus Möser. Herausgegeben von Friedrich Nicolai. Zweyter Theil. Berlin und Stettin, bey Friedrich Nicolai, 1798. S. 151. 154.) Man darf auf solche Briefstellen nicht zu viel Gewicht legen; doch läßt es sich heute schwer begreifen, daß dieses fast peinlich alberne Nicolai'sche Machwerk dem gesunden Sinne eines Justus Möser nicht zuwider gewesen sein sollte.

45. Zu S. 192. Boie äußert sich in Briefen an Merck über die Gegenschrift. „Nicolai's Freuden Werther's", schreibt er am 3. Februar 1775 aus Göttingen, „haben mich sehr überrascht. Vieles darin ist so übel nicht. Mich verlangt, was

unſer Göthe dazu ſagen wird. Man ſieht hier dieß Dings ſo=
wohl als den Werther ganz ſchief an." Später meint er in=
deſſen, Nicolai habe die Begegnung im „Prometheus" ſchon
mehr verdient, als Claudius. „Warum miſcht ſich der Mann
in Alles, was ihn nicht angeht. Das verwünſchte Kunſtrichteln
gibt doch dem Geiſte einen närriſchen Bug. Ein Kritiker von
ſo vielen Jahren iſt ein eignes Geſchöpf." Briefe an Merck
(1ſte Sammlung), S. 57 und 64. An Nicolai ſelbſt ſchrieb
Boie unter'm 20. Februar 1775 in einem verbindlichen Tone
über die Parodie. S. Weinhold, H. C. Boie, S. 165.

46. Zu S. 193. Der gute Franz Horn ſagt über dieſe
Verslein: „So iſt in ſeinem (Goethe's) Gedicht: „Nicolai an
Werthers Grabe", durch unvergleichlichen Wiß aus der un=
bedeutenden Geſchichte, daß ein ſehr beſchränkter Mann den
Werther nicht verſtand und deshalb ſchalt, ein reines Kunſt=
werk gezaubert worden; iſt es aber gedruckt und kann es
jemals gedruckt werden? Nein. Es iſt aber deshalb durchaus
nicht unbekannt geblieben, und wer es nicht kennen ſollte, wird
gewiß die Mühe nicht ſcheuen es irgendwo bei einem ſeiner
humoriſtiſchen Bekannten aufzutreiben, ich hoffe ſogar, die Mühe
ſoll den Genuß noch vermehren." (Die Poeſie und Beredſam=
keit der Deutſchen, von Luthers Zeit bis zur Gegenwart, Berlin
1829, IV. 159.) Dieſe Aeußerung des nun etwas vergeſſenen
Litterarhiſtorikers verdient wohl als ein Kurioſum angeführt zu
werden.

47. Zu S. 195. Aus F. H. Jacobi's Nachlaß, II. 275.

48. Zu S. 196. Die Schrift von Moſes Mendelsſohn
Ueber die Empfindungen (in Briefen zwiſchen den Welt=
weiſen Euphranor und Theokles) erſchien 1751, ſpäter im erſten
Theile von Mendelsſohn's Philoſophiſchen Schriften (Berlin
1761; verbeſſerte Auflage, 1771; auch 1777). Ueber den Selbſt=
mord wird in mehren dieſer Briefe ſpekulirt. Im dreizehnten
Briefe wird bemerkt, die Schaubühne habe ihre eigene Sittlich=

keit. „Der Selbstmord ist auf der Schaubühne, aber nicht im Leben sittlich gut."

49. Zu S. 211. Als L. A. Hoffmann sein Schauspiel „Das Werther-Fieber" herausgab, gehörte er noch zu denen, welche unter Kaiser Joseph für die Aufklärung ihre Stimmen erhoben; als aber nach Joseph's Tod andere Zeiten kamen, machte er sich verhaßt und verächtlich durch Anschwärzung und Verfolgung der Freimaurer und Illuminaten und aller Aufgeklärten. Schlosser sagt über ihn in der Geschichte des achtzehnten Jahrhunderts (III. 272): „Exjesuit war der saubere Professor Hoffmann, aufgeklärt unter Joseph, so daß er sich bei den Illuminaten einschlich, schändlicher Spion und Denunciant unter Leopold II." Hoffmann soll übrigens nicht zur Gesellschaft Jesu gezählt haben. Vergl. Constantin Wurzbach's Biographisches Lexikon des Kaiserthums Oesterreich, 9. Th., S. 161—164.

50. Zu S. 223. Es verdient doch auch bemerkt zu werden, wie das Nicolai'sche kritische Tribunal sich über das unflätige Büchlein des westfälischen Landpfarrers aussprach. In der Allgemeinen Deutschen Bibliothek von 1778, 35. Band, 1. Stück, S. 183 sg., findet sich eine Anzeige desselben, worin unter Anderem gesagt wird: „Ohngeachtet dem Verfasser allerdings hie und da Züge mißglückt sind, und er zuweilen zu sichtbar nach Witze hascht; so können wir ihm doch unsern Beyfall nicht ganz versagen. Wir sind gewiß, daß mancher Leser in diesen Paar Bogen viel Wahres und viel auf sich selbst Anwendbares, auf eine meistentheils angenehme und leichte Art Gesagtes finden werde. . . . . Was uns nicht gefällt, ist, daß er (Franke) durch einen gemeinen Strick stirbt; es hätte wenigstens das Strumpfband seiner Geliebten seyn sollen. Für ein Product, das nicht lange leben kann, weil die Thorheiten, die es belacht, bald ganz vergessen seyn werden, ist es immer gut genug." — Dem Altonaer Reichs-Postreuter waren die „Leiden des jungen Franken" hochwillkommen. „Dank dem Manne", heißt es in der Nr. vom 6. April 1778, „wer er auch sey, der

uns die Leiden des jungen Franken geschenkt hat, und vielleicht
manchem, der vom Wertherfieber und der Geniesucht bereits angesteckt ist, ein wohlthätiger Aeskulap wird."

51. Zu S. 223. Heinrich Leopold Wagner erblickte am
19. Februar 1747 zu Straßburg das Licht und studirte daselbst
die Rechte. Später kam er nach Frankfurt, wo er unter die
Zahl der Advokaten aufgenommen wurde und eine angejahrte
Bürgerwittwe heirathete. Er starb aber schon am 4. März
1779. Mit ihm ist nicht zu verwechseln der Verfasser der „Lieder
für die Söhne der Dummheit," Moropolis (Marburg) 1774,
und Herausgeber des Frankfurter Musenalmanachs, Heinrich
(Leopold?) Wagner, der ebenfalls Advokat und sogar auch in
gleichem Alter war (geb. 26. November 1747 zu Kassel, gest. im
Januar 1814 zu Hungen in der Wetterau.) Der ächte Wagner
bethätigte sich nach seiner Art als Dichter, Uebersetzer, drama-
turgischer Kritiker und Mitarbeiter an den Frankfurter gelehrten
Anzeigen. Vielberufen ist seine „Kindermörderin"; ein grob
realistisches Stück, „der zarteren Nerven spottend", dem aber
doch eine zeitgemäße menschenfreundliche Tendenz zu Grunde
liegt. Es erschien zuerst ohne den Namen des Verfassers, mit
der ominösen Bemerkung unter dem Personenverzeichniß: „die
Handlung währt neun Monat".

Die Kindermörderinn ein Trauerspiel. Leipzig, im
Schwickertschen Verlage. 1776. 120 S. in 8.

Die erste Scene ist besonders wüst und widerlich; sie versetzt
uns in ein Haus der Unzucht, worin die bildschöne achtzehn-
jährige straßburger Metzgerstochter Jungfer Evchen Humbrecht
in Begleitung ihrer albernen Mutter verlockt worden ist, und
wo ihr Gewalt angethan wird. Eine Scene, die in der That
an nackter Darstellung der Gemeinheit ihres Gleichen sucht. Im
sechsten Akt drückt die Heldin ihrem schreienden Säugling eine
Stecknadel in die Schläfe. Die Rolle des Verderbers in diesem
Stücke spielt, gleichwie in den „Soldaten" von Lenz, ein adeliger
Offizier, der junge Herr Lieutenant von Gröningseck. Wagner

erklärte später, er habe das Trauerspiel nicht für die Bühne
geschrieben, sondern „fürs Kabinet, für denkende Leser". Den=
noch ist es in dieser ursprünglichen Abfassung, mit einigen un=
bedeutenden Aenderungen, zu Preßburg durch die Wahrische
Truppe im Juli 1777 an's Lampenlicht gebracht worden. Für
die berliner Bühne dagegen besorgte Lessing's jüngster Bruder
Karl Gotthelf ohne Wagner's Vorwissen eine Umarbeitung, welche
das Stück „vor ehrlichen Leuten vorstellbar" machen sollte,
übrigens doch durch die hohe Polizei verboten wurde, nachdem
die Komödienzettel schon ausgegeben waren (gedruckt unter dem
Titel: Die Kindermörderinn, ein Trauerspiel in fünf Aufzügen.
Neue umgearbeitete Auflage. Berlin 1777. Bey Christian
Friedrich Himburg. 8 Bll. und 110 S. in 8.). Dies bewog
unseren Wagner, wie er sagt, „selbst Hand anzulegen, und den
in der Kindermörderinn behandelten Stoff so zu modificiren,
daß er auch in unsern delikaten tugendlallenden Zeiten auf unsrer
sogenannten gereinigten Bühne mit Ehren erscheinen dörfte."
Er unterdrückte nun den ganzen ersten Akt, und gab seinem
Stücke einen anderen Ausgang, indem er die zu Grund ge=
richtete Unschuld nicht bis zur Ausführung der Bluttat kommen
ließ; auch nannte er es: Evchen Humbrecht oder Ihr
Mütter merkts Euch! ein Schauspiel in fünf Auf=
zügen. (144 S.) In solcher noch immer ziemlich abschrecken=
den Gestalt wurde das Drama im September 1778 zu Frank=
furt am Main von der Seyler'schen Gesellschaft aufgeführt; im
Druck erschien es zusammen mit einer Bearbeitung des Macbeth
in Prosa (Theaterstücke von Heinrich Leopold Wagner. Franck=
furt am Meyn verlegts Johann Gottlieb Garbe. 1779. in 8.).
Goethe erzählt im 14. Buch von „Dichtung und Wahrheit", er
habe Wagner den Plan zu seinem Faust anvertraut, und dieser
habe die Katastrophe des Gretchen aufgefaßt und für die „Kinder=
mörderinn" benutzt; „es verdroß mich," fügt er hinzu, „ohne
daß ich's ihm nachgetragen hätte." Jedenfalls erinnert aber das
straßburger Evchen in keiner Weise an das Gretchen des Faust.

(Alles Nähere über diesen nicht eben liebenswürdigen Ge=
nossen der Geniezeit, was sich noch „ausgraben" ließ, findet man

in Erich Schmidt's reichhaltigem Buche „Heinrich Leopold Wagner", welches 1879 in einer zweiten umgearbeiteten Auflage erschien. Ein neuer Abdruck der „Kindermörderinn" wurde gleichfalls durch E. Schmidt besorgt:

> Die Kindermörderinn. Ein Trauerspiel von H. L. Wagner. Nebst Scenen aus den Bearbeitungen K. G. Lessings und Wagners. Heilbronn, Gebr. Henninger. 1883. X und 116 S. in 8. (Deutsche Litteraturdenkmale des 18. und 19. Jahrhunderts. In Neudrucken herausgegeben von Bernhard Seuffert. Nr. 13.)

Ebenso hat August Sauer dieses ehemals nur von Wenigen gekannte Stück 1883 wieder herausgegeben, in Kürschner's Deutscher National-Litteratur, 80. Bd. S. 283—357.)

52. Zu S. 224. „Prometheus Göthe, der Feuer vom Himmel stahl, schickt seinen Deukalion Werther, nachdem das arme Deutschland von der französischen Sündfluth fast weggeschwemmt ward, in die Welt." Schubart, in seiner Anzeige von „Prometheus, Deukalion" ꝛc., Deutsche Chronik, 1775, 16. März.

53. Zu S. 226. Albrecht Wittenberg (1728—1807), der „Nachtwächter in Altona", der auch im Lessing'schen Fragmentenstreit seine Rolle spielt, gehörte zu den eifrigen Widersachern Goethe's und der Geniemänner, und war gleicherweise ein Shakespeare-Verächter. Seine Anzeige des Werther im Reichs-Postreuter von 1771 findet sich mitgetheilt in R. M. Werner's Schrift über das pfälzer Kraftgenie Ludwig Philipp Hahn, S. 132 fg.

54. Zu S. 229. Nicolai zeigte im 26. Bande seiner Allgemeinen Deutschen Bibliothek, S. 203 fg., mit dem Prolog zu Bahrdt's Neuesten Offenbarungen, der Farce gegen Wieland und dem Neueröffneten moralisch-politischen Puppenspiel, auch den Prometheus an. „Die drey ersten Stücke,“ sagt er, „sind allgemein und laut Hrn. Göthe, ohne seinen Widerspruch), zugeschrieben worden. Es ist vielleicht eine Zeit gewesen, wo er geglaubt hat, er dürfe sich über alle angenommene Anständigkeit hinaus setzen, dürfe jeden mit Namen nennen, dürfe von jedem sagen, was ihm gut dünke, u. s. w. Wenn wir aber nicht irren, so ist diese Zeit schon vorbey, oder wird nächstens vorbey seyn. Wo kein Landfrieden ist, und 's Faustrecht gilt, da kann zwar ein starker Kerl viel treuherziger zuschlagen, als wenn auf den ersten Schlag gleich die Wache geholt wird; aber nach kurzer Zeit wird eben so treuherzig wieder geschlagen, und denn schlagen immer fünf oder sechs auf den einen, der ausgeschlagen hat, welcher denn zuweilen wohl eine gute Policey herwünschen möchte, damit er nur wieder mit heiler Haut davon wäre. . . . . Es könnte also gar wohl eine Zeit kommen, wo es Hrn. Göthe gereuete, diesen unanständigen Ton angegeben zu haben. Und zwar nicht bloß, weil es ihn nicht freuen dürfte, wenn er einst wider ihn selbst gebraucht würde, sondern auch noch aus einer andern Ursach. Es kann einer sonst ein ganz guter Mann seyn, der nur die Gewohnheit hat, sich in seinem Zimmer, in Unterhosen und Schlafpelze zur bessern Bequemlichkeit auf der Erde herum zu wälzen. Das hat nichts zu sagen. Wenn er aber anfängt, sich in eben dem Aufzuge auf öffentlichem Markte herum zu wälzen, so wird er merken, daß er sich besudelt, daß die Fleischerhunde gegen ihn die Zähne fletschen, daß die kleinen Jungen mit Fingern auf ihn weisen, und daß vernünftige Leute das Gesicht von ihm kehren und die Achseln zucken, und so ist tausend gegen eins zu wetten, er bleibt zu Hause, und wird wohl des Wälzens ganz überdrüßig.“ Die Satire gegen Bahrdt gesteht er mit Vergnügen gelesen zu haben; die Schrauberei sei fein und ohne Bitterkeit. In dem Puppenspiel findet er viel Drolliges, „doch auch, wenns erlaubt ist zu sagen, viel ganz plattes, das wenn's im Hans Sachs stünde, gelitten würde, aber ietzt machts Hans Sachsens alter Schustermantel nicht allein aus, wenn nicht ein kluger Mann drinn steckt.“ Das Beste sei im Jahrmarkt zu Plunders-

weilern. Man merke die Anspielungen bald, wenn der König
Ahasverus mit seinem Minister Haman sich unterrede. „Und
der Schattenspieler, welcher wie H. [Herder] in der allerältesten
Urkunde ruft: „Lichter weg! mein Lämpchen nur" 2c. Götter,
Helden und Wieland nennt er das schlechteste Stück unter
den dreien. „Der Anlage nach, des Verfassers unwürdig. Nur
in dem kurzen Abriß der Alceste des Euripides merkt man den
guten Kopf, sonst ist alles sehr platt. Was würde Hr. G. sagen,
wenn jemand unter dem Titel: Zigeuner, Lumpengesindel
und Göthe ein Pasquill auf seinen Göz von Berlichingen
machte, und führte ihn darinn auf als einen einfältigen Tropf,
wie er in diesem Stücke Herrn Wieland aufführt. Ueberdieß
solle man denken, der Mann, der im Stande wäre, auch bloß
nur die Scene von Martin zu machen, [diese Aeußerung ist sehr
charakteristisch!] schämte sich, so was ungereimtes über Tugend
und Moral zu sagen, wie er hier den Hercules sagen läßet. Die
Art, wie Hr. Wieland sich in seinem Merkur, über dieses sehr
plumpe Pasquill, (denn keinen andern Namen verdient es) erklärt hat, macht ihm wahre Ehre." Endlich kommt Nicolai auf
den Prometheus zu sprechen. Er meint, Goethe's Erklärung
sei zur rechten Zeit gekommen, um seine Ehre zu retten. „Denn,
nebst der unverschämten Oscitanz, der karrenschiebermäßigen
Grobheit, mit welcher verschiedene Gelehrte, die über die Leiden
des jungen Werthers öffentlich ihre Meinung gesagt haben, in
diesem Pasquille angeschnarcht werden, ist doch darinn eine
eigenthümliche Kraft, und eine trotzige Unbekümmerniß, die man
gar wohl Hrn. Göthe zutrauen, hingegen dem H. L. Wagner,
der durch nichts, als durch gewisse sehr elende confiskable
Erzählungen bekannt ist, gar nicht hätte zutrauen sollen. Es
ist uns daher, um Hrn. Göthens Ehre willen, wirklich lieb, daß
er durch seine öffentliche Erklärung es ausser Zweifel gesetzt hat,
daß Er wenigstens der Verfasser des Prometheus nicht ist. Ob
Wagner oder ein anderer der Verfasser sey), steht indessen doch
noch dahin, und möchte am sichersten bey dem Formschneider
Tannheuser in Offenbach zu erfahren seyn, der am besten
wissen wird, wer die Holzschnitte zu diesem Possenspiel bey

ihm bestellt hat, und für wen sie gewesen sind. Ist Wagner
der Verfasser, so hat er sich wirklich in wenigen Monaten gar
sehr gebessert, und da er so schnell ein so ungemeines Genie
zeigt, kann er gewiß, wenn ihm nur erst wird der Bachanten=
zahn ausgebrochen, die Hörner abgestoßen, die
Glieder behobelt und das Salz der Weisheit auf
die Zunge gestreut worden seyn, ein recht wackerer Bursch
werden. Bis dahin sey er eingedenk, daß es ihn sehr schlecht
kleide, wenn er Leute, die zum Theil so gut und besser sind,
als er, so tölpelhaft scurril angrunzt, und daß er dadurch alle
Gaben, die er haben mag, schände." Vergl. Briefe an Merck
(1ste Sammlung), S. 75 fg.

An Höpfner schrieb Nicolai noch in dem S. 229 ange=
führten Briefe vom 13. April 1775: „Das Dingelchen hat mich
übrigens nicht einen Augenblick verdrießlich gemacht. Ich habe
über viele drolligte Stellen herzlich gelacht. Was mich angeht,
hat mich garnicht verdrossen. Denn Einen einen Affen zu
schelten, kostet weder viel Witz, noch kann sonderlich beleidigen.
Aber die impertinenten Stellen wider Wieland haben mich
verdrossen ganz unpartheyischer Weise." Ebenso in einem Briefe
an Zimmermann, vom 15. April 1775: „Ueber das, was im
„Prometheus" drollig ist, habe ich von Herzen gelacht, und
was mich angeht hat mir nicht eine unruhige Minute gemacht.
Man droht von Frankfurt aus mit mehrerm, unter andern,
daß Göthe mich in seinem Doctor Faust wie ich leibte und
lebte aufstellen wollte. Auch das wird mich garnicht aus der
Fassung bringen, sondern wenn die Komödie aufgeführt wird,
setze ich mich vornan." (Bodemann, J. G. Zimmermann ꝛc.,
S. 304.) Daß Nicolai wirklich noch einmal als Steiß=Visionär
und neugieriger Reisender in der Brockenscene des Faust
erscheinen sollte (aus der er freilich besser weggeblieben wäre),
davon konnte auch Goethe in diesen siebziger Jahren keine
Ahnung haben.

55. Zu S. 232. Wieland war von Goethe's Unschuld
gar nicht überzeugt. An den Staatsrath von Gebler in Wien

schreibt er unter'm 7. April 1775: „Vermuthlich ist Euer Hoch=
wohlgeboren auch die Scarteque: Prometheus, Deukalion und
seine Recensenten zu Gesichte gekommen? — Das Ding macht
lachen. Durch ganz Teutschland wird es Göthen zugeschrieben;
ein gemeinschaftlicher Freund versichert mich auf's Heiligste,
daß Göthe an dieser Pasquinade nicht nur ganz und gar keinen
Antheil habe, sondern auch sehr ungehalten darüber sey, daß
man ihm ein so schurkisches Produkt zur Last lege. Ich ge=
stehe, daß ich nicht weiß, was ich von der Sache denken soll."
Auswahl denkwürdiger Briefe von Wieland, II. 44 fg. In
einem Briefe an Gleim läßt er sich folgendermaßen aus:
„Goethe ist 'n seiner Bursche, — hat einen Lumpenkerl ge=
funden, der Vater zu seinem Bastard sein will! Sie haben doch
das Billet schon bekommen, das er an seine Freunde herum=
schickt, um zu deklariren, daß nicht er, sondern ein gewisser
Leopold Wagner den Prometheus ge . . . . . habe. Wollen
'm doch den Gefallen thun und thun, als ob wir es glauben."
Der Brief ist ohne Datum, wurde aber von Gleim am 24. April
1775 empfangen. Lessing, Wieland, Heinse, nach den hand=
schriftlichen Quellen in Gleim's Nachlasse dargestellt von Heinrich
Pröhle, S. 100.

56. Zu S. 232.

Der Tausendsakerment!
Schlagt ihn todt, den Hund! Es ist ein Recensent.

Diese kraftgenialischen Trutzverse erschienen zuerst im Wands=
becker Bothen vom 9. März 1774, anonym und ohne Ueber=
schrift. Dann im göttinger Musen=Almanach für 1775, S. 59:
sie haben dort die Ueberschrift: Der unverschämte Gast,
und sind mit H. D. unterzeichnet. Damals stachelte die Schnurre
einen Ungenannten — der nun aber auch ausgewittert worden
ist — zu einer Entgegnung auf; in den Frankfurter gelehrten
Anzeigen vom 15. November 1774, S. 762, findet sich nämlich
ein elender „Pendant" zu derselben:

Der Sudelkoch.

Ein Pendant zum unverschämten Gast im Göttingischen Musen-
allmanach aufs künftge Jahr.

Da hieng ein Kerl ein neues Schild heraus,
Kramte Pastetchen und Tärtchen zum Kauf aus;
Rühmte sie seinen hungrigen Gästen
Als die schmackhaft'sten und besten,
Die je gebacken worden; Hm!
Dacht ich — zu seiner Zeit ein Leckerbissen
Schmeckt eben nicht dumm!
Wirst wohl auch eins davon versuchen müssen!
Ich thats, gab meinen baaren Groschen drum,
Erkauft' also zugleich das Recht zu judiciren
Ob Ich für mein Theil es goutiren
Könn' oder nicht? — Da g'schah nun grad das leztere;
Die liebe Butter, mit Respekt zu sagen! älzelte;
Der span'sche Teig, war härter fast als Steine;
Das Eingefüllete halb roh, kaum gar für Schweine;
Hin warf ich's! schlich voll Aergers weg,
Brummt' in den Bart so was von Sudelkoch und Dreck. —
Drob that der Kerl sich stracks formalisiren,
Fing an von Unverschämt, von Gast, von Recensent,
Und Tausend Sakerment
Was her zu raisonniren: — —
Der Bengell — schmeißt ihn tod den Hund! Es ist ein
Autor, der nicht kritisirt will seyn.

Dieser „Pendant" steht auch im leipziger Almanach der deutschen Musen auf das Jahr 1775, S. 229 fg., unterzeichnet:
Fr. Der Verfasser ist aber kein anderer als Heinrich Leopold
Wagner. (Erich Schmidt, Wagner, 2te Auflage, S. 18.) In
einer Farce: „Der Sudelkoch, oder Peter Krapfel, ein Lustspiel
in einem Aufzuge" (Wien, 1776), scheint diese Parodie des
Goethe'schen Einfalls nochmals breitgetreten zu sein. (Almanach
der deutschen Musen, 1777, S. 76 fg.)

57. Zu S. 238. „Luftspiele nach dem Plautus fürs deutsche Theater. Frankfurt und Leipzig. 1774." (Leipzig, bei Weygand.) 330 S. in 8. Fünf Stücke: Das Väterchen (Asinaria). Die Aussteuer (Aulularia). Die Entführungen (Miles gloriosus). Die Buhlschwester (Truculentus). Die Türkensclavin (Curculio). Tieck erwähnt in seiner Einleitung zu den gesammelten Schriften von Lenz, S. CXXIII, eines unsicheren Gerüchtes, daß Goethe an diesen lebensvollen Nach= bildungen des Plautus, wozu er dem Freunde den Verleger verschaffte, selbst mitgearbeitet habe: Dünher bemerkt in seinen „Frauenbildern aus Goethe's Jugendzeit", S. 78, Goethe scheine manche Striche darin gethan zu haben, und darauf, sowie auf Verbesserungsvorschläge hat sich denn wohl auch sein Antheil beschränkt. Vergl. Goethe's Brief an Salzmann, vom 6. März 1773, in August Stöber's Schrift über Salz= mann, S. 54—57.

Hinsichtlich der Anmerkungen übers Theater sagt z. B. der Gießener Schmid, der sonst die modernisirten Plautinischen Luftspiele nur Lenz zuschreibt, im November=Hefte des Teutschen Merkur von 1774, S. 181: „Sein dramatisches Glaubens= bekenntniß hat uns Herr Göthe in einigen Anmerkungen über das Theater vorgelegt." Allerdings wurde dies aber im Jänner=Heft von 1775 berichtigt. „Nicht Herr Göthe," heißt es dort S. 94, „sondern Herr Lenz ist der Verfasser dieser Anmerkungen;" bei welcher Gelegenheit Wieland in einem „Zusatz des Herausgebers" seinen Aerger über die tumultuari= sche junge Schule ein wenig ausschüttet: „Der Verfasser der Anmerkungen übers Theater mag heißen wie er will, traun! der Kerl ist 'n Genie und hat bloß für Genien, wie er ist, ge= schrieben" u. s. w.

58. Zu S. 238. „Der Hofmeister oder Vortheile der Privaterziehung. Eine Komödie. Leipzig, in der Weygand= schen Buchhandlung. 1774." 164 S. in 8. (Auch: Biel, 1775. 128 S.) In erhitztem Tone ließen sich die Frankfurter gelehrten Anzeigen über dieses Stück „voll Menschheit" aus.

(Jahrgang 1774, S. 4.9 fg.) „Dank sey dem Manne,“ riefen sie dem Verfasser entgegen, „der Muth hat, zu zerbrechen, was Geist und Herz bindet, und uns dafür giebt, was so selten ist — Menschen und wahres Gefühl! Dank ihm, daß er sich nicht schrekken läßt, wenn der Strom seines Genies überströmt, wegreißt die mit dürrem trocknen Sand bedeckten Länder, die mit kurzbeschnittnem Taxus umgebnen Gänge, die Bosquets, wodurch die Kunst sieht — wenn ihn da in seinem Lauf nicht aufhält das heisere Schreyen des Eigenthümers über die angerichtete Verwüstung eines Orts, der ihm doch nicht Schatten gab, nicht erquickende Kühlung in Sonnenhitze — Dank ihm da! Er strömte, überströme, verschlinge die Kunst, die da trocken sieht rc.“ Ueber die sehr anstößige Katastrophe des Hofmeisters, Läuffer mit Namen, geht der Recensent spaßend hinweg. Dieser artige „Jungfernknecht“ entmannt sich nämlich selbst, in einem Anfall von Reue und Verzweiflung, nimmt aber darauf nichtsdestoweniger ein blutjunges unschuldiges Bauernmädchen zum Weibe. Schließlich heißt es: „Wir hören auf und bitten nur noch den unbekannten Herrn Verfasser, uns bald wieder so angenehm zu überraschen. Drum bitten wir auch Herrn D. Göthe, von dem wir sehnlich wünschten, eine Komödie zu sehn, da wir schon einigemal Gelegenheit gehabt, seine Stärke im Komischen in kleinen Stückchen zu bewundern — Und dann noch Stücke, wie Götz — O möchten wir nicht vergebens gewünscht haben!“ Auch wegen der Anmerkungen über's Theater wird in dieser Wochenschrift, S. 796 fg. desselben Jahrgangs, lautes Triumphgeschrei erhoben: „Ein sehr vollwichtiger Beytrag zur Dramaturgie! — tiefdurchdachte Einsichten in die Kunst! ächtes warmes Gefühl des Schönen! anschauend dargestellt! in jedem Zuge die Hand eines Meisters kennbar! — Da stehn sie nun, die Männerchen von Goldpapier! die ein — ein Zephyr hin und her bewegen kann, und zittern vor dem von fern majestätisch herbrausenden Sturmwind: da stehn sie, die Helden aus Lilliput, die — um nicht für Zwerge gehalten zu werden — den einen Riesen schelten, der drei Zoll mehr hat als sie, und staunen den Koloß an — Verteutscht! hier stehn sie, die

französischen und französirten beaux esprits. die hochgelehrten Herren Spießträger des sentenziösen Corneille, des süß=tönenden Racine rc. und möchten des Henkers werden, daß nicht Jedermann durch ihre Lorgnette gucken, und sich das Ge=sicht verderben will, — hier stehn sie, und schämen sich! .....
Es ist aber auch kein Wunder; denke nur selbst lieber Leser! so viele viele à la modische Tragedienweber, die bisher doch auch glaubten einen Kopf zu haben, ein Genie zu seyn, die alle, alle stürzen nun sammt und sonders von ihrer eingebildeten Größe in Nichts zurücke. — — Alas poor blockheads! — Wer die Description eines Genies S. 15 gelesen hat, und noch glaubt auf diesen Ehrentitel Anspruch machen zu dürfen, der muß ent=weder würklich einer seyn, oder er ist der eingebildetste Narre, der jemals auf zwey Füßen den Himmel angestürt hat. — Willst noch näher mit dem Werkchen bekannt werden? — gut! geh hin und lies es selbst, es wird dich warlich nicht reuen. ....
Wirst im zweyten Absatz mit großem Entsetzen und kaltem Herzensschauder wahrnehmen, auf welchen faulen und vermoderten Grundpfeilern das Aristotelische Brettergerüste schon so lange geruht hat. .... Wirst endlich im dritten Absatz das beste — alles! — was zur Vertheidigung der historischen Schau=spiele gesagt werden sollte, gleichsam in einer Marksuppe ein=schlürfen."

Im Jahrgang 1776, S. 114, wird gelegentlich einer An=zeige von Eschenburg's Shakespeare = Uebersetzung der Schatten des britischen Dichterkönigs heraufbeschworen, unseren armen Lenz mit folgenden hohen Worten begrüßend: „Wer bist du, Jüngling mit den wackern Augen? Sympathetischer Geist! — Sag an deinen Namen. Du bist der würdigste Herold, den mir Fama gesendet — Lenz! du wirst ein Feuer in den Seelen deiner Brüder entzünden und wirst meiner Nebenbuhler viel machen!"

Gegen den Hofmeistertitel verwahrte sich Lenz ausdrücklich in einer öffentlichen Erklärung im Jahrgang 1775, S. 417. Während seiner Universitätszeit habe er in Königsberg eine der=artige Stelle ein halbes Jahr lang bekleidet; weil aber seine

Abneigung gegen den Hofmeisterstand immer lebhafter wurde,
zog er sich wieder in seine „arme Freyheit" zurück. Nachher
wäre er nie wieder Hofmeister gewesen. „In Straßburg," setzt
er hinzu, „war ich der Gesellschafter junger Herren, deren
Freundschaft mich bisher unterstützt hat." Diese jungen Herren
waren zwei Edelleute aus Kurland, als deren Begleiter Lenz
im Jahre 1771 nach Straßburg kam und die in französische
Kriegsdienste traten, die Gebrüder von Kleist.

59. Zu S. 241. „Das leidende Weib. Ein Trauerspiel.
Leipzig, in der Weygandschen Buchhandlung. 1775." 112 S.
in kl. 8. Schon Nicolai hatte Lenz als den Verfasser dieser
hastig „hingeschmissenen" dramatischen Skizze und noch dazu des
Klinger'schen „Otto" angesehen. So vielfach wurden die rasch
wild producirenden „Göthianer" mit einander verwechselt. Fragt
doch auch einmal Karl Gotthelf Lessing, in einem Briefe vom
1. Juni 1776, bei seinem Bruder an, ob dieser „Lenzens neue
Arria" gelesen habe, während er ein ander mal von der Wagner=
schen „Kindermörderin" sagt: „dieses Schauspiel, das von Lenzen
seyn soll", anderer Verwechselungen nicht zu gedenken. Im
Teutschen Merkur, August 1775, S. 177, wurde bald nach dem
Erscheinen des „leidenden Weibes" von einem Recensenten ge=
sagt, man finde bei dem Verfasser dieses Stückes ebenso viel
Spuren „von der Begierde, Lenzen nachzuahmen, als Merkmale
der Jugend." Der Verfasser wäre aber gegen sein Muster
„Mondlicht gegen Sonnenglanz; seine Sprache minder reichhaltig
und originell, die Charaktere weniger ausgeführt." Der Nach=
ahmungssucht will der Recensent denn auch die unartigen Aus=
fälle beimessen, die „der rüstige Knabe auf Wieland gethan".
Diese Ausfälle auf den „charmanten Wieland" haben des Re=
censenten Galle erregt. Tieck erwähnt dieser Anzeige in seiner
Einleitung zu den Schriften von Lenz, S. CXXII. Daß das
„leidende Weib" wirklich von Klinger herrührt, ist außer allem
Zweifel gestellt durch eine Erklärung gegen die witzlose „Schand=
schrift": „Die frohe Frau. Ein Nachspiel schicklich aufzuführen
nach der Leidenden Frau. Offenbach und Frankfurt, drucks

und verlegts Ulrich Weiß 1775." 23 S. in 8. Diese in einem sehr gekränkten Ton gehaltene Entgegnung, in den Frankfurter gelehrten Anzeigen vom 11. August 1775, hat Klinger mit seinem Namen als Verfasser des angegriffenen Trauerspiels unterzeichnet. Ueberdies sagt er in einem Briefe vom Jahr 1775 an seinen Jugendfreund Daniel Schumann zu Mainz, er haben dieses Stück in vier guten Tagen gemacht.

Dem Werther=Dichter hat der um zwei und ein halb Jahre jüngere Klinger im „leidenden Weib" ein Denkmal gesetzt. Es kommt darin eine Figur vor, welche nur der Doktor heißt: sie soll offenbar ein Porträt von Goethe sein, am Schlusse des zweiten Aktes findet sich eine deutliche Hinweisung auf ihn. Goethe wird hier ein wunderbarer Mensch genannt, den nun wieder Alle nicht fassen können. „Der erste von den Menschen, den ich je gesehen. Der alleinige, mit dem ich seyn kann. Läufer, der trägt Sachen in seinem Busen. Die Nach= kommen werden staunen, daß je so ein Mensch war." (Ein Neudruck dieses merkwürdigen Stückes erschien 1889, in der Gesamt=Litteratur des In= und Auslandes: Das leidende Weib. Ein Trauerspiel von Friedrich Maximilian Klinger. Nebst einem Anhang: Die frohe Frau und Klingers Entgegnung. Herausgegeben und eingeleitet von Ludwig Jacobowski. Halle a. d. S. o. J. 88 S. in 8. S. 3—12: Einleitung.)

Was übrigens Tieck's Sammlung der Lenzischen Schriften betrifft, so steht darin auch, wie Andere schon bemerkt haben, eine lange Ode auf den Wein (sogar mit der Bezeichnung 1748), die zwei Jahre vor der Geburt unseres Lenz gedichtet war und dem 1780 verstorbenen Ludwig Friedrich Lenz aus Altenburg angehört. Dazu ist Tieck Manches entgangen. So das Gedicht: Die Liebe auf dem Lande, worin uns das rührende Bild der stillen und bleichen Pfarrerstochter vor die Seele geführt wird, die ihre erste Liebe nicht vergessen kann, das schönste Gedicht von Lenz, ausgezeichnet durch den einfachen und innig warmen Ton (zuerst gedruckt im Schiller'schen Musen= Almanach für 1798, S. 74—79). Ferner das nicht uninte= ressante Roman=Bruchstück in Briefen: Der Waldbruder, ein

Pendant zu Werthers Leiden, und Beiträge im Vossischen Musenalmanach für 1777, S. 28, und 1778, S. 41, 46—48, 122 fg. Unter den letzteren ein Gedicht: An das Herz, dessen Schlußstrophe Robert Pruß in seiner Schrift „Der Göttinger Dichterbund", S. 345, mit Recht sehr charakteristisch findet:

> Lieben, hassen, fürchten, zittern,
> Hoffen, zagen bis ins Mark,
> Kann das Leben zwar verbittern:
> Aber ohne sie wärs Quark!

(Seit dem Erscheinen der ersten Auflage unserer Schrift hat der Aargauer Ed. Dorer = Egloff „Nachträge zu der Ausgabe von Tieck und ihren Ergänzungen", Baden, 1857, geliefert; auch hat O. Fr. Gruppe die Lebensgeschichte unseres Lenz und seine Stellung in der Litteratur in einem besonderen Buche abgehandelt [Reinhold Lenz. Leben und Werke. Mit Ergänzungen der Tieckschen Ausgabe. Berlin, 1861], jedoch mit auffallender Ueberschätzung des zerfahrenen Dichters. — Neue Mittheilungen über Lenz bietet die Schrift von Paul Theodor Falck in Riga: Der Dichter J. M. R. Lenz in Livland. Eine Monographie nebst einer biographischen Parallele zu M. Bernays' Jungem Goethe von 1766 bis 1768, unbekannte Jugenddichtungen von Lenz aus derselben Zeit enthaltend. Winterthur, 1878. XVI und 84 S. Eine anziehende Studie ist ferner von Erich Schmidt veröffentlicht worden: Lenz und Klinger, zwei Dichter der Geniezeit. Berlin, 1878. — Durch Karl Weinhold wurden die Gedichte von Lenz herausgegeben, mit Benutzung des Nachlasses Wendelins von Maltzahn, Berlin, 1891, XXII und 328 S., nachdem bereits 1883 August Sauer achtundsechzig Lenzische Gedichte zusammengestellt und mit Anmerkungen versehen hatte, in Kürschner's Deutscher National=Litteratur, 80. Bd. S. 213—271. Johann Froitzheim in Straßburg kam mit einem neuen Buche: Lenz und Goethe. Mit ungedruckten Briefen von Lenz, Herder, Lavater ꝛc. Stuttgart, 1891. VIII und 132 S. Es kann nun überhaupt beinahe von einer Lenz=Litteratur die Rede sein. — Eine Reliquie aus den dreißiger Jahren ist das Novellenfragment „Lenz" des frühe dahingegangenen Georg Büchner; es behandelt jenen Moment in dem Leben des Unglücklichen, da er zum zweiten male im Elsaß erscheint und zu Waldbach im Steinthal bei dem frommen Pfarrer Oberlin verweilt. Dieses Fragment wurde zuerst gedruckt in Gutzkow's „Telegraph" von 1839, Nr. 5 fg., als der Verfasser schon zwei Jahre todt war, sodann in den Nachgelassenen Schriften, Frankfurt am Main, 1850, S. 199–234. Wie man auch über den Gegenstand dieser Dichtung denken mag, so bleiben doch die Worte wahr, mit welchen Gutzkow den ersten Abdruck begleitete. „Diese Probe von Büchner's Genie", sagt er, „wird auf's Neue beweisen, was wir mit seinem Tod an ihm verloren haben. Welche Naturschilderungen, welche Seelenmalerei! Wie weiß der Dichter die feinsten Nervenzustände eines, im Poetischen wenigstens, ihm verwandten Gemüthes zu belauschen! Da ist alles mitempfunden, aller Seelenschmerz mitdurchdrungen; wir müssen erstaunen über eine solche Anatomie der Lebens- und Gemüthsstörung." — Die interessanten und weichen, etwas verschwommenen Gesichtszüge von Lenz lernten wir zuerst kennen durch ein Faksimile einer Handzeichnung von Pfenninger aus Lavater's Sammlung in der Kaiserl. Bibliothek zu Wien; dasselbe findet sich in dem Bilderatlas zur Geschichte der deutschen National-Litteratur von G. Könnecke. Marburg, 1885 rc.)

Werther-Ausgaben.

Uebersetzungen.

Wertheriana.

(Die in eckigen Klammern eingeschlossenen Ziffern weisen auf die Stellen des Textes hin, wo die betr. Uebersetzungen, Gedichte, Parodien und anderen Schriften sich erwähnt finden.)

Werther-Ausgaben.

1774—1887.

~~~~~~

Goethe's Jugendroman trat ohne den Namen des Ver=
fassers in die Welt, und wurde mit derselben Jahreszahl zwei=
mal gedruckt:

> Die Leiden des jungen Werthers. Erster Theil. —
> Zweyter Theil. Leipzig, in der Weygandschen Buch=
> handlung. 1774. 224 S. in 8. (Der erste Druck unter=
> scheidet sich vom zweiten durch eine Anzeige von elf
> Druckfehlern auf der letzten Seite.)

Eine neue Auflage erschien im folgenden Jahre:

> Die Leiden des jungen Werthers. Erster Theil. —
> Zweyter Theil. Zweyte ächte Auflage. Leipzig, in der
> Weygandschen Buchhandlung. 1775. 224 S. in 8.

Hier haben die Titelblätter beider Theile Rundvignetten, wozu
die folgenden, freilich etwas schwachen Verslein gekommen sind:

> I. Jeder Jüngling sehnt sich so zu lieben,
>   Jedes Mädgen so geliebt zu seyn,
~~~~~~

> Ach, der heiligste von unſern Trieben,
> Warum quillt aus ihm die grimme Pein?

II. Du beweinſt, du liebſt ihn, liebe Seele,
   Retteſt ſein Gedächtniß von der Schmach;
   Sieh, dir winkt ſein Geiſt aus ſeiner Höle:
   Sey ein Mann, und folge mir nicht nach. *)

Außerdem iſt in dem Briefe vom 13. Juli 1771 eine kleine Stelle eingefügt worden. Von dieſer zweiten Auflage ſind wiederum drei verſchiedene Drucke vorhanden. — Wie man leicht vorausſetzen kann, waren die Herren Nachdrucker nicht faul, ſich des vielbegehrten Buches zu bemächtigen. Aus den Jahren 1775 bis 1795 zählen wir ſechzehn verſchiedene Nachdrücke:

1. Die Leiden des jungen Werthers. Erſter Theil. — Zweyter Theil. Frankfurt und Leipzig. 1775. 224 S. in 8.

2. Die Leiden des jungen Werthers. Erſter Theil. — Zweyter Theil. Zweyte Auflage. Frankfurt und Leipzig, 1775. 208 S. in 8.

3. Die Leiden des jungen Werthers. Erſter Theil. — Zweyter Theil. Freyſtadt, 1775. 232 S. in 8.

4. Die Leiden des jungen Werthers. Erſter Theil. — Zweyter Theil. Freyſtadt, 1775. 143 S. in 8.

-----

*) Eine ähnliche Warnung, wie Goethe in dieſen Verſen Werther's Geiſt ausrufen läßt, hatte er ſchon früher einmal an den Leſer richten wollen; in einem uns zufällig erhaltenen Konceptſtück des Vorworts, das Adolf Schöll in den „Briefen und Aufſätzen von Goethe", S. 146, mitgetheilt hat, findet ſich folgende Stelle: „ſchöpfe nicht nur wollüſtige Linderung aus ſeinen Leiden, laß indem du es lieſeſt nicht den Hang zu einem unthätigen Mißmuth in dir ſich vermehren, ſondern ermanne dich und laß dir dieſes Büchlein einen tröſtenden, warnenden Freund ſeyn, wenn du aus Geſchick oder eigner Schuld keinen nähern finden kannſt, dem du vertrauen magſt und der ſeine Erfahrungen mit Klugheit und Güte deinem Zuſtande anzupaſſen und dich mit oder wider Willen auf den rechten Weg zu leiten weiß." Von dieſem Koncept iſt der Schöll'ſchen Sammlung ein Fakſimile beigegeben.

5. Die Leiden des jungen Werthers. Erster Theil.
— Zweyter Theil. Schaffhausen, 1775. 143 S. in 8.

6. Die Leiden des Jungen Werthers. Bern, bei
Beat Ludwig Walthard. 1775. 188 S. in 8. Mit
in Kupfer gestochenem Titel; am Anfang und am Ende
eine Vignette von Balthasar Anton Dunker. Die Kopf=
vignette stellt die Scene dar, wie Werther kniend Lotte
umarmt. Die Schlußvignette zeigt eine junge Dame
auf einer Gartenbank, den Werther vorlesend. Ein
neben ihr sitzendes weibliches Wesen schmilzt in Thränen;
im Hintergrund sieht man eine männliche Figur, die
sich eine Pistole an die Stirn setzt. Dabei sind noch
verschiedene sonderbare Figuren.

7. Die Leiden des jungen Werthers. Erster Theil.
— Zweyter Theil. Aechte Auflage. Hanau und Düssel=
dorf 1775. 200 S. in 8. Auf beiden Titeln die be=
kannten Verse.

8. Die Leiden des jungen Werthers. Erster Theil.
— Zweyter Theil. Zweyte ächte Auflage. Strasburg
und Hanau, 1775. 192 S. in 8. Mit den Titel=
versen.

9. Die Leiden des jungen Werthers. Frankfurt.
o. J. in 8.

10. Die Leiden des jungen Werthers. Erster Theil.
— Zweyter Theil. Wahlheim, 1777. 128 S. in 8.

11. Die Leiden des Jungen Werthers. Erster Theil.
— Zweyter Theil. Frankfurt und Leipzig. 1778. 220
S. in 8. Mit den Titelbildern von Werther und Lotte,
nach Chodowiecki, und den Titelversen.

Dorer=Egloff besaß ein Exemplar dieser Nachdruck=
Ausgabe in schwarzem Einband und die Seiten mit
schwarzem Trauerrande versehen.

12. Die Leiden des jungen Werthers. Erster Theil.
— Zweiter Theil. Zweite Auflage. Reutlingen, 1784.
in 8.

13. Die Leiden des jungen Werthers. Frankfurt
und Leipzig, 1785.

14. Die Leiden des jungen Werthers. Erster Theil.
— Zweiter Theil. Carlsruhe, 1787. in 8.

15. Leiden des jungen Werthers. Erster Theil. —
Zweiter Theil. Neue verbesserte Auflage. Frankfurt
und Leipzig, 1790. 96 und 95 S. in 8. Mit den
Titelversen.

16. Leiden des jungen Werthers, von Goethe.
Zwey Theile. Frankfurt und Leipzig, 1795. 206 S.
in 8.

Hierzu kommen noch die Nachdrücke in den drei verschiedenen
Auflagen von „Goethens Schriften", welche der berliner Buch=
händler Himburg veranstaltet hatte *), sowie in den Karlsruher,
Reutlinger und Frankfurt=Leipziger Nachdrücken dieser unrecht=
mäßigen Sammlung, nicht zu vergessen einen zu Biel in der
Schweiz fabricirten Nachdruck. (Die karlsruher Nachdrücke bei
Christian Gottlieb Schmieder, „mit allerhöchst=gnädigst
Kayserl. Privilegio"; der reutlinger Nachdruck bei Johann
Georg Fleischhauer, gleichfalls mit Kayserl. Privilegio; der bieler

-----

*) I. D. Goethens Schriften. Erster Theil. Berlin, bey Christian
Friedrich Himburg, 1775. in kein 8. (Leiden Werthers, 226 S. Mit einer
Titel=Vignette und vier Kupfern von Daniel Berger nach Johann Konrad
Krüger und Chodowiecki.)

II. J. W. Goethens Schriften. Erster Band. Zweite Auflage. Berlin,
1777. (Leiden des jungen Werthers, 224 S. Mit den Titelversen, Titel=
Vignette und vier Kupfern.

III. J. W. Goethens Schriften. Erster Band. Dritte Auflage. Ber=
lin, 1779. (Leiden des Jungen Werthers, 220 S. Mit den Titel=Versen,
Titel=Vignette und fünf Kupfern.)

Die Ausstattung dieser Nachdrücke ist übrigens eine gefällige, und sie
sind mit einigen interessanten Kupfern geschmückt. Besondere Erwähnung
verdienen die Titel=Vignette von Johann Wilhelm Meil, Werther die Kinder=
gruppe in Wahlheim zeichnend; die Bildnisse von Lotte und Werther in
Medaillons, mit darunter befindlichen Scenen aus dem Roman, die bei den
verschiedenen Ausgaben wechseln, von Chodowiecki gezeichnet und von Daniel
Berger gestochen; die Schlußscene in Werther's Zimmer nach Chodowiecki

in der Heilmannischen Buchhandlung. 1775—76.) Durch die Nachdrücke wurde nun der Text des Werther mehr und mehr verderbt. Nachdrucker sind eben in der Regel wenig besorgt um Richtigkeit des Textes, „sie machens hin rips raps, es gilt Geld", sagt schon Doktor Luther. Der dritte Himburgische Nachdruck war aber ganz besonders durch Druckfehler und Weglassungen entstellt, und infolge eines tückischen Zufalls haben sich solche Fehler selbst auf die späteren Drucke in den rechtmäßigen Editionen der Goethe'schen Werke verschleppt, indem Goethe's Abschreiber diesen Nachdruck für eine neue Original-Ausgabe zur Vorlage hatte. Mit seltenem kritischen Scharfsinn hat dies Michael Bernays ausgefunden und nachgewiesen in seiner Schrift über Kritik und Geschichte des Goethe'schen Textes, S. 26 fg.

Am 28. April 1777 schrieb Goethe an Frau von Stein: „Gestern hab ich einen wunderbaren Tag gehabt, habe nach Tisch von ohngefähr Werthern in die Hand gekriegt, wo mir alles wie neu und fremd war." Drei Jahre später las er den Roman zum erstenmale, seit er gedruckt war, ganz durch und „verwunderte" sich, wie er in seinem Tagebuch unter'm 30. April 1780 anmerkte. Im Jahre 1782 finden wir ihn mit dem Gedanken an eine Ueberarbeitung beschäftigt. „Meinen Werther

---

von Berger. In der letzteren Darstellung liegt Werther auf dem Bette, die Stirn verbunden, „in völliger Kleidung, gestiefelt." Der Medikus, der alte Amtmann, den Sterbenden küssend, Albert und ein Diener, der das Licht hält, umgeben ihn. „Die Stellung des Doktors, welcher zu erkennen giebt, daß alle Hülfe verlohren sey, ist vortreflich." So wurde bei dem ersten Erscheinen dieser Illustrationen mit Recht bemerkt, in Ch. A. Bertram's Berlinischem Litterarischen Wochenblatt vom 27. Januar 1776. Ferner zwei neue Kupfer zur dritten Auflage, gezeichnet von Chodowiecki und von Christian Gottlieb Geyser gestochen. I. Lotte, mit Werther auf den Ball gehend und den kleinen anbefehlend, sie sollten ihrer Schwester Sophie folgen. („Du bist's doch nicht, Lottchen!") II. Werther in der adeligen Gesellschaft. („Ich dachte — und gab nur auf meine B..acht".) Eine ausgezeichnete Komposition, in welcher der brave Chodowiecki die gnädigen Damen und Herren nicht weniger bitter satirisch behandelt, als der junge Goethe in dem Text. Werther und das Fräulein von B.. erscheinen unter diesen Larven in der That als die einzigen humanen Wesen.

hab ich durchgegangen", sagt er in einem Briefe an Knebel vom 21. November d. J., "und lasse ihn wieder ins Manuscript schreiben, er kehrt in seiner Mutter Leib zurück. Du sollst ihn nach seiner Wiedergeburt sehen. Da ich sehr gesammelt bin, so fühle ich mich zu so einer delikaten und gefährlichen Arbeit geschickt." In einem Briefe an den guten Kestner, vom 2. Mai 1783, wird denn auch dieses Vorhabens gedacht: "Ich habe in ruhigen Stunden meinen Werther wieder vorgenommen, und denke, ohne die Hand an das zu legen was so viel Sensation gemacht hat, ihn noch einige Stufen höher zu schrauben. Dabey war unter andern meine Intention Alberten so zu stellen, daß ihn wohl der leidenschaftliche Jüngling (Werther), aber doch der Leser nicht verkennt. Dies wird den gewünschten und besten Effekt thun. Ich hoffe Ihr werdet zufrieden seyn." Aber erst 1786, nachdem Goethe mit dem Buchhändler Göschen über die Herausgabe seiner Schriften in's Reine gekommen war, wurde die "delikate Arbeit" ernstlich gefördert; in den Briefen an Frau von Stein aus diesem Jahre begegnen uns verschiedene darauf bezüglichen Stellen. "Herder hat den Werther recht sentirt", heißt es unter'm 6. Juli, "und genau herausgefunden wo es mit der Komposition nicht just ist. Wir hatten eine gute Szene. Seine Frau wollte nichts auf das Buch kommen lassen und vertheidigte es aufs beste." Und am 22. August, kurz vor seiner Flucht nach Italien, berichtet er der Freundin von Karlsbad aus, er habe jetzt sein schwerstes Pensum geendigt, die Erzählzählung am Schlusse des Werther sei verändert. "Gebe Gott, daß sie gut gerathen sei, noch weis ich nichts davon. Herder (dieser war mit ihm in Karlsbad) hat sie noch nicht gesehn.

Die neue Bearbeitung erschien im ersten Bande von Goethe's Schriften. Leipzig, bey Georg Joachim Göschen, 1787. 310 S. in 8. Mit einer allegorischen Titel-Vignette von J. W. Meil, nebst zwei Kupfern: I. Lotte am Klavier, Werther daneben sitzend, verloren in schwärmerischen Gedanken, Lottes kleine Schwester, mit ihrer Puppe, zwischen seinen Knieen, nach Johann Heinrich Ramberg gestochen von Geyser. Eine der gefälligsten Darstellungen unter allen älteren und neueren Illustra-

tionen unseres Romans. II. Lotte und Werther bei dem vertieften
Brunnen, mit dem kleinen Malchen, das sich mit den nassen Händ-
chen die Backen reibt, von Chodowiecki (Engelmann, 577). Ebenso
in einer Einzel-Ausgabe (die nur eine neue Titel-Ausgabe ist):

> Leiden des jungen Werthers. Von Goethe. Leip-
> zig, bey Georg Joachim Göschen, 1787. 310 S. in 8.
> Mit der Vignette von Meil und dem Chodowiecki'schen
> Kupfer als Titelkupfer.

Auch brachte nun der alte Verleger eine Ausgabe des umgearbeiteten Werkes:

> Die Leiden des jungen Werthers. Erster Theil.
> — Zweyter Theil. Aechte vermehrte Auflage. Leipzig,
> in der Weygandschen Buchhandlung. 1787. 252 S.
> in 8. Mit den Titelversen und Vignetten der Ausgabe
> von 1775.

Dieser umgearbeitete Werther unterscheidet sich wesentlich
von der ersten Gestalt des Romans. Hinzugekommen ist vor
allem die Geschichte des Bauernburschen in Wahlheim, der aus
Eifersucht einen anderen Knecht erschlägt, — jenes Gegenbild
Werther's, welches uns die „Leidenschaft im Volke" ahnen läßt.
Ein früherer Kritiker erblickt darin, eine neue Beschämung des
Vorurtheils, „das dem Meister untersagen will, ein Werk, welches
dem Leser schon genügte, zu seiner innern höheren Befriedigung
zu vollenden" (F. L. W. Meyer im Berlinischen Archiv der Zeit
und ihres Geschmackes, Berlin, 1795, Bd. I.). Außerdem sind
mehre Zusätze und Aenderungen im letzten Abschnitt („Der
Herausgeber an den Leser") besonders auffallend. Albert ist
nun in ein günstigeres Licht gestellt, sorgfältig sind die Züge
verwischt oder gemildert, die ein Mistrauen, eine Verstimmung
Alberts gegen Lotte andeuteten, und auch sein Betragen unserem
Helden gegenüber wird vortheilhafter für ihn geschildert. Sogar
die Stelle in den früheren Ausgaben: „da ihm denn Albert
ein unbedeutend Kompliment, ob er nicht mit ihnen
vorlieb nehmen wollte? mit auf den Weg gab," lautet
nun: „Albert lud ihn zu bleiben, er aber, der nur ein

unbedeutendes Compliment zu hören glaubte, dankte kalt dagegen, und ging weg." Ebenso findet man jetzt Lottes Benehmen gegen Werther näher bestimmt und zugleich etwas anders motivirt. Derbheiten im Ausdruck waren auch wegzuschaffen. In dem Briefe vom 29. Juni 1771 hieß es früher von dem städtischen Medikus, daß er „den Kräusel (Jabot) bis zum Nabel" herauszupfe; statt dessen liest man nun: „einen Kräusel ohne Ende." In dem Briefe vom 11. Juli ist aus „dem geizigen rangigen Hund" ein „geiziger, rangiger Filz" geworden; in dem Briefe vom 30. Juli aus dem „braven lieben Kerl" ein „braver, lieber Mann", wie es denn auch heißt: „schafft mir diese Strohmänner vom Halse," statt: „Kerls", und in einem späteren Briefe, vom 1. December 1772: „Fühle, bey diesen trocknen Worten", statt: „Fühle, Kerl" 2c. In dem Briefe vom 15. September 1772 steht: „Man möchte rasend werden" 2c., statt des früheren: „Man möchte sich dem Teufel ergeben, Wilhelm, über all die Hunde, die Gott auf Erden duldet", und das „hagere, kränkliche Thier", die neue Pfarrerin, hat sich in ein „hageres, kränkliches Geschöpf" verwandelt. Auch wird in dem Briefe vom 24. December 1771 nicht mehr über die liebe Tante des Fräuleins von B . . gesagt: „Die Physiognomie der alten Schachtel gefiel mir nicht", sondern: „Die Physiognomie der Alten". Unter den übrigen kleinen Aenderungen wollen wir noch anführen, daß im Briefe vom 29. Juni die Stelle, wo Werther schreibt, er habe ein großes Geschrei mit den Kindern „erregt", ehemals lautete: „und ein grosses Geschrey mit ihnen verführte." Daß der Kinderfreund und Kinderliebling Werther selbst mit den Kleinen geschrieen, soll also später nicht mehr zugegeben werden. Dagegen ist in dem Briefe vom 16. Juni 1771 das „kleine Roßnäschen" des jüngsten Knäbleins, das in einigen Uebersetzungen getilgt worden, als ein naturalistisches Wahrzeichen stehen geblieben. — Als eine Zugabe ist ferner zu erwähnen der neue Brief vom 12. September 1772, worin Werther von dem Kanarienvogel erzählt, der sein Schnäbelchen so lieblich in die süßen Lippen der Geliebten drückt, und dann auch ihn küssen darf. Nicht eine Erinnerung aus Goethe's jungen Tagen in Wetzlar liegt hier zu Grunde, sondern ein Begegnen mit Frau von Stein im August 1776 zu Ilmenau. Ob es indessen ein glücklicher Gedanke war, dieses zarte Kabinetstückchen einzuschieben, scheint uns fraglich. Charakteristisch ist es, daß der bekannte französische Buch=Illustrator Moreau der Jüngere sich diese Scene zur Darstellung ausersehen hat. Auch unter den 1886 erschienenen Radirungen zu unserem Roman von A. Lalauze findet sich ein Blatt: Le Serin.

Werther's fünfzigjähriges Jubiläum wurde gewissermaßen begangen, als die Weygand'sche Verlagshandlung eine neue besondere Ausgabe veranstaltete, welche schon im Oktober 1824 erschien, aber „aus merkantilen Gründen" mit der Jahreszahl 1825 versehen wurde. Dieser Jubel=Ausgabe hatte der greise Dichter jenes im April 1824 entstandene einleitende Gedicht mitgegeben: „Noch einmal wagst du, vielbeweinter Schatten" ꝛc.

> Die Leiden des jungen Werther. Neue Ausgabe, von dem Dichter selbst eingeleitet. Leipzig, Wey= gandsche Buchhandlung. 1825. 4 unpaginirte Bl. und 272 S. in Taschenformat. Mit Goethe's Bildniß im Profil, an der Brust einen Ordensstern, gestochen von dem leipziger Kupferstecher Johann Christian Albert Schule, nach dem 1817 gezeichneten bekannten Porträt von Ferdinand Jagemann.

Der Dichter hatte für diese neue Ausgabe ein Honorar von 50 Dukaten erhalten.

Nachdruck:

> Die Leiden des jungen Werther. Neue Ausgabe, von dem Dichter selbst eingeleitet. Leipzig, Wey= gandsche Buchhandlung. In Paris zu finden bei Baudry. 1832. 231 S. in 16. Mit einem phantastischen Brust= bilde Goethe's, gezeichnet von Achille Devéria, der das Medaillon von Pierre Jean David d'Angers in einer sehr freien Weise benutzte, gestochen von Auguste Jean=

Baptiste Marie Blanchard; dasselbe Porträt, welches dem 1831 erschienenen pariser Nachdruck des „Faust" beigegeben war. (Hermann Rollet, Die Goethe-Bildnisse, S. 268.) In diesem Nachdruck findet sich auch der unglückliche Druckfehler der Ausgabe von 1825 wiederholt: „im grauen Frack mit gelber Weste" (S. 230).

Spätere Drucke:

Die Leiden des jungen Werther. Neue Ausgabe, von dem Dichter selbst eingeleitet. (Unveränderte Ausgabe.) Mit Goethe's Bildniß. Leipzig, Weygand. 1834. 272 S. in 16.

Die Leiden des Jungen Werther. Einzig rechtmäßige Original-Ausgabe, von dem Dichter selbst eingeleitet. Leipzig, Gebhardt & Reisland. 1852. X und 234 S. in 16.

Die Leiden des jungen Werther. Einzig rechtmäßige Original-Ausgabe. Leipzig, Gebhardt und Reisland, 1858. VII und 178 S. in 16.

Die Leiden des jungen Werther. Von Goethe. Einzig rechtmäßige Original-Ausgabe. VII und 176 S. in 16. Leipzig, Gebhardt und Reisland, 1865.
Ueber diese Ausgabe sagt Friedrich Strehlke: „in ihr zählen wir die Fehler fast zu Hunderten".

Neuere Einzel-Ausgaben, welche seit dem Erlöschen des Privilegs erschienen, sind die folgenden:

Die Leiden des jungen Werthers, von Goethe. Berlin, Verlag von E. H. Schroeder (Hermann Kaiser), 1868. Mit dem Bildnisse der Charlotte Keßner, in Stahl gestochen von R. Reyher, nach dem Original-Pastellbilde von Schröder, aus dem Jahre 1782. IV und 142 S. in 8.
Ein Wiederabdruck des Textes der ersten Original-Ausgabe, jedoch ohne Beibehaltung der veralteten Ortho-

graphie und Interpunktion. Die Zusätze der späteren
Bearbeitung sind an den betreffenden Stellen unter dem
fortlaufenden Texte eingefügt.

Leiden des jungen Werthers. Von J. W. Goethe.
Berichtigte Ausgabe. Mit Einleitung, den ver=
schiedenen Fassungen und Lesarten und er=
läuternden Anmerkungen. Leipzig. Dyksche Buch=
handlung. (1869.) 144 S. in 16.

    Von Heinrich Dünzer besorgt. (S. 3—26, Ein=
leitung.)

Die Leiden des jungen Werthers. (Mit einer Ein=
leitung von Karl Goedeke.) Stuttgart, Cotta, 1869.
VII und 110 S. in 8.

Goethe. Leiden des jungen Werther's. Nach den
vorzüglichsten Quellen revidirte Ausgabe.
Herausgegeben und mit Anmerkungen be=
gleitet von Fr. Strehlke. Berlin. Gustav Hempel.
o. J. 134 S. in 12. (S. 5—12, Vorbemerkung des
Herausgebers; S. 129—131, Verzeichniß der Stellen, in
denen unser Text von anderen Drucken und Ausgaben
abweicht.)

    Einzel = Ausgabe des 14. Theiles von Goethe's
Werken.

Leiden des jungen Werthers, von Goethe. Mit
Zeichnungen von H. Lüders, in Holz geschnitten von
A. von Steindel u. A. Berlin, G. Grote'sche Verlags=
buchhandlung. 1870. XVI und 129 S. in 8. (S.
V—XVI, Einleitung von Gustav Wendt.)

    Goethe's Meisterwerke. Mit Illustrationen deutscher
Künstler. 18r Band.

Die Leiden des jungen Werthers von J. W.
Goethe, gedruckt in der Werkstatt der Heinzel=
männchen getreu nach der ersten Ausgabe von

1774. München 1880 bei Adolf Ackermann. Fakſimile=
Ausgabe im kleinſten Format, 64 mo.

Eine niedliche, aber zwecklose Spielerei, die Herſtellung
eine photographiſche.

Die Leiden des jungen Werthers, von Goethe.
Herausgegeben von Ludwig Geiger. Mit Zeich=
nungen von Franz Skarbina, in Holz geſchnitten von
Theodor Kneſing und Kaeſeberg & Oertel. Berlin, G.
Groteſche Verlagsbuchhandlung. 1883. XXVI und
130 S. in 8. (S. VII—XXVI, Einleitung.)
Die Leiden des jungen Werther von Goethe.
Leipzig. Bibliographiſches Inſtitut. (1886.) 100 S.
in 18.

Meyers Volksbücher. Nr. 23. 24.

Die Leiden des jungen Werther. Von Johann
Wolfgang von Goethe. Halle a/S. Druck und
Verlag von Otto Hendel. (1887.) Mit Goethe's Bildniß
in Holzſchnitt, nach J. K. Stieler. 108 S. in 8. (S. 3,
Vorbemerkung.)

Bibliothek der Geſamt=Litteratur des In= u. Aus=
landes, Nr. 62.

Ueberſetzungen.

Franzöſiſche Ueberſetzungen.
1776—1893.

Les Souffrances du jeune Werther en deux
Parties. Traduit de l'original Allemand par le
B. S. d. S. A Erlang chez Wolfgang Walther 1776.
214 S. in 8. Vorwort des Ueberſetzers, unterzeichnet: Ce 1. Août
1775, S. 2—8. [S. 11.]

Der Uebersetzer, Karl Siegmund Freiherr von Seckendorf, geboren 1744 zu Erlangen, kam 1775 als Kammerherr an den weimarischen Hof; 1784 wurde er preußischer bevollmächtigter Minister bei dem fränkischen Kreise zu Ansbach, wo er schon im folgenden Jahre starb. Er schrieb auch einen Roman: „Geschichte Thoangesee's, oder das Rad des Schicksals" (2 Theile. Dessau, 1783) und lieferte Uebersetzungsproben aus den Lusiaden des Camoens und Anderes in Bertuch's Magazin der spanischen und portugiesischen Literatur, hier ganz zu schweigen von seinen dilettantischen Versuchen als Tonsetzer. — In einem Briefe Wieland's an Merck vom 13. Mai 1776 heißt es: „Stellen Sie Sich vor, was das hier für einen Lärm gegeben hätte, wenn ich z. Ex. die französische Uebersetzung der Leiden du jeune Werther unter die Maculatur gestellt hätte — deren Verfasser kein geringerer ist als der Herr Kammerherr von Seckendorf allhier zu Weimar?"

Werther, traduit de l'Allemand. A Maestricht, chez Jean-Edme Dufour & Philippe Roux, Imprimeurs & Libraires, associés. 1776. in 8. Première Partie: VIII und 201 S. (Préface du Traducteur, S. I—V.) Seconde Partie: 230 S. (Observations du Traducteur sur Werther, et sur les Écrits publiés à l'occasion de cet Ouvrage, S. 203—230.) Mit zwei Titel-Vignetten von Chodowiecki. I. „Lotte, im Ballanzug, schneidet für die um sie herumstehenden sechs Kinder Brod ab, indem Werther rechts zur Thüre hereintritt, sie zum Balle abzuholen." Diese Vignette zum ersten Theil ist besonders ansprechend und lebensvoll. Die Gestalt der Lotte kann kaum reizender gedacht werden; Werther hat indessen eine etwas steife Haltung. II. „Werther's Zimmer. Er liegt todt in dem Gardinenbette; man sieht jedoch nur seine Hand. Links daneben an der Wand hängt Lottens Silhouette und links zwischen zwei Fenstern steht sein geöffnetes Pult mit einem Briefe und der einen Pistole, auf dem davorstehenden Lehnstuhle liegt die zweite Pistole." (Engelmann, Chodowiecki's sämmtliche Kupferstiche ꝛc., S. 97.) [S. 11—12.]

Auch: Maestricht, chez J. E. Dufour & P. Roux, 1784. — Maestricht, J. P. Roux et Cie, 1791. [S. 11, 34 fg.]

Ueber G. Deyverdun, den Uebersetzer, vergl. Biographie universelle, nouvelle édition, X. 397.

Les Passions du jeune Werther. Ouvrage traduit de l'allemand de M. Goethe. Par Monsieur Aubry. A Manheim. Et se trouve à Paris chez Pissot, rue de Hurepois. 1777. XXXIX und 220 S. in 8. (S. V bis XXXV: Lettre de M. le C. d. S. [Woldemar Friedrich) Graf von Schmettau] á M. Aubry sur sa Traduction des Passions du jeune Werther; S. XXXVI—XXXIX: Lettre de M. *** au traducteur.) [S. 12.]

Graf Schmettau (1749—94) lebte einige Zeit am kurpfälzischen Hofe in Mannheim. Sein Brief enthält eine förmliche Apologie der damaligen deutschen Litteratur.

Diese so oft wiedergedruckte Uebersetzung hat auch dem klassischen Aristarchen Jean François La Harpe vorgelegen, als er sein Urtheil über Werther fällte. Ein Urtheil, welches ziemlich üble Laune verräth. Der französische „Generalkritiker jener Zeit" sagt unter Anderem: „Der Roman des M. Goethe hat die Fehler und die Schönheiten der Schriftsteller seiner Nation. In dem Briefe von M. le C. D. S. wird dem Verfasser und seinem Werke das größte Lob ertheilt; es wird versichert, daß alle Produktionen dieses Schriftstellers den größten Erfolg in seinem Lande hätten, und daß er, nach Klopstock, Teutschlands größtes Genie sei . . . Das Interesse dieses Romans kann nur in der Entwickelung einer unglücklichen Leidenschaft bestehen, da er sonst aller Situationen und Begebenheiten entbehrt. Er ist in Form von Briefen geschrieben. Diese Briefe sprechen vor allem Möglichen, und lassen der Leidenschaft wenig Raum übrig. Zudem ist die Sprache darin unbestimmt und abgerissen; unter einer Menge von gleichgültigen und frostigen Details sind einige wahre Züge wie verloren. Nur der Moment des Selbstmords hat etwas Fesselndes, sowie auch einige Stellen der letzten

Briefe, welche Werther vor seinem Tod an seine Geliebte schreibt". Lycée, ou Cours de littérature ancienne et moderne, XIV. (Paris, Didot, 1822), 403—407. Vergl. Ferdinand Lotheißen, Literatur und Gesellschaft in Frankreich zur Zeit der Revolution 1789—1794 (Wien, 1872), S. 260 fg. Lotheißen weist darauf hin, daß doch eigentlich erst mit den Jahren der Revolution Werther bei den Franzosen mehr in Aufschwung kam.

Passions du jeune Werther. A Reims, chez Cazin, libraire. 1784. XXV und 232 S. in 18. Mit einem Titelkupfer, von Jean=Baptiste Chapuy gestochen.

Petite Bibliothèque de Campagne, ou Collection de Romans.

Passions du jeune Werther. A Paris, chez Cazin, rue des Maçons, no 31. 1786. XXX und 225 S. in 18. Mit demselben Titelkupfer, wie die Ausgabe von 1784.

Petite Bibliothèque de campagne, ou collection des romans.

Passions du jeune Werther. Londre (sic), 1792. in 18. Mit einem Titelkupfer ohne Namen.

Passions du jeune Werther, enrichies de Gravures avec tablettes économiques, composées d'un Papier nouveau, sur lequel on peut, à l'aide d'un stilet, sans encre et sans crayon, écrire, :c. Paris, Denos (gegen 1790). in 18. Mit einem Titelkupfer von Chapuy und zwölf Kupfern ohne Namen, wahrscheinlich von demselben. (Cohen, Guide de l'Amateur de Livres à vignettes du XVIIIe siècle, 4e édition, S. 182.)

Les Malheurs du jeune Werther. Traduit de l'Allemand. A Paris, chez les Libraires associés. 1792. 214 S. in 16. (Préface du Traducteur, S. 3—4; Observations du Traducteur, sur Werther, et sur les Écrits publiés à l'occasion de cet Ouvrage, S. 197—214.)
Nachdruck der Uebersetzung von G. Deyverdun.

Werther, traduit de l'allemand. Première partie. — Seconde partie. A Lille, chez C. F. J. Lehoucq, 1793. 108 und 111 S. in klein 8. (S. 113—128, Observations du traducteur sur Werther, et sur les écrits publiées à l'occasion de cet ouvrage.)

Gleichfalls ein Nachdruck der Uebersetzung von Deyverdun.

Passions du jeune Werther. A Paris, chez Leprieur, Libraire, rue de Savoie, no. 12. 1793. 251 S. in 16.

Nachdruck der sogenannten Aubry'schen Uebersetzung.

Werther, traduction de l'allemand. Paris, chez Louis, 1794. 2 Theile in 16. Mit zwei Kupfern von François Marie Quéverdo gezeichnet und gestochen.

Werther, traduit de l'allemand de Goete (sic) par Aubry. Paris, imprimerie de Didot jeune. 1797. 2 vol. in 18. Mit vier Kupfern, nach René Théodore Berthon gestochen von Jean Duplessi-Bertaux.

Werther. Traduction de l'allemand. Paris, Dusart. 1797. 2 vol. 222 S. und 129 S. in 8. Mit einem Frontispice und einem Kupfer.

Passions du jeune Werther. Paris, Pigoreau, an VIII (1800). in 8.

Werther. traduit de l'allemand, par L. C. de Salse, Basle, imp. de J. Decker, 1800. 2 vol. in 18.

Der Uebersetzer gibt am Ende des ersten Bändchens eine Uebertragung der im Werther gedachten berühmten Ode unseres Klopstock „Die Frühlingsfeyer" (1759): La Célébration du printemps. (Barbier, Dictionnaire des Ouvrages anonymes, 3me édition, IV. 1122.)

Werther, traduit de l'Allemand sur la nouvelle édition. A Basle, De l'imprimerie de J. Decker. (Paris. chez Ch. Pougens.) 1801. 2 tomes in 16. Tome premier. XIV und 187 S. — Tome second: 212 S.

Auf dem Titel das Motto aus dem ersten Buche Samuelis, Kap. 14, B. 43: Gustavi paululum mellis, et ecce morior. (Ich habe ein wenig Honig gekostet; und siehe, ich muß darum sterben.)

Goethe. Werther; traduit de l'allemand. Strasbourg, Levrault, 1801. in 8.

Werther, par J. W. Goethe. Traduit de l'Allemand sur la nouvelle édition. — Werther, von J. W. Göthe. Neueste Ausgabe. A. Paris, de l'imprimerie de L. G. Huguin, rue du Foin no 31. (X.) 1802. 2 Bde. in 8. Tome premier: 243 S. — Tome deuxième: 319 S.

Der deutsche Original=Text ist der Ueberseßung (von L. C. de Salse?) blattweise gegenüber gestellt. Angehängt ist, S. 304—319, Klopstock's Ode „Die Frühlingsfeyer" nebst der französischen Prosa=Ueberseßung.

Werther, traduit de l'Allemand de Goëthe, en français et en espagnol. Gustavi paululùm mellis, et ecce morior. SAMUEL liv. I. v. 43. De l'imprimerie de Guilleminet. A Paris. chez F. Louis, Rue de Savoie, No. 12. 1803. 2 vol. in 12. Vol. I: XI und 195 S. (Notice sur l'auteur de Werther, S. I—VII.) Vol. II: 237 S.

Die französische Ueberseßung ist der spanischen blattweise gegenübergestellt.

Werther, traduit en français et en italien. Paris, Louis. 1803. 2 vol. 12.

Werther. Traduction nouvelle. A Paris, chez Colnet. An XII = 1804. in 12.

Nur eine sehr geringe Anzahl von Exemplaren wurde abgezogen.

Neugedruckt unter dem Titel:

Les Souffrances de jeune Werther, par Goethe. Traduction nouvelle, ornée de trois gravures en taille douce. Vulnus alit venis. et caeco carpitur igni. Virg. A Paris, de l'imprimerie de P. Didot l'aîné, 1809. VI und 234 S. in 8.

Die Kupfer sind nach Jean Michel Moreau dem Jüngeren gestochen von Emanuel de Ghendt und Jean=Baptiste Simonet.

Charlotte ist in diesen brillanten Stichen natürlich eine schöne Französin, mit feurigen Augen; sie hat einen junonischen Wuchs.

Der Uebersetzer war Graf Henri de La Bédoyère (1782 bis 1861), ein pariser Bücher=Liebhaber und Sammler. Er hat auch Fielding's „Tom Jones" übertragen. Seine Uebersetzung des Werther ist nichts weniger als getreu. Es soll eine Ueber= setzung nach den Regeln des sogenannten guten Geschmacks sein, und Goethe wird einigemal in einer Anmerkung zurechtgewiesen. Die Kleidung unseres Helden schien diesem heikligen Uebersetzer ein zu gemeiner Umstand, weßhalb er die Stellen über den blauen Frack und die gelbe Weste unterdrückte. Der Freund Wilhelm ist in einen William umgetauft worden. In dem Briefe vom 26. Mai ist ganz weggelassen, was Werther gegen die Regeln sagt. Es fehlen auch die Schlußworte: „Kein Geist= licher hat ihn begleitet", und Anderes mehr.

Es möge hier noch erwähnt werden, daß bei der 1882 in London gehaltenen Versteigerung der reichen und kostbaren Bücher=Sammlung aus dem Schlosse des Herzogs von Hamilton (Beckford Library) ein Exemplar der Ausgabe von 1809 mit 24 Pfund Sterling bezahlt wurde. Dieses Exemplar hatte aber freilich einen blauen Maroquin=Einband von dem sehr geschätzten pariser Buchbinder Bozérian dem Jüngeren; auch waren neben den Kupfern noch Abdrücke derselben vor der Schrift beigebunden. Der londoner Buchhändler Bernhard Quaritch erstand das Buch für einen französischen Liebhaber. — Der Uebersetzer selbst besaß ein auf Velinpapier gedrucktes Exemplar mit Moreau's Original= Zeichnungen zu den Kupfern, wofür bei der Versteigerung seiner Bücher im Jahre 1862 500 Franken gelöst wurden; es befindet sich jetzt in den Händen des M. Rattier in Paris.

Nach sechsunddreißig Jahren sandte La Bédoyère seine Uebersetzung auf's neue in die Welt:

Les Souffrances du jeune Werther, par Goëthe, traduites par le Comte Henri De La B . . . . Vulnus alit venis, et caeco carpitur igni. Virgile. Seconde édition. A Paris, de l'imprimerie de

Crapelet, 9, rue de Vaugirard, 1845. XII und 304 S., nebst 1 Bl. Errata, in 8. (Préface, S. V—XII.) Mit einem Stahlstich, nach Tony Johannot von Augustin Burdett gestochen.

Obschon diese Ausgabe auf dem Titelblatt als die zweite bezeichnet wird, ist sie doch in Wahrheit die dritte.

In dieser sehr schön gedruckten neuen Bearbeitung hat der keineswegs ungeschickte Uebersetzer die früher unterdrückten oder veränderten Stellen in wörtlicher Uebertragung unter dem Texte beigefügt. Er ergeht sich indeß auch wieder in manchen un= nützen und unpassenden Anmerkungen. Ganz gewaltig ereifert er sich über die Schilderung der hochadeligen Gesellschaft in dem Briefe vom 15. März 1772. Er bezeichnet sie als eine un= anständige und lächerliche Diatribe, einen Flecken in Goethe's Werk. Goethe, sagt er, zollt hier dem revolutionären Geiste Tribut, der schon in Europa gährte, als sein Roman erschien. Der Leser wird ohne Zweifel fragen, in welchem Orte der Welt ein solcher Auftritt geschehen konnte. „Je me hâte de répondre avec tous les gens raisonnables: en aucun pays civilisé. Cette scène imaginaire est une odieuse calomnie contre la classe élevée de la société. Elle blesse également le bon sens et le bon goût." Dieser feine pariser Aristokrat wußte eben nicht, daß der unbescholtene und gebildete bürger= liche Sekretär der braunschweigischen Gesandschaft, der Sohn des rühmlich bekannten Gottesgelehrten Jerusalem sich wirklich wie ein frecher Eindringling aus der adeligen Assemblée des Grafen Bassenheim zu entfernen hatte.

Werther, Traduit de l'allemand par M. (Charles-Louis' de Sevelinges. Avec le portrait de Werther. Paris, Demonville, 1804. in 8.

Das Phantasie = Porträt Werther's ist von Louis Leopold Boilly gezeichnet und von Noel gestochen.

Werther. Traduit de l'allemand par M. L. de Sevelinges. Nouvelle édition, ornée de gravures. Paris. Imprimerie de J. G. Dentu, rue du colombier. 1825. VIII und 309 S. in 18. (Préface du Traducteur.

S. I—VIII.) Mit vier Kupfern, nach Berthon gestochen von J. Duplessi = Bertaux, ursprünglich nicht zu dieser Uebersetzung gehörend.

Diese Uebersetzung wurde vormals, ehe diejenige von Pierre Leroux erschienen war, für die beste erklärt. (Quérard, la France littéraire, III. 396; Brunet, Manuel du Libraire, 5me édition, II. 1645.) — Sevelinges hat auch den Wilhelm Meister übertragen, unter dem Titel: Alfred, ou les Années d'apprentissage de Wilhelm Meister. 1802. 3 vol. in 12.

Passions du jeune Werther; par Goëthe. Paris, chez Lebègue, 1822. in 12.

Bibliothèque d'une maison de campagne, Tome C, Xe et dernière livraison.

Werther. Paris, chez Dauthereau, Palais Royal, grande cour. 1827. 2 vol. in 32.

Collection des meilleurs romans français et étrangers.

Die Ueberietzung ist von M. Allais. (Barbier, 3m édition, IV. 1122.)

Werther, par Goethe. Traduction nouvelle. Précédé de considérations sur la poésie de notre époque; par M. P. Leroux. Suivi de Hermann et Dorothée. traduction nouvelle . . . par M. Xavier Marmier. Paris, Charpentier. 1839. XXXVIII und 313 S. in 8. (Considérations, S. I—XXXVIII: Werther, S. 1—276.) [S. 44.]

Zuerst 1829 erschienen, wie im Vorwort angegeben wird.

Werther, par Goethe. Traduction nouvelle; précédée de considérations . . . par M. P. Leroux; suivi de Hermann et Dorothée, traduction . . . par M. X. Marmier. Paris, Charpentier. 1841. 354 S. in 8.

Werther ... Traduction nouvelle, précédée de considérations ... par M. P. Leroux, suivi de

Hermann et Dorothée, traduction . . . par M. X. Marmier.
Paris, Charpentier. 1842. in 8.

Werther; par Goethe. Traduction nouvelle,
précédée de considérations sur Werther, et en
général sur la poésie de notre époque, par
Pierre Leroux; accompagnée d'une Préface
par George Sand. Dix eaux-fortes par Tony
Johannot. Paris, publié, par J. Hetzel. (Typographie
Schneider et Langrand, rue d'Erfurth.) 1845. LII unb
196 S. in 4. (Préface, S. V—XIII; Considération, S.
XV—LII; Werther, 196 S.) Auf dem Titelblatt eine Holz=
schnitt=Vignette.

Die Radirungen haben zum Theil die Jahreszahl 1844.
Eine neue Auflage, mit denselben geäßten Blättern, erschien
1852: Paris, Victor Lecou; J. Hetzel et Cie. o. J. (Saint-
Denis. — Typographie de Prevot et Drouard.) LIII
unb 196 S. in 4. [S. 44—46.]

Werther, par Goethe. Traduction nouvelle.
Précédé de considérations . . . par M. P. Leroux;
suivi de Hermann et Dorothée . . . par M. X. Marmier.
Paris, Charpentier. 1850. 328 S. in 8. (Considérations,
S. 5—40; Werther, S. 41—232.)

Werther . . . traduction de Pierre Leroux;
suivi de Hermann et Dorothée . . . traduit par M. X.
Marmier. Paris, Charpentier. 1857. 314 S. in 8.
Auch: Paris, Charpentier. 1859. 314 S. in 8.

Werther . . . Traduction de Pierre Leroux
précédée de considérations . . . suivi de Herrmann
et Dorothée, traduction . . . par M. X. Marmier. Paris,
Charpentier. 1862. 315 S. in 8.

Werther . . . Traduction nouvelle par Pierre
Leroux. Precédé de considérations . . . par le même;
suivi de Hermann et Dorothée, traduction . . . par M. X.
Marmier. Paris, Charpentier. 1864. 315 S. in 8.

Werther . . . Traduction de Pierre Leroux; suivi de Hermann et Dorothée; traduction de Bitaubé. Paris, Dubuisson et Cie. 1864. 2 vol. 375 S. in 16.
Bibliothèque nationale.

Goethe. Werther, traduction nouvelle par Pierre Leroux. Suivi d'Hermann et Dorothée, traduction . . . par M. X. Marmier. Paris, Charpentier, 1865. in 12.

Werther . . . Traduction nouvelle, précédée de considérations . . . par Pierre Leroux. Hermann et Dorothée, traduction . . . par M. Xavier Marmier. Paris, Charpentier et Ce. 1872. 315 S. in 8.

Werther; par Goethe. Traduction nouvelle par Pierre Leroux, précédée de considérations . . . par le même. Suivi d'Hermann et Dorothée traduction . . . par M. X. Marmier. Paris, Charpentier (1881). 315 S. in gr. 18. (Considérations. S. 1—42; Werther, S. 43—216.)
Bibliothèque Charpentier.

Werther; par Goethe. Traduction nouvelle et préface par Pierre Leroux. Avec deux dessins de Delbos, gravés en fac-similé par Dujardin. Paris, Charpentier et Cie. 1883. 331 S. in 32.
Petite Bibliothèque Charpentier.

Romans illustrés. — Werther; par J. W. Goethe. (Impr. de Schneider.) Paris, G. Havard, Rue des Mathurins-Saint-Jacques. 1848. 24 S. in 4.

Les Veillées littéraires illustrées. — Werther, par Goëthe. (Imp. de Lacour.) Paris, Bry aîné, Rue des Mathurins-Saint-Jacques. 1848. in 4.

Goethe. — Faust. — Werther. Illustrés par Edouard Frère. Librairie centrale des Publications illustrées à 20 centimes, 5, Rue du Pont-de-Lodi, Paris,

1858. Werther. (Imp. de Lacour.) 21 doppelspaltige S. in 4. Mit sechs Holzschnitten: Le premier baiser. — Werther et Charlotte. — Albert et Werther. — Le fou de la Montagne. — Le poirier. — Le convoi de Werther.

Goethe. — Faust. — Werther. Illustrés par Édouard Frère. Paris, impr. Jouaust et fils; librairie, 5, Rue du Pont-de-Lodi. 1864. 68 doppelspaltige Seiten in 4.
Publications illustrées.

Werther; par Goethe. Traduction nouvelle et notice biographique et littéraire de Louis Énault. Paris, L. Hachette et Cie. 1855. XXXII und 194 S. in 8.
Bibliothèque des chemins de fer, 4e série. [S. 46.]

Werther ... Traduction ... de Louis Énault. Deuxième édition. Paris, L. Hachette et Cie. 1859. 186 S. in 8. (Introduction. Goethe et Werther, S. 3—34.
Troisième édition. Paris, L. Hachette et Cie. 1863. 192 S. in 8.
Cinquième édition. Paris. Hachette et Cie. 1870, 220 S. in 8.
Bibliothèque des meilleurs romans étrangers.
Huitième édition. Paris, Hachette et Cie. 1881. 231 S. in 8.
Bibliothèque des meilleurs romans étrangers.

Les Souffrances du jeune Werther. Oeuvres de Goethe. Traduction nouvelle par Jacques Porchat (in Lausanne.) Tome V. Poëmes et Romans. Paris, L. Hachette et Cie. 1860. in 8. S. 209—333.

Werther, par Goethe. Traduction nouvelle de N. Fournier, précédée d'une Etude sur Goethe. par Henri Heine. Paris, Michel Lévy, Frères. 1865. 269 S. in 8. [S. 46.]

Die Etude sur Goethe (25 S.) ist ein Auszug aus Heine's De l'Allemagne; und so findet man hier nichts weiter, als eine französische Abfassung der leichtfertigen, pikanten Plaudereien über Goethe und Goethe's Widersacher, welche in dem Heine'schen Buche „Die romantische Schule" zu lesen sind. Narcisse Fournier hat auch „Hermann und Dorothea" in's Französische übertragen.

Goethe. — Werther; par Goethe. Traduction d'Aubry, entièrement refondue par le Docteur Jacobus Rodleinmann. Paris, 1865. 192 S. in 16.

Bibliothèque nationale, Collection des meilleurs Auteurs anciens et modernes. Eine Volks = Bibliothek, das Bändchen 25 Centimes kostend.

Auch: Paris, Librairie de la Bibliothèque nationale, 1873. 192 S. in 16. — Paris. 1879. 160 S. in 16. Bibliothèque nationale. — Paris. libr. Berthier. 1893. 160 S. in 16.

Werther; par Goethe. Traduction d'Aubry. Paris, Delarue, 1879, 183 S. in 12.

Les Chefs-d'oeuvres de la littérature française et étrangère.

Goethe. — Werther: Hermann et Dorothée. Traductions de Sevelinges et de Bitaubé, soigneusement revues et complétées par Ernest Grégoire. Avec une préface de Sainte-Beuve. Paris, Gurnier frères (1880). XXXV und 317 S. in gr. 12. (Werther, S. 1—206.)

Werther. suivi de: Hermann et Dorothée; Maximes et Pensées, etc.; par Goethe. Nouvelle édition, précédée d'une notice. Paris. impr. P. Dupont; librairie Dentu. 1884. XII und 307 S. in 16.

Bibliothèque choisie des chefs-d'oeuvre français et étrangers, tome 20.

Les Souffrances du jeune Werther. Traduction nouvelle par Madame Bachellery, avec une préface par Paul Stápfer. Paris. Librairie des Bibliophiles. 1886. (Imprimé par Jouaust et Sigoux pour la Petite Bibliothèque artistique.) XXX und 209 S. in in 16. (S. I—II: Note des Éditeurs; S. III—XXX: Préface.)

Mit sieben Rabirungen von Adolphe Lalauze: Portrait de Goethe. — Charlotte. — La Fontaine. — Le Poirier. — Le Serin. — La dernière Entrevue. — Les Pistolets. [S. 16.]

Werther; par Goethe. Paris (Librairie des Publications à 5 centimes), 1886. 160 pp. in 32.
Petite Bibliothèque universelle. Chefs-d'oeuvre français et étrangers.

Goethe. — Werther. Paris. C. Marpon & E. Flammarion. (1887.) 214 S. in gr. 16.
Auteurs célèbres. No. 23.

Goethe. Werther. Illustrations de Marold. Paris, E. Dentu, 1892. 228 S. in 12.
Petite Collection Guillaume.

Goethe. — Werther; par Goethe. Nouvelle édition. Paris, libr. Roy et Geffroy. (1893.) 192 S. in 32.
Petite Bibliothèque omnibus illustrée.

Englische Uebersetzungen.
1779—1886.

The Sorrows of Werter: a German Story. — Taedet coeli convexa tueri. London: Printed for J. Dodsley, Pall-Mall. 1779. 2 vols. in 12. Vol I. VIII und 168 S. (S. V—VIII: Preface). Vol. II. 172 S.

Auf Seite VIII des ersten Bandes eine Anzeige von zwölf Druckfehlern angehängt. Irrig ist die oft wiederholte Angabe, daß auf dem Titelblatt stehe: „founded on Fact."

Uebersetzt von Daniel Malthus. (The Gentleman's Magazine, February, 1800. Vol. LXX. 177.) [S. 12 fg.]

The Sorrows of Werter: a German Story. — Taedet coeli convexa tueri. The Second edition, London: Printed for J. Dodsley. 1780. 2 vols. in klein 8. Vol. I. VIII und 168 S. Vol. II. 172 S.

The Sorrows of Werter . . . Third edition. London, 1782. 2 vols. in 12.

The Sorrows of Werter: a German Story. — Taedet coeli convexa tueri. A New edition. London: printed for J. Dodsley. 1784. 2 vols. in klein 8. Vol. I. VIII und 168 S. Vol. II. 168 S. S. 167 fg. das Gedicht: Werter to Charlotte (O Charlotte! Charlotte! all-accomplish'd maid ꝛc.).

The Sorrows of Werter . . . A New edition. London, Dodsley. 1785. 2 vols. in klein 8. Vol. I. VIII und 168 S. Vol. II. 168 S. S. 167 fg. das Gedicht: Werter to Charlotte (O Charlotte! ꝛc.).

The Sorrows of Werter: a German Story. — Taedet coeli convexa tueri. A New edition. London: J. Dodsley. 1789. VII und 223 S. in klein 8. S. 220—221 das Gedicht: Werter to Charlotte (O Charlotte! ꝛc.); S. 222—223 ein anderes Gedicht: On Suicide (Rash youth, forbear! O lay that poniard by, Nor boldly thus the wrath of Heaven defy ꝛc.).

Werter and Charlotte, a German Story. A new translation, from the last Leipsic edition. Illustrated with notes. London: printed for the Translator. 1786. III und 172 S. in 8. S. 161—163 ein Gedicht: Werter to Charlotte (Farewell, dear Charlotte! — take this last adieu ꝛc.). [S. 13.]

The Sorrows of Werter. A German Story. Translated from the genuine French Edition of Monsieur Aubry. by John Gifford, Esp. In two Volumes. London: Printed for Harrison and Co. 1789. in gr. 8. Vol. I. Translator's Preface, S. III—V; Letter from a German of literary eminence to Monsieur Aubry on his translation of the Sorrows of Werter, S. VII—XVII; Werter, 47 doppelspaltige S. Vol. II. 74 S. Mit zwei Kupferstichen, nach Robert Smirke gestochen von Walker.

John Gifford ist ein Pseudonym: der wirkliche Name des Uebersetzers ist John Richards Green.

The Sorrows of Werter, A German Story. — Taedet coeli convexa tueri. — To each his sufferings — Gray. (Ode to Adversity) Dublin, 1790. 2 vols. in 8. Vol. I. Printed by John Rice, and Co. No. 5. College-green. VII und 105 S. Vol. II. Printed by Hannah Chamberlaine, No. 5. College-green. 122 S.

Ein übelaussehender Nachdruck.

The Sorrows of Werther ... London. 1794. 2 vols. in 12.

The Sorrows of Werter ... London, 1795. 2 vols. in 12.

The Letters of Werter. Ludlow, 1799. in 18. Mit einer Titel-Vignette von Corbould.

The Sorrows of Werter. translated from the German of Baron Göethe, by William Render, D. D. London: printed for R. Phillips. No. 71 St. Paul's Church-Yard. 1801. IV und 375 S. in 8. (Advertisement of the Translator. S. III. fg.; Werter. S. 1—360; Appendix: containing an Account of a Conversation which the Translator had with Werter, a few days preceding his death. S. 361—375.) Mit einem Titelkupfer: Charlotte at the Tomb of Werter, nach Edward Francis Burney gestochen von James Fittler, und den Titelversen nach Goethe:

You weep, — you love the Youth, — revere his name,
And wish from Censure to defend his fame:
But hark! „Be *Man*“, his Spirit seems to say,
„Nor let *my* weakness tempt thy feet astray!“

[S. 13—15.]

The Sorrows of Werter; translated from the German of Baron Göethe. By Fred. Gotzberg, assisted by an English literary Gentleman. One that lov'd not *wisely* but *too* well. Shakspeare. London: printed by J. Gundee, Ivy-Lane, for T. Hurst, Paternoster Row ꝛc. 1802. IV und 194 S. in 8. Mit ſechs Kupfern von James Hopwood, die Werther in einer theatraliſchen Phantaſie-Tracht darſtellen.

The Sorrows of Werter: a German Story. Edinburgh; printed by Oliver & Co, Netherbow. 1807. 180 S. in 16. Mit einem Kupfertitel und drei ſchlecht gerathenen Kupfern von C. Campbell. S. 179 fg. das Gedicht: Werter to Charlotte (O Charlotte! ꝛc.).

The Sorrows of Werter. Translated from the German. By Dr. Pratt. The Second Edition. London. Printed for Thomas Tegg No. 111 Cheapside. IV und 191 S. in 8. Mit geſtochenem Titel, einer Titel-Vignette, die Kindergruppe in Wahlheim, und einem Titelkupfer: The last meeting of Charlotte and Werter, beide nach John Thurſton geſtochen von Freemann.

The Sorrows of Werter. From the German of Baron Goëthe. A new translation, revised and compared with all the former editions. The second edition. By Dr. Pratt. London: printed for Thomas Tegg, 111, Cheapside; and T. & R. Hughes, 35, Ludgate-Hill. 1809. IV und 164 S. in 32. Mit geſtochenem Titel, derſelben Vignette und demſelben Titelkupfer, in verjüngtem Maßſtabe, wie in der Oktav-Ausgabe.

The Sorrows of Werter. From the German of Baron Goëthe. A new translation. Revised and compared with all the former editions. The third edition. By Dr. Pratt. London: printed for T. Tegg. 1813. IV und 162 S. in 8. Diese dritte Ausgabe hat auch noch den gestochenen Titel der zweiten, sowie dasselbe Titel=kupfer.

The Sorrows of Werter; a Story: From the German of Goëthe. Edinburgh: published by Oliver & Boyd, 1810. 100 S. in 32. Mit einem Kupfer: The Death of Werter, nach J. Burnett gestochen von Robert Scott, und einer Titel=Vignette von denselben. S. 99 fg. das Gedicht: Werter to Charlotte (O Charlotte! ꝛc.).

Nur ein Wiederabdruck der alten bei Dodsley erschienenen Uebersetzung, wie die meisten der folgenden Ausgaben.

The Sorrows of Werter. London. Published by Lackington, Allen & Co. Finsbury Square, 1815. V und 162 S. in 8. Mit gestochenem Titel, einer Titel=Vignette: Werter found dead by his Servant, und einem Kupfer: Charlotte delivering the Pistols to Werter's Servant, beide nach Henry Corbould gestochen von E. Stalker.

The Sorrows of Werter. A German Story. — Taedet coeli convexa tueri. Chiswick: from the press of C. Wittingham, sold by R. Jennings, Poultry; T. Teeg, Cheapside, &c. 1823. IV und 124 S. in 18. Mit gestochenem Titel und einer Titel=Vignette, die Kinder=gruppe in Wahlheim, nach J. Thurston gestochen von Davenport.

The Sorrows of Werter. London, 1826. Jones & Co. in 12. Mit Goethe's Brustbild im Profil, nach dem Porträt von Ferdinand Jagemann. (Hermann Rollet, die Goethe=Bildnisse, S. 148.)

The Sorrows of Werter; from the German of Goethe. — Letters from Yorick to Eliza. — Sterne's

Sentimental Journey. London: printed by J. F. Dove. 1826. in 16. Werter, S. 3—88; Werter to Charlotte (O Charlotte! &c.), S. 89.

Dove's English Classics.

The Sorrows of Werter, a German Story. A new edition. London, printed for C. Osborne and S. Griffin. 1838. 2 vols. 180 und 192 S. in 8.

The Sorrows of Werter; from the German of Goethe. — Letters from Yorick to Eliza. — Sterne's Sentimental Journey. London: printed for T. Allman. 42, Holborn Hill. 1842. in 16. Werter, S. 3—89. Mit einem abſcheulichen Holzſchnitt: Werther mit aufgehobenen Armen in das überſchwemmte Thal hinabſchauend. S. 90 das Gedicht: Werter to Charlotte („O Charlotte!" ꝛc.).

Nachdruck der Ausgabe von 1826.

The Sorrows of Werter. A German Story. taedet coeli convexa tueri. A new edition. Belfast: printed by Joseph Smith, 34, High Street. 1844. 135 S. in 12.

Eine Ausgabe für's Volk, oder wie man in England zu ſagen pflegt, „für die Million."

Illustrated Literature of all Nations. Nr. 14. The Sorrows of Werter. By Goethe. Illustrated with numerous Engravings. London: John K. Chapman and Company. (1851.) 24 S. in 4.

Eine wohlfeile Ausgabe mit Holzſchnitten. Das Gedicht: Werter to Charlotte, hier gleichfalls beigegeben.

Cabinet Edition of Classic Tales, comprising in One Volume the most esteemed Works of Imagination. London: Henry G. Bohn. 1852. in 8. The Sorrows of Werter. A German Story. 36 S.

Novels and Tales, by Göethe . . . The Sorrows of Young Werther. (Ueberſetzt von R. Dillon

Boylan.) S. 247—355. London. Henry G. Bohn. 1854. (Bohn's Standard Library, vol. 93.)

The Sorrows of Werter by J. W. Goethe. Translated. Ithaca N. Y. (Staat Neu York.) in 18.

The Sorrows of Werter. From the German of Goethe. Cassell & Company ... London. Paris, New York & Melbourne. 1886. 192 S. in 18. S. 1—10: Introduction. Unterzeichnet: H. M. das ist Henry Morley. S. 11 fg.: The Translator to the Reader.

Cassell's National Library, edited by Professor Henry Morley, No. 36. Eine sehr wohlfeile Ausgabe, die aber dem Herausgeber nicht zur Ehre gereicht. Es ist ein Wiederabdruck der alten, unter dem Namen J. Goßberg erschienenen Ueber= setzung, worin der Goethe'sche Text kläglich verunstaltet wurde. Daß im Jahre 1886 noch ein solcher englischer Werther er= scheinen konnte, muß uns in Erstaunen setzen.

Italienische Uebersetzungen.
1781—1882.

Werther. Opera di sentimento del Dottor Goethe, celebre scrittor tedesco, tradotta da Gaetano Grassi Milanese. Coll' Aggiunta di un' Apologia in favore dell' opera medesima. in Poschiavo. Per Giuseppe Ambrosioni. (1781.) 210 S. (il traduttore, S. 1—9) und 3 S. Druckfehler. in 8.

Zweiter Druck: Poschiavo. Per Giuseppe Ambrosioni. (1782.) 3 Bl. Dedikation: All' illmo Signor Hess . . . di Zurigo, und 210 S. in 8.

Werther. Opera di sentimento del Dottor Goethe, tradotta da Gaetano Grassi Milanese. Milano, nella Tipografia Dones in Strada Nuova. 1800. 192 S. in 8.

Werther. Opera di sentimento del Dottor Goethe celebre scrittor tedesco tradotta da Gaetano Grassi Milanese. Coll' aggiunta di un' apologia in favore dell' opera medesima. Nec verbum verbo. Horat. Basilea, 1807. 192 S. in 8.

Gli affanni del giovane Verter: dall' originale tedesco; tradotti in lingua toscana, da Corrado Ludger. Londra: per T. Hookham, New Bond Street. 1788. in 12. Parte prima: IV und 160 S. Parte ceconda: 179 S. und 1 S. Druckfehler.

Verter. Opera originale tedesca del celebre signor Goethe trasportata in italiano dal D. M. S. 2 Parti. Venezia, 1796. Presse Giuseppe Rosa. Con permissione. 184 S. in 8. Mit einer Vignette und einem Kupfer.

Voran S. 14 und 15 die italienische Uebertragung eines Briefes von Goethe an den Ueberseßer. Dieser war Herr Michael Salom in Padua; er hatte dem Dichter schon vor Jahren eine handschriftliche Probe seiner Uebersetzung zugeschickt, worauf ihm derselbe aus Weimar unter'm 20. Februar 1782 schrieb. (Der deutsche Original-Brief, aus der Autographen-Sammlung des verstorbenen Herrn Benoni Friedländer in Berlin, war auf der Berliner Goethe-Ausstellung von 1861 zu sehen.) Auch diese Uebersetzung war wenig geeignet, den italienischen Lesern eine wahre Vorstellung von dem Urbilde zu geben.

An Frau von Stein schreibt Goethe über die Salom'sche Uebersetzung unter'm 12. December 1781: „Man hat mir eine Italiänische Uebersetzung des Werther zugeschickt. Was hat das Irrlicht für ein Aussehen gemacht! Auch dieser Mann hat ihn wohl verstanden; seine Uebersetzung ist fast immer Umschreibung; aber der glühende Ausdruck von Schmerz und Freude, die sich unaufhaltsam in sich selbst verzehren, ist ganz verschwunden und darüber weis man nicht was der Mensch will. Auch meinen vielgeliebten Namen hat er in Annetta verwandelt." Die theuere Frau von Stein war bekanntlich seine zweite Lotte — doch wie weit verschieden von der ersten!

Werther, tradotto dal Tedesco di Goëthe. Gustavi paululùm mellis, et ecce morior. SAMUEL, liv. I, v. 43. Dalla stamperia di Guilleminet. Parigi, e trovasi presso F. Louis . . . 1803. VIII und 234 S. in 12.

Einzel = Ausgabe der Uebersetzung, welche zusammen mit einer französischen herauskam. Lotte ist hier in Carolina umgetauft.

Werther, opera di centimento del Dottor Goethe, celebre scrittor tedesco. Nuova traduzione coll' aggiunta di un' apologia in favore dell' opera medesima. Firenze, presso Guglielmo Piatti 1808. 2 Thle. von 138 und 130 S. in 12. Mit dem Motto: Nec verbum verbo. Horat.

Werther. Opera di sentimento del Dottor Goethe celebre scrittor tedesco. Nuova traduzione. Coll' aggiunta di un' apologia in favore dell' opera medesima. Parte I. — Parte II. Livorno, presso Pietro Meucci 1808. 107 und 122 S. in klein 8.

Werther, opera di sentimento del Dottore Volfango Goethe. Traduzione italiana nuovamente corretta e riveduta coll' Aggiunta di un' Apologia in favore dell opera stessa e corredata di note. Milano, Martinelli. 1851. XII und 196 S. in 8. Mit zwei Illustrationen.

Werther. Lettere sentimentali pubblicate dal Dottore Volfango Goethe. Torino. Società editrice italiana. 1857. 91 S. in 8.

I dolori del giovine Werther di Volfango Goethe. Versione italiana di Riccardo Ceroni. Firenze, Felice Le Monnier. 1857. in 8.

Volfango Goethe. Werther. Versione italiana di Riccardo Ceroni. Seconda edizione. Firenze, Successori Le Monnier. 1873. 482 S. in 12.

Terza edizione. Firenze, 1887.

Werther. Lettere sentimentali pubblicate dal Dottore Volfango Goêthe. — Eleonora Ballata di Augusto Bürger. Milano, Tipografia Guigoni, 1879. 96 S. in klein 8. Mit zwei Holzschnitten. (Werther, S. 3—90.)

Volfango Goethe. — Werter: lettere sentimentali. Napoli, libr. D' Ambra, 1882. 136 S. in 18.

Spanische Uebersetzungen.

Werther, traducido del Aleman de Goëthe. Gustavi paululûm mellis, et ecce morior. Samuel liv. I, v. 43. En la imprenta de Guilleminet. En Paris, si halla en casa de F. Louis, calle de Saboya, No. 12. 1803. VIII und 212 S. in 12.

Einzelausgabe der obenerwähnten Uebersetzung, welche mit einer französischen zusammen erschien.

Auch eine spätere Ausgabe:

Werther. por Goethe, traducido al castellaňo. Gustavi paululûm mellis, et ecce morior. Samuel, liv. I, v. 43. Paris. en la libreria de H. Seguin, calle Saint-Jacques, N. 41. 1825. VIII und 294 S. in 16.

Verter, ó las Pasiones. Escrito en Aleman por el célebre Goëthe. Y traducido al Castellano por D. A. R. Valencia: por José Ferrer de Orga. 1820. 282 S. in 16. Mit einem Titelkupfer. Werther steckt hier in der Uniform eines Civil-Beamten, im Frack mit steifem Kragen; auf dem Sopha liegt sein dreispitziger Hut.

Las cuitas de Werther. Obra escrita en Aleman por Goethe y traducida directamente en Castellano por D. José Mor de Fuentes. Con Licencia. Barcelona, Imprenta de A. Bergnes, calle des Escudellers. 1835. 251 S. in 8. Prólogo del traductor, S. 1—10.

Der Uebersetzer ist durch seine Werke in Versen und Prosa, namentlich durch seine Erzählung „Serafina", auch ausserhalb Spaniens bekannt geworden.

Goethe. Werther. Valencia. Querol y Domenech, editores. (1875?) 198 S. in 16.
Bildet den zweiten Band einer „Biblioteca selecta".

Eine holländische Uebersetzung erschien zu Mastricht 1776, und in demselben Jahre noch eine andere zu Utrecht. (Ersch, Verzeichniß aller anonymischen Schriften in der vierten Ausgabe des gelehrten Deutschlands, nebst einem Verzeichnisse von Uebersetzungen der darin angegebenen Schriften, Fortsetzung von 1796, S. 43.)

Außerdem sind die folgenden Ausgaben anzuführen:

Het Lijden van den jongen Werther. Uit het Hoogduitsch. Vermeerdert met en gesprek over het zelve. en vier fraeie platen. Derde druk. Te Utrecht, bij B. Wild en J. Altheer, 1790. 270 S. in 8. Mit vier Kupfern, T. E. Grave sculp.

Het Lijden, van den Jongen Werther. Uit het Hoogduitsch. Te Amsterdam, bij Johannes Allart, 1792. VIV und 270 S. in 8. (S. I—XIV, Voorrede des Vertaalers van deeze uitgaave.) Mit vier Kupfern und einer Titel=Vignette, nach Jakobus Buys gestochen von Reinier Vinkeles und Daniel Vrydag. Die Titel=Vignette zeigt einen trauernden Liebesgott, seinen Bogen zerbrechend, und hat die

Inschrift: Moest dan de liefde — een bron van zo veel jammers zijn.

Eine schwedische Uebersetzung erschien 1783 zu Stockholm.

Eine dänische Uebersetzung, durch Meisling, Kopenhagen, 1832.

Die früheste russische Uebersetzung, von Kyriak, kam 1788 zu St. Petersburg heraus (in 8.). Spätere Uebersetzungen: Moskau, 1816. In zwei Theilen, mit Porträt. — Moskau, 1820. in 16. — St. Petersburg, 1865. in 8.

Eine polnische Uebersetzung: Cierpienia mlodego Wertera. Warszawa, N. Glücksberg. 1822. 2 czesci in 8.

Eine portugiesische Uebersetzung erschien 1842 in Rio de Janeiro. Eine spätere in Paris: Mágoas de Werther. Traducido do original alemão por A. R. Gonçalves Vianna. Paris. 1885. in 16.

Eine magyarische Uebersetzung wurde 1862 angezeigt. Es ist uns unbekannt, ob dies nur eine frühere Ausgabe der Uebersetzung von Eugen Bajza ist:

Az ifju Werther keservei, forditotta Bajza Jenö. Pest, 1864. in 12.

Eine neugriechische Uebersetzung erschien 1879 zu Athen. VIII und 190 S. in 8. Mit sechs Holzschnitten.

Wertheriana.

(Vergl. Koch, Grundriß einer Geschichte der Sprache und Literatur der Deutschen, II. 282 fg. — Jördens, Lexikon deutscher Dichter und Prosaisten. II. 169—171, und VI. 206 fg. — Nicolovius, Ueber Goethe, S. 19—25. — Boas, Nach=

träge zu Goethe's sämmtlichen Werken, I. 229—235. — Goedeke, Grundriß zur Geschichte der deutschen Dichtung, 2. Auflage, IV. 650—660. — K. G. Wenzel, Aus Weimars goldenen Tagen. Bibliographische Jubelfestgabe zur hundertjährigen Geburtstagsfeier Schiller's. Dresden 1859. S. 18—30. — Verzeichniß von Goethe's Handschriften. . . Drucken seiner Werke ꝛc., welche im Concertsaale des Königl. Schauspielhauses ausgestellt sind. Berlin, 1861. S. 48—52. — Dorer=Egloff's Bücher= schatz. Verzeichniß der von Herrn Edward Dorer=Egloff in Baden bei Zürich hinterlassenen berühmten Goethe= und Schiller= Bibliothek. [Versteigerungs=Katalog.] Leipzig, 1868. S. 74—78. — Goethe im Urtheile seiner Zeitgenossen. Zeitungs= kritiken, Berichte, Notizen, Goethe und seine Werke betreffend, aus den Jahren 1773—1786, gesammelt und herausgegeben von Julius W. Braun. Berlin, 1883.)

(Karl Ernst Freiherr von Reitzenstein.) Lotte bey Werthers Grab. („Ausgelitten hast du, ausgerungen" ꝛc.) Wahlheim, 1775. 7 S. in klein 8. [S. 55, 76—78.]

Auch: Wahlheim, 1775. 2 Bl. in 8. Mit Pätus und Arria . . . Leipzig und Wahlheim, 1775. S. 13—16. — Im Rheinischen MOST, S. 181—183. — Teutscher Merkur, Juni 1775, S. 139—140. — Schubart's Deutsche Chronik, vom 12. Junius 1775. — Giesser Wochenblatt, Jahrgang 1775, Gießen. in 4. Im 24. Stücke: Lotte bey Werthers Grab. Gedicht.

Acht und Dreißig neue moralische Oden und Lieder und Lotte bey Werthers Grabe, mit Melodien von Johann Heinrich Hesse, Hof=Cantor und Musik=Director in Eutin. Erster Theil. Eutin 1777. in Folio. S. 51—60. (Lottes's Klagegesang mit der Anweisung: „Langsam mit vielem Affect".)

(Georg Ernst von Rüling.) Werther an Lotten. Im Teutschen Merkur, August 1775. S. 97—98. [S. 79 fg.]

Albert an Lottchen. Gedicht von drei achtzeiligen Strophen. Abgedruckt in „Ueber Goethe" von A. Nicolovius, S. 66 fg. [S. 80 fg.]

(von Breitenbach.) Berichtigung der Geschichte des jungen Werthers. 1775. [S. 76, 101, 102—105, 226.]
Zweite verbeßerte Auflage. Frankfurt und Leipzig 1775. 16. S. in 8. — Freystadt, 1775. 11 S. in 8. Auch mit Nicolai's Freuden Werthers nachgedruckt, 1775.

(Christoph Friedrich Nicolai.) Freuden des jungen Werthers. — Leiden und Freuden Werthers des Mannes 2c. 1775. Mit Titel-Vignette. [S. 42, 62, 166 bis 190, 191 fg., 227, 272.]
Auch ohne die Vignette. Berlin, 1775.
Nachdrücke: Freystadt, 1775. 32 S. in 8. — Freuden des jungen Werthers. . . Wie auch Berichtigung der Geschichte des jungen Werthers. Schafhausen, 1775. 68 S. in 8. — Neuer Abdruck in Kürschner's Deutscher National-Litteratur, 72. Band (herausgegeben von J. Minor) S. 365—386.
Holländische Uebersetzung: De Vreugde van den jongen Werther. door den Herrn Fredrich Nicolai, Schryver van het Leven en de Gevoelens van Sebaldus Nothanker ... Uit het Hoogduitsch vertaald, te Amsterdam, bij Jan Doll. 1775. Mit einem wenig gelungenen Nachstich der Vignette von Chodowiecki.

Als Nicolai die Freuden des jungen Werthers geschrieben hatte. Unterzeichnet: Goethe. o. O. und J. 1 Bl. in 8. (Gedruckt in Berlin, 1837.) Die Exemplare haben in der Regel in der zehnten Zeile eine handschriftliche Korrektur von Lachmann: erathmend statt erathmet. [S. 192—194.]
Noch ein anderer Einzeldruck ist in neuerer Zeit erschienen, und zwar auf grauem alten Papier, mit Schwabacher Schrift. o. O. und J. 1 Bl. in 4. Dieser lautet, wie folgt:

Herr Nicolai auf Werther's Grabe.

Ein junger Mann — ich weiß nicht wie —
Starb einst an der Hypochondrie
Und ward auch so begraben.
Da kam ein starker Geist herbei,
Der hatte seinen Stänkrig frei,
Wie ihn so Leute haben.
Er setzt gemächlich sich aufs Grab
Und legt sein reinlich Häuflein ab,
Beschauet freundlich seinen Dreck,
Geht wohler athmend wieder weg
Und spricht zu sich bedächtiglich:
„Der gute Mann, wie hat sich der verdorben,
„Hätt' er ge . . . . . . so wie ich,
„Er wäre nicht gestorben!"

J. W. G . . . . .

Außerdem wurde dieses Abfertigungsgedicht mitgetheilt durch Eduard Boas (der es von einem Freunde aus den nachgelassenen Papieren des alten Rath Heim, des beliebten berliner Arztes, erhielt) in dessen 1841 herausgegebenen Nachträgen zu Goethe's Werken, I. 13, durch von der Hagen, im achten Bande des Neuen Jahrbuches der Berliner Gesellschaft für deutsche Sprache und Alterthumskunde, S. 335, und öfter. In dem 1849 erschienenen elften Bande von Scheible's „Kloster", S. 1023, gibt es Karl Alexander von Reichlin-Meldegg als Anhang zu den „Teutschen Volksbüchern von Johann Faust . . . mit steter Beziehung auf Goethe's Faust". Ihm sind die Verse, deren Echtheit er verbürgen will, aus der Hand=schriften = Sammlung von Paulus bekannt geworden, und er sagt, so lange Goethe lebte, hätten sie nicht gedruckt werden dürfen. Da nun die Goethe'sche Pasquinade bei Reichlin=Meldegg etwas anders erscheint, als in den übrigen Ab=drücken, so möge sie noch in dieser Gestalt hier einen Platz finden:

Als Nicolai die Freuden des jungen Werther herausgab.

Ein junger Mensch — wer weiß nicht wie?
Verstarb an der Hypochondrie,
Und ward dann auch begraben. —
Da kam ein schöner Geist herbei,
Der hatte einen Stuhlgang frei,
Wie ihn die Leute haben.
Der setzt sich nieder auf das Grab
Und legt ein reinlich Häuflein ab,
Schaut mit Behagen seinen D . . ck,
Geht wohl ermuthigt wieder weg,
Und spricht zu sich bedächtiglich:
Der arme Mensch; er dauert mich,
Wie hat er sich verdorben!
Hätt' er ge . . . . . . n, so wie ich,
Er wäre nicht gestorben.

––––––

Beherziget das Dictum:
Cacatum non est pictum.

(Christian August Bertram.) Etwas über die Leiden des jungen Werthers, und über die Freuden des jungen Werthers. 1775. [S. 195.]

(Riebe.) Ueber die Leiden des jungen Werthers. Gespräche. 1775. [S. 196—202.]
Ein Nachdruck: Freystadt, 1775. 46 S. in 8.

(Johann Melchior Goeze.) Kurze aber nothwendige Erinnerungen über die Leiden des jungen Werthers ꝛc. 1775. [S. 154—161.]

Schwacher, jedoch wohlgemeinter Tritt vor dem (sic) Riß, neben oder hinter Herrn Pastor Goeze gegen die Leiden des jungen Werthers ꝛc. 1775. [S. 161.]

(Johann Heinrich Merck.) Pätus und Arria eine Künstler-Romanze. Freistadt am Bodensee, 1775. [S. 118. 197.]

Pätus und Arria; eine Künstler-Romanze. Und Lotte bey Werthers Grab; eine Elegie. Beyde mit Musik. Leipzig und Wahlheim, 1775. 16 S. in 8. und 1 Bl. Noten.

Auch in der Sammlung: Rheinischer MOST, Nr. VII. S. 171—180.

Neuer Abdruck in Dünzer's Studien zu Goethe's Werken, S. 249—255.

(Heinrich Leopold Wagner.) Prometheus Deukalion und seine Recensenten rc. 1775. [S. 138, 150, 188, 190 fg., 223—232, 235, 265, 268, 273, 277—280.]

Auch: Göttingen 1775. 28 S. in 8. Nach einer Mittheilung des Herrn Albert Cohn in Berlin ein anderer Druck, mit anderen Typen und anderen Vignetten, zwar dieselben Darstellungen, aber nicht dieselben Stöcke. — Ferner: Freystadt, 1775. 16 S. in 8. Ohne Holzschnitte im Text, auf dem Titelblatte der fliegende Merkur mit einer Schriftrolle ohne Schrift. — Im Rheinischen MOST, Nr. V. Mit den Holzschnitten.

Neue Abdrücke: In Dünzer's Studien zu Goethe's Werken, 1849. S. 211—232; und in Kürschner's Deutscher National-Litteratur, 80. Band (herausgegeben von A. Sauer, 1883), S. 359—380. Diese beiden Neudrucke haben die Holzschnitte und sind mit erläuternden Anmerkungen begleitet.

(Johann Jakob Hottinger.) Menschen Thiere und Goethe, eine Farce rc. 1775. [S. 233—236.]

Auch: Altona, 1775. 22 S. in 8. — Zweyte Auflage. o. O. 1776. 24 S. in 8.

Neugedruckt in Dünzer's Studien zu Goethe's Werken, S. 233—248.

(Johann August Schlettwein.) Briefe an eine Freundinn über die Leiden des jungen Werthers. 1775. [S. 162—164, 165.]

(Johann August Schlettwein.) Des jungen Werthers Zuruf aus der Ewigkeit rc. 1775. [S. 162—164.]

Werther in der Hölle. 1775. [S. 165.]
Neue Ausgabe: Frankfurt und Leipzig, 1775.

(Isaak Daniel Dilthey.) Werther an seinen Freund Wilhelm, aus dem Reiche der Todten. 1775. [S. 165.]

Rheinischer MOST Erster Herbst. 1775. (Frankfurt am Main, bei den Eichenbergischen Erben.) 3 Bl. Vorbericht und 183 S. in 8.

Diese angeblich von Heinrich Leopold Wagner veranstaltete Sammlung enthält:

I. Neueröfnetes moralisch-politisches Puppenspiel. S. 1—66.

II. Prolog zu den neusten Offenbarungen Gottes, verdeutscht durch D. Carl Friedrich Bahrdt. S. 67—72.

III. Götter, Helden und Wieland. Eine Farce. S. 73—104.

IV. Rhapsodie von Johann Heinrich Reimhardt dem Jüngern. 1773. (Von Merck.) S. 105—118.

V. Prometheus Deukalion und seine Recensenten. (Mit den Holzschnitten.) S. 119—146.

VI. Menalk und Mopsus. Eine Ekloge nach der fünften Ekloge Virgils. (Von Lenz.) S. 147—170.

VII. Pätus und Arria eine Künstler Romanze. Und Lotte bey Werthers Grab, eine Elegie. S. 171—183.

(August Kornelius Stockmann.) Die Leiden der Jungen Wertherinn. Eisenach), 1775. [S. 68.]

Zwote, verbesserte Auflage. Eisenach), 1776. 3 Bl. und 144 S. in 8. Mit Titel-Vignette.

(August Friedrich von Goué.) Masuren oder der junge Werther. Ein Trauerspiel aus dem Illyrischen. 1775. [S. 73—76, 115.]

(Heinrich Gottfried von Bretschneider.) Eine entsetzliche Mordgeschichte von dem jungen Werther ꝛc. (1776.) [S. 56—62.]

Auch: Boxdehude (Berlin) 1776. 8. S. in 8.

Ein wiener Nachdruck, um fünf Strophen vermehrt, hat den Titel:

Werthers Leiden, eine wahrhafte Mordgeschichte, die sich den 21. December 1772 zugetragen. Wien bei Jos. Kuhn, auf die Melodie des Sigwart's in ein Lied gebracht. (1778.)

„Das Titelbild zeigt uns ein Himmelsbett, darauf ausgestreckt Werther, dessen Hand die Pistole entfallen ist." Richter, Aus der Messias- und Werther Zeit, S. 168.

Eine entsetzliche Mordgeschichte von dem jungen Werther, wie sich derselbe den 21sten December durch einen Pistolenschuß eigenmächtig ums Leben gebracht. Allen jungen Leuten zur Warnung, auch den Alten fast nützlich zu lesen. Fabeln, Romanzen und Sinngedichte. (Von H. G. von Bretschneider.) Frankfurt und Leipzig, 1781. in 8. S. 143—151.

Ein Neudruck wurde in den fünfziger Jahren zu Leipzig herausgegeben:

Eine entsäßliche Mordgeschichte von dem jungen Werther, wie sich derselbe am 21. December elendiglich um's Leben gebracht rc. Frankfurt und Leipzig 1775 (anstatt 1776). 8 S. in 16.

Auch steht die Mordgeschichte in dem Büchlein Musenklänge aus Deutschlands Leierkasten. Mit feinen Holzschnitten. Leipzig. Georg Wigand. 1849. in 16. Zehnte Auflage. Verlag von Bernhard Schlicke. Leipzig. o. J. in 16. S. 175—183. Mit 6 Holzschnitten.

Eine trostreiche und wunderbare Historia, betittult: Die Leiden und Freuden Werthers des Mannes rc. (1776.) [S. 62.]

Die Leiden des Jungen Werthers ein Trauerspiel in drey Aufzügen rc. Frankfurt am Main, 1776. [S. 69 fg.]

Dasselbe. Bern, bey Jeremias Walthard. 1776. 62 S. in
klein 8. Der Titel in Kupfer gestochen.

Schreiben des Herrn von R*** an das Fräu=
lein von B*** über die Vorstellung des Trauer=
spiels: die Leiden des jungen Werthers, in Nürn=
berg, nebst einer kurzen Nachricht von der Moseri=
schen Schauspieler=Gesellschaft. o. O. 1776. 8 Bl.
in 8. (Datirt: Nürnb. 30. Jan. 1786.)

Ernest, oder die unglücklichen Folgen der Liebe;
Ein Drama in drey Aufzügen 2c. 1776. [S. 71.]

Eine andere Uebersetzung des in Bern erschienenen Stückes
Les Malheurs de l'Amour ist abgedruckt in dem Berlinischen
Litterarischen Wochenblatt, Berlin und Leipzig, 1776, S. 98—135:
Werther oder die unglückliche Liebe. Ein Schau=
spiel in drei Aufzügen. Aus dem Französischen. Die
Namen der Personen sind hier geändert. Lotte ist die Tochter
eines Barons von Wahlheim, der Baron von Manstein heißt
nun Werther und Melling, ihr Gemahl, Albert. Der Schau=
platz ist in Wahlheim.

(Ernst August Anton von Göchhausen.) Das Wer=
ther=Fieber, ein unvollendetes Familienstück. Nieder=
Teutschland (Leipzig, bei Weidmann's Erben) im Jahr 1776.
S. 202—210.

(Peter Wilhelm Hensler.) Lorenz Konau. Ein
Schauspiel in Einer Handlung. 1776. [S. 211—215.]

Johann Friedrich Teller. Vernunft=Schriftmässige
Abhandlung über den Selbstmord, eine Abfertigung
an den jungen Werther. Leipzig, 1776. 4 Bl. und 102
S. in 8.

J. F. Teller (1736—1816), Pastor zu Zeitz und aus einer
Pastorenfamilie, war ein Bruder des bekannten aufgeklärten
Theologen Wilhelm Abraham Teller. Er gehörte aber zu den
Altgläubigen, und schrieb sogar gegen seinen Bruder.

In ein Exemplar von Werthers Leiden. („Wenn oft, in stiller Einsamkeit" ꝛc.) Gedicht von drei sechszeiligen Strophen, unterzeichnet: Z. Im leipziger Almanach der deutschen Musen auf das Jahr 1776, S. 190.

Versuch einer Poesie über einen wichtigen Brief des jungen Werthers, von einem Liebhaber der Dichtkunst G. A. S. Schwabach, bey Enderes. 1776. in 8.
Im leipziger Almanach der deutschen Musen für 1778, S. 88, heißt es darüber: „Eine der schlechtesten unter den Wertherischen Brochüren! Der Verfasser erbietet sich zur Fortsetzung, das heißt vermuthlich, den ganzen Werther in Reimen von seinen Händen zu bringen."

Herrn Hofrath Schlossers zweytes Schreiben über die Philantropinen. Ephemeriden der Menschheit, oder Bibliothek der Sittenlehre, der Politik und der Gesetzgebung, herausgegeben von Herrn Iselin in Basel. Bd. II. (Basel, 1776) S. 246—265. — Auch in: Johann Georg Schlossers Kleine Schriften. Erster Theil. Basel, 1779. S. 21—42.
Dieses Sendschreiben des damals noch in Emmendingen lebenden, wackeren Schlosser, Goethe's Landsmann und Schwestermann, enthält (S. 248) folgende Vergleichung des Werther mit dem „göttlichen" Grandison: „Es ist unendlich leicht, den höchsten Grad der Vollkommenheit zu idealisiren, aber den eben passenden Grad des Guten bestimmen, das ist eine Hauptschwierigkeit. Man braucht kein sehr großes Genie zu seyn, um einen Grandison zu schreiben. Sobald die Scene fertig war, durfte man die erztugendhafte Marionette nur handeln lassen, und alles war gethan. Aber einen Werther zu schreiben, den unvollkommenen großen Mann; das treffende Gemälde voll Licht und Schatten, den Geist und Mensch; das war nur das Werk des Genies, der Meisterhand." — Ein Mann der alten Schule, welcher selbst an einer Uebersetzung des Grandison Antheil hatte, Abraham Gotthelf Kästner, nahm ein Aergerniß an solcher Erhebung des Werther über das Geschöpf des verehrten Richardson. „Wenn Grandison eine Marionette ist", schrieb

Kästner, „so ist Werther nichts als ein Speyteufel, der praßelt, dampft und zerplatzt mit Gestank, ohne etwas anders gethan zu haben, als daß er etliche Jungen ergötzt.“ A. G. Kästner's gesammelte Poetische und Prosaische Schönwissenschaftliche Werke, Berlin, 1841. II. 124.

Klagen unglücklicher Liebe, bey Werthers Grabe im Mondschein. („Freundin armer Liebekranker Herzen, Luna! leuchte Trost auf mich herab“ ꝛc.) Gedicht von neun vierzeiligen Strophen, unterzeichnet: R. Im leipziger Almanach der deutschen Musen auf das Jahr 1777, S. 215—216. [S. 81.]

(Johann Moritz Schwager.) Die Leiden des jungen Franken, eines Genies. 1777. [S. 218—223, 274.]
Neue Ausgabe: Minden und Frankfurt a. M., Körber, 1797.

(Johann Jakob Hottinger.) Briefe von Selkof an Welmar ꝛc. 1777. [S. 215—217.]

(Willer.) Werther. Ein bürgerliches Trauerspiel in Prosa und drey Akten. 1778. [S. 71 fg.]

Und er erschoß sich — nicht. Leipzig, 1778.
Auch: Frankfurt und Leipzig 1781. 64 S. in 8. [S. 211.]

(Albrecht Christoph Kayser.) Adolf's gesammelte Briefe. Leipzig, Weygand. 1778. in 8.

Man denkt verschieden bey Werthers Leiden, ein Schauspiel in drey Aufzügen. o. O. 1779. 101 S. in 8. Mit einem Titelkupfer.

(August Friedrich Cranz.) Des jungen Werthers Freuden in einer bessern Welt. Ein Traum vielleicht aber voll süßer Hoffnung für fühlende Herzen, von dem Verfasser der Lieblingsstunden. Berlin und Leipzig, bei Christian Ludwig Stahlbaum. 1780. 2 Bl. und 100 S. in 8.

G. E. Lessing. Werther, der bessere. Lachmann'sche Ausgabe von Lessing's sämmtlichen Schriften, II. 576. Ein Faksimile der Original-Handschrift als Beigabe zum ersten Bande von Danzel's Lessing = Biographie. [S. 96.]

In der Anzeige einer jämmerlichen Umarbeitung von Emilia Galotti, die unter dem Titel: „Bianka, ein tragisches Gemälde in fünf Aufzügen", zu Leipzig 1800 erschien, bemerkt Ernst Theodor Langer, Lessing's Nachfolger an der Bibliothek zu Wolfenbüttel, in der Neuen Allgemeinen Deutschen Bibliothek, LIV. 56: „Nur ein paar Monate vor Lessing's-Tode war, wie Rec. weiß, der unvergeßliche Mann mit Ausarbeitung eines Drama beschäftigt, das den lange genährten und in sonderbarer Lage endlich ausgeführten Entschluß eines Selbstmörders zur Katastrophe hatte. Lessing's Lebensbeschreiber haben dieser Arbeit nicht gedacht." Sollte — so fragt Roberstein — mit diesem Drama nicht „Werther der bessere" gemeint sein? (Weimarisches Jahrbuch für deutsche Sprache, Literatur und Kunst, herausgegeben von Hoffmann von Fallersleben und Oskar Schade, II. 470.)

Bei Werthers Grabe. („Friede Gottes sey mit deiner Seele" ꝛc.) Gedicht von vierzehn vierzeiligen Strophen, unterzeichnet: M. H. Arvelius. Im göttinger Musen-Almanach auf das Jahr 1783, S. 206—209.

Kronholm, oder: Gleich ist Werther fertig. Schauspiel von (Heinrich Gottlieb) Schmieder. Leipzig, bey Christian Gottlieb Hilschern. 1783. 93 S. in 8.

(A. Henselt.) Afterwerther oder Folgen jugendlicher Eifersucht. Ein Original-Schauspiel in 5 Aufzügen. Lübeck und Leipzig, 1781. 72 S. in klein 8. Mit Porträt auf dem Titel.

Das Werther-Fieber ein Schauspiel in fünf Aufzügen. Von L. A. Hoffmann. 1785. [S. 210 fg.]

Des jungen Sternheims Leiden und Freuden, oder die Gefahren einer frühen Liebe. Leipzig 1785, bey Carl Friederich Schneidern. 6 Bl. und 204 S. in 8. Mit einer Titel-Vignette.

Die Leiden der jungen Fanni. Eine Geschichte unserer Zeiten in Briefen von F. G. von Nesselrode (kurpfalz-bairischem Kammerherrn zu München). Augsburg. bey Conrad Heinrich Stage, 1785. 80 S. in 8. Mit einer Titel-Vignette.

(Albrecht Christoph Kayser.) Ueber belletristische Schriftstellerei, mit einer Parallele zwischen Werther und Ardinghello. Allen belletristischen Schriftstellern und Lesern ihrer Schriften gewidmet. Strasburg, in der Akademischen Buchhandlung. 1788. in 8.

Ein Auszug in Nicolovius' Sammlung „Ueber Goethe", S. 113—115.

Karl Philipp Moritz. Ueber ein Gemälde von Göthe. Teutsche Monatsschrift, Berlin, 1792. 3. Stück, S. 243—250. [S. 122 fg.]

Narcisse. Eine Englische Wertheriade. Leipzig, in der Weygandschen Buchhandlung. 1793. 384 S. in 8. Mit einem Titelkupfer, Schubert del., Darnstedt sc.

(Johann Gottfried Hoche.) Des Amtmanns Tochter von Lüde. Eine Wertheriade für Aeltern, Jünglinge und Mädchen. Bremen bey Friedr. Wilmans. 1797. 272 S. in 8. Mit Titelkupfer und Titel-Vignette, Schubert del., C. Schule sc.

Ueber diesen Roman, dem eine wahre Begebenheit zu Grunde liegt, vergl. A. W. Schlegel's sämmtliche Werke, XI. 150 fg.

Der Waldbruder, ein Pendant zu Werthers Leiden, von dem verstorbenen Dichter Lenz. (1776 geschrieben.) In Schiller's Horen. Jahrgang 1797, 4. Stück, S. 85—102, und 5. Stück, S. 2—30.

Der Waldbruder. Von J. M. R. Lenz. Ein Pendant zu Werthers Leiden. Neu zum Abdruck gebracht und eingeleitet von Dr. Max von Waldberg. Berlin, W. H. Kühl, 1882. 81 S. in 8.

Auch in Dorer-Egloff's Nachträgen zu der Ausgabe von Tieck, S. 92—130; und in Kürschner's Deutscher National-Litteratur, 80. Bd., 175—209.

Die Leiden des jungen Werther. Eine bekannte wahre Geschichte 2c. [S. 62 fg.]

Die Leiden Werthers. Eine wahre Geschichte 2c. 18 . . [S. 65.]

Die Leiden des jungen Werthers. Eine wahrhafte Geschichte 2c. 1806. [S. 65.]

Aemil und Julie oder die Unzertrennlichen. Ein Seitenstück zu Werthers Leiden von K. Albrecht. Berlin, bei C. G. Schöne 1800. 217 S. in 8. Mit einem Titelkupfer: Carlo Dolci pinx. J. Ramberg sc.

(Karl Philipp Bonafont.) Der Neue Werther oder Gefühl und Liebe. Von *** o. O. (Nürnberg) 1804. 180 S. in 8.

Ein Roman in Briefen.

Werthers Leiden. Eine lokale Posse mit Gesang 2c. 1807. [S. 67.]

Pandaemonium germanicum. Eine Skizze von J. M. R. Lenz. Aus dem handschriftlichen Nachlasse des verstorbenen Dichters herausgegeben. Nürnberg 1819. bei Friedrich Campe. 61 S. in 8. [S. 237, 239 fg.]

Durch Dr. G. F. Dumpf zu Lexkiol in Livland zum Druck besorgt. — Auch im dritten Bande der Gesammelten Schriften von Lenz, herausgegeben von Ludwig Tieck, Berlin, 1828, S. 207—229; und in Kürschner's Deutscher National-Litteratur, 80. Bd., S. 137—160.

Die Original-Handschrift befindet sich in der Königl. öffentlichen Bibliothek zu Berlin.

Beiträge zur Kenntniß von Werthers Leben. Unterzeichnet: Z. Didaskalia. Blätter für Geist, Gemüth und Publizität. (Beilage zum Frankfurter Journal.) 1833, Nr. 229—232.

Werthers Leiden, oder die Macht der Liebe. Posse (mit Gesang) in einem Akt von Gustav Mühling. (Bühnen-Manuskript.)

Diese Posse ist auf verschiedenen deutschen Bühnen gegeben worden.

Der sehr populäre wiener Komiker und Possendichter Johann Nepomuk Nestroy spielte in den fünfziger Jahren den Werther in einer anderen Possenbearbeitung: „Des jungen Werthers Leiden.“ (Richter, Aus der Messias- und Werther-Zeit, S. 172.)

(Paul Wigand.) Die Tradition von Göthe-Werther. Europa. Chronik der gebildeten Welt. Herausgegeben von August Lewald. Jahrgang 1839, I. 1—10. [S. 53, 102, 111.]

Werthers Grab zu Wetzlar. In den zu Köln erschienenen Rheinischen Provinzial-Blättern für alle Stände, Jahrgang 1839, Nr. 15 und 16. Von einem Ungenannten in Wetzlar.

Die Tradition von Goethe-Werther. Ebendas. Jahrgang 1839, Nr. 39 und 40. Von demselben Ungenannten und mit Bezug auf Wigand's Mittheilungen. [S. 105.]

Göthe's ursprüngliche Uebersetzung der Ossianischen Gesänge von Selma. Aus Friederikens Nachlasse und nach Göthe's Handschrift abgedruckt. Der Dichter Lenz und Friederike von Sesenheim. Aus Briefen und gleichzeitigen Quellen zc. Herausgegeben von August Stöber. Basel, Verlag der Schweighauser'schen Buchhandlung. 1842. in 8. S. 95—107.

Karl August Varnhagen von Ense. Werthers fünfzigjähriges Jubiläum 1825. Denkwürdigkeiten und vermischte Schriften. 6r Band (Leipzig, 1843) S. 20—23.

Werther's Lotte. (Charlotte Kestner.) Mit dem Brustbild, in Stahl gestochen von der berliner Kupferstecherin Auguste Hüssener. Bilder=Magazin der (leipziger) Allgemeinen Modenzeitung, herausgegeben von A. Diezmann, 1848, Nr. 1, S. 1 fg.

Werther. (Zum Goethe=Fest 1847.) Von v. d. Hagen. Neues Jahrbuch der Berlinischen Gesellschaft für deutsche Sprache und Alterthumskunde, herausgegeben von Fr. H. von der Hagen, 8r Bd. (Berlin, 1848) S. 323—337.

Ueber die „Leiden des jungen Werther". Mit= getheilt von August Boden. Frankfurter Konversationsblatt. Belletristische Beilage zur Oberpostamts=Zeitung. 1848, Nr. 230, S. 858 fg.

Wiedergedruckt in: Gesammelte Kleine Schriften von August Boden. Frankfurt a. M., 1850. in 8.

Goethe's „Lotte" und „die Leiden des jungen Werther's". Nebst einer Uebersicht der Werther= Literatur. Anhang: 1. Prometheus, Deukalion und seine Rezensenten. (Mit Nachbildungen der Holzschnitte.) 2. Menschen, Thiere und Goethe. 3. Pätus und Arria. 4. Lotte bei Werther's Grab. Zu Goethe's Jubelfeier. Studien zu Goethe's Werken. Von Heinrich Düntzer. Elberfeld und Jserlohn. Julius Bädeker. 1849. S. 89—257.

Göthe von 1770—1773, oder seine Beziehungen zu Friederike von Sesenheim und Werther's Lotte. Von Julius Merz. Verlag von Bauer und Raspe in Nürn= berg. 1850. VIII und 24 S. in 8.

Aus dem Album des Literarischen Vereins in Nürnberg für 1850.

Zur Literatur des „Werther". — Die „Leiden des jungen Werther" in einer Bänkelsängerparodie und Werther's Geisterruf „an Lotten". Von J. W.

Appell. Blätter für literarische Unterhaltung, 1851, Nr. 126, S. 1051—1053.

Goethe und Werther. Briefe Goethe's, meistens aus seiner Jugendzeit, mit erläuternden Documenten. Herausgegeben von A. Kestner. Stuttgart und Tübingen. J. G. Cotta'scher Verlag. 1854. VIII und 305 S. in 8. Mit dem Brustbilde der Charlotte Kestner, gestochen von A. Schultheiß, Goethe's Schattenriß aus dem Jahre 1774 und drei Faksimiles. — Zweite Auflage. Stuttgart und Augsburg. 1855. VIII und 307 S. [S. 46, 91.]

Der kunstsinnige hannöversche Legationsrath August Kestner, Verfasser der „Römischen Studien" (Berlin, 1850), aus dessen Nachlaß diese Reliquien erschienen, war der vierte Sohn der Lotte, geboren zu Hannover am 28. November 1777. Er lebte viele Jahre hindurch als Minister - Resident beim päpstlichen Stuhle in Rom und starb dort hochbejahrt am 5. März 1853. Deutschen Künstlern und Reisenden, welche in den Jahren 1820 bis 1850 die Ewige Stadt besuchten, war der „römische Kestner" wohlbekannt. Schon vor der Veröffentlichung der lange erwarteten Briefe an Lotte und Kestner war übrigens über den Inhalt Näheres bekannt gemacht worden (in der Allgemeinen Zeitung von 1847, Beilage zu Nr. 190, und in der Kölnischen Zeitung desselben Jahres, Nr. 317). Auch hatte Gervinus in seiner schönen Darstellung der Jugendperiode Goethe's dieser Briefe gedacht. „Die Kestnerische Familie — so lesen wir in der Geschichte der deutschen Dichtung, vierte Ausgabe, IV. 474 — ist uns die Bekanntmachung der Briefe aus jenen Jahren schuldig, die mehr als alles Andere das kindliche, durchsichtige, unverdorbene und harmlose Gemüth aufdecken, das Goethe edlen Anforderungen gegenüber entfaltete." Ebenso erwähnt bereits Heinrich Gelzer dieser Herzensergießungen unseres Dichters in seinem 1841 erschienenen Werke über die deutsche poetische Litteratur seit Klopstock und Lessing, S. 257.

Goethe und Werther. Die Grenzboten, Zeitschrift für Politik und Literatur, herausgegeben von Gustav Frey=

tag und Julian Schmidt. Leipzig, 1854. II. Semester,
S. 361—368.

Noch einmal die Wertherbriefe. Die Grenzboten,
herausgegeben von Gustav Freytag und Julian Schmidt, Leipzig,
1855. I. Semester, S. 161—171.

Enthält interessante Bruchstücke aus dem Tagebuch eines
Goethe-Wallfahrers, der Wetzlar und das Dorf Garbenheim
besuchte.

Goethe et Werther. Lettres inédites de
Goethe, la plupart de l'époque de sa jeunesse,
accompagnées de documents justificatifs, publiées par Kestner; traduites par L. Poley.
Paris. E. Glaeser. 1855. VI und 244 S. in 12. Auf
dem Titel das Motto: „. . . mais ce qui est sans égal et
sans pareil. c'est Werther." (Mme de Staël, De l'Allemagne.) [S. 46.]

Der Goethe-Kestner'sche Briefwechsel. Von Bernhard Rudolf Abeken. Blätter für literarische Unterhaltung
von 1854, Nr. 43, S. 781—786, und Nr. 48, S. 873—877.
Ebend. von 1855, Nr. 16, S. 285—287.

Goethe's „Werther" im Auslande. Von Hermann
Marggraff. Blätter für literarische Unterhaltung, 1855,
Nr. 46, S. 837—842.

Leben und geringe Thaten von **Werther dem Sekretär,**
Einem gutmüthig-grausigen Liebhaber, der sich ohne
Ursache viel Ruhm erwarb, doch endlich durch einen
Pistolenschuß starb. Eine Historie, traurig und
weinerlich in modischen Verselein. Geschrieben und leider
auch gedruckt in Lipzig, da man zählte 1779. (1852?) 18 S.
in 12.

Diese auf grauem Löschpapier gedruckten Knittelverse stammen
aus den ersten fünfziger Jahren. Ein nicht genannter leipziger
Buchhändler hat sie zu Stande gebracht, veranlaßt durch eine

kindische Wette. Der Schluß des ersten Theiles wird hier in
folgender Weise travestirt:

28. August.

Vor lauter Liebe bestieg er die Wipfel
Und holte die Birn aus dem höchsten Gipfel.
Seine Lotte stand unten und nahm ihm ab,
Was er nicht aß, sondern herunter gab.

30. August und 10. September.

Nachdem er nun auf solche Weise
Sich gestärket zu einer Gesandtschaftsreise,
Ging es beim Abschied bitter und schwer
Zwischen Werthern und Lotten und Albert her.

Albert und Lotte, lebt wohl Ihr beiden,
Jammerte Werther bei seinem Scheiden,
Warf dann mit verliebter Geberde
Bei vollem Mondschein sich nieder zur Erde.

Mitten unter Sterne flimmern,
Sah Lottens weißes Kleid er schimmern,
Bis Albert einen Ruck ihm gab,
Da reisete Werther endlich ab.

Goethes Leiden des jungen Werthers. Erläu=
tert von Heinrich Düntzer. 122 S. in 12. (Erläuterun=
gen zu den deutschen Klassikern. Erste Abtheilung: Erläuterun=
gen zu Goethe's Werken von Düntzer, II. Jena, Karl Hoch=
hausens Verlag, 1855.)

Zweite, neu durchgesehene und vermehrte Auflage. (Er=
läuterungen zu den deutschen Klassikern. 3. Bändchen.) Leipzig,
Ed. Wartig's Verlag (Ernst Hoppe). 1880. 156 S. in 12.

Ueber Werther's Leiden von Goethe. Aus einem
Briefe von Jeremias Meyer an August Schuster. —
Wetzlar; Werther und Lotte. Aus Jeremias Meyer's
Tagebuch (1820). Der Aktuar Salzmann, Goethe's Freund
und Tischgenosse in Straßburg. Eine Lebens = Skizze, nebst

Briefen von Goethe, Lenz, L. Wagner ꝛc. Herausgegeben von August Stöber. Frankfurt a. M., Th. Völcker, 1853. in 8. S. 126—136.

Vergleichung der ersten Ausgaben von Werthers Leiden" mit den neuern. Goethe-Schiller-Museum. Herausgegeben von August Diezmann (Leipzig, 1858). S. 84—112.

Goeze, Lessing und Werther. Johann Melchior Goeze. Eine Rettung von Dr. Georg Reinhard Röpe. Hamburg, 1860. in 8. S. 232—254. [S. 157, 160.]

Goethe in den Jahren 1771 bis 1775. Von Bernhard Rudolf Abeken. Hannover. Carl Rümpler. 1861. 434 S. in 8.

Zweite Auflage. Hannover, 1865. 435 S. in 8.

Wetzlar und das Lahnthal mit ihren romantischen Umgebungen und geschichtlichen Denkwürdigkeiten. Ein Führer für Fremde und Einheimische. Von Dr. P. Wigand. Wetzlar. In Commission der G. Rathgeber'schen Buchhandlung. 1862. IV und 188 S. in 8. Mit einer lithographirten Ansicht von Wetzlar.

Garbenheim und die Tradition von Goethe-Werther, S. 135—143. — Goethe-Fest am 28. August 1849, S. 143—148.

Anektode (sic) zu den Freuden des jungen Werther von Goethe. Zum ersten Mal in Druck gegeben und zum 28. August 1862 vertheilt von Woldemar Freiherr von Biedermann. Leipzig, Druck von J. B. Hirschfeld. 5 unpaginirte S. in gr. 8.

Nach einer Abschrift, aus Leser's Nachlaß stammend, die von Goethe's Diener und Sekretär, Philipp Seidel, geschrieben und von Goethe selbst an einigen Stellen korrigirt ist.

Anecdote zu den Freüden des jungen Werthers. Aus F. H. Jacobi's Nachlaß ... Herausgegeben von Rudolf Zoeppritz. Leipzig, Wilhelm Engelmann. 1869. in 8. II. 280—284.

Auch in der Hempel'schen Ausgabe von Goethe's Werken, X. 521—532, mit einer Vorbemerkung und Varianten herausgegeben von Friedrich Strehlke. — Ferner in „Der junge Goethe", III. 536—539, nach v. Biedermann's Druck. [S. 193 fg.]

A. Fränkel. Werther-Reminiscenzen. Erste Beilage zur Königl. privilegirten Berlinischen (Vossischen) Zeitung. 1863. Sonntag den 10. Mai. S. 1—3. Unterzeichnet: A. Fr.

Mit Zugrundlegung des Büchleins von Wigand.

Wiederabgedruckt in einer leipziger Monatsschrift (1864?), mit dem Namen des Verfassers.

Goethe-Werther-Album in Photographien. Wetzlar. Hugo Bourguet. (G. Rathgeber'sche Buchhandlung). (1864.) in 4.

Acht Blätter ohne Text:

Nr. 1. Panorama von Wetzlar.
  „ 2. Der Dom in Wetzlar.
  „ 3. Charlotte Kestner.
  „ 4. Das deutsche Haus in Wetzlar.
  „ 5. Das Lottezimmer im deutschen Hause.
  „ 6. Das Wertherhaus in Wetzlar.
  „ 7. Der Wertherbrunnen bei Wetzlar.
  „ 8. Das Goethedenkmal in Garbenheim (Wahlheim).

Michael Bernays. Über Kritik und Geschichte des Goetheschen Textes. Berlin, Ferd. Dümmler's Verlagsbuchhandlung. 1866. in 8. S. 10—38.

Eine Goethewallfahrt nach Wetzlar (1863). Aus Welt und Kunst. Studien und Bilder von Ludwig Pietsch. Jena, 1867. in 8. I. 235—256.

Werther's Leiden und der literarische Kampf um sie. Von Georg Zimmermann. Archiv für das Studium der neueren Sprachen und Literaturen.

Herausgegeben von Ludwig Herrig. 45. Band, 3. Heft, S. 241—298. Braunschweig, Westermann. 1869. in 8.

Göthe und Charlotte Kestner. Ein Vortrag. Von Dr. Falkson. Königsberg, Theile. 1869. 60 S. in 16.

Ueber den deutſchen und italieniſchen Werther. Von Theodor Paur. (Skizze eines freien Vortrages.) Separat=Abdruck aus dem 50. Bande des Neuen Lauſitziſchen Magazins (Görlitz, 1873). 5 S. in 8.

Elf Briefe von Jeruſalem=Werther. Im neuen Reich, Wochenſchrift ꝛc., 1874, Nr. 25, S. 970—980. [S. 92.] Durch O. von Heinemann, Bibliothekar zu Wolfenbüttel, veröffentlicht. Die Briefe ſind in den Jahren 1767 bis 1772 an Eſchenburg geſchrieben, drei aus Wetzlar, das der junge Melancholikus Seccopolis (Stadt der Leiden) nennt.

Die Werther=Erinnerungen in Wetzlar. Von Ernſt Ziel. Mit einem Holzſchnitt: Der Werther=Brunnen bei Wetzlar. Die Gartenlaube. Jlluſtrirtes Familienblatt. Leipzig, Ernſt Keil. Nr. 37. 1874. S. 597—600. in 4.

Richardson, Rousseau und Goethe. Ein Beitrag zur Geschichte des Romans im 18. Jahrhundert. Von Erich Schmidt. Jena, Eduard Frommann. 1875. 331 S. in 8.

Heinrich Leopold Wagner, Goethes Jugendgenosse. Nebst neuen Briefen und Gedichten von Wagner und Lenz. Von Erich Schmidt. Jena, Ed. Frommann. 1875. X und 128 S. in 8.

Heinrich Leopold Wagner, Goethes Jugendgenosse. Von Erich Schmidt. Zweite völlig umgearbeitete Auflage. Jena, 1879. X und 166 S. in 8. [S. 282.]

Goethe's Werther und seine Zeit. Eine psychiatrisch-litterarische Studie von Dr. Ludw.

Wille, Professor der Psychiatrie an der Universität Basel. Basel. Schweighauserische Buchhandlung. (Hugo Richter.) 1877. 30 S. in 8. (Oeffentliche Vorträge, gehalten in der Schweiz. IV. Band, 9. Heft.)

Der Berliner Werther. Mitteilungen über Goethe aus ungedruckten Briefen Nicolais und seiner Freunde. Von Richard Maria Werner. (Als Handschrift gedruckt.) Salzburg 1878. 10 S. in 4.

Aus der Wertherzeit. Von Erich Schmidt. Im neuen Reich, Wochenschrift, 1879, Nr. 47, S. 733—744.

Wiedergedruckt in: Charakteristiken. Von Erich Schmidt. Berlin, Weidmann. 1866. in 8. (XV. Aus der Werther-Zeit.)

Populäre Vorträge über Dichter und Dichtkunst. Von Dr. Ernst Gnad. Zweite Sammlung. (Goethe's Briefe an Lotte, und Werther's Leiden ꝛc.) Triest, F. H. Schimpff, 1879. in 8.

Die Werther-Periode in Ungarn. Aus Ungarn. Literatur- und culturgeschichtliche Studien von Adolf Dux. Leipzig, Verlag von Hermann Foltz. 1880. in 8. S. 8—29.

Hermann Wentzel. Ueber den Namen Werther. Miscellanea Goethiana ꝛc. Oppeln, 1880. in 8.

Heinrich Düntzer. Nicolai's Handexemplar von Werthers Leiden. Archiv für Literaturgeschichte, X. 385. 1880.

Goethe in Wetzlar. 1772. Vier Monate aus des Dichters Jugendleben. Von Wilhelm Herbst. Mit den Bildnissen (in Lichtdruck) von Kestner und Lotte Buff. Gotha. F. A. Perthes. 1881. XIII und 216 S. in 8.

Friedrich Koldewey. Werther's Urbild. Lebens- und Charakterbilder. Wolfenbüttel, Zwißler, 1881. in 8. S. 167—202.

Dieser Aufsatz beruht auf Aktenstücken, die vorher noch nicht benutzt waren, und soll dazu dienen, das tragische Geschick des jungen Jerusalem aus seinen Gemüthseigenschaften und äußeren Vorgängen begreiflich zu machen. Der geehrte Verfasser beabsichtigt, die Urkunden noch zum Abdruck zu bringen.

Aus der Messias- und Werther-Zeit. Von H. M. Richter. Wien. Verlag von L. Rosner. 1882. 199 S. in 8.

Der junge Werther in Wien und Wien in der Werther-Epoche. S. 120—199. — Zuerst 1879 erschienen in der Deutschen Revue, herausgegeben von Richard Fleischer, Berlin, 4. Jahrgang, Heft 8 und 9.

Die Aufnahme von Goethes Jugendwerken in England. Von Alois Brandl. Goethe-Jahrbuch, herausgegeben von Ludwig Geiger, Bd. III. (Frankfurt a. M., 1882) S. 27—76.
I. Werther (1779—1798). S. 27—36.

Goethe in Wetzlar. Skizzen von Alexis Stoll. I. Kestner und Charlotte Buff. II. Karl Wilhelm Jerusalem. Der Salon für Litteratur, Kunst und Gesellschaft. Leipzig, Verlag von A. H. Payne. Band I. 1882. S. 741—750.

Goethes „Werther". Von Julian Schmidt. Mit einer Silhouette von Charlotte Buff und sechs Illustrationen nach Zeichnungen von Paul R. A. Müller in Charlottenburg: Das alte Garbenheim. — Lottes Wohnhaus in Wetzlar. Jerusalem's Wohnhaus in Wetzlar. — Lottes Wohnzimmer in Wetzlar. — Der Dom in Wetzlar. — Der Goethe-Brunnen bei Wetzlar. Westermann's illustrierte deutsche Monats-Hefte, Braunschweig, Oktober 1881, S. 114—129. in 8.

Goethe und die Wertherzeit. Ein Vortrag von Karl Knortz. Mit dem Anhange: Goethe in Amerika. Zürich 1885. Verlags-Magazin. (J. Schabelitz.) 56 S. in 8.
Im Winter 1884 auf 85 wurde dieser Vortrag zu Morrisania, einer Vorstadt von Neu York, vor einem deutsch-amerikanischen Zuhörerkreise gehalten.

Die Werther=Krankheit in Europa. Zeiten, Völker
und Menschen, von Karl Hillebrand. Siebenter Band. —
Culturgeschichtliches. Aus dem Nachlasse . . . Herausgegeben
von Jessie Hillebrand. Berlin, Verlag von Robert Oppenheim.
1885. in 8. S. 102—142.

Charlotte Buff und ihre Familie. Abhandlungen
zu Goethes Leben und Werken von Heinrich Düntzer. Leipzig,
Ed. Wartig's Verlag. 1885. in 8. I. 66—144.

Lindenborn. Goethe in Wetzlar. Nord und Süd.
Eine deutsche Monatsschrift. Herausgegeben von Paul Lindau.
Heft 108. Breslau, 1886.

Goethe's Werther in Frankreich. Eine Studie von
Ferdinand Groß. Leipzig. Verlag von Wilhelm Friedrich.
(1888.) 83 S. in 8.

Erich Schmidt. Ein Brief an den Amtmann
Heinrich Adam Buff über Werther. Goethe-Jahrbuch, Bd. IX. (Frankfurt a. M., 1888) S. 228—229.

Ein schauderhaftes Beweisstück der Klatschereien über Char=
lotte Kestner und Jerusalem, in einem barbarischen und fehler=
vollen Kanzlei=Undeutsch. Der Brief ist unterzeichnet: P. W.
Saint George, und datirt: Mannheim, den 23. Januar 1775.
Auch in Mannheim, erfahren wir aus demselben, ist seit einiger
Zeit eine Broschüre „unterm Titul Leyden des jungen Wer=
thern" im Umlauf; und gewisse Leute nennen die „Fraw
Tochter" des Amtmanns, die „Fraw Hoffräthin Kosterin" (lies:
Kestnerin) als das objectum amoris. wegen dessen dem un=
glückseligen Herrn Jerusalem „das Hirn angegangen". Herr
Saint George hat aber die affaire von mehren glaubhaften
Personen anders gehört, und diesem Gerücht daher wider=
sprochen. Er ersucht nun den alten Herrn, ihn mit „einem
allenfalßigen ostensibelen Schreiben zu beEhren", welches Schreiben
er vorzuzeigen nicht ermangeln werde. — E. Schmidt macht
folgende Bemerkung zu dieser Epistel: „Wieweit die Naivetät
des Briefes aus natürlicher Harmlosigkeit oder aus der dreisten

Neugier stammt, sich mit scheinbarer Theilnahme an eine in unangenehmes Gerede gekommene Familie herauszudrängen, läßt sich nicht entscheiden, da über den Schreiber keine Nachrichten vorliegen."

Max Koch. Eine Münchener Wertheriade. Jahrbuch für Münchener Geschichte, herausgegeben von Karl von Reinhardstöttner und Karl Trautmann. 2r Jahrgang (München, 1888) S. 149—168.

Vergl. Goedeke's Grundriß, zweite Auflage. IV. 656.

Eugen Wolff. Die Leiden des jungen Werther in Leben und Dichtung. Berichte des Freien Deutschen Hochstiftes in Goethe's Vaterhause. Frankfurt am Main. Neue Folge. VI. 10—27.

Eugen Wolff. Neue Briefe von und über Jerusalem-Werther. Vierteljahrsschrift für Litteraturgeschichte, herausgegeben von Bernhard Seuffert. 2r Bd. (Weimar, 1889) S. 532 fg.

Goethe und Heinrich Leopold Wagner. Ein Wort der Kritik an unsere Goethe-Forscher, von Dr. Joh. Froitzheim. Strassburg. Heitz, 1889. 68 S. in 8.
Beiträge zur Landes- und Volkskunde von Elsass-Lothringen, X. Heft.

Die Weltanschauung Goethes in den Leiden des jungen Werther. Von Chr. Semler in Dresden. (Sonder-Abdruck aus dem Ergänzungsheft zum dritten Jahrgang der Zeitschrift für den deutschen Unterricht, S. 56—65.) (Dresden, 1889.) in 8.

Franz Zschech. Ugo Foscolos Ortis und Goethes Werther auf Grund der neuesten italienischen Veröffentlichungen. Zeitschrift für vergleichende Litteraturgeschichte ꝛc. Herausgegeben von Max Koch und Ludwig Geiger. Neue Folge. 3r Bd. (Berlin, 1890) S. 46—70.

Schmerzliche Wonnen. Roman von Oskar Klein. Elberfeld, Hockner. 1890. 135 S. in 12.

Eine Werther=Nachahmung. „Oskar Klein hat nichts Geringeres unternommen, als Goethe's „Werther" noch einmal zu schreiben. Die Handlung des Romans ist wesentlich die der Goethe'schen Dichtung … Auch das Äußerliche ist nachgemacht. Nach zwei Büchern von Briefen folgt auch hier: Der Herausgeber an den Leser. Die Sprache ist durchaus Nachahmung der Werther=Sprache. Satzbau, Wortwahl, Wendungen zeugen. von einem wahrhaft raffinirten Streben der Nachahmung … Manchmal möchte man glauben, es handle sich um eine Wette." Adolf Brieger, Blätter für literarische Unterhaltung, 1890, Nr. 45.

Werther-Ausstellung im Goethehause zu Frankfurt a. M. 1892. — Katalog der Ausstellung von Autographen, Schattenrissen, Bildnissen, Druckwerken und Illustrationen zu Goethe's Leiden des jungen Werther aus der Autographen-Sammlung des Oberhofmeister Freiherrn Hugo von Donop in Weimar, nebst Ergänzungen aus dem Archiv und der Bibliothek des Freien Deutschen Hochstiftes. Juli—October 1892. Frankfurt a. M. Druck von Gebrüder Knauer. VI und 42 S. in 8. (S. III—VI, Vorwort von Dr. O. Heuer.

(Johann Rudolf Sinner?) Les Malheurs de L'Amour, Drame. Berne Chez B. L. Walthard. 1775. [S. 33, 70 fg.]

Mit derselben Titeleinfassung und denselben Vignetten, mit welchen der 1775 bei Walthard erschienene Nachdruck des Werther ausgestattet ist.

Werther, ou le Délire de l'amour. Drame en 3 actes et en prose … par de La Rivière. 1778. [S. 34.]

Le Nouveau Werther, imité de l'Allemand. A Neuchatel, 1786. in 8. [S. 34.]

Andere Titel=Ausgabe:

Le Nouveau Werther, imité de l'Allemand. A Basle, chez Jean - Jacques Flick. 1786. XIV und 279 S. in 8.

Dieser geänderte Werther wurde anfänglich besorgt von Jér. C. Fleuriau, genannt Marquis de Langle.

Die letzten Briefe Werther's an Lotte wurden französisch nachgeahmt von dem kaiserlichen Gesandten am Hofe zu Dresden Franz von Paula Anton Graf von Hartig (aus Prag, 1758—97): Lettre de Werther à Charlotte. In dessen Mélange de Vers et de Prose. A Paris et Liége. 1788. in 8.

(Pierre Perrin.) Werthérie. Paris, Louis. 1791. S. 34 fg.]

Werthérie, roman sentimental. Par Pierre Perrin. Tome premier. — Tome second. A. Liége, chez J. A. Latour. 1792. 132 und 134 S. in 18.

Auch: Utrecht. 1792. 2 vols. 186 und 202 S. in 12.

Troisième édition. Paris, Louis. An II (1794). 2 tomes. 174 und 165 S. in 18.

Mit vier Kupfern von Froussotte. Diese pariser Ausgabe trägt des Verfassers Namen auf dem Titelblatt.

Stellino, ou le nouveau Werther. Dédié à Madame, Belle-soeur du Roi. Rome, et se trouve à Paris, chez de Bure et Valade, 1791. 2 parts. in 8.

Stellino, ou le nouveau Werther. Dédié à Madame, Belle Soeur du Roi. *La nature humaine a ses bornes ... Goethe. Passions d. j. W. Let. XXIX.* A Rome, et se trouve à Paris, chez de Bure l'ainé. 1792. XXVIII. und 116 S. in 8.

Von Joseph Antoine de Gourbillon aus Paris, Kabinets=
Sekretär von „Madame", der Gemahlin des zukünftigen Königs
Ludwig XVIII., der er sein Machwerk gewidmet hat.

(Jean Elie Bedenc [oder Bedène?] Dejaure.) Werther et Charlotte, Comédie en un acte, mélée
d'ariettes. 1792. [S. 35 fg.]

La Victime de l'imagination, ou l'Enthou-
siaste de Werther, traduit de l'anglais de Hill
(par Antoine-Gilbert Griffet de Labeaume et
François Notaris). Paris, 1794. 2 vols. in 18.

(Barbier, Dictionnaire des ouvrages anonymes, 3 me
édition, IV. 954.)

Jacques Lablée. Werther à Charlotte, héroïde.
Paris, 1798. in 8.

Werther à Charlotte, héroïde. Par M. le
chevalier Lablée. Nouvelle édition. A Paris,
chez Pichard. 1824. 16 S. in 8.

J. Lablée (1751—1841) war zuerst „avocat au Parle-
ment de Paris" und bekleidete nachher als Beamter verschiedene
Posten unter den wechselnden französischen Regierungen.

(B. C. Gournay.) Werther, Drame en cinq
actes, en prose. An XI (1802). [S. 36.]

(Barthélemi Huet de Froberville.) Sydner, ou les
Dangers de l'imagination. 1803. in 8. [S. 51 fg.]

Charles Nodier. Le Peintre de Saltzbourg;
Journal des émotions d'un coeur souffrant,
suivi des Méditations du cloître. Paris, Maradan,
1803. in 12. Mit einem Kupfer. [S. 38, 40.]

Seconde édition, corrigée et augmentée. Paris,
Gide fils, 1820. in 12. — Auch in dem 1832 erschienenen
2ten Bande der Oeuvres de Charles Nodier (Paris,
Renduel). in 8.

El Pintor de Salzburgo. (Traduc. castellana). Paris, Hamonière. 1831. in 18.

Praxède. par César-Auguste (Auguste Lambert). 1807. [S. 36—38.]

Praxede oder der französische Werther. Überseßt von Saul Ascher. 1809.

Georges Duval (Georges Labiche) et Rochefort. Werther, ou les Égarements d'un coeur sensible. Drame historique en un acte ꝛc. 1817. [S. 40 fg.]

Auch: 1819.

Nouvelle édition avec beaucoup d'augmentations. Paris, 1825. 39 S. in 8. — Ferner in La France dramatique au dix-neuvième siècle. choix des pièces modernes, tome XVIII (p. 247—260). Paris, C. Tresse, éditeur. 1842. in gr. 8.

Vergl. Ludwig Richter, Lebenserinnerungen eines deutschen Malers. Herausgegeben von Heinrich Richter. Frankfurt a. M., 1885. S. 88.

Georges Duval (Georges Labiche). Le Retour de Werther, ou les Derniers épanchements de la sensibilité, comédie-vaudeville en un acte. Paris, Barba, 1820. in 8.

Charlotte et Werther, Drame en trois Actes. .. par Émile Souvestre et M. Eugène Bourgeois. 1846. [S. 41—43.]

Zuerst: **Paris, Lévy frères, 1846. in 12.**

Armand Baschet. Les Origines de Werther. d'après des documents authentiques. Paris. Amyot. 1855. 62 S. in 8. [S. 46.]

Mit Zugrundlegung der Briefe an Lotte und Kestner.

Types modernes en Littérature. Werther, par Émile Montégut. Revue des deux Mondes, XXVe Année. Seconde série de la nouvelle période. Tome onzième. Paris, 1855. S. 333—344. [S. 46 fg.]

Werther. Types littéraires et Fantaisies esthétiques, par Émile Montégut. Paris, Hachette et Cie. 1882. in 8. S. 127—149.

Werther. Correspondance de Goethe et de Kestner. Causeries du Lundi, par C.-A. Sainte-Beuve. Tome complémentaire (XI), Paris, 1856. S. 239—260. [S. 46.]

La Jeunesse de Goethe. — Wetzlar et Francfort, par Henry Blaze. Revue des deux Mondes, XVIIe Année. Seconde période. Tome neuvième. Paris. 1857. S. 142—175. [S. 46.]

Werther Journaliste. — Les „Nouvelles littéraires" de Francfort (1772), par Arvéde Barine (Charles Vincens). Revue politique et littéraire, Paris. Nr. 23. 8 Decémbre 1883. S. 728—730. in 4.

Der durch Bernhard Seuffert besorgte Neudruck der Frankfurter gelehrten Anzeigen vom Jahr 1772 (Deutsche Litteraturdenkmale des 18. Jahrhunderts, Heilbronn, 1882—83) hat den Anlaß gegeben zu diesem Aufsatze, worin auch das Herzensverhältniß des jungen Goethe zu der wetzlarer Lotte beleuchtet wird.

Louis Hermenjat. Werther et les fréres de Werther. Étude de littérature comparée. Dissertation etc. Lausanne, 1890. VII und 110 S. in 8.

Werther, drame lyrique en quatre actes ... d'aprés Goethe, par MM. Fdouard Blau, Paul Milliet et Georges Hartmann; musique de J. Massenet. [S. 47—48.]

Siehe L'Illustration. Paris, No. 2604. 21. Janvier 1893. Mit einer Abbildung.

(Edward Taylor.) Werter to Charlotte. A Poem. London, Printed for J. Murray. 1784. 23 S. in 4. Auf dem Titel das Motto: — talia improbe Amor, quid non mortalia pectora cogis. Virg. [S. 15.]

Eleanora: from the Sorrows of Werther. A Tale. 1785. [S. 18.]

The second edition. London, 1785. 2 vols. 151 und 168 S. in 8.

The Letters of Charlotte, during her connexion with Werter. 1786. [S. 18—21, 68, 121.]

The Letters of Charlotte, during her connexion with Werter. New York, 1797. 2 vols. XII und 240 S. in 12. Mit einem Titelkupfer: Charlotte at the Tomb of Werter.

Ferner: London, 1813. III und 211 S. in 12.

Lettres de Charlotte à Caroline, son amie, pendant sa liaison avec Werter. Traduites de l'Anglois. Paris, 1787. [S. 21.]

Lettres de Charlotte, pendant sa liaison avec Werther, traduites de l'anglais. Londres. 1787. [S. 21.]

In einer neuen Titel-Ausgabe: Londres. 1788.

Eine spätere Ausgabe:

Lettres de Charlotte à Caroline, son amie, pendant ses liaisons avec Werther. Traduit de l'anglais. Paris, Dufart. An V. (1797.) 2 vols. in 8.

Lottas bref till en vän under sin bekantskap med Werther. 1791. [S. 22.]

Lottens Briefe an eine Freundin während ihrer Bekanntschaft mit Werthern. Aus dem Englischen übersetzt (von W. Fr. H. Reinwald). 1788. [S. 22.]

Lottens Geständnisse, in Briefen, an eine vertraute Freundin .... Aus dem Englischen (von Ludwig Gall übersetzt). 1825. [S. 22.]

Frederick Reynolds. Werter; a Tragedy, in three Acts. 1786. in 8. [S. 22 fg.]

Zweite Auflage: 1796. in 8. — Auch: 1802. 56 S. in 8. — Ferner in: The Modern Stage, a Collection of successful Modern Plays, etc., selected by Mrs. Inchbald. Vol. III. (London, 1811), pp. 291—319.

Anne Francis. Charlotte to Werter. London, 1787. in 4. — Auch in deren Miscellaneous Poems. London, 1790. [S. 15.]

(Lady Eglinton Wallace.) A Letter to a Friend, with a Poem, called The Ghost of Werther. By Lady E. W. London, 1787. in 4. [S. 15.]

The Sorrows of Werter: a Poem. By Amelia Pickering. London: printed for T. Cadell. 1788. 69 S. in 4. Mit dem Motto:
Here lies a Youth borne down with love and care;
He could not long his Delia's loos abide:
Joy left his bosom with the parting fair;
And when he durst no longer hope — he died.
Hammond.
[S. 15.]

(John Armstrong.) Confidential Letters from the Sorrows of Werter. By Albert. London, 1790. in 12.

John Armstrong (aus Leith, 1771—97), der zu Edinburg Theologie studirte, ist uns als Dichter nicht weiter bekannt.

Elegy, written after having read The Sorrows of Werter. Unterzeichnet: Della Crusca. The British Album. Containing Poems of Della Crusca. Anna Matilda. Laura. ꝛc. (3 rd edition. London, 1790), S. 13—14.

Charlotte; or, a Sequel to the Sorrows of Werter: A Struggle between Religion and Love. in an Epistle from Abelard to Eloisa . . . and other Poems. By Mrs. (Sarah) Farrell. Bath. 1792. VI und 80 S. in 4. Nebst einem Subskribenten = Verzeichnisse von 8 S. (Charlotte, S. 1—25.) Auf dem gestochenen Titel eine Medaillon = Vignette, Charlotte an Werther's Grab, von Harding gestochen, mit den Versen:

She Viewed the spot where hapless Werter Slept
With wild affright, then turned her eyes and wept.

Die Dichterin läßt unseren Werther nicht unter seinen zwei Lindenbäumen in der Ecke des Kirchhofes begraben, sondern nach dem barbarischen englischen Gesetz als Selbstmörder auf einem Kreuzweg einscharren.

[S. 15.]

Essay on Novels. A Poetical Epistle. Addressed to an ancient and to a modern Bishop. With Six Sonnets. from Werter. By Alexander Thomson, Esq. Author of Whist, a Poem. Edinburgh: printed for P. Hill and J. Watson and Co. 1793. VII und 21 S. in 4. Auf dem Titel das Motto: Richardson sera mon Homère. Mercier.

A. Thomson starb 1803 zu Edinburg im Alter von einundvierzig Jahren. In einer Anmerkung (S. 3) erwähnt er eines lächerlichen Gerüchtes unter seinen Landsleuten: Werther wäre eigentlich kein deutsches Werk, sondern ein Fabrikat jenes James Macpherson, der durch seinen Ossian zu europäischem Ruf gelangte.

Fünf Sonnette: „supposed to be written by Werter", von Mrs. Charlotte Smith, der Verfasserin einst geschätzter Romane. Elegiae Sonnets, and other Poems, by Charlotte Smith (The eighth edition. London, 1787), I. 21—25.

Werter and Charlotte, a German Story, containing many wonderful and pathetic incidents. London: Printed and sold by T. Sabine, No. 81, Shoe Lane. (Ohne Jahreszahl, nach dem Katalog des Britischen Museum: 1800.) 32 S. in 8. (Werther's Geschichte füllt nur 28 S.)

Ein Volksbuch, mit einem Holzschnitt: Werter & Charlotte. Auf dem Titelblatt die folgenden Verse:

From Love what pleasure springs,
In lowly Cots, or Palaces and Kings (sic).

Werter to Charlotte; a Poem, founded on the Sorrows of Werter. London, Sherwood, 1812. in 8. (Watt, Bibliotheca Britannica, IV.)

French Criticism on the Sorrows of Werter. London Magazine, vol. I. 1820. S. 49—52.

James Bell. Letters from Wetzlar ꝛc. 1821. [S. 25, 89.]

William Makepeace Thackeray. Sorrows of Werther. Miscellanies: Prose and Verse (London, 1855). I. 64. [S. 15.]

The Originals of Werther. By C. E. (Cecilia Elizabeth) Meetkerke. Temple Bar, A London Magazine for Town & Country Readers, June, 1876. S. 211—250. in 8.

The New Werther, by Loki. London, C. Kegan Paul, 1880. in 12.

Publications of the English Goethe Society.
London, 1886 und folg. in 8. II. Papers and Reports
of Proceedings . . . (Miss) Margaret Batson. Die
Leiden des jungen Werther.

Siehe auch The Academy. A weekly Review . . .
1886. No. 754. October 15. S. 264 fg.

The Academy. A weekly Review of Lite-
rature, Science. and Art. London. 1887. No. 790,
June 25. S. 455. The English Goethe Society —
Manchester Branch. — (Wednesday, June 15.) The
Rev. P. Quenzer read a paper on „Werther".

Inhaltsangabe dieses Vortrags.

Zu den gedruckten englischen Werther = Kuriosa gehört auch
ein im Britischen Museum aufbewahrter Ankündigungs = Zettel
von 1785, woraus wir ersehen, daß Werther und Lotte in einem
londoner Wachsfiguren=Kabinet gezeigt wurden.: Charlotte and Werther. At Mrs. Salmon's Royal
Historical Wax-Work. No. 189. Fleet Street.
(June 3, 1785). Einzelnes Blatt. in 4.

* * *

Antonio Simone Sografi. Verter Commedia di
cinque Atti in Prosa. [S. 27 fg.

Eine umständliche Mittheilung über diese Komödie, nebst
Uebersetzung der Schlußscene, in Fr. W. Genthe's Handbuch der
Geschichte der italiänischen Literatur, II. 628 - 637.

(Nicolo Ugo Foscolo.) Utime Lettere di Jacopo
Ortis. Edizione XV ed unica fatta sovra la prima.
Naturae clamat ab ipso Vox tumolo. Londra. (Zürich,
Orell.) 1814. IX und 237 S. in 8. Als Anhang: Notizia
bibliografica, CXII S. (Werter e Ortis, S. LII—XCVIII .

Mit dem Bildnisse Foscolo's, nebst drei Vignetten: ein weib=
licher Kopf im Profil auf dem Titelblatt; eine Ansicht der
Euganeischen Höhen vor dem ersten Briefe, nach J. J. Wetzel
gestochen von Franz Hegi; ein antikes Grabmal, die Inschrift:
Somno tragend, am Schlusse des Romans. [S. 30 fg.]

Frühere Ausgaben: Italia (Venedig), 1802. 174 S. in 18.
— Italia (Mantua), 1802. — Italia, 1808, und andere mehr.
Auch wurde von Romualdo Zotti in London eine verstümmelte
Edition in Druck gegeben:

Ultime Lettere di Jacopo Ortis. Nuova edizione.
— *Naturae clamat ab ipso Vox tumolo.* Londra 1831.
1 Bl. und 188 S. in 8. Mit dem Bildnisse Foscolo's.
Wiedergedruckt: Londra: presso H. Berthoud. 1818. IV
und 188 S. in 8.

Eine von Foscolo selbst besorgte Ausgabe erschien später
in London:
Ultime Lettere di Jacopo Ortis (tratte dagli
autografi). *Naturae clamat ab ipso Vox tumolo.* Londra
John Murray, Albemarle Street. 1817. 2 Thle in fl. 8.
Parte prima: X und 172 S. Parte seconda: 138 S. Mit
zwei Kupfern: Bildniß Foscolo's vor dem ersten, Bildniß der
jungen Heldin vor dem zweiten Theile. Angehängt sind,
S. 139—172: Alcuni capitoli del Viaggio Sentimentale
di Yorick.

Nachdruck: Parigi, Teofilo Barrois e Jombert.
1824. XIII und 286 S. in 8. Mit denselben Portraits.

Ugo Foscolo. — Ultime lettere di Jacopo
Ortis. Edition critica con riscontri su tutte le
stampe originali e la riproduzione della Vera
storia di due amanti infelici, a cura di G. A.
Martinetti e C. Antona-Traversi. Saluzzo, 1887.
CCLXLIV und 457 S. in 16.

Die letzten Briefe des Jacopo Ortis. Nach dem
Italiänischen herausgegeben von Heinrich Luden.

Göttingen, 1807. bei Justus Friedrich Danckwerts. VIII und 350 S. in klein 8. [S. 30 fg.]

Vergl. Luden's Kleine Aufsätze meist historischen Inhalts, Göttingen, 1807, I. IV. fg. und 91—129 (Werther und Ortis).

Letzte Briefe des Jacopo Ortis, nach der fünfzehnten, der ersten allein gleichförmigen und mit bibliographischen Zusätzen vermehrten Ausgabe. Nebst Hugo Foscolo's Rede an Napoleon Buonaparte bey der Consulta zu Lyon. Aus dem Italienischen. (Von Johann Kaspar von Orelli übersetzt.) London (Zürich, Orell) 1817. IV und 383 S. in 8. Mit einer Titel-Vignette. [S. 30 fg.]

Werther und Ortis, S. 277—325.

Andere Ausgabe dieser Uebersetzung, ohne die bibliographische Nachricht rc.:

Letzte Briefe des Jacopo Ortis. Ein Nebenstück und keine Nachahmung der Leiden des jungen Werthers. Aus dem Italienischen, nach der fünfzehnten, einzig rechtmäßigen Londoner-Ausgabe. o. O. (Zürich, Orell) 1817. 221 S. in 8. Mit zwei Vignetten.

Letzte Briefe des Jacopo Ortis von Ugo Foscolo. Aus dem Italienischen übersetzt durch Friedrich Lautsch. Mit einer Einleitung. Leipzig, F. A. Brockhaus. 1829. XXVI und 292 S. in 8. (Bibliothek classischer Romane und Novellen des Auslandes, 16r Bd.)

Zweite Auflage. Leipzig: F. A. Brockhaus. 1847. XXVI und 289 S. in 8. (Werther und Ortis, S. 238—278.)

Die letzten Briefe des Jacopo Ortis. Aus dem Italienischen des Ugo Foscolo von Adolf Seubert. Leipzig, Druck und Verlag von Philipp Reclam jun. 171 S. in 16. (Reclam's Universal-Bibliothek, 246, 247.)

Lettres de Jacopo Ortis, traduites de l'italien sur la seconde édition, par M. d. S***

(Alexandre de Senonnes). Paris, Pillet. 1814. 2 vol. in 12.

Diese Uebersetzung wurde in demselben Jahr auf's Neue herausgegeben unter dem Titel: Le Proscrit, ou Lettres de Jacopo Ortis, traduit de l'italien par M. de S*** Paris, Lefèvre, 1814. 2 vol. in 12.

Eine spätere Ausgabe erschien unter dem Titel:

Amour et Suicide, ou le Werther de Venise. . . . . Naturae clamat ab ipso Vox tumulo. Paris, J. G. Dentu, 1820. 2 tomes in 12. Tome premier: 196 S. Tome deuxième: 236 S. [S. 31.]

Ueber zwei andere französische Uebersetzungen des italienischen Werther, aus den Jahren 1819 und 1823, siehe Quérard, La France littéraire, III. 172. Im Jahre 1842 wurde eine Uebersetzung unter dem Namen von Alexandre Dumas veröffentlicht: Jacques Ortis; précédé d'un Essai sur la vie et les écrits d'Ugo Foscolo, par Eugène de Montlaur. Paris, Gosselin.

Letters of Ortis: from the original Manuscripts published at Milan. Translated from the Italian. Second Edition. London: printed for Henry Colburn, Conduit Street. 1818. VI und 233 S. in 8. Mit Foscolo's Bildniß. Auf dem Titel das Motto: — Naturae clamat ab ipso Vox tumulo. Ev'n from the tomb the voice of Nature cries. Gray.

Erste Ausgabe: London, 1814. (Lowndes, The Bibliographer's Manual of English Literature. new edition. Part VI. 1735.)

Werther. Melodramma tragico in tre atti, posto in musica dal maestro Raffaele Gentili, da rappresentarsi nell Nobil Teatro Argentino nell' autunno 1862. Roma . . . Tipografia Olivieri. 30 S. in 8. Textbuch. Die Personen des Melodramas sind: Il Barone di Sesenheim — Il Conte Alberto di Walheim — Werther, nobil giovine e distinto poeta, amante di — Carlotta, Sposa del Conte Alberto — Sofia, figlia del Barone di Sesenheim, promessa sposa a Werther Schmidt, amico del Conte Alberto. Die Handlung spielt auf dem Schlosse Sesenheim in der Nähe von Straßburg.

Werthers Första och sista Stunder för Lotta. Lund, år 1786. 14 Bl. in 8.